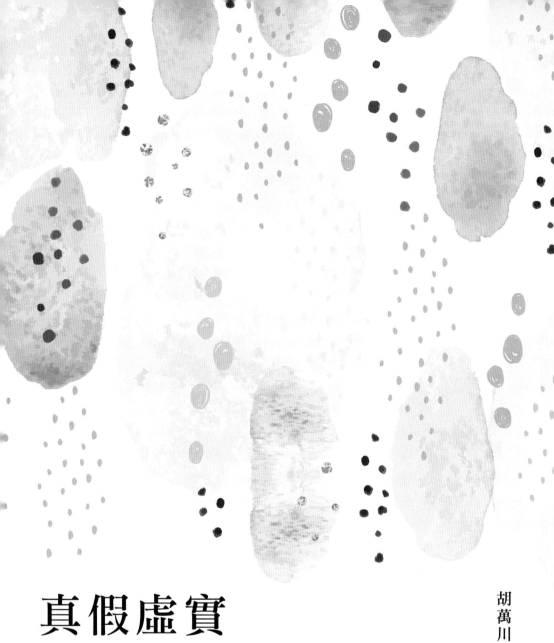

真假虛實
——小說的藝術與現實

胡萬川 著

五南圖書出版公司 印行

修訂版序

在一九六〇到一九八〇年代前後，臺灣各地設有中文系的大學已經很多，但是有開設小說課程的學校卻不多。不論是古代小說或現代小說，好像從來都不受傳統文學系的青睞。這也難怪，因為傳統的讀書人是不大讀小說的，即使較為開明的人頂多也只是把小說當作可有可無的休閒讀物，保守一點的就把所有的小說都當作是帶壞人心的淫邪讀物。這樣的氛圍，對現代人來說是有些難以想像的。而筆者本人就是在那個年代開始小說的研究，後來有機會到大學任教，更把小說當專書，開始了傳統小說的課程。一九八一年有機會到法國巴黎大學客座，講的也是小說。更有意思的是，當時某著名出版公司更和筆者合作創編了以學術研究為宗旨的「中國古典小說研究專集」，在當時這真的是創舉，為後來傳統小說的推動出了一點點的力。

後來不只因為教學與研究所需，更因為興趣所在，筆者將研究領域逐漸擴展到神話、傳說與民間文學方面。述作重點免不了也移置部分到神話傳說及民間文學。多年下來，不論小說或神話傳說及民間文學領域，都已積少成多，篇幅足堪各自成書。學界友人多有鼓勵結集出版者，筆者自己覺得前此為文論述，雖不皆能大有創見，但力求不囿於舊議成說，則是始終一貫之目標。因此也就敢將歷年述作，分門別類，結集成冊出版。

較早結集成書的是有關傳統小說的研究。由於以前的傳統文學研究比較不重視小說，特別是被當作不登大雅之堂的話本小說以及才子

佳人一類，更受冷落。因此當筆者要討論分析這一類作品時，便發現不少資料的定位：例如編作者爲誰、版本刊刻的流傳變異等問題，常見有未明之處。類似之疑惑若未能釐清，對作品的解讀分析便未免會見疏漏之處。因此，筆者小說研究工作的一部分便是對相關部分資料的考證求眞。這類考證性文字，和對作品內容的欣賞品鑑或者分析評論一類的文章頗爲不同。因此，當初將小說研究編輯成書時便將兩類分別成冊，其一名爲《話本與才子佳人小說之研究》，該書主要以小說史料以及和小說史有關的概念之探討釐清爲主。另一書名爲《眞假虛實──小說的藝術與現實》，內容以作品的文學分析及觀念的探討爲主。兩書分別於一九九四及二〇〇五年由臺北大安出版社出版。而今兩書皆已售完，在稍作增編之後轉由臺北五南圖書出版公司出版。兩書新版和舊版的差別在於將原來也收在《眞假虛實》一書中的〈說話與小說的糾纏〉一文移入《話本與才子佳人小說之研究》一書，因爲這篇主要論述的是和話本體制有關的問題。而新版的《眞假虛實》一書則較舊版多收〈傳統小說中的洪水之患〉以及〈關於俠和武俠小說的認識〉兩篇，其餘不作更動。

　　至於前面提到的個人後來研究亦有所偏重的神話、傳說以及民間文學方面，研究成果亦已分別各自結集成書。神話傳說及民間文學研究二書原來皆由新竹清華大學出版社出版，新版則轉由其他出版社在臺北刊行。由於這部分和此次由五南出版之小說研究較無關係，因此就不必再多有說明。

　　《話本與才子佳人小說之研究》或《眞假虛實──小說的藝術與現實》雖說因研究重點取向不同而分二冊，但本次將由五南圖書出版公司先後印行，因此謹以說明出版之因由爲重點，爲二書新刊之總序。其中舊版原序皆予保留，以見當初本來面目。

二〇一八年八月

自　序

　　一般人都知道小說寫的是有關人的事，或更簡單的說是有關人的故事。古今中外，從口傳時代開始，講說故事一直就是人類喜愛的傳達溝通方式。在文字書寫的時代，從歷史記傳到傳說紀錄，以至於小說寫作，還有各式各樣的敘事歌謠，基本上也都是在「講故事」，不論何種形式，其基本核心，大體上就是英文Narrative（敘事）的範疇。

　　多元敘事說人生，才見人生的多元樣貌，小說只不過是人類愛說「故事」的一端而已。而它之所以和史傳、傳說、民間故事、以及各種敘事歌謠有所差別，主要的就在於「如何說」，以書寫的觀點來說，就是「怎樣寫」。小說作為一種敘事，發展過程中藝術性的多重開展，主要的關鍵就在於這一個問題，其中密切相關的就是「真假虛實」的問題。論到這一問題有人或許會直捷的就以小說和歷史為例，以為二者的主要差別就在於真假虛實，然而問題卻不一定這麼簡單。歷史當然要求真，但由於書寫的角度、立場，「歷史」的作品也可以不是很真。小說當然是以所謂的虛構為主，但虛構也有不同層次，首先是相對於「真人真事」而言的虛與假，另外則是作為藝術手法的構思，而這個構思的層面，目的卻是要使「故事內容」讓人以為真，當然那種真，又不一定得是「世上曾經有過」的那種真，而是人類生活的各方面所表現的，人性的真。小說的藝術與本質不外乎一個真假虛實的問題，「假作真時真亦假」、「無為有處有還無」，小說藝術與

現實的關係環繞著的就是一個眞假虛實。

　　本書爲作者歷來所寫有關小說分析的作品，所論從古代「疑似」的「寓言」構設，到歷來小說內涵的各種現實問題，以及相關的藝術表現，包括小說、插圖的運用。以其大都與小說「眞假虛實」的藝術本質相關，故集爲一書，並以此爲書名。

二○○五年五月

目　次

從黎丘丈人到六耳獼猴

一

　　《呂氏春秋》是先秦九流十家中雜家的代表作，其中卷二十二〈疑似〉篇，據近人陳奇猷先生考證，代表的是法家一派的思想，「蓋法家最重視疑似之事，亦最嫉忌疑似之事，韓非子有〈說疑〉專論姦邪疑似賢良，人主任之，致身敗名裂，國家殘亡。」[1]篇中為強調「疑似之跡，不可不察」，舉了一則故事以為說明。該故事為《呂氏春秋》編者所擬撰，或是借用當時傳聞，今已難詳考。但由於故事既寫人又寫鬼，似真實幻，後來志怪、小說相循演述，竟成一特殊類型故事。

　　《呂氏春秋》編者當初記下此一故事，若依法家一貫講求明確的作風來說，所指既在強調「疑似」之必察，對他們來說，此外當更無其他隱意；因為意隱言外，語含多歧，非法家論事所宗。雖然如此，由於該故事除可為「疑似」難明作例證之外，更涉及鬼怪變異，人情難堪，而此正是後來志怪、小說之編作者所最欣向之題材。此後竟由此而衍生出一系列相近的故事，當非原初編者所能預料。

---

① 陳奇猷校釋：《呂氏春秋》，（臺北：華正書局，1985年），〈疑似〉篇，校釋（一），頁1498。

二

這一故事，在《呂氏春秋》中僅爲〈疑似〉篇中一段落，不另立題目，但後來引述者多半稱此故事爲〈黎丘丈人事〉，內容如下：

> 梁北有黎丘部，有奇鬼焉，喜效人之子姪昆弟之狀。邑丈人有之市而醉歸者，黎丘之鬼效其子之狀，扶而道苦之。丈人歸，酒醒而誚其子，曰：「吾爲汝父也，豈謂不慈哉？我醉，汝道苦我，何故？」其子泣而觸地曰：「孽矣！無此事也。昔也往責於東邑人可問也。」其父信之，曰：「譆！是必夫奇鬼也，我固嘗聞之矣。」明日端復飲於市，欲遇而刺殺之。明旦之市而醉，其真子恐其父之不能反也。遂逝迎之。丈人望其真子，拔劍而刺之。丈人智惑於似其子者，而殺於真子。夫惑於似士者而失於真士，此黎丘丈人之智也。疑似之跡，不可不察。[2]

這個故事，說的是好虐的奇鬼，作弄一對父子，致使父親後來誤以真子爲鬼所化而錯殺，造成人倫慘劇。編者強調的既只是「疑似之必察」而不及其他，因此對於諸如奇鬼何以會尋上此一對父子而加以作弄，以及父誤殺其子之後的反應等等，便皆無所交代。因此，若要對此一故事作進一步的深入分析，便也無從附會。

---

② 本文除見於〈疑似〉篇外，亦見《文選·思玄賦》注引：《後漢書·張衡傳》，章懷太子注引：《太平御覽》卷八八三引。

　　但是，由故事中「其眞子恐其父之不能反也，遂逝迎之。」的描寫，約略可看出兒子是出於一片孝心，然而竟因此而爲父所誤殺，情何以堪！若不拘執於法家但爲「疑似」之辨一層，而以普通故事來論，奇鬼之作弄，未免太過。

　　後來，《搜神記‧秦巨伯》一則故事，即是首先將〈黎丘丈人事〉衍爲志怪的作品。[③]故事中作弄人的雖然還是鬼，但，或許由於這已是一篇獨立的志怪，情節上已稍有增飾、改變。例如〈黎丘丈人篇〉鬼化爲丈人的兒子，此篇則鬼化爲秦巨伯二孫。鬼所化之二孫在路上折磨巨伯時更罵：「老奴，汝某日捶我，我今當殺汝。」巨伯回想當日確曾打過孫子。很明顯的，鬼是利用了祖孫曾經有過的緊張關係，乘虛而入。如此一來情節便豐富了些，若有分析者要藉用心理分析法一類來評此故事，便也勉強可找到著落處。

　　在證明二孫爲鬼所化之後，第二次，又遇鬼所化之二孫，巨伯便將二鬼挾持回家，用火燒炙。原來鬼是「兩偶人」所變。[④]這種「偶人」爲妖爲鬼更能化爲人以惑人的觀念，先秦典籍未見記載，這故事因此便明顯的具有魏晉時代的特色，因爲物（包括動植物與非生物、木偶、土偶等）而能爲妖爲怪，變化爲人以惑人，正是魏晉以下志怪之大宗。

　　故事的結局是兩偶人逃走了，兩位孫子在巨伯又外出時，因恐祖父再受鬼困，夜行出迎，終於落得像黎丘丈人的兒子一樣的下場，爲巨伯所誤殺。

　　另外，《廣記》引《稽神錄》的〈望江李令〉一篇，時衰鬼弄

---

③ 干寶著，汪紹楹校本：《搜神記》，（臺北：里仁書局，1980年），頁198。本文亦見《太平廣記》卷三一七引。

④ 「兩偶人」原作「兩人」，據汪紹楹校。

人，故事亦復相似。然而故事流傳既久，幾經重述，即使非作者有
意，因時空因素變化，故事自然會有變化。這故事與前二者不同的
是：鬼先化爲二子於路上毆打父親，後來又化爲父親及父親之隨從，
虐打二子。結局雖無誤殺，但不數月，父子皆死，篇末云：「蓋黎丘
之徒也。」⑤雖然好像說的是另外與黎丘丈人事同類的事，實際上卻
已不隱諱的點出了故事是由黎丘丈人事衍化而來。

三

　　鬼能作弄人，自先秦傳說已如此。黎丘丈人這一類型故事如果還
可繼續發展，魏晉志怪以下流行的狐、狸等好爲矯詭之妖，便自然的
會出現在這一類故事當中。首先便是見於《搜神記》的「吳興田父」
一則，內容如下：

> 晉時，吳興一人，有二男，田中作時，嘗見父來罵
> 詈，趕打之。兒以告母。母問其父，父大驚，知是鬼
> 魅，便令兒斫之。鬼便寂不復往。父憂恐兒爲鬼所
> 困，便自往看，兒謂是鬼，便殺而埋之。鬼便遂歸，
> 作其父形，且語其家：「二兒已殺妖矣。」兒暮歸，
> 共相慶賀；積年不覺。後有一師過其家，語二兒云：
> 「君尊侯有大邪氣。」兒以白父，父大怒。兒出，
> 以語師，令速去。師遂作聲入，父即成大老狸，入床
> 下，遂擒殺之。向所殺者，乃眞父也。改殯治服。一

---

⑤ 見《太平廣記》，卷三五三。

兒遂自殺，一兒忿懊，亦死。⑥

此一故事較之前述者有著更多的變異，其中最主要的是，作弄人的已由鬼換成狸。而狸妖之作弄，又不僅止於使人父子相殘，在兒子誤殺父親之後，妖更化成其父，公然居其家，儼然人之真父。後來遇有道行之某師，才逼其現形而殺之。如不遇此師，則二兒將終身以妖為父，其母終身以妖為夫而不自知。

狸化為人父罵其子，終使為子者誤殺其父之情節，當然是黎丘丈人一類事。此外新增部分，則處處顯示志怪作品之特質。

首先，狸妖化人便是魏晉以來志怪常譚；而之所以以狸代鬼者，或許更因狸為獸，有形質，不若鬼之虛幻，可常處人間為人父，為人夫，受人供養。而人子誤殺其父，以妖之幻形為真父，是否有時代事件之特殊背景，已無從得知，然而類似情節亦自是當時及後世一系列妖異作品所經見；⑦而法師收妖之類，更是相應於佛道信仰已盛

---

⑥ 《搜神記》，前引本，頁221。又見《法苑珠林》，（臺北：新文豐出版社，1973），卷三十一引。《太平廣記》，卷四四二引。

⑦ 《搜神記》異本（《稗海》本）卷四記漢時陳司空死經年，忽然還家，約束子孫，專事惑婦，與生前無異，後現形，原是老犬所化。《搜神記》卷九，太叔王氏常宿外宿，有後妻美，忽一夕王還與妻燕婉兼常，後又有一王氏還，二人相鬥，先前還者乃是黃狗所化。《太平廣記》卷四三八引《搜神記》中的〈李德〉條、〈田琰〉條，引《幽明錄·溫敬林》條，引《大唐奇事·李義》條，皆為犬化為人夫，人之亡夫、亡母等淫人或受人供養之事。同書卷四三一〈趙倜〉條，虎化為人夫之形；卷四四〇〈徐密〉條，鼠化為人美婢之形，卷四六九〈彭城男子〉條，鯉魚化為人妻之形。更而如清朝徐昆之《柳崖外編》卷七〈沈生〉條，鬼化成友人之妻相惑；卷八〈泥判〉條，泥神化為人丈夫之形淫人婦。樂鈞之《耳食錄》卷五〈周英如〉條，狐化為人所戀之某女等等。以上諸故事，雖無如黎丘丈人事誤殺親人之慘變，而狐犬等怪或為色、或為食等，化為人親近之人以遂其願之情節，則〈吳興田父〉篇中老狸化為人父、人夫之事同，可見此一類型流傳之廣。

之觀念，爲此後小說常見之習套。

　　後來趙宋時期《夷堅志》的〈譚法師〉篇，雖篇末云：「予記唐小說所書黎丘人張簡等事，皆此類云」，實際故事正從上引〈吳興田父〉一則化來，不過故事情節更爲曲折而已。（而謂黎丘事爲唐小說，則明顯爲誤記。）

　　〈吳興田父〉篇，狸化爲人父，至田間罵打二子；〈譚法師〉篇則狐妖所化之父，念二子耕作勤勞，「時時攜酒或烹茶往勞之。路隔高嶺，極險峻。子勸其勿來，翁曰：『汝竭力耕田，專爲我故，我那得漠然不顧哉！』自後其來愈密。」後二子返家，其妻其父皆證明父實未曾至耕地慰勞，父云：「聞人說此地亦有狐狸作怪，化形爲人。汝今再往原上，若再敢弄汝，但打殺了不妨。」二子復去，終於打殺了來探看的老父──此次是眞正的父親。

　　狐妖所化之父既居其家，「家有兩犬，俊警雄猛，爲外人所畏，翁惡之，犬亦常懷搏噬之意。」、「且頻與婦媟譃，將呼使侍寢。」後來終於眞父之友人譚法師發現，逼出原形而鞭殺之。[8]

　　此篇較之前篇，除主要結構的沿襲之外，更強調的是狐的矯詭特性。自唐以下，狐妖的故事大爲盛行，甚且有「無狐魅，不成村」的諺語。[9]相對的，狸的故事則漸少。此篇宋朝故事之所以以狐代狸大概即此之故。

　　而狐雖化爲人，人見其爲人形，犬見之則仍爲狐，則亦是唐以來

⑧　洪邁：《夷堅志・支庚志》卷六，（臺北：明文出版社，1982年），頁1180-1181。
⑨　語見《太平廣記》卷四四七引《朝野僉載・狐神》條。

故事所習見，⑩此篇特描寫家犬見之欲搏殺，正是此種觀念之表現。更加上好色一段筆墨，則傳說中狐妖之特性便將具足。

四

前引《夷堅志》所提唐人小說〈張簡〉事，出《朝野僉載》，亦黎丘丈人事一類而又稍異者，內容如下：

> 唐國子監助教張簡，河南緱氏人也。曾爲鄉學講文選。有野狐假簡形，講一紙書而去。須臾簡至，弟子怪問之，簡異曰：「前來者必野狐也。」講罷歸舍，見妹坐絡絲，謂簡曰：「適煮菜冷，兄來何遲？」簡坐，久待不至，乃責其妹，妹曰：「元不見兄來，此必是野狐也，更見即殺之。」明日又來，見妹坐絡絲，謂簡曰：「鬼魅適向舍後。」簡遂持棒，見眞妹從廁上出來，遂擊之。妹號叫曰：「是兒！」簡不信，因擊殺之。問絡絲者，化爲野狐而走。⑪

野狐先化爲兄，復化爲妹，使兄終誤殺其妹，意構略同〈望江李

---

⑩ 如有名的沈既濟〈任氏傳〉，任氏乃狐所化，終爲獵犬所殺。又《太平廣記》卷四四八引《廣異記・李參軍》條，狐之一家全化爲人，以女嫁人，雖無害於人家，然終爲犬所咋。

⑪ 見《太平廣記》卷四四七所引。

令〉篇，特標出狐能講學，則見唐人狐妖故事之特色。⑫

而不論鬼或狐，自黎丘丈人事衍生出的一系列故事，除〈吳興田父〉與〈譚法師〉篇而外，對於鬼、狐何以對人如此作弄，其因由皆無交代。雖然鬼、狐等之好作弄人，流傳由來已久，或有大傷於人者，或有但調皮搗蛋而於人無甚傷害者，不論何等，總不似此系列故事，未知因由，而將人作弄至骨肉相殘，人倫慘變者。至少如〈吳興田父〉與〈譚法師〉故事，還可指出狸與狐之所以作弄人至於此慘況，乃爲貪圖爲人之樂；使人誤殺其父，正爲使己身得以相替代，爲人父，爲人夫，受人供養。其他這些故事，除了表現鬼狐之虐，及似乎是時衰鬼弄人的表面意義之外，實更難推究出深一層的意趣。要解釋此一層現象，或許我們可以說自黎丘丈人事以下的故事，編著者盡在藉鬼狐之幻，爲疑似之跡，造人情之難堪一面相沿襲，而未曾就此疑似與難堪更加爲人性上、事理上可能的發揮。即使〈張簡〉一篇，雖已將長久以來的父子、祖孫等關係改爲兄妹，然而無因無由之一面則仍依然。

五

妖異變化的觀念，中土本自有之，黎丘丈人事即可爲證。自佛教傳入，挾其神通變化觀念以俱來。在中外觀念相激相蕩之下，而諸種

---

⑫ 狐能識奇文異書事，《太平廣記》所收狐類故事頗多見，如卷四四八之〈何讓之〉條；卷四四九〈李元恭〉條，〈林景玄〉條；卷四五一〈崔昌〉條，〈孤甑生〉條；卷四五三〈王生〉條，〈李自良〉條；卷四五四〈張簡棲〉條，〈尹瑗〉條。以上諸言及狐善解文義故事，《廣記》多引自《廣異記》、《河東記》、《宣室志》、《乾鐉子》等唐人著作，可見此觀念在唐代之流行。

神仙、怪異變化之說，自然更形異樣繁多，形色紛紜。[13]雖然如此，而黎丘丈人一系列，則仍顯別具一格。特別之所在，不在於它表現何種超絕之怪異與神通，因爲比起後來者，似此種變化，實顯得單純無奇。特別的只在它擺出的一路：變化爲人群中衆人已習知的一員，使人疑惑，眞假難明，而從中攪亂原本處於和諧狀態的人際關係。如果容許我們藉社會中人際關係的某些觀念來說的話，這些故事似隱隱約約的指向了一層常人所不願承認的底裡──即使最親密的人之間，原也可能隱藏著「疑」的因子。在此，或許《呂氏春秋》強調的「疑似」，便似乎可以轉化出另一面的意義。這類故事之所以綿延流長，轉述不絕，除前面已提及的變異有趣進而導致人情難堪一面的吸引之外，它似乎挑起了和諧穩定的人際關係裡，即使親如父子，也可能深潛隱藏的不穩定因子，而對讀者造成一種刺激震撼，亦有關係。

類似這樣的故事，在文言小說已自不少，如前正文及注中所引，即頗有可觀，但是大加演繹發揮，卻在於通俗小說之作。

短篇的如《龍圖公案》中玉面貓與五鼠的故事。首先是鼠妖中之一化爲秀士施俊模樣，至施家淫施妻，此段情節自是志怪中常套。接著眞施俊回家，眞假莫辨，告至王丞相處，第二鼠即來相助，化作王丞相。二施俊、二丞相，事更難辦，又告至仁宗皇帝處。結果一連串，再扯出國母、包公，變成二施俊、二丞相、二仁宗、二國母、二包公，撲朔迷離。結果是眞包公陰請得雷音寺世尊殿前的玉面貓，才除去五鼠。這結局雖似借助最高法力的佛祖來除妖，實際上是祭出神

---

[13] 王曉平：《佛典・志怪・物語》一書謂此種以假亂眞之故事來源當爲佛經《盧至長者因緣經》之〈眞假盧至〉的故事，筆者不以爲然。因〈黎丘丈人〉故事在先秦時代即已著錄，而當時佛經並未傳入。佛教傳入之後，此類故事乃更加繁盛而已。參見王曉平：《佛典・志怪・物語》，（南昌：江西人民出版社，1990年），頁79。

貓；貓本剋鼠，自隱含前代故事犬剋狐妖之模式。

更加發揮的當然是神異小說之宗《西遊記》。

孫行者變化爲小妖「巴山虎」、「倚海龍」騙取寶貝（第三十四回），變爲牛魔王騙取芭蕉扇（第六十回）一類，在諸神異小說中已屬尋常伎倆，不必深論。最吸引讀者，亦別有新意的，當是六耳獼猴變化爲另一孫悟空一段。兩個孫悟空，不僅形貌同，聲氣難分，即一念一意亦相牽引。雖然說眞僞難辨，最後得靠釋迦佛祖來辨明的寫法，與〈譚法師〉篇等靠法術高強者來分明，並打殺妖異的寫法仍出一轍。但通觀故事全段，可以明白的是《西遊記》的編者已有意在怪異變化趣味之外，更含寓情性象徵於其中。論者皆知，六耳獼猴所化之另一悟空，即悟空人格之另一面轉化，作者於回目中即已明白點出，第五十八回回目正是：「二心攪亂大乾坤，一體難修眞寂滅。」而這也就是《西遊記》此段描述與前文所引諸故事最大不同之所在。

通俗神怪小說於神通變化之描寫，受自佛教影響者頗多，尤以《西遊記》爲然。然而若心猿爲二，攪擾乾坤之寫法，溯其源，或許當是來自中國久已有之的故事傳統。如黎丘丈人事，出自《呂氏春秋》，即明白非佛教之影響。雖六耳獼猴一段，作者用意與黎丘一系列相較，如前所述，已稍別出，然機關設想則通爲一源。

由六耳獼猴與悟空本爲同一性體之分化象徵，若欲更進而推究，或許其他群類故事亦當提出以爲對比，如長久以來流傳的離魂故事。這類故事通常指向人生心理想望與現實世界不能妥協之境況，因此，一人而爲二。另一個同樣的人，原只是這一個人的分化，一些故事在某些層次上實可與六耳獼猴、悟空事相爲引申。然而本文既由妖異變化談起，便當止於妖異變化，不再連串，否則將不免離題之嫌。

更何況其他神通變化，如一人而能分身數處，化爲多人等；或另外類似人格分化，一人恍若二人；或爲私利而詐扮他人以相蒙混之種種故事，仍所在多有。但此諸種種，或與本文所論妖異化爲特定對象之系列不相屬，或已離神異變化之內涵，故俱不再論。

六

　　本文由黎丘丈人事說起，以至六耳獼猴變化事，將主要情節單元明顯爲相互承襲之故事，擇要敘述，主要用意在於說明一個原本情節簡單的故事如黎丘者，何以會如此傳述不絕；而在長久的轉述過程中，因時代的變遷，故事又如何反映了不同的背景。當然，額外的，或許亦可當作爲《西遊記》情節之一的溯源。

原載一九八八年五月《小說戲曲研究》第一集

神仙與富貴之間的抉擇
——唐代小說中一個常見的主題

一

「騎鶴上揚州」是六朝以來一個有名的典故，出《殷芸小說》：

> 有客相從，各言所志，或願為揚州刺史，或願多貲財，或願騎鶴上升。其一人曰：「腰纏十萬貫，騎鶴上揚州。」欲兼三者。[①]

故事雖然簡單，卻已點出人生三大欲求，為揚州刺史指的是「貴」，多貲財指的是「富」，騎鶴上揚州指的是長生不死為神仙。

人生欲求之所向，總是那些人們以為是好的，有價值的事物。貧與賤的生活狀況使人困窘痛苦，是不好的，因此人們莫不希求富與貴。然而生必有死，即使一輩子生活在富貴當中，面對生死無常，富貴也免不了顯得惘然。「人生不得長歡樂，年少須臾老到來」，[②]永遠是一個缺憾，因此人們總又希望最好能有長生不死的一天。

---

① （南朝梁）殷芸編纂，周楞伽輯注：《殷芸小說》，（上海：上海古籍出版社，1984年），頁131-132。

② 白居易〈短歌行〉之詩句，《全唐詩》卷四百三十五。

　　人的欲望就是如此一層一層追加上去，貧賤的人想望富貴，富貴的人更望長生。秦皇、漢武以下歷代帝王之所以多好神仙方術，是這種心理的表現，「揚州鶴」故事「欲兼三者」的欲求，同樣是這種心理的表現。這種心理所呈現的另一面是：如果有一天眞的能夠不死爲神仙，也要爲富貴神仙。歷來故事中的天上神仙排場，常如人間帝王或富豪之家，正是這種心理的反映。[3]因爲假使但能長生不死，卻又困窮多缺，仍未免是一大憾事。[4]

　　富貴而又神仙既是人之大欲所在，然而富貴固人間所常見（富貴與貧賤是相對的，只要人間有等差，便自有富貴者），神仙卻非現實所實有。因此，提倡神仙說的方士、道士，以及那些相信他們見解的人，首先便得肯定神仙的存在。然而，單單肯定神仙的存在還不夠，進一步還得主張神仙可因修煉而成，也就是說，只要有機緣，並懂得修煉的方法，凡人可以長生不死爲神仙。

　　而這種長生不死的觀念和其他宗教以肉軀爲寄寓，遲早須毀敗，唯靈魂得以不朽的觀念又不大一樣。仙道之說的不死爲神仙，

---

③ 此種神仙排場如人間帝王或富貴之家的例子相當多，下文第二類型故事中那些求仙有成者的富貴景象就是，所以在此不必另舉他證。

④ 道教觀念中的仙界階級等差是很明顯的，陶弘景的〈真靈位業圖〉表現的是這種觀念，其他如天仙、地仙、鬼仙，仙有九品等等表現的也是這種觀念。在這樣的觀念底下，下等的仙是還要侍候上等仙的，一如人間下等人要侍候上等人一樣，所以《神仙傳》中的「白石先生」已修至不死之境，然而不肯服昇天之藥，因為「天上多至尊，相奉事，更苦於人間。」所以希冀成仙的人總是要想成為「上仙」。然而道教傳說中畢竟還沒聽說神仙有困窮的。倒是佛經中的《六度集經》卷三有如下的記載：「若其昇天，天亦有貧富貴賤，延算之壽，福盡罪來，下入太山餓鬼畜生，斯謂之苦。」這是因為佛教中的「天界」仍是不脫輪迴的六道之一，所以有此說。

是指肉體與精神完整合一的生命長存，是很實際的。⑤配合著這一個「實際」的觀念，仙道之說又以爲人只要成仙之後，便具神通，要財富有財富，自在享樂，遠非人間富貴者所能比。⑥神仙說之所以吸引人者，正在此處。

人既然可以爲神仙，然而又應當如何才能成神仙，卻又是一個問題，歷來提倡神仙說的人對此當然提出了許多不同的理論，在此我們且不多談，爲扣緊「神仙與富貴」這一主題，我們只以丹鼎派的說法來當作例子。依照丹鼎派的理論，人若要成仙，必須服食金丹才能爲上仙。⑦可惜的只是這種金丹不是人人煉得的。因爲以道教一代宗師抱朴子的見解來說，要煉這種金丹，除了須懂法訣之外，更重要的恐怕是要有錢又有閒，否則絕負擔不起那龐大的原料費。⑧依照他的理論來推衍，就等於是說只有富貴人家才有成爲上仙的可能。窮人家窮

---

⑤ 道教所說的成仙之法各種不一，如《抱朴子・論仙篇》即有「上士舉形昇虛，謂之天仙。中士遊於名山，謂之地仙。下士先死後蛻，謂之尸解仙。」等之不同。後來如五代時道士譚峭更有「神可不化」的長生論，以爲「形」就如「神」之疣，倒有點類似精神、肉體二元論。雖然如此，「舉形昇虛」的肉身成仙觀畢竟是自有神仙家以來以至道教成立以後，長時期的一種神仙思想的主流。以下所引《抱朴子》文皆出自王明：《抱朴子內篇校釋》，（臺北：里仁書局，1981年），不另注出頁碼。有關譚峭的思想參看：卿希泰：《中國道教思想史綱》第二卷，（四川人民出版社，1985年），頁681-684。

⑥ 如下文所引故事中諸神仙富貴豪華排場。

⑦ 這並不等於說只有服食金丹才能成仙，而是說只有服食金丹的人才能成上仙，另外因服食他物或習導引而成仙者只能爲中下仙。《抱朴子・黃白篇》：「朱砂爲金，服之昇仙者，上士也；茹芝導引，咽氣長生者，中士也；餐食草木，千歲以還者，下士也。」〈金丹篇〉又說：「長生之道，不在祭祀鬼神也，不在導引與屈伸也，昇仙之要在神丹也。」

⑧ 《抱朴子・金丹篇》強調「服神丹令人壽無窮已，與天地相畢」，然而煉金丹卻需要甚多珍貴之材料，與甚空閒之時間。由於金丹材料有時難求，《抱朴子》又認爲「不及合金液之易也」。但是即使這比較簡單的合金液所用金：「古秤金一斤於今爲二斤，率不過直三十許萬，其所用雜藥差易具。」這豈不是等於只有大富貴人家才有資格煉丹求仙！

道士，即使有緣能夠服食其他靈草仙藥而成仙，到頭來也還只是中下等的仙人，為仙人之後仍然要服侍其他仙人（包括因服食金丹而成上仙的人），得不到為仙的大樂。[9]好在這一種說法大概只是專為富貴人家而說的，並不能代表所有的修仙理論，否則窮苦人家在現實生活上既已痛苦不堪，如果連神仙的想望都不能分享一些，豈不太過殘酷。

以上盡談的神仙與富貴，原因是歷來有不少的故事就是以這人生兩大欲求為主題，[10]其中尤以唐人所載為最具時代特色。這一類故事中通常將人間富貴與長生成仙劃歸為不可同時並得的範疇，也就是說人雖然可以成仙，但神仙不自富貴中求。若要人間富貴，就不能為神仙。對於由《抱朴子》金丹說引申出來的，似乎只有富貴人家才能煉丹成上仙的說法，這些故事所呈現的是一種不同的情態。

這一類的故事是有趣而又值得探索的。因為富貴與神仙既同為人之大欲所趨，這些故事卻偏又擺明富貴之與神仙，正如魚之與熊掌，二者不可得兼。如果富貴可有，神仙亦可求，然而二者只能取其一，有緣者當何取？其中抉擇掙扎，情節自有情趣；情趣之外，隱含的便是人生價值取向的問題。[11]

唐朝道教興盛，神仙故事大為流行，這一類以「道法、世事兩不相濟」為思想背景，[12]富貴與神仙但可擇一的故事，便也相對的風行。

---

⑨ 參注④與注⑦。

⑩ 揚州鶴故事原本指出的是富、貴、神仙三大欲，但對傳統社會的人來說，地位高貴的，通常也就是富者，因此富貴通常一體連用。富、貴、神仙三大欲因此可化約為二大欲。

⑪ 價值論是哲學上尤其是人生哲學上一大論題，唐君毅《哲學概論》第四部〈人道論、價值論〉，即有大量篇幅論此問題。唐君毅：《哲學概論》（孟氏教育基金會大學教科書編輯委員會，1965年）。

⑫ （宋）張君房輯：《雲笈七籤》，（自由出版社，1978年），頁1429。

二

這一類故事產生的背景，當然是建立在以神仙為實有，而且人可以修成神仙的信仰基礎上。故事大致可分為兩種類型。第一種類型通常是某一主角從某仙道處獲知自己命中有仙格之分，也有富貴之命，但二者之中只能擇取其一。第二種類型則多半是二個人以上的故事，故事中有的耽求富貴；有的精進求道，甘受苦辛，最後苦盡甘來。

本節且先從第一類型的故事談起。

這一類故事中較為典型的是出於盧肇《逸史》的李林甫、盧杞、齊映等三人的故事。三篇故事並見《太平廣記》引。他們三個人都是歷史上的真實人物，並且先後做過唐朝的宰相。

首先是李林甫的故事，篇名〈李林甫〉。

故事中說李年輕時好遊獵，有一天，遇見一位道士，勸李不必以遊獵為樂，相談之下，李知覺該道士為非常人，道士約他三日後五更相見於槐壇之下，三日後：

> 及往，道士已先至，曰：「為約何後？」李乃謝之。曰：「更三日復來。」李公夜半往。良久，道士至，甚喜，談笑極洽，且曰：「某行世間五百年，見郎君一人，已列仙籍，合白日昇天。如不欲，則二十年宰相，重權在己。郎君且歸，熟思之，後三日五更，復會於此。」李公迴計之曰：「我是宗室，少豪俠，二十年宰相，重權在己，安可以白日昇天易之乎！」

計已決矣。及期往白，道士嗟嘆咄叱，如不自持，
曰：「五百年始見一人，可惜可惜。」李公悔，欲復
之，道士曰：「不可也，神明知矣。」與之敘別曰：
「二十年宰相，生殺權在己，威振天下。然慎勿行陰
賊，當爲陰德，廣救拔人，無枉殺人。如此則三百年
後，白日上昇矣。官祿已至，可使入京。」李公匍匐
泣拜，道士握手與之別。⑬

其次是盧杞的故事，篇名〈太陰夫人〉。

故事中說盧杞年少時貧窮，租屋於外，頗受鄰嫗麻婆照顧。有一
天從外回家，見麻婆屋中有一絕色美人。隔日，麻婆說可以介紹該女
與盧爲妻。三日後，麻婆帶盧至郊外，見該女從空而降：

與杞相見曰：「某即天人，奉上帝命，遣人間自求匹偶耳。君有
仙相，故遣麻婆傳意。更七日清齋，當再奉見。」女子呼麻婆，付兩
丸藥。須臾雷電黑雲，女子已不見。

麻婆和盧回家，清齋七日後，將藥種下，隨即生蔓，結成兩顆大
葫蘆，兩人合力將其中刳空，各乘其一，不久飛昇至天上水晶宮，見
到仙家排場嚴整，該仙女亦在場：

女子謂杞：「君合得三事，任取一事。當留此宮，奉
與天畢；次爲地仙，常居人間，時得至此；下爲中國
宰相。」杞曰：「在此處實爲上願。」女子喜曰：

---

⑬ （宋）李昉等編：《太平廣記》，（臺南：平平出版社，1975年），頁129-130。下引《廣
記》皆此本。

「此水晶宮也。某爲太陰夫人，仙格已高，足下便是
白日昇天。然須定，不得改移，以致相累也。」

仙女接著拜奏上帝，說明其事，上帝派來朱衣使者：

朱衣宣帝命曰：「盧杞，得太陰夫人狀云，欲住水晶
宮，何如？」杞無言。夫人但令疾應，又無言，夫人
及左右大懼，馳入，取鮫綃五匹，以賂使者，欲其稽
緩。食頃間又問：「盧杞，欲水晶宮住，作地仙，及
人間宰相，此度須決。」杞大呼曰：「人間宰相！」
朱衣趨去。太陰夫人失色曰：「此麻婆之過，速領
回。」推入葫蘆，又聞風水之聲，卻至故居。⑭

第三個是齊映的故事，篇名〈齊映〉。

故事中說齊映參加進士考試後，到禮部探訪消息，遇上陰雨，肚
飢徬徨，一策杖老人憐之，邀至其家：

老人曰：「郎君有奇表，要做宰相耶？白日上昇
耶？」齊公思之良久，云：「宰相。」老人笑曰：
「明年必及第，此官一定。」⑮

以上三篇故事都說三位主角命格特殊，李林甫是「已列仙
籍」，盧杞是「有仙相」，齊映是「有奇表」。只要他們願意，隨時

---

⑭　（宋）李昉等編：《太平廣記》，頁400-401。
⑮　（宋）李昉等編：《太平廣記》，頁223。

可以上昇成仙；否則至少也可以做到人間宰相。然而神仙與宰相分
屬仙、凡二界，即使像他們這種有特殊機緣的人也只能就其中選擇其
一，不能同時兼得。

　　這幾篇故事雖然結構並不很複雜，但卻也包含了不少可從不同角
度加以探索的情節要素，[16]然而由於本文旨在從人生價值取向一面立
論，所以只得單取神仙與富貴抉擇一項加以申論，而不及其他。

　　這三篇故事大概是爲了強調「抉擇」的主題，所以都將「神
仙」和「富貴」等同並列，當作是主角可以隨意取求的事物。這種寫
法，不論依傳統的仙道觀念，或宗教學上的聖、凡之分來說，[17]都未
免有將仙、凡分際過分淡化之嫌。

　　按理說，仙、凡（或者也可說聖、俗或神、凡）兩途，原本是
互爲對立的概念，由凡入聖，中間必得經過一個擺脫凡俗的過程。也
就是說，一個人要超凡入聖（爲神仙），至少須先擺脫凡俗羈絆，經
過一段辛苦的鍛鍊考驗，脫胎換骨之後，才能近於仙聖領域。[18]即使
如道教所說，人可以白日飛昇（肉身成仙），也還是需要經過一段修
煉的過程。導引養氣，修成內丹固是修煉，服食金丹靈藥，那一番
煉丹、尋藥的過程也是修煉。而逐步擺脫塵凡牽引，以致剗盡世俗習

---

[16] 如〈李林甫〉篇末以李爲謫仙的觀念，〈盧杞〉篇中的隨種隨結果，乘葫蘆上天，以及太陰
　　夫人下嫁是否有以唐朝公主下嫁一般士族爲背景影射等，都是另外可論的問題，但都非本文
　　主題所在，故俱暫置而不論。

[17] 以聖（Sacred）、凡（Profane）對立分殊來論宗教、巫術與神話，自古有之，也是涂爾幹
　　（Emile Durkheim）所運用並強調的觀念，後來伊利亞德（Mircea Eliade）更依循而擴
　　充之。參看：Emile Durkheim, *The Elementary Forms of the Religious Life,* trans. by Joseph
　　Ward Swain, (New York: The Free Press, 1965).Mircea Eliade, *The Sacred and the Profane,*
　　trans. by W. R. Trask, (Harcourt, Brace & World Inc., 1959)。

[18] Emile Durkhieim, *The Elementary Forms of the Religious Life*, pp. 348-355.

氣，更是近道成聖（仙）的不二法門。道教修道者之所以常須入山，或尋求僻靜之地，[19]表面上看似乎只是為減少干擾，以便專心修煉，其實卻已隱含隔離塵俗之意。即使世人祈求神佛，須事先齋戒沐浴的要求，原意也是為的離俗始能近神（雖然是暫時性的齋戒，也是隔離日常凡俗之習）。

　　然而這三篇故事卻似乎有意混殽仙、凡之間的分際。故事中說，只要三位主角願為神仙，就隨時可以成為神仙，不論原本他們俗心多麼重（或好遊獵，或貪功名）。就理論上來說，故事的這種寫法似乎有點說不過去，誠如唐末五代時道士杜光庭所說：「未有不修道而希得仙術，苟得之必致禍矣。唯名行謹潔者，往往得之。」[20]這三位主角既不是名行謹潔（持身高潔，不苟塵俗之意）之士，豈有未經修道的過程，要為仙即成仙的道理。

　　依常理分析，故事本身既有著上述的含混與矛盾，要解釋這些故事，便只好轉換一個角度。原來這三篇故事的重點都不在於求仙的「過程」與「決心」，而在於人生價值取向的當下抉擇分辨，因此而將其中隱含的仙、凡分際予以淡化，自有行文俐落的好處。因為如此一來，「富貴」與「神仙」在故事中就可如商品一般地當場並列，任供選擇，所要投訴的主題，也就因此凸顯而出。

　　另外，三篇故事也都強調了三人的「仙相」之格，意思等於是說，故事中的主角雖然也是凡人，但是他們和一般凡人有所不同，由

---

[19] 《抱朴子·金丹篇》說：「合丹當於名山之中，無人之地，結伴不過三人，先齋百日，沐浴五香，致加精潔，勿近穢汙，及與俗人往來。」雖但云煉丹，亦是其例。其他修道者求山中僻地之例極多，不具引。

[20] （宋）孫光憲：《北夢瑣言》，（臺北：源流出版社，1973年），卷六引杜光庭之語，頁45。

於命格特異，只要他們願意的話，隨時可以爲仙。由於有著這一番強調，所以往下情節的發展，也就還不會顯得過分唐突。

然而人之是否有特異的命格，也就是說人之未來可能如何如何，凡人卻是不能事先預知的。因此，爲了展開故事，示現主題，這類故事便得先安排一些能知過去未來的先知角色（神仙或其他修道有得者），來洩露天機，向主角告知命中可能有的發展，俾供主角抉擇。李林甫故事中的道士、盧杞故事中的仙女、齊映故事中的老人，便都是這種角色。必要時這些角色還是擔任接引、協助的人物（如果主角是選擇爲神仙的話）。

三個故事的主角在做抉擇的時侯，雖然都似乎經過一番考慮掙扎（這種心路歷程尤以盧杞故事寫得最傳神），但是終於都選擇了人間宰相，不願爲天上神仙。

選擇的結果之所以如此，首先當然是由於三位主角都是歷史上的眞實人物，而且都曾經做過宰相的事實而來。故事不論是作者刻意虛構，或但錄自當時傳聞，既然依託在有名歷史人物身上，對該人物的生平大事自然不能過於違背，否則便會喪失事理的眞實感。

然而若不談歷史事實的牽制，純就故事本身來看，主角們都寧願富貴不願仙，卻已凸顯出可感的現實物質之誘惑，對於人來說，往往勝過但爲可欲的精神境界的追求。在那仙道信仰甚爲風行的時代，這樣的故事，對於強調仙道信仰的人來說，豈不等於是一種揶揄。

若再以另一個同類的故事對應著來看，這種傾向似乎就更爲突出。《北夢瑣言》卷十三有一則「楊收」的故事，楊收也曾經做過唐朝的宰相。故事中說：

> 收相少年於盧山修業，一日，尋幽至深隱之地，遇一

道者，謂曰：「子若學道，即有仙分，必若作官，位
至三公，終焉有禍。能從我學道乎？」收持疑，堅進
取之心，忽道人之語。他日雖登廊廟，竟罹南荒之
殛，悲夫！[21]

這個故事和前面三篇是有些相似，但是也還有些微不同，所以
不在前文一併討論。畢竟，故事中說的是楊收若肯學道，可能可以成
仙。而學道可成與否，總是難以捉摸的，不像前三篇的主角，似乎不
願富貴即可為仙。楊收在抉擇上因此多所遲疑，而終於選擇了人間富
貴的追求一途，也就是可以理解的。

然而有意義的是，在一系列同類的故事中，該篇的敘述，實在是
更強化了現實富貴對人的吸引力。因為如故事所述，即使可能隱有禍
端，只要富貴必有，人們還是寧願人間富貴而不願為超凡神仙。

以上這些故事，當然都因有著歷史事實的限制（四人都曾做過
宰相），所以主角在富貴與神仙的抉擇遊戲當中，都成了富貴的追逐
者。然而有趣的是，為什麼會有這一類的故事？而且宰相雖貴為人臣
極品，頂頭上總還有皇帝，何以不將故事附會在皇帝身上？

三

在傳統的社會結構中，皇帝是高居金字塔頂端的至尊，當然也是
人間富貴與權威的最高表徵。然而這類富貴與神仙抉擇的故事，卻不

---

[21] （宋）孫光憲：《北夢瑣言》，頁92。

依附在皇帝身上，只附託在宰相身上，大概有以下一些原因。

首先，承平時期的皇帝是世襲的，不像宰相以下的官員是異姓輪流替換的。一般人或許可以憑著家世，或更加上自身的才情與努力，指望做到什麼官職，卻絕不能指望做皇帝。而且依憑自身條件，雖說可指望得到某種理想的官職，能不能眞的得到，卻還要靠機緣。「機緣」包含的是許多不可知的變數，誰也難以逆料。命運之說也就在於難以預料，而又想預知的情況下滋生。古來仕宦中人多信命運之說，道理即在於此。白居易詩：「功名富貴須待命，命若不來知奈何。」[22]說的正是此事。也就因爲如此，將故事附託在爲人臣子的宰相身上，自較附會在皇帝身上更爲貼切妥當。

至於亂世之中改朝換代登上皇帝寶座的，更是反亂中拚著性命得來，因此也不宜做爲這種故事的主角。人生前途的抉擇原本就有著幾分賭注冒險的性質，然而這類故事卻是將神仙與富貴這兩種都是極好的果實，安排在安全的環境中以供抉擇，二者都不必冒什麼風險。因革命而做皇帝的角色，當然就不適於這一類故事。

另外，若依道教的觀點來說，則人間皇帝是天上眞仙下凡輪流做，做滿期依然回到天上爲神仙，[23]所以也不適合當作這種故事的主角。

宰相是人臣極品，一人之下，萬人之上，是有志功名者所嚮往的最高峰。唐朝的傳說認爲：「宰相，冥司必潛以紗籠護之，他官則無。」[24]明白的指出宰相在人們心目中的地位，是遠非其他官員所能

---

[22] 清聖祖御定：《全唐詩》，（臺北：文史哲出版社，1978年），頁4811。

[23] 《雲笈七籤》，頁1620。

[24] （宋）李昉等編：《太平廣記》，頁489及頁1099。

比擬的。在這一類故事中，既然不便以皇帝為主角，宰相自然就成為人間富貴的最佳樣本。

然而，就以《逸史》所記的故事來說，在該書完成之前，曾任唐朝宰相的，為數頗多，該書卻單以李林甫等三人為故事的主人翁，其中是否有什麼特別的原因？

關於這一點，首先得由《逸史》一書的特性及作意說起。《逸史》原書今雖已失傳，然《太平廣記》、《說郛》等類書所錄篇章，卻仍不少。《說郛》錄有《逸史》序，云：「其間神仙交化，幽明感通，前定升沉，先見禍福，皆摭其實。」[25]說明作者編纂本書的目的，主要在於記述神仙幽冥、禍福命定等事。再看「皆摭其實」的語氣，似乎作者認為所記之事都是真實。這種態度一方面既說明了作者自己的信念，一方面也表現了當時神仙禍福之說的普遍而深入。

如果按照序文所說，則作者記述的大概是當時民間的傳聞，而記述的目的也只在於表達「升沉前定」、「一切皆是命，半點不由人」等傳統命運觀而已。

然而，姑且不論故事是來自當時民間傳聞，或作者所虛構，篇中主角那種寧願人間宰相不願為仙的強烈意願，總讓人有著過於貪戀現實富貴的感覺。作者編述此種故事，於傳達「升沉前定」的觀念之餘，是否隱有微言？

這幾篇故事之所以會讓人讀來有這樣的感想，是因為李林甫、盧杞在正史上都沒有獲得什麼好評，《新唐書》更將兩人都編入〈奸

㉕ （明）陶宗儀編：《說郛》，（臺北：新興書局，1978年），頁437。

臣傳〉。㉖而《逸史》對盧杞、齊映雖然沒有什麼特殊的評語，在李林甫故事中卻說：「數年後，自固益切，大起大獄，誅殺異己，冤死相繼，都忘道士槐壇之言。」顯然的是不以李林甫爲好人。由此段評語，對照當初抉擇富貴的描寫，李林甫之爲貪嗜權位之徒，形象顯然十分鮮明。

四

　　屬於同一類型而寫得較爲獨特的是有關李泌的故事。事見《太平廣記》引《鄴侯外傳》，篇名〈李泌〉。據著錄，《鄴侯外傳》出自李泌兒子李繁。㉗故事雖不是來自傳聞，卻絕不能當作信史看，因爲篇中已將李泌過分神化，免不了多所附會。然而這不是本文重點所在，本文所要談的還是神仙與富貴這一主題。

　　故事中說李泌自小器宇不凡，甚爲聰慧。

　　　爲兒童時，身輕，能於屏風上立，薰籠上行。道者

㉖ 《舊唐書》雖不別爲「奸臣傳」，但對李林甫的評語是：「李林甫以諂佞進身，位極臺輔，不懼盈滿，蔽主聰明，生既唯務陷人，死亦爲人所陷，得非彼蒼假手，以示禍淫者乎！」對盧杞的批評則是：「既居相位，忌能妬賢，迎吠陰害，小不附著，必致之於死，將起勢立威，以久其權。」《新唐書》則直接將二人歸入〈奸臣傳〉。

㉗ 《新唐書‧藝文志》雜傳記類有「李繁，《相國鄴侯家傳》十卷」。《宋史‧藝文志》傳記類亦錄「李繁，《鄴侯家傳》十卷」。皆無《鄴侯外傳》。然今據《說郛》卷七〈諸傳摘玄〉所錄《鄴侯家傳》文字，與《鄴侯外傳》多同，而各本收錄《鄴侯外傳》者，如《古今說海》、《五朝小說》等皆以《外傳》爲李繁作。《新唐書‧李泌傳》贊又云：「繁爲《家傳》，言泌本居鬼谷，而史臣謬言好鬼道，以自解釋。既又著泌數與靈仙接，言舉不經，則知當時議者切而不與，有爲而然。繁言浮侈，不可信，掇其近實者著于傳。」《外傳》侈言者正是李泌數與仙靈之事，因此知《外傳》亦出自其子李繁之手。

云：「年十五必白日昇天。」父母保惜，親族憐愛，
聞之，皆若有甚厄也。一旦聞空中有異香之氣，及音
樂之聲，李公之血屬必迎罵之。至其年八月十五日，
笙歌在室，時有綵雲掛於庭樹，李公之親愛，乃多搗
蒜虀，至數斛，伺其異音奇香至，潛令人登屋，以巨
杓颶濃蒜潑之，香樂遂散。自此更不復至。

這是說李泌年少時即有昇天為仙的機緣，然而由於家人阻隔，不
使離去，因而不成。

故事接著說，後來李泌遊衡山、嵩山，遇神仙桓真人、羨門
子、安期生，教他長生羽化之道，並對他說：「太上有命，以國祚
中危，朝廷多難，宜以文武之道，佐佑人主，功及生靈，然後可登真
脫屣。」就是說李泌早晚可以成仙，但是上帝傳達指示，要他先留人
間，輔佐帝王，成就功業之後才可以上天。這等於是說李泌之所以會
留人間為宰相，是上天指示，乃為救生靈，不得已而為之，不是他自
己貪戀人間富貴。

然而李泌的昇仙因緣不只如此，另外一段又云：

天寶八年，在表兄鄭叔則家，已絕粒多歲，身輕，能
自屏風上，引指使氣，吹燭可滅。每導引，骨節皆珊
然有聲，時人謂之鎖子骨。在鄭家時，忽兩目冥然，
不知人事，既寤，見身自頂踊出三二寸，傍有仙靈，
揮手動目，如相勉助者。如自足及頂，乃念言大事未
畢，復有庭闈之戀，願終家事。於是在旁者皆見一

人，儀狀甚巨，衣冠如帝王者，前有婦人，禮服而跪。如帝王者責曰：「情之未得，因欲令來，使勞仙靈之重。」跪者對曰：「不然，且教伊近天子。」於是遂寤。後二歲，爲玄宗所召，後常有隱者八人，容服甚異，來過鄭家，數自言仙法嚴備，事無不至。臨去嘆曰：「俗緣竟未盡，可惜心與骨耳。」泌求隨去，曰：「不可，姑與他爲卻宰相耳。」[28]

這一段描寫李泌一度幾乎脫殼仙去，終因庭闈之念而有所掙扎的情形頗爲別緻，爲其他書所罕見。因爲有那一番掙扎，所以後來雖又想隨仙人而去，仙人卻以爲他俗緣未了，要去，須待宰相事完。

整篇故事強調的是，李泌自幼仙骨不凡，也願爲仙，而且曾有多次昇仙機緣，只因俗緣難了，又加上神仙所命，不得不留處人間，輔佐天子。爲人間宰相對他來說，似乎是一件不得已的事情。

故事如此描寫，使得李泌人品格調似乎比李林甫等人高出許多。其中緣故當然和故事出自主角兒子有關。李泌本身酷嗜神仙之學已是有名，作爲兒子的若有意就此再加揄揚，以爲清高之標榜，因此而多所神化附會，原也自然，也就因此而唐代所流行的，依附於實際名人的這一類故事當中，李泌就幾乎成了唯一不願棄神仙以就富貴的例子。

而就以上數篇故事來說，〈李林甫〉、〈李泌〉等篇，其構思的底層背景，似乎都有著張良傳說的影子。張良爲漢朝開國功臣，功成

---

[28] （宋）李昉等編：《太平廣記》，頁238-242。

名就之後，本可大享榮華富貴，然而他卻棄富貴如敝屣，退隱求道。
那種胸懷見地，顯然非常人所能企及。也就因此，而他的事跡每爲後
世所艷稱，更爲談神仙者以爲典型。上述李林甫與李泌故事，所述二
人行誼雖與張良多有不同，但有關李林甫於槐壇遇道士的描寫，卻明
顯的仿如張良之遇圯上老人。而《鄴侯外傳》將李泌說成似不願富貴
但願爲仙的情景，也正以有張良不願富貴但願仙，終爲後世所尊崇的
典型在。作者之所以將主角情性比附於此，爲的不過是藉此以形容其
清高。

五

神仙與富貴之間難抉擇的另一類型，即兩人以上，或求富貴或求
神仙，最後相遇，形成對比的故事，在唐代更爲流行。單以收於《太
平廣記》的代表性作品而言，即有出《續玄怪錄》的〈裴諶〉，《逸
史》的〈盧李二生〉，《仙傳拾遺》的〈薛肇〉，《廣異記》的〈張
李二公〉及《續仙傳》的〈劉晏〉等篇。這些故事結構大同小異，
不同的只是情節細緻的等差。

首先從〈裴諶〉的故事談起。故事中說裴諶和友人王敬伯、梁芳
相約入山學道，十幾年之後仍無所成，梁芳且因而去世。王敬伯因此
認爲長生之道難求，與其在山中忍受辛苦，不如下山「建功立事，以
榮耀人寰。」然而裴諶不爲所動，仍留山中學道。

王下山之後不久，果然功名如意，頗爲自得。後因奉使淮南，舟
船遇雨，忽見一漁船疾駛如風，中有穿簑戴笠老人，原來就是裴諶。
兩人相見，王見裴形狀似乎窮窘，便頗有自負之情，對裴說：

兄久居深山，拋擲名宦，而無成到此極也！夫風不可
繫，影不可捕。古人倦夜長，尚秉燭遊，況少年白晝
而擲之乎。敬伯自出山數年……雖未可言宦達，比之
山叟，自謂差勝。兄甘勞苦，竟如曩日，奇哉奇哉！
今何所須，當以奉給。

王認爲求仙道是捕風捉影的事，又看裴的樣子，以爲他仍然困頓
無成，因此言談之間不免流露自滿之情。然而裴的回答竟然是：

吾儕野人，心近雲鶴，未可以腐鼠嚇也。吾沉子浮，
魚鳥各適，何必矜炫也。

原來裴已得道成仙，唯暫時不露相而已。裴約王淮南事畢，過從
相訪。王即期如約，至裴居所，但見：

樓閣重複，花木鮮秀，似非人境。煙翠蔥籠，景色妍
媚，不可形狀。香風颯來，神清氣爽，飄飄然有凌雲
之意，不復以使車爲重。視其身若腐鼠，視其徒若螻
蟻。

想不到自以爲傲的富貴，與得道者一比之下，竟如糞土。

接著裴以燕樂相待，席中特弄仙術，召美女彈箏相陪，王一看之
下，所召之女竟是自己的妻子。這當然是裴有意的作弄。宴畢，裴對
王妻說：

此堂乃九天畫堂，常人不到。吾昔與王爲方外之交，憐

其為俗所迷，自投湯火，以智自燒，以明自賊，將沉
浮於生死海中，求岸不得，故命于此，一以醒之。[29]

對於一篇仙道小說來說，這一段話等於是主題的提示，意思是勤
求功名富貴，只是「自投湯火，以智自燒。」最後未免「沉浮於生死
海中，求岸不得。」這種說辭，儼然是一副宗教使徒的傳教口吻。

前述李林甫一類故事，雖然同樣的是肯定神仙的存在，但對現實
富貴卻不作輕蔑的排斥。相較之下，兩種類型所展現的主題之不同是
很明顯的。裴鉶這一類型的故事，總是在結局的時候，將沉迷富貴的
人和求仙的作一個面對面的比較，使人覺得人間富貴不可靠，只有神
仙事業才久長。這種寫法的意義，似乎就在於仙道信仰的宣傳。

以下再將其他各篇作大略介紹，然後一併討論。

〈盧李二生〉篇中講的是盧、李二人同隱居太白山讀書，兼習導
引仙術。後來李生因不耐寒苦，半途而廢，返歸故鄉。返鄉後替官家
管理橘子園，結果因時運不濟，反而折欠官錢數萬貫，貧苦不堪。有
一天，於某橋邊遇見盧生，此時盧生草履布衫，李覺得他襤褸可憐，
盧卻大罵：「我貧賤何畏，公不作好，棄身凡弊之所，又有欠負，且
被囚拘，尚有面目以相見乎！」雖然如此，仍然邀李隔日到他的住
所。

李到盧家，所見到的盧生是：「星冠霞帔，容貌光澤，侍婢數十
人，與橋下儀狀全別。」盧設宴款待，席上，以仙術召一女子彈箜篌
相陪。李見箜篌上有字：「天際識歸舟，雲間辨江樹。」盧向李說，

---

[29] （宋）李昉等編：《太平廣記》，頁116-118。

以後可安排此女子爲李妻室，並可代李償還所欠官錢，於是交給李一根柱杖，教李持杖至某波斯店取錢。

> 李生既回，持杖至波斯店，波斯人見杖，果然如數給
> 李所需款項。後來結婚，所娶的也果然是盧生宴席上
> 所見到的女子。㉚

〈薛肇〉篇中講的是薛肇和進士崔宇以及另外兩人，一同在盧山讀書。那兩個不記姓名的人學業未成即已離去，崔宇苦讀，終於擢第，薛肇則專心修道。

後來崔宇授官赴任，途中遇薛肇，見肇顏貌風塵，頗有哀嗟之狀，自己官場得意，相形之下，未免洋洋自得。然而肇邀至其家，所見卻是「田疇花木，皆異凡境」、「高樓大門，殿閣深沉，若王者所理」。接著開宴召妓，並有一女彈箜篌，箜篌上有字，一如〈盧李二生〉篇。臨行，肇以金子三十斤相送。崔後來結婚柳氏，竟是前次宴席上彈箜篌女子。㉛

〈張李二公〉篇中張李二人同於泰山學道，後來李想要下山做官，乃辭歸。天寶末，官至大理丞。不久奉使揚州，途中與張相遇，見張衣服澤弊，不免有相憐之意。張乃邀李至其居，既至，「門庭宏壯，儐從璀璨，狀若貴人」。接著宴客召妓，李見其中彈箏者竟似其妻。臨別，張送李一頂舊帽，說如果缺錢，可拿此帽到某藥鋪問王老取錢。李後來果然如法取得錢。回家與妻相見，一談之下，其妻果曾

㉚ （宋）李昉等編：《太平廣記》，頁119。

㉛ （宋）李昉等編：《太平廣記》，頁120-121。

被召去陪酒。[32]

〈劉瞻〉這篇故事和上述諸篇稍有不同。篇中說劉瞻和劉瞻兩兄弟個性有別，瞻性高尚，瞻慕榮達。後瞻隨道士學道，瞻則以爲神仙難求。後來瞻官至宰相，然不久被謫於日南，行至廣州江濱，瞻派人迎接相見。既見，「瞻顏貌可二十來，瞻以皤然衰朽，方爲逐臣，悲喜不勝。」相見過後不久，瞻就死於貶所。[33]

以上就是各篇故事大要。這些故事不僅題旨大體相同，情節結構也都大同小異，明顯的是相互沿襲模擬所致。如果以其他唐人小說名篇來相互比較，這些篇章免不了就顯得太過缺乏創作新意。李娃、霍小玉或聶隱娘等故事之所以可貴，就在於多有自創機杼，新異動人的描寫，而這正是裴諶等篇所最缺乏之處。

以小說藝術觀點來說，上述諸篇顯然有著這種不可諱言的缺點。但是，如果從另一個角度來看，也就是把這一些作品當作是爲傳達某種宗教信念而作，便會有另一層不同的意義。宗教信徒們要傳達他們的信念，即使時地相隔甚遠，同樣的信徒乃往往會舉類似的例證來說明同樣的理念。歷來屬於同一宗教的善書一類，常會發現相似故事反覆出現，原因就在於此。佛經所載佛陀本生故事，記種種佛陀前世事跡，角色人名似多改易，然而情節卻多有雷同，原因就在於那些故事總是在闡釋「勇於施捨」這一相同的意念。

上述這些神仙與富貴對比的故事，情節之所以多半大同小異，一部分原因或許就因爲作者們認爲這樣的描寫，最容易將他們心目中的神仙信念表達得清楚。

---

[32] （宋）李昉等編：《太平廣記》，頁158。

[33] （宋）李昉等編：《太平廣記》，頁332-333。

　　富貴固然是眾人大欲之所在，然而，即使身居富貴，也終有老朽衰亡的一天。比起那些專心求道者來，雖然求道過程是苦，但是，當他修道有成的時侯，不只可以長生不死，且富貴更遠勝人間之所有。如此兩相對比，自有炫誘世人傾信神仙的作用，而這也正是這些作品所要傳達的主題。

　　話雖然如此說，然而為表達相同的意念，大結構處相同或者無可厚非，連一些小關節小賣弄處也多見雷同，卻仍然表示出當時一些小說作者的拙於創意，但習以挪借為常。舉例來說，宴會中以法術召美女（或召美女之魂）陪酒作樂的描寫，不僅上述諸篇所同，《河東記》的〈獨孤遐叔〉，《纂異記》的〈張生〉，《開天傳信錄》的〈東明觀道士〉等唐人故事，也見同樣的伎倆。[34]而得道者教人以舊帽或柱杖等信物，至某處即可取得所要錢財，也同樣的見於《續玄怪錄》的〈張老〉故事。[35]

　　唐人故事但以《廣記》所收，即不下千百篇，但為後世所稱道者不過數十，原因大概就在於如上所舉，其中多有相互沿襲挪借之故，不只因為多侈談神怪迷信而已。

六

　　上述故事既然從宗教層面看才能更顯出其意義，以下就從這方面談起。

---

[34] 此外《宣室志》的〈楊居士〉條亦是，後來明代《五雜俎》卷六〈酈道人〉條亦談及此等術法。

[35] 〈張老〉即灌園叟娶韋恕長女的故事，後來《古今小說》卷三十三〈張古老種瓜娶文女〉話本，即改自本篇。本篇故事因而流傳較廣。

　　這些故事多半設爲兩人以上，或者願求富貴，或者願求仙；另外或者設爲原本兩人有志一同向道，後來有的或因不耐辛苦，或對求道的終極產生懷疑，因而半途退轉，轉向人間富貴的追尋，那不生退轉之心的，最後終於得證仙果，結局是兩造相遇，形成對比。

　　這樣的故事雖然情節簡單，就宗教的意義來說，卻已牽涉到幾個信仰上的重要概念，那就是若欲超凡入聖，必須信心堅定，不受塵世富貴愛欲的引誘，再加精進修持，才能有所得。當然大前提是信仰與修持的結果是好的，是人間富貴所不能比擬的長久幸福。

　　宗教信仰原本是爲彌補人生現實的種種不足與缺憾而有的，然而隨著文明的發展，一些後來形成的較有理論系統的宗教，不只其形成初期多半帶有對當時現實社會的批判意味，到後來，其修持的終極信念，更往往走向對現實世間的否定。也就因此，對大部分的宗教修道者來說，現實世間的塵緣俗情，往往就是精進修持道路上的最大障礙。而如何擺脫世情，以至忘（俗）情，完全不受羈絆，便幾乎是修道者希冀由凡入聖的主要工作。唐代另一篇小說〈杜子春〉的結局，就在於杜子春雖然已能割捨世間大部分七情六慾，但最後還是由於不能突破母子親情一關，煉丹之事終於無成。這也就是說，由於他仍不能完全擺脫世間，所以不能超凡證仙。

　　然而，從嚴格的神、凡對比觀念來說，要擺脫俗情卻是一件非常辛苦的事。因爲即使是維持生命不可或缺的日常飲食動作，有時也是「俗」的「凡」的。[36]道教求仙故事中常說的「不食人間煙火」，但吃樹草果實（未經烹煮的），以至於後來可以但靠「食氣」即能生存，甚至於達到不食的境地，其原始的含意，其實就是從飲食方面開

---

[36] Emile Durkheim, *The Elementary Forms of the Religious Life*, p. 345.

始，一步一步擺脫世俗牽縛的意思。

　　一些宗教的祭典活動，參與者在儀式舉行前後的一些日子裡得行齋戒生活，也就是不能吃平常吃的食物，不能做日常的工作，不能行日常的男女之事。對一般人來說，短期的齋戒，或許可以當作日常生活中的一種調劑，但是，對於修道者來說，卻是得過長期的這種日子，這種幾乎與世隔離，與自己的本來情欲隔絕的日子。因此，修道的人就必須有大信心，能堅持，才能忍受這種捨離世情所帶來的種種苦。

　　天生超凡入聖的人只存在神話中，一般人在未修持得道前，總是凡俗的，俗界的一切就是他所熟習的，七情六慾的適當抒發，就是他以為正常的。因此要割捨這熟習的，情感所寄的世俗，也就不是一件簡單的，人人都做得到的事情。

　　斷離俗情是困難而痛苦的，但是一些堅心修持的人卻似乎能夠忍受，而終於習慣不以為苦，其間總有一個支撐的信念。這種信念看起來好像非常的超脫，其實卻也相當的現實，那就是現在的辛苦與割捨，為的是將來更為長久的幸福。現在的忍受犧牲，不過是換取未來長久幸福所必須付出的代價。

　　然而，話雖這麼說，在修道的過程中，世俗的習慣，情欲的誘惑，卻不是像門裡的垃圾一樣，只要一掃就可以掃出外面去的。因為世情既是一向所生養習熟的一切，它早就植根於每一個人的生命當中，成為生命的一部分，不是輕易就能去除的，這情形就如《抱朴子》所說：「愛習之情卒難遣，而絕俗之志未易果也。」[37]

---

[37]　《抱朴子‧論仙》中語。

聖奧古斯丁（Aurelius Augustinus）的《懺悔錄》第八卷全卷記載的正是作者修道期間，試圖擺脫俗情羈絆，心靈忍受無限掙扎痛苦的精采自白。由於篇中將「聖」、「俗」兩欲[38]的衝突糾纏描述得相當真切感人，特引數段以爲論述參證：

> 我已經討厭我在世俗場中的生活，這生活已成爲我的負擔。我先前熱中名利，現在名利之心已不能催促我忍受如此沉重的奴役了。由於我熱愛祢的溫柔敦厚和祢美輪美奐的住所，過去的塵情俗趣在我已不堪回首。但我對女人還是輾轉反側，不能忘情……。
>
> 敵人掌握著我的意志，把它打成一條鐵鏈緊緊地將我縛住，因爲意志敗壞，遂生情欲，順從情欲，漸成習慣，習慣不除，便成爲自然了。這些關係的連鎖——我名爲鐵鏈——把我緊纏於困頓的奴役中。我開始萌芽的新的意念，即無條件爲祢服務，享受祢，上帝，享受唯一可靠的樂趣之意志，還沒有足夠的力量去壓伏根深柢固的積習。這樣我就有了一新一舊的雙重意志，一屬於肉體，一屬於精神，相互交綏，這種內訌撕裂了我的靈魂……。
>
> 世俗的包袱，猶如在夢中一般，柔和地壓在我身上；我想望的意念，猶如熟睡的人想醒寤時所作的掙扎，由於睡意正濃而重複入睡……。

---

[38] 富貴固為俗人之欲，超凡入聖之企求亦人之一種欲。可參看Roland A. Delattre為Mircea Eliade所主編1987年出版的《宗教百科全書》所寫的「Desire」一條專論。

我的內心喜愛祢的律法是無濟於事的，因為「我肢體
中另有一種法律，和我心中的法律交戰，把我擄去，
叫我順從肢體中犯罪的法律。」犯罪的法律即是習慣
的威力，我的心靈雖然不願，但被它挾持，被它掌
握；可惜我是自願入其殼中，所以我是負有責任的。
我真可憐！[39]

以上之所以引錄這麼一大段，因為它是少見的將一個修道者在修
持過程中，力求擺脫世俗情欲與習慣，以進入聖神之境的痛苦掙扎，
說得如此鮮活的紀錄。

掙扎得過世情的誘惑，以至於超脫，便入聖境。上述小說中那些
半途退轉的人，就是難脫此關。

在此我們可以另用一個比喻來說明：生活於俗界，習染於世情的
凡人，就好比是部落社會中那些未經成人儀式洗禮的少年孩童。少年
要成為大人社會的一員，得經嚴格的考驗儀式。包括脫離舊居，離開
熟習的人群玩伴（有如一般宗教修行者的遠離塵俗），忍受肉體的折
磨（有如修道者的齋戒苦行），然後接受長老種種知識與禮儀的教誨
（有如經典的參研與先輩導師的引導開示），一切都通過之後才能進
入大人的群體，為成人社會的一員（有如證道或成仙）。通過這儀式
的，以前的他就等於死了，現在的他是一個新的生命。[40]

---

[39] 聖奧古斯丁著，徐玉芹譯：《懺悔錄》，（臺北：志文出版社，1985年），頁176-190。

[40] Emile Durkheim, *The Elementary Forms of the Religious Life,* pp.353-355. Mircea Eliade, *The Sacred and the Profane,* pp.186-201.

　　道教或其他宗教，教人修道成仙或入聖，也就等於教人追求一個不同於以前那種凡俗的，超凡而全新的生命。這種讓舊的死亡，新的生命再生的過程，古今中外一樣，都必須付出相當大的代價。付不起，或不願付出那代價的，就只好永遠是俗人。對於修道有成的人來說，他們是經過考驗，付出代價，最後得到勝利果實的人。相較之下，那些原本也有意求道，而半途退轉的人，就是經不起考驗，付不出代價的失敗者。在勝利者眼中，失敗者永遠是可憐的，小說中那些證仙的人對待那些後來轉求富貴的人，所持的正是這種態度，一如部落社會中那些通過成人儀式的人看待那些通不過的少年一樣。

七

　　上述故事，將虔心修道者和人間富貴的耽溺者（許多是因不耐求仙之苦，或對求仙的終極沒有信心）當作對比來描寫，除了因為神仙與富貴二者都是人的大欲之所在以外，更因為二者是分屬聖俗對立的不同領域，也可以說等於是精神與肉體（物質）的對比。而俗世間之所以讓人多所牽纏，除了如前所述，是因為人本來就如此生活，習慣如此而外，更重要的是俗世的種種愛、欲，許多是人性自然之所趨。

　　然而，現實人生亦自有貧賤與富貴。貧賤者可能會因為生活的折磨痛苦，而對世間比較沒有太多的貪戀。富貴者卻由於生活如意，俗世的，特別是肉體的欲望輕易可以得到滿足，因此世間的一切對他們來說，可能就是美好的，難以割捨的。俗情難捨，聖神難近，也就因此，富貴對於一些修道者來說，不只是「不可欲」的，它簡直就是修道入聖的大障礙。因為它使人迷亂，使人以為富貴就是人生的終極目的。

這一類的觀念，見於中外典籍記載的為數不少。

以莊子的話來說，希求「長生」是人之大欲，然而要「長生」卻得：

> 無視無聽，抱神以靜，形將自正。必靜必清，無勞女形，無搖女精，乃可以長生。目無所見，耳無所聞，心無所知，女神將守形，形乃長生。[41]

然而富貴人家的生活，卻是使人不能「靜」與「清」。

> 富人，耳營鐘鼓筦籥之聲，口嗛於芻豢醪醴之味，以感其意，遺忘其業，可謂亂矣[42]。
>
> 貴富顯嚴名利六者，勃志也。容動色理氣意六者，謬心也。惡欲喜怒哀樂六者，累德也。去就取與知能六者，塞道也。此四六者不盪胸中則正，正則靜，靜則明，明則虛，虛則無為而無不為也。[43]

名利富貴正是使心惑亂，使心不能靜，使人不能入於無為無不為之大道的大障礙。

《呂氏春秋‧本生》：「古之人，有不肯富貴者矣，由重生故也。」〈貴生〉篇：「世之人主，多以富貴驕得道之人，其不相知，

---

[41] 《莊子‧在宥》。郭慶藩輯：《莊子集釋》，（臺北：華正書局，1979年）。

[42] 《莊子‧盜跖》。前引書，頁1012。

[43] 《莊子‧庚桑楚》。前引書，頁810。

豈不悲哉！」[44]說的也是富貴有傷「全生」之道。

《抱朴子》更以秦皇、漢武一類帝王爲例來說明這種道理：

> 其所耽玩者，非一條也，其所親幸者，至不少矣。正
> 使之爲旬月之齋，數日閒居，猶將不能，況乎內棄婉
> 孌之寵，外捐赫奕之尊，口斷甘肴，心絕所欲，背榮
> 華而獨往，求神仙於幽漠，豈所堪哉！

因爲富貴使人沉溺惑亂，所以他的結論是：「是以歷覽在昔，得
仙道者，多貧賤之士，非勢位之人。」[45]

基督教的《聖經》對此更有明白的宣示：

> 耶穌對門徒說，我實在告訴你們，財主進天國是難
> 的。我又告訴你們，駱駝穿過鍼的眼，比財主進神的
> 門還容易呢！[46]
> 那些想要發財的人，就陷在迷惑，落在網羅，和許多
> 無知有害的私慾裡，叫人沉在敗壞和滅亡中。貪財是
> 萬惡之根，有人貪戀錢財，就被引誘離了眞道，用許
> 多愁苦把自己刺透了。[47]

可見富貴對於想要修道的人來說，實在是大累贅、大阻礙。要超

---

[44] 陳奇猷校譯：《呂氏春秋校釋》，（臺北：華正書局，1985年），頁21及頁75。

[45] 《抱朴子‧論仙》中語。

[46] 《馬太福音》第十九章。

[47] 《提摩太前書》第六章。

凡入聖之境，就不能耽於人間富貴。而富貴之所以是修道的大障礙，因為它使人迷亂，使人覺得人生美好而難以割捨，因此如釋迦牟尼、張良等身居富貴的人，竟然能夠棄富貴如敝屣，割捨俗緣，一心向道，就顯得特別的難得而可敬。

八

　　上述各篇故事雖說充滿宗教意味，卻也指出了二種不同的人生價值取向。借用仙道小說名著《綠野仙蹤》的話來說，就是或願「百年之內的享福」，或願「百年之後的快樂」[48]。這種人生價值取捨判斷的問題，本來就好比鐘鼎山林的比喻，各因其性，各有所好，他人實在難以論斷是非。

　　當然，其中牽涉到的還是信仰與信心的問題。堅意求仙道的人總認為仙道是可求的，而願求富貴的，若不是根本不信仙道，就是信心不夠堅強。對於以仙道或聖境為實有，為可求，並精進修持的人來說，人間富貴的追逐者未免都是可憐或可笑的，因為他們所追求的是短暫而虛浮的東西。基督教的寓言名著《天路歷程》，就是用「忍待」和「急欲」來代表這二種類型：

　　　　急欲好比是現世的人們，還有那忍待好比是來世的人
　　　　們。你看急欲要在今生立刻獲得那些好東西，如同現
　　　　世的人們一般，只顧目前，不肯等到死後，其實死後

---

[48] 李百川：《綠野仙蹤》，八十回本第十四回，百回本第十五回，「冷于冰回鄉探妻兒」一回故事中已得仙道的主角冷于冰對妻子說：「百年內之福，我不如你；百年外之福，你與我不啻天淵。」

也有極大的福氣爲他們預備。格言說：「十鳥在樹，
不如一鳥在手。」他們以爲這話比《聖經》中說到來
世的話更可信……急欲先得了些寶貝，實在無庸冷笑
忍待，因爲忍待後來得他的產業更可以冷笑急欲。在
先的一定要讓給在後的，而在後的，再無人繼起，所
以可以長久受用。[49]

　　這種語氣，對「急欲」那種只顧目前現世的作風，是出之以
「冷笑」的，正如同上述唐人小說中，結局總是忍苦求仙者對追求富
貴的人的嘲弄一般。

　　綜觀上述二組故事，不論是傳述宰相名流佚事，或幻設寓言，
以爲仙道之說撐腰，都已明白地表明許多唐代士人安置人生目標的兩
大方向，若不是「貴顯於朝」就是「避世求長生」二者。正如白居易
詩：「人生號男兒，若不佩金印，即合翳玉芝，高謝人間世，深結
山中期。」[50]以及上述故事主角之一李泌的詩：「天地生吾有意無，
不然絕粒昇天衢，不然鳴珂遊帝都，爲能不貴復不去，空作昂藏一丈
夫。」[51]正因爲有這樣的思想背景，所以才有這樣一類的小說。

　　　　　　　　　原載一九八九年八月《小說戲曲研究》第二集

---

[49] 本仁約翰（John Bunyan）著，謝頌羔譯：《天路歷程》（又譯名《聖遊記》），（香港基
　　督教輔僑出版社，1956年），頁28-29。

[50] 《全唐詩》，頁4969。

[51] 《全唐詩》，頁1126。

〈馮燕傳〉及相關系列故事的理解

一

　　〈馮燕傳〉是中晚唐時期沈亞之的作品，包括篇後贊語在內，全篇字數大約四百左右。純就字數來說，大概就等於現代人「小小說」的長度。然而，若就內涵結構而言，它卻是一篇內容豐富，情節緊湊的「短篇小說」，而不是僅僅藉著單一情節或單一懸宕技巧撐持著的「小小說」。

　　字數少，是由於用筆凝練，而不是由於所要表達的意念單純。

　　唐代小說作者常是古文名家，因此傳世佳篇不論情節繁複或簡單，其行文造字每每精緻考究。沈亞之追隨韓愈十多年，[1]其文章風格深受韓愈影響，而更求「務為險崛」，[2]因此「簡練」便成了他作品的一個特色。〈馮燕傳〉就是此種風格的一篇代表作品。[3]

---

① 《沈下賢集》，卷九，〈送韓北渚赴江西序〉：「昔者，余得諸吏部昌黎公，凡遊門下十有餘年。」（《四庫全書》本）

② 《四庫全書編目提要》卷一五〇，〈別集類三〉評述其文集謂：「其文則務為險崛，在孫樵劉蛻之間。」

③ 王夢鷗：〈沈亞之生平及其小說〉一文考證，〈馮燕傳〉及〈湘中怨解〉等篇「似皆為自表詩才史筆，以備溫卷之作。」文收於王夢鷗：《唐人小說研究》二集（臺北：藝文印書館，1973年），頁97-106。

〈馮燕傳〉本文見《沈下賢集》卷四（四庫全書據明刻北宋元祐年間之重刊本）。又北宋年間所編《文苑英華》（卷七九五）及《太平廣記》（卷一九五）皆收錄。《文苑英華》為文章典範，所重在文；《太平廣記》為故事淵海，所重在事。二書俱收此篇，情形一如沈既濟之〈枕中記〉，當是其所記之事頗可引人，而文章又堪為後來之典範。

而今所見《文集》、《英華》、《廣記》所錄該篇，三者文字稍有異同，其中《廣記》一篇，或許正因所重在事不在文，所以文字刪落稍多。

民國時代汪辟疆編《唐人小說》收錄該篇，用《文集》為主，以《廣記》參校，並於篇後附司空圖〈馮燕歌〉及曾布〈水調七遍〉一篇，以為參證。於是而馮燕故事乃廣為治小說者所習知。

二

對於文學作品的欣賞來說，是會因為個人經驗素養的不同，而有著不同的角度，其中尤以敘事性的作品最能見出其中差異。一般的大眾最感興趣的總是故事情節，唯有文學素養較高的讀者，才會在故事趣味之外，更追求那蘊藏這個故事，鋪展這個故事的文辭之品味。

如果一篇作品要真能入於「文心」，而又影響深遠，以至於後來經過輾轉傳述，更打動「里耳」，[④]則必然是故事情節與文辭技巧兩俱可觀，也就是文情（形式與內容）並茂的作品。〈馮燕傳〉應當就

---

④ 馮夢龍：《古今小說》序：「大抵唐人選言，入於文心；宋人通俗，諧於里耳。」此借用其語。

是屬於這樣的一篇。這只要看《英華》與《廣記》代表兩種風格取向的重量級大書，分別收錄該篇，即可見其端倪。當然更實際的證明是後來因著它的影響，而居然有了或歌、或詞、或話本等不同體裁的攸關馮燕（或馮燕一類）的作品。

一篇故事而能爲後來者輾轉複述，津津樂道，必因其所記事跡足以感人。而要事跡感人，則相關的情節結構必不能太簡。單一事件或情節（或懸宕）的描述，或可加添人們閒聊的一個話柄，不足以觸人心弦。感人的故事，必有一段發展的來龍去脈，因此就必須有稍微繁複的情節。繁複的情節若安排得好，就可能塑造出一個性格鮮明的人物。

〈馮燕傳〉中的馮燕正是一個讓人印象深刻的人物。而這個角色之所以能夠突出，當然完全來自於緊密情節的鋪陳。[5]「緊密的情節」，指的就不會是單一情節。所以就內容的涵量來說，〈馮燕傳〉是一篇骨肉豐盈的「短篇小說」，而不是「小小說」。

短篇小說一如短製的詩篇，講究的是用筆的精緻。〈馮燕傳〉以不到四百字的情節篇幅，而能寫出動人的事跡，鮮活的角色，除了因爲用的是文言文的緣故之外，作者刻意在用辭遣字上精簡凝練，更是主要原因。

傳統上論文章，對於用筆精緻簡練，無可移易，有所謂「一字千

---

[5] 此所謂情節，用佛斯特（Edward M. Forster）的定義，見佛斯特著，李文彬譯：《小說面面觀》，（臺北：志文出版社，1976年），頁75-76。此定義為：「情節也是事件的敘述，但重點在因果關係上。」

金」的說法。⑥對古代的人來說，這一字千金指的多半是語意堅定明確，無可替代之意。但對於以現代的眼光來看文學的人說，指的卻更可以是「字質」豐潤，一字一詞蘊含著多種解釋的複義字。⑦

　　文章之所以會有含混複義的用字遣詞，有許多可能，其中一個就是來自凝練。⑧「凝練」的意思，換一句話說，就是「要言不繁」，盡量用最少的字詞表達繁雜的意思。其結果是一字一詞所要承載的含義就可能比平常的時候多。對於文學作品來說，這是無所謂的，因為「明確」並不是文學的最終要求，朦朧隱約有時侯反而更讓人流連。

　　但是「含混」卻又常常使人不滿，因此，遣詞用字精緻的、凝練的文學作品，每每又須經過詮釋，才能為眾多的讀者所接受。不論是《詩經》、《楚辭》或杜甫、李商隱詩，千百年來之所以注解家不斷，除了一些確實難解的名物訓詁以外，就是因為詩中一些用語，引起了不同經驗、不同素養的人的不同感受，於是他們寫下了各自不同的解釋。基督教《聖經》及其他宗教經典之所以必須一再加以詮釋，也是因為其中用語多含神祕與言外之意。⑨

　　或許有人會說，對於小說的看法，不能一如詩歌，因為二者文體

---

⑥ 一字千金典故出自《史記‧呂不韋傳》。呂不韋著《呂氏春秋》，令有能增損一字者，予千金。

⑦ 複義為英文Ambiguity的中譯，以前多半譯為「歧義」、「含混」或「曖昧」。此種用法參考洪毅衡編選：《新批評文集》，（中國社科院出版，1988年）中麥任曾、張其春譯的〈複義七型（選段）〉一文。該譯文集為外國文學研究資料叢書之一。

⑧ C. Hugh Holman, *A Handbook to Literature*,（臺北：敦煌書局，1968年），p.10及羅杰‧福勒（Roger Fowler）編，周永明、薛洲堂、李律譯：《現代西方文學批評術語辭典》，（春風文藝出版社，1988年），頁90。

⑨ 奧爾巴哈（Erich Auerbach）著，張平男譯：《模擬——西洋文學中現實的呈現》，（臺北：幼獅文化公司，1980年），頁13-15。

不同。如果眞有這樣的看法，那是只看到了問題的一面。因爲僅就中國的傳統來說，小說不單有文言與白話之別，文言的也有筆記志怪與唐人小說之類的不同。

　　文言文學因所用文字爲歷經長久傳統累積的文字，本身已較通俗白話承載更多意涵，更何況如〈枕中記〉、〈馮燕傳〉一類，是刻意凝練結撰的精心傑作，自然與白話作品有許多的不同。加上通俗小說原本來自市井說話，當初由於現場講說的需要，對於情節的來龍去脈，說者總是力求交代清楚，因爲聽衆完全是訴諸聽覺來理解一個故事，不如此他們無法把握故事的情趣。因此即使是後來文人將這些說話的故事編定成書，其中「交代清楚」的特性也還是保持了下來。這一類的作品，直到發展到《紅樓夢》之流，文人以其生花妙筆，寫出偉大的作品，而特色才又爲之一變。

　　然而唐人小說卻是一開頭就是高級文人寫給高級文人讀的作品，必須是經得起反覆「吟詠咀嚼」的英華。在這種情形下，一些精緻之作一如名詩佳篇，其中用字遣詞，有時眞是一字千金，張力強韌，經得起再三推敲品嘗。〈馮燕傳〉正是屬於這一類作品。

　　從司空圖〈馮燕歌〉[10]以下的作品，實際上就等於是後來者對

⑩ 唐人小說往往有與詩歌同詠一事而並行者，王夢鷗：《沈亞之生平及其小說》，頁106云：
「湘中怨解，亦似先有韋敖之樂府，而後亞之爲作傳解。其情形有如白居易先作〈長恨歌〉，元稹先作〈李娃行〉，而後陳鴻、白行簡乃又各從而作〈長恨傳〉、〈李娃傳〉之比。」然而此種例證，多屬友人間之應和，與沈亞之作〈馮燕傳〉，而後司空圖作〈馮燕歌〉情形不同。司空圖年代較沈亞之晚許多，故〈馮燕歌〉純粹爲〈馮燕傳〉影響之作。又〈馮燕歌〉除如汪辟疆所錄見《唐音統籤》之外，又見《全唐詩》（卷六五四）。而多錄宋人說話本事之《綠窗新話》卷下〈馮燕殺主將之妻〉條，亦錄〈馮燕歌〉，注出《麗情集》，但開頭誤題爲「沈亞之歌曰」。觀此或者宋人說話曾有以此事爲話本者，但未見他處記載，故不能定。本文所論即據《唐音統籤》本。而〈水調七遍〉則據《玉照新志》所錄。

〈馮燕傳〉的各種詮釋，只不過他們是用不同的文體來詮釋這故事而已。

三

〈馮燕傳〉的故事大要如下：

馮燕，家世平凡，性格豪邁，好打抱不平，平日遊手好閒，鬥雞走狗。有一次為抱不平殺人，逃到滑州，和當地駐軍廝混，為當時節度使賈耽賞識，收為軍中小軍官。後來與軍中小將張嬰之妻勾搭成姦。張嬰有所風聞，不吭不氣，常打妻子，妻子娘家因此對張嬰不滿。有一天張嬰出外喝酒，馮燕又來和張妻歡好。不意中張嬰回來，馮燕躲藏要逃，慌亂中頭巾掉在枕邊，那兒剛好掛著佩刀。張嬰回來就醉臥在床。馮燕用手示意要張妻拿頭巾，誰知張妻竟然拿佩刀給他。這時小說寫的是：「燕熟視，斷其妻頸，遂巾而去。」馮燕殺了張妻。張嬰天亮起來，看妻子慘死在地，呼喊叫冤，鄰人和妻子娘家的人卻都認為是張嬰殺妻。岳家的人說：「常嫉毆吾女，迺誣以過失，今復賊殺之矣。安得他殺事？」張嬰百口莫辯，只好認罪。押上刑場，就要處斬的時候，馮燕忽然跑來大聲呼冤：「且無令不辜死者，吾竊其妻，而又殺之，當繫我。」問明了一切，他的主司賈耽大為感動，認為

是義士義行，便向朝廷懇求赦免馮燕。

故事就到此結束，作者於篇後贊曰：「淫惑之心，有甚水火，可不畏哉！然而燕殺不義，白不辜，真古豪矣。」對於馮燕當初之惑於邪淫有所指責，但重點更在於對他那「殺不義，白不辜」的肯定。

對於這樣一個故事，後來者的詮釋如何？首先讓我們談談〈馮燕歌〉和〈水調七遍〉[11]，因為這二篇都是直接根據〈馮燕傳〉的改寫。

馮燕事跡之引人贊嘆，既在於「殺不義，白不辜」，後來之轉述者，對這二椿關鍵事件的大體，便多從同，一如文白對譯，所不同者多在於細節的描述。

〈馮燕傳〉開頭對於馮燕出身的介紹是很特別的，「馮燕者，魏豪人，父祖無聞名。」「豪」字本身是很不確定，很有包容性的一個字，它可以是豪放、豪邁、不拘小節……等等。接著的「父祖無聞名」，在現代人看來可能並沒什麼深意，在那講究門第出身的唐代，卻是很有意思的，它等於特別點出了馮燕的卑俗出身。接著的「意氣任專，為擊球鬥雞戲」，則活畫出一副市井游蕩子弟的形態。

對於〈馮燕歌〉的作者來說，或許他太為馮燕最終之義行所感動，因此反過頭來，他對馮燕出場的介紹，氣勢上便不免多所增飾，詩的開頭是這樣的：

---

[11] 《玉照新志》卷二，錄曾布之作原為〈水調歌頭〉之大曲排遍，共七遍。參見百部叢書本《學津討原》第二十六函。該書亦有四庫全書本。

魏中義士有馮燕，遊俠幽闞最少年，

避讎偶作滑臺客，嘶風躍馬來翩翩。

故事還沒展開，他就首先強調馮燕是個遊俠、義士，並且說他氣度翩翩，好似一貴遊公子模樣。這出場，使人覺得他就像〈霍小玉傳〉中的黃衫客，或是〈柳氏傳〉中的許俊一流人。也因此，而嵌在其中的一句「避仇偶作滑臺客」，便又容易讓人聯想到晚唐時期流行故事中的劍俠一類人（司空圖是晚唐人）。這樣的描寫和〈馮燕傳〉的原意其實頗有些許距離。

〈馮燕傳〉中的馮燕之所以特別，傳中告訴我們的是：他原是個市井的混混之輩，有點兒豪氣，有點兒任性，卻更有點兒不務正業。然而可貴的是這麼樣的一個人，居然能夠在正義與私欲交戰的當兒，率然作了正義的抉擇，並且更難能可貴的是為了不讓無辜受冤，適時地坦然暴白自己的罪過。在那「禮不下庶人，刑不上大夫」的時代裡，講倫理道德也是分等級的，因此，這樣的寫法便有其獨特的意義，它凸顯了這一義行的分量。

〈水調七遍〉的寫法與〈馮燕歌〉有些近似，篇中雖然點出了馮燕「擊球鬥雞為戲」，但隨即加上「直氣凌貔虎，須臾叱吒，風雲凜凜坐中生」的描述，仍然使人覺得他一出場就好似一個不可一世的英雄。這樣的寫法，其實相對的減弱了馮燕後來義行的光圈及其產生的震撼力，因為讀者心裡頭想的是「英雄豪傑，本來就應當是這樣的，否則怎麼配稱英雄豪傑。」

四

男主角既然被寫成豪邁英雄，相配的女主角當然得是多情美人。〈馮燕歌〉和〈水調七遍〉接著下來的描述便是如此。茲舉〈水調〉為例：「窈窕佳人，獨立瑤階，擲果潘郎，瞥見紅顏波盼，不勝嬌軟倚銀屏。」這樣的描寫，在〈傳〉中原只是「見戶旁婦人，翳袖而望者，色甚冶。」所謂的「冶」，固然有美麗之意，更有妖冶、妖媚等等意思，以現代人的話來說是雖然很美麗，但有點輕浮，有點兒不正經。配合著倚門而望的動作，細心的讀者們便會了解這必定是一個小戶人家，而那個女人則是個有點不大正經的婦女。傳統上，正經人家的婦女是絕不會倚門觀望的。一個浪蕩不拘的青年和一個有點不安於室的美少婦勾搭上了，原是〈傳〉中所傳遞的信息。

而〈歌〉和〈水調〉既已將男女主角改寫成英雄、美人，為了使得這一對「英雄、美人」的偷情顯得情有可原，只好強調這「美人」處境的可憐。為了塑造這種印象，二篇的作者不約而同地將美人的丈夫張嬰說成了酒鬼，〈歌〉中說：「傳道張嬰偏嗜酒，從此香閨為我有。」〈水調〉則說：「說良人滑將張嬰，從來嗜酒還家，鎮長酩酊狂醒。」由這樣一個醉鬼丈夫的襯托，凸顯出多情美人的無辜，為的就是說明馮燕和她的偷情之為情有可原，因為美人本就該配英雄。

然而，〈傳〉中原本並沒有張嬰是酒鬼的描寫，有的只是事發那天，他恰巧「會從其類飲」，和朋友喝酒去了。當然，這個簡約的筆法，正是容許讀者有不同感想與解釋的所在。文中雖只寫出他那天和朋友喝酒，而且喝得大醉，原不排除他本來可能就是個酒鬼，但是由於這句話在〈傳〉中是直接承續「嬰聞其故，累毆妻，妻黨皆望嬰」

而來。依〈傳〉的敘事脈絡，讀者更可能覺得張嬰的醉酒，是由於氣悶壓抑的結果。因爲他聽聞了關於自家妻子的醜聲，可又似乎不大明確，於是就屢次和妻子吵架，打妻子。結果搞得妻子娘家的人都不耐煩，氣他不過，這一切都可以是酗酒的原因。

另外，由於〈歌〉與〈水調〉都沒有保留原來〈傳〉中「毆妻，妻黨皆望嬰」的情節，所以也就沒有後來岳家的人來對質，和鄰人共同證成張嬰是殺妻罪人的情節。它們只保留了鄰人對證的部分。相較之下，這樣的描寫，其情節因果相扣的緊密度就不如原來的〈傳〉。

當然，這當中最有意思的是馮燕躲躲藏藏，指著要張妻替他拿頭巾，而張妻卻遞給他佩刀的一段。〈傳〉中「妻即刀授燕，燕熟視，斷其妻頸，遂巾而去」的描寫，蘊含的是一個複雜的心理過程。其中的「燕熟視」這一個動作正是焦點所在。「熟視」，指的是一段動作過程，過程的背後則是難以言喻的心理活動。他熟視這把刀的當兒，心裡一定一下子就經歷千迴百轉。他和女人通姦，女人的丈夫回來，他想偷偷的溜掉，他要頭巾，女人卻遞過來一把刀。很清楚，女人是要他將丈夫殺了。一個雖然浪蕩，卻也有豪氣的男人，這時的心裡怎麼想呢？我們不知道，因爲作者沒有明白的說，作者只描述了他的動作。而這正是作者高明的所在。事情真相是如何，讀者們自己猜去！如果說這樣的用字終於造成所謂的「複義」、「含混」的話，那作者是用得好極了。因爲他給讀者留下許多想像的空間，讀者讀完該篇作品，如果他自覺讀懂了，那就實際上他已參與了創作。

再看看〈馮燕歌〉和〈水調七遍〉。這二篇作品或許由於先後承襲的關係，在原作這關鍵的所在，都又做了同樣的改寫。在此〈歌〉中說的是：「回身本謂取巾難，倒柄方知授霜刃。馮君撫劍即遲疑，

自顧平生心不欺，爾能負彼必相負，假手他人復在誰。」〈水調〉說的是：「授青萍，茫然撫弄，不忍欺心。爾能負心於彼，於我必無情。」兩者都將原來〈傳〉中「熟視」這樣一個動作背後的心理活動說得清清楚楚了，兩篇的作者都認爲這時馮燕想的一定是「現在她對丈夫負心，以後也一定會對我負心」，於是就將女人殺了。

不論馮燕當時心中是否眞如他們所說的那樣想，這樣的寫法，就已將原來〈傳〉中那種不說之說，意蘊豐富，讓讀者有許多想像空間的美感破壞殆盡。然而這也難怪，如前所說，後來轉述的作品，其實就等於對原作的詮釋，而如此傳述，正是因爲他們如此詮釋。別的人如果有興趣的話，也還可以更有其他不同的詮釋。

經過這簡單的對比，我們看到了〈馮燕傳〉的寫作技法，大體上是合於近人所說的「呈現」（showing）；而〈馮燕歌〉和〈水調七遍〉如果也想把它們當作是故事寫作的話，則是近於「講述」（Telling）的。當然這兩篇都是詩歌體，不是小說體，這樣說，只是個方便說法。眞正屬於「講述」的還有正宗講述故事的話本小說，那就是在明末《型世言》第五回〈淫婦背夫遭誅，俠士蒙恩得宥〉中的入話。

五

《型世言》中的這一篇故事正文，並不是直接改寫〈馮燕傳〉而來。但是由於和〈馮燕傳〉的情節主題大相類似，所以作者一開頭就拿〈馮燕傳〉當入話引子，重述一番，然後才入正文。

正文故事的本事見祝允明《野記》與陸容《菽園雜記》。因陸年

代早於祝，所以《野記》所載當來自《菽園雜記》。[12]我們且單說入話如何傳述馮燕的故事。[13]

因為入話通常只要點出重要情節即可，所以故事一開始就提馮燕與張妻通姦，恰遇張嬰回來的事。

> 一日兩下正在那裡苟合，適值張嬰回家，馮燕慌忙走起，躲在床後，不覺把頭上巾幘落在床中。不知這張嬰是個酒徒，此時已是吃得爛醉，扯著張椅兒，鼾鼾睡去，不曾看見。馮燕卻怕他醒時見了巾幘，有累婦人，不敢做聲，只把手去指，叫婦人取巾幘。不期婦人差會了意，把床頭一把佩刀遞來。馮燕見了，怒從心起，道：「天下有這等惡婦，怎麼一個結髮夫婦，一毫情義也沒，倒要我殺他？我且先開除這淫婦。」手起刀落，把婦人砍死。

---

[12] 今將《菽園雜記》卷三所記該條錄於此，以為參證：「洪武中，京城一校尉之妻有美姿，日倚門自衒。有少年眷之，因與目成。日暮，少年入其家，匿之床下。五夜，促其入直，行不二三步，復還。以衣覆其妻，擁塞得所而去。少年聞之，既與狎，且問云：『汝夫愛如若是乎？』婦言其夫平昔相愛之詳。明發別去，復以暮期。及期，少年挾利刃以入，一接後，絕婦吭而去。家人莫知其故。報其夫，歸乃摭拾素有讎者一二人訟於官。一人不勝鍛鍊，輒自誣服。少年不忍其冤，自首伏罪云：『吾見其夫篤愛若是，而此婦忍負之，是以殺之。』法司具狀上請。上云：『能殺不義，此義人也。』遂赦之。」陸容：《菽園雜記》，（北京：中華書局，1985年），頁32-33。

[13] （明）陸人龍：《型世言》，（臺北：中央研究院文哲研究所，1992年，影印本）。此外屬馮燕類型故事，或因奸或因他事殺人，而官府誤入他人罪，為免無辜受冤勇於挺身認罪的故事尚有許多，如《耳食錄》卷三〈香囊婦〉篇；《聊齋誌異會校會評本》卷七〈商婦〉篇，卷八〈崔猛〉篇，及《右臺仙館筆記》卷二〈某甲農家子〉篇都是，但因為這些篇章與〈馮燕傳〉之本文故事無關，故不並論。

　　話本的入話故事比起正文故事總是稍微簡略，因此有時候描述就不似正文細緻。雖然如此，那種「把話說清楚」的特性，卻總是一般。如上面引錄這一段，就把馮燕要婦人遞巾幘時心中的念頭說了，接著又說出婦人之所以會遞過佩刀而不是巾幘是「會差了意」。

　　按〈馮燕傳〉原文，婦人遞刀時心中作何想頭，是故意或是誤會，單從字裡行間，是無從確知的。這種由於用筆的凝練導致的辭意曖昧，或許使人覺得有點故賣關子，但是對於能夠細讀的讀者來說，這可能正是作品之所以值得再三吟詠品味之處。可惜的是這種筆法卻不大合於當初原為大眾說法而設的說話，話本總是要事事「說個明白」。該篇入話之所以會說婦人是「會差了意」才遞去佩刀，就是因為這樣才算把事情說得明確。

　　基於同樣的理由，馮燕接刀之後的「熟視」這一動作，話本也一定是會清清楚楚點出他當時的心情的。作者說的就是如上所引的：「天下有這等惡婦……」這是夠清楚的，也因此，我們可以很清楚的看到話本作者和〈馮燕歌〉與〈水調七遍〉作者，對原作的詮釋是如何的不同。然而我們雖然明顯的看到了二種不同的詮釋，我們卻不能說哪一種才是對的，因為可能都對，也可能還有第三、第四種說法。

　　當然〈馮燕傳〉原作中接下去還有許多欠缺「明白交代」的部分，譬如張嬰醒後見妻被人殺死，如何辯解；張嬰被逼認罪之後，馮燕知道了，心中的感想如何？為什麼要自首等等，如果「要說清楚」，是都還有許多話該說的。原作這些沒說清楚的部分，〈歌〉與〈水調〉也沒怎麼特別的說。然而就話本的特性來說，這是不說不行的。於是，我們終於看到沈亞之原作當初緊密的字裡行間，所留下一些可供讀者想像馳騁的「曖昧」空間都給改編者填滿了。我們從話本中很清楚看到了馮燕是怎麼想怎麼說的。讀者們可能覺得話本寫得

也都合情合理，但是，比起原來的〈馮燕傳〉，不免就差那麼一點兒韻味。爲了保留給本文的讀者一些馳想的快樂，話本中後來「交代明白」的部分就不必再爲引述，有興趣的選者，可自行閱讀《型世言》該篇。

雖然由於沈亞之的〈馮燕傳〉用字凝鍊，而且又是文言文的作品，一般人如果不是具有較好的文言文閱讀能力，不大容易完全掌握全篇含意，但是，也正由於他遣詞造字的精緻，話不多說，只要情節線索明白，即不把話說死，不把話說完，因此留給讀者許多想像的空間。就這方面來講，〈馮燕傳〉，便是一個可以讓讀者共同參與的「開放文本」（Open Text），而話本等改編之作，因爲力求把話「說個明白」，不讓作品的文字或情節有任何曖昧之處，讀者、閱讀者因爲一切已都有「明白交代」因而只得全盤接受，難有想像的空間。從這方面來講，這些「講得分明」的作品，反而是一種封閉的文本（Close Text）。

原載一九九五年二月《小說戲曲研究》第五集

乍看不起眼的那些角色

一

　　金聖嘆談水滸人物的一段話：「人有其情性，人有其氣質，人有其形狀，人有其聲口。」[1]是對水滸傳人物刻繪成功的一個贊語，說的是水滸人物個個性格鮮明活潑，鮮少印板式[2]或前後不統一的人物。配合著這一段話，而能作爲輔助說明的是他在第二十五回的一個評語，他認爲傳中對林沖、魯達、楊志這三條似乎相類而實際又各不相同的好漢，刻劃得相當成功：「其三丈夫也者，各自有其胸襟，各自有其心地，各自有其形狀，各自有其裝束，譬諸閻吳二子，鬥畫殿堂，星宮水府，萬神咸在。」[3]也就是說，他認爲水滸人物刻繪之所以特出，原因之一在於編撰者能對人物內在的性格與外在的形貌、裝扮，有著協調同一的描摹。他這種由一部成功的小說觀察體會所得的小說人物觀，正是一般論小說人物者常有的要求。畢竟，在小說家筆下，一個人的住居環境，已都可看作是該人物人格的外延[4]，他的衣

---

① 金聖嘆批：《貫華堂本水滸傳》，（臺北：三民書局，1970年），頁26。

② 「印板」為金聖嘆談小說情節、文字缺失之常用語，指呆板、重覆、不鮮活之公式化。如金批本水滸傳三十九回、五十五回、六十五回等批語皆言及。

③ 前引金批本水滸傳，頁390。

④ René Wellek & Austin Warren, *Theory of Literature,* (Penguin Books, 1968), p.221.

著、外形更應當就是他的心境、性格的表徵。更何況，以貌取人的面相之學，長久以來深植人心，這種由表見裡，內外如一的人物觀，因此便也顯得自然。

依循這一準則，小說中的人物，是英雄便該有英雄氣概，仙人就該有仙姿，俠者自然得有俠範，才是正格的貌如其人，表裡如一。以傳統小說來看，《三國志演義》、《水滸傳》等英雄傳奇的描述，大體上也都是如此。

雖然如此，但是，在長遠的小說傳統中，卻又另有別格，那就是小說人物的出場，並不依乎上述的那個常軌。這些小說中的人物或是神仙，或是修道有得的能人異士，或是劍士俠客。以人物的內在本質來說，他們是強者、智者，但是，在故事中這種智者、強者的面貌，卻多半是故事已進展到一個段落，或甚且是已屆尾聲的時候才顯露出來。故事開始，他們呈現於讀者眼前的，往往是與他們的能力、身分所應展現的大不相侔的外形。也就是說，這些故事中的能人異士，依尋常的角度來看，總是扮著不起眼的角色出場。

這些人物出場時的身分或為賤役，或為丐者；狀貌或者老醜，或者汙穢；行跡或為顛狂，或為白癡，不一而足。總之，他們起初扮的是一般人所不喜、所輕賤的角色，直到後來真相大白，才知道他們原來是人們所景仰、欣羨的仙家有道，或能人異士。

出現這類人物的故事，在傳統小說中為數頗多，單以《太平廣記》以及《夷堅志》所見，就大約將近百篇，再加上其他各書所載，篇章當然就更加的多。

或許有人會認為這類人物並沒什麼特別值得注意的地方，因為在神仙試人之類的故事中，就常有這種角色。神仙試人，幻化假相，

誠然是常見的故事，因為宗教的傳布者總喜歡講這一類的故事，民間
文學的分類，因此也早就有了這類型的一席之地。[5]然而，在我們的
傳統小說中，描述這種乍看不起眼，其實是能人異士（或神仙）的諸
多故事裡，卻並不僅僅是神仙試人一類而已，更多的是其他不同的故
事，相類而又不盡同一的角色，所涵蓋牽涉的範圍，遠不只是神仙宗
教一面，因此，很值得提出來一論。

　　要了解這一種在傳統小說中出現頻繁的特殊角色的意義，是應當
運用各種不同的角度，才能完整而深刻的掘出其內涵底蘊的，因為這
類人物這類故事的涵蓋面頗廣，而傳承又綿延長久。譬如說，由於出
現這種角色的故事中，往往牽涉到宗教以及其他各層面的社會問題，
而且眾多故事中包括了歷代不同的作者，因此，從宗教、哲學、社
會、歷史等角度來討論便都是有意義的。另外，從文學史的角度來看
不同時代的相類故事相類角色的描述、演變，也是一個有用的觀點。
又或者有人會認為由於這類故事中有許多的篇章類如民間故事（如神
仙試人一類），因此，運用一如普羅普（V. Propp）的《民間故事之
形態》（*Morphology of the Folktale*）一書所提示的從角色的功能，
故事的結構，敘述的層次等方面來作解析，更是不錯的方法。

　　這些當然都是可以進行，也應當注意到的問題，但是，由於篇
幅的限制，本篇文章卻只能擇要而論，不能就各種角度一一細談。另
外，就民間文學的研究觀點來說，雖然傳統上的這一類故事，有一些
多多少少可以看出有著民間故事的影子，但是畢竟大部分的故事是來
自文人的記述與結撰，其故事的內涵與敘述的層次遠比民間故事複

---

[5] Stith Thompson, *The Types of the Folktale*, (Indiana Univ. 1964), pp. 255-258. V. Propp, *Morphology of the Folktale*, translated by L. Scott, (Univ. of Texas Press, 1975), p.40.

雜，並且有時候這種角色的出現，只是作爲故事的穿插，而並非主體，因此，如普羅普所提示的各種分析方法，也就不一定能夠適合。本篇文章的重點因此也就止於這些角色在不同的故事中，不同的身分所各代表的意義，以及歷代故事之所以常出現此種人物之原因等的一些探討而已。其他不足之處，或許只得待之來日。

二

由於前面已經提到神仙試人，幻化假相，是較廣爲人知的出現這種乍看不起眼的角色的類型，現在便先由這一類型的故事談起。

在人們的心目中，神仙的形貌總是像人的樣子，[6]而人是多形多樣的，因此神仙的形樣也是多采多姿的。但是，我們若把神仙世界看作是世間人對人間世多重病苦、缺陷的不滿所引出，所想望的理想世界，是人們心理補償作用的投射，那麼神仙除了是代表一種「不朽」的存在之外，本質上，形貌上應當更與世間眾生有著稍許的差別，至少，世間諸種愁苦、醜陋、汙穢的面態，神仙界總該是不會有的。也就是說，神仙雖然不一定得個個光華燦爛，修美華偉，但是汙濁丏穢，連世間人都厭倦的樣子大概就不會是神仙該有的形貌。實際上，神仙世界由於多少是塵間人現實缺陷的補償作用的轉化，因此，多半的神仙便如美好的世間富貴人家的形態，因爲養尊處優的富貴中人正是一般人所最欣羨仰望的，此中例子如上元夫人：「夫人年可二十

---

[6] 神仙觀念之衍變是一個複雜的題目，神仙形狀當然也各有變異。但是不論是莊子的姑射神人或兩漢時期的「羽化」仙人，即使各異其趣，不外乎以人的形樣為基礎。本文不打算就此問題深論，因論題所引各相關資料，大體以魏晉南北朝以後各種小說為主，而此時之神仙形貌，大體皆如歷代畫家或各處神仙廟堂所畫為富貴美妙之樣。

餘，天姿精耀，靈眸絕朗，服青霜之袍，雲彩亂色，非錦非繡，不可名字。」[7]如衛叔卿：「有一人乘雲車，駕白鹿，從天而下，來集殿前，其人年可二十許，色如童子，羽衣星冠。」[8]又或如人們心目中理想的帝王將相之形，如張道陵：「身長九尺二寸，龐眉廣顙，朱頂綠睛，隆準方頤，目有三角，伏犀貫頂，玉枕峰起，垂手過膝，美髭髯，龍蹲虎步，豐下銳上，望之儼然。」[9]或為超偉不凡之相，如九嶷之神：「有仙人，長二丈，耳出頭巔，垂下至肩。」[10]

　　這種種比人間人更勝的形狀、排場，應當才是神仙的正常樣貌，因此，若神仙一反其常，而以低賤醜穢的形貌出現，那多半就別有用意，其中最為人習知的便是本節所要討論的化形試人。

　　人要成仙得道，在修煉的過程中，往往須經多種的考驗與磨難，這是宗教故事中常見的主題，借用道教理論家抱朴子的話說就是：「被試以危困，性篤行貞，心無怨貳，乃得升堂以入室。」[11]一如歷來英雄傳說，不斷的試鍊往往是他們終能出人頭地的必經過程[12]。張道陵七試趙昇，便是此種故事中最有名的典型之一。該故事複見於《神仙傳》等各種神仙故事集中，又經人改編成話本，收於

---

[7] 李昉等編：《太平廣記》，（臺南：平平出版社，1975年），〈神仙類〉，〈漢武帝篇〉，頁16。下引《廣記》皆此本。

[8] 《太平廣記・神仙類・衛叔卿》，見頁29。

[9] 王世貞編：《列仙全傳》，（偉文圖書公司，1977年影印萬曆二十八年刊本），頁109。

[10] 《太平廣記・神仙類・王興》，見頁70。

[11] 王明：《抱朴子內篇校釋》，（臺北：里仁書局，1981年），頁217。下引《抱朴子》皆出此書。

[12] 參看Joseph Campbell, *The Hero with a Thousand Faces*, (Meridian Books, 1956), pp. 97-109。

《古今小說》[13]。七試中的一試便是現貧賤汙穢之相，其餘六試則不外乎辱罵侮蔑以激其怒，危險恐怖以引其懼，美色黃金以動其慾等等。所有的七試當然都是作爲師尊的張道陵所化的假相，整個試鍊的目的，就如將此故事改爲話本的作者所說：「這叫做將假試眞。凡入道之人，先要斷除七情。那七情？喜怒憂懼愛惡慾。」

所謂七情，其實就是世間人生命表現的主要表徵之一，但是對於仙道來說，這卻是俗氣俗情，必得「俗氣除盡，方可入道」、「正是：道意堅時塵趣少，俗情斷處法緣生。」[14]這種要成仙得道，成爲超凡的存在必得以七情的去捨爲要件的觀念，大概是來自佛教的影響，而類似趙昇所受的七試，以及如杜子春故事中的種種魔障考驗，也大體上是因緣自佛教故事[15]。但是，本文並不打算考校這些故事的來龍去脈，也不打算探討所有七試的意義，因爲這不是論題所在。在此，我們所要著眼的只是七試中的第六試而已。

這第六試的內容是：「昇守田穀，有一人往，叩頭乞食，衣裳破弊，面目塵垢，身體瘡膿，臭穢可憎，昇愴然，爲之動容，解衣衣之，以私糧設食，又以私米遺之。」[16]這種仙道示現丐穢之相試人的故事，在傳統小說中頗爲常見，但通常也就只是一現賤汙之相這一試

13　七試趙昇故事見《太平廣記‧神仙類‧張道陵》，此篇注出《神仙傳》。又見《雲笈七籤》卷一百九《神仙傳‧張道陵》。又見《歷代仙史》卷一〈漢仙列傳‧趙昇〉。《古今小說》第十三卷所收爲此故事之話本，題爲〈張道陵七試趙昇〉。

14　《古今小說》，（世界書局，1958年影印明天許齋板）第十三卷葉七上、下。

15　佛陀成道之際，魔王波旬欲擾亂破壞之，於是遣妖邪鬼神、美女，威嚇、引誘佛陀，終爲佛陀所降伏之故事，此類故事之由來。此故事在佛教故事中極爲流行，羅宗濤先生《敦煌講經變文研究》一書第一章題材考第五節破魔變文題材考，引證此故事出處甚詳。該書臺北文史哲出版社出版，不注出版年月。

16　《太平廣記》，頁57。

而已，如趙昇故事之衆法併行的例子，在比例上反而不多。李八百的故事就是其中一個有名的例子：「李八百……知漢中唐公昉有志，不遇明師，欲教授之，乃先往試之，爲作客傭賃者，公昉不知也。八百驅使用意，異於他客，公昉愛異之。八百乃僞病困，當欲死。公昉即爲迎醫合藥，費數十萬錢，不以爲損，憂念之意，形於顏色。八百又轉作惡瘡，周偏身體，膿血臭惡，不可忍近。公昉爲之流涕曰：『卿爲吾家使者，勤苦歷年，常得篤疾，吾取醫欲令卿愈，無所吝惜，而猶不愈，當如卿何？』八百曰：『吾瘡不愈，須人舐之當可。』公昉乃使三婢，三婢爲舐之。八百又曰：『婢舐不愈，若得君爲舐之，即當愈耳。』公昉即舐，復言無益，欲公昉婦舐之最佳。又復令婦舐之，八百又告曰：『吾瘡乃欲差，當得三十斛美酒浴身當愈。』公昉即爲具酒，著大器中。八百即起，入酒中浴，瘡即愈，體如凝脂，亦無餘痕，乃告公昉曰：『吾是仙人也，子有志，故此相試。』」[17] 唐公昉後來終於受李八百之助，成仙而去。

　　常以遊戲人間的態度出現於筆記小說中的呂洞賓亦多有此類故事，如：「京師民石氏開茶肆，令幼女行茶。嘗有丐者，病癩，垢汙藍縷，直詣肆索飲。女敬而與之，不取錢，如是月餘，每旦，擇芳茗以待。其父見之，怒不逐去，笞女。女略不介意，供伺益謹。又數日，丐者復來，謂女曰：『汝能啜我殘茶否？』女頗嫌不潔，少覆于地，即聞異香，亟飲之，便覺神清體健。丐者曰：『我呂翁也』。」[18] 後該女即得翁之助，得富貴壽考。

　　記佛教故事的亦有此，如「開元初，同州界有數百家，爲東西普

---

⑰ 《太平廣記‧神仙類‧李八百》，頁49。

⑱ 洪邁：《夷堅志》，（臺北：明文書局，1982年），頁7-8。下引《夷堅志》皆出此本。

賢邑社……東社邑家青衣，以齋日生子於其齋次，名之曰普賢。年至十八，任爲愚豎，廝役之事，蓋所備嘗。後因設齋之日，此豎忽推普賢身像而坐其處，邑老觀者，咸用怒焉，既加詬罵，又若鞭撻。普賢笑曰：『吾以汝志心，故生此中，汝見眞普賢不能加敬，而求此土像何益？』於是忽變其質爲普賢菩薩身。」[19]諸父老只好自恨愚闇，不識普賢。

這種故事大體上有一個共同的特點，就是那些試人的神仙菩薩，總是主動的接近被試的人——或許因爲他們認爲這些人有緣近道——然後以低賤的身分，醜穢的面目呈現於被試者面前，甚且有時叫那被試的人舐、咽最髒惡之物。[20]

通俗小說《三遂平妖傳·聖姑姑化身貧婆以試永兒》一段情節也是此類。[21]

考驗有緣之求道人，何以常見此法？因爲這類的故事多半和宗教有關，要明瞭其中意義，我們最好用宗教上的一些觀念來說明。

故事中神仙所化之形相，一者低賤，或爲賤役，或爲貧丐；再者醜穢，病惡，都是凡人所輕視，不願親近的。受試者見此等人如果不生嫌棄，更加憐憫，依佛家語，那他便是有慈悲胸懷，無我慢之心的人。而如果他因見此等人受苦，而能施捨救濟，那他便是無慳貪之心的人，而或此等人令他嚐咽汙穢，他也肯受，則除見出他之憐憫心

---

[19] 《太平廣記·報應類·普賢社》，頁800。

[20] 如《夷堅志·甲志梅先遇人》：「於糞壤中拾人所棄敗履令食，初極臭穢，強齧，不能進。」同書〈支戊志揚教授弟〉：「乃嚥嗽津唾牙頰間，吐置大缽，使之飲。楊一吸而盡，無憎穢心」。

[21] 此段情節見二十回本《三遂平妖傳》第二回。四十回本第十九回。

外，更見出他能忍辱，不生瞋心。經過此等試驗，便可見此人是否眞具善性，是否爲可教引之人。

以道教的觀念來說，能慈悲施捨濟苦，加上忍辱，那此人便至少已具五戒十善中的「慈心萬物」、「忍性容非」、「損己救窮」等諸善德[22]。慈心救窮，善之大端，更是宗教家行誼的一個指標。人而能有此性行，便是近道，神仙當然要接引度化。

神仙現丐穢之相試人這一類故事，其意義或許就在於此。歷來小說，每多涉宗教信仰，所以篇章中常見此類故事，也就自然。

三

雖然如前所說，照常理來推，在一般人心目中的仙眞是該有爲人景仰、羨慕的仙姿與排場，但是，歷來小說所載，卻又不盡如此。除了如上節所述，神仙爲了試人時而故現丐穢相之外，還有一些留處世間的仙家，也常以類似的面目出現於世人面前，而他們並非爲度某人而故現此相，此種例子亦復不少，或爲地仙之流，或爲謫仙，茲舉例說明如下：

> 黃安，代郡人，爲代郡卒，云卑猥不獲，處人間執
> 鞭。推荊讀書，畫地以記數。一夕地成池，時人謂之
> 安舌耕……世人謂安萬歲矣。[23]

---

[22] 張君房輯錄：《雲笈七籤》，（自由出版社，1978年影印正統板道藏精華本），卷三十七，〈齋戒〉篇，「洞玄靈寶六齋十直」條，列道教五戒十善諸名目，頁518-519。

[23] 《太平廣記・神仙類・黃安》，頁6。

桓闓者，不知何許人也，事華陽陶先生，爲執役之
士，辛勤十餘年。性常謹默沉靜，奉役之外，無所
營爲。一旦，有二青童白鶴，自空而下，集隱居庭
中，隱居欣然臨軒接之。青童曰：「太上命求桓先生
耳。」隱居默然，心計門人無姓桓者，命求之，乃
執役桓君耳，……於是桓君服天衣，駕白鶴，昇天而
去。[24]

韋丹大夫……每常好道，未曾有遇。京國有道者，與
丹交遊歲久，忽一日謂丹曰：「子好道心堅……可自
往徐州問黑老耳。」丹乃求假出，往徐州……其吏
曰：「此城郭內並無，去此五里瓜園中，有一人姓
陳，黑瘦貧寒，爲人傭作，賃半間茅屋而住，此州人
見其黑瘦，眾皆呼爲黑老。」韋公曰：「可爲某邀取
來。」吏人至瓜園中喚之，黑老終不肯來。乃驅迫之
至驛，韋公已具公服，在門首祇候。韋公一見，便再
拜。黑老曰：「某傭作求食，不知有何罪？今被捉
來，願得生迴。」又復怖畏驚恐，欲走出門，爲吏人
等遮攔不放。

此黑老實際是一居處人間之得道仙人。[25]

---

[24] 《太平廣記・神仙類・桓闓》，頁106。

[25] 《太平廣記・神仙類・韋丹》，頁224-225。

朱少卿，寓居德興妙源觀，有僕朴直無過。知觀黃道
士衣裳垢敝，僕哂之曰：「如此衣服，豈可朝眞？何
不換新潔者？」黃以貧未能辦爲辭，曰：「計所有錢
若干見告，我當任此責。」黃以爲戲言，姑應曰：
「謝汝。」又曰：「我但積每月顧直，便可就，非妄
語也。」數月，持鶴氅道服襦袴各一道與之。未幾，
易新巾、白衫、棕履、顧少卿之子子壽曰：「小官人
看一個則劇術子。」即下庭跳擲。稍起，乘虛一二尺
至五六尺，漸高，上衝雲霄而沒。

這一個僕人原來也是仙人。㉖

　　以上各條分見《太平廣記》及《夷堅志》，這些仙人混居人
間，不是爲人僕役就是爲人傭作。但何以如此，故事中都無說明。
《夷堅志》另有仙人或爲道士之形或爲丐者之相替人治病的故事，㉗
即號稱頗有科學思想的沈括，也有言之鑿鑿的此類記載：「神仙之
說，傳聞固多，予之目覩者二事。供奉官陳允任衢州監酒務日，允已
老，髮禿齒脫。有客候之，稱孫希齡，衣服甚襤褸，贈允藥一刀圭，
令揩齒。允不甚信之。暇日，因取揩上齒，數揩而食，及歸家，家人
見之，皆笑曰：『何爲以墨染鬚？』允驚，以鑑照之，上髭黑如漆
矣。急去巾視童首之髮，已長數寸；脫齒亦隱然有生者。余見允時年
七十餘，上髭及髮盡黑，而下髭如雪。又正郎蕭渤罷白波輦運，至京

㉖　《夷堅志‧支庚志‧朱少卿家奴》，見頁1208。

㉗　《夷堅志‧乙志‧遇仙樓》，頁278。

師，有黥卒姓石，能以瓦石沙土手接之悉成銀……」也就是說沈括認為這一襤褸的孫先生和那一黥卒都是仙人，[28]至於孫先生平常的職業是什麼就不清楚了。以上這些大概都是地仙之流。

與此相類的人物，有的故事中另有表明，說他們是謫仙，如：

> 秀才權同休友人，元和中落第，旅遊蘇湖間，遇疾貧窘，走使者本村野人，雇已一年矣。疾中思甘豆湯，令其取甘草，雇者久而不去，但具火湯水。秀才且意其怠於祇承，復見折樹枝盈握，仍再三搓之，微近火上，忽成甘草，秀才心大異之，且意必有道者。良久，取粗沙數掊挼挼，已成豆矣……秀才慚，謝雇者曰：「某本驕稚，不識道者久，今返請爲僕。」雇者曰：「予固異人，有少失，謫于下賤，合役于秀才，若限未足，復須力於他人，請秀才勿變常，庶卒某事也。」秀才雖諾之，每呼指，色上面，懕懕不安。雇者乃辭曰：「秀才若此，果妨某事也……」因去，不知所之也。[29]
>
> 麒麟客者，南陽張茂實客傭僕也。茂實家於華山下，唐大中初，偶遊洛中，假僕于南市，得一人焉，其名曰王夐，年可四十餘，傭作之直月五百，勤幹無私，出於深誠，苟有可爲，不待指使。茂實器之，易其名

㉘ 沈括：《夢溪筆談》，（臺北：鼎文書局，1977年）元刊夢溪筆談及新校注合刊，卷二十，頁199。

㉙ 《太平廣記‧神仙類‧權同休》，頁268。

曰大曆，將倍其直，固辭，其家益憐之。居五年，計
酬直盡，一旦辭茂實曰：「夐本居山，家業不薄，適
與厄會，須傭作以禳之，固非無資而賣力者，今厄盡
矣，請從此辭。」[30]

後來證明此僕實是仙人。

　　對於這種仙人之所以會爲人間僕役的原因，故事中已經言明，是
由於他們身犯過失或厄會該當，爲人間苦差，是不得不然的贖罪或解
厄行爲。其意義自在於宗教層面，說明的是仙界某些方面亦如人間，
仙人亦有錯失之時，亦有天命難挽之厄，謫爲人間役僕，只是一種處
罰，一種逃厄之法。

　　另外還有女仙，如：

貞元中，有崔煒者，……煒居南海，……番禺人多陳
設珍異於佛廟，集百戲于開元寺，煒因窺之，見乞食
老嫗，因蹶而覆人之酒甕，當壚者毆之，計其直僅一
緡耳。煒憐之，脫衣爲償其所直。嫗不謝而去。異日
又來告煒曰：「謝子爲脫吾難，吾善炙贅疣，今有越
井岡艾少許奉子，每遇疣贅，只一炷耳，不獨愈苦，
兼獲美艷。」煒笑而受之，嫗倏亦不見。[31]

後來才知道老乞嫗原來是鮑仙姑所化。

---

[30] 《太平廣記・神仙類・麒麟客》，頁325。
[31] 《太平廣記・神仙類・崔煒》，頁216。

又有託生爲白痴兒者：

> 唐御史大夫魏方進，有弟年十五餘，不能言，涕沫滿
> 身，兄弟親戚皆目爲癡人，無爲卹養者，唯一姊憫憐
> 之，給與衣食，令僕者與洗沐，略無倦色。一旦於門
> 外曝日搔癢，其隣里見朱衣使者，領數十騎至，問
> 曰：「仙師何在？」遂走到見搔癢者，鞠躬趨前，俯
> 伏稱謝。良久，忽高聲叱曰：「來何遲，勾當事了
> 未？」曰：「有次第。」又曰：「何不速了卻，且
> 去。」神彩洞徹，聲韻朗暢，都無癡疾之狀。朱衣輩
> 既去，依前涕下至口，搔癢不已，其夜遂卒。[32]

其實這痴子所謂卒，只是仙人的尸解而去。

以上這種種現低賤丐穢白痴之相的仙人，除所謂降謫一類之外，其內在意義因其與下節所論奇人異士一類頗相關聯，故留待下文一並討論。

四

這種乍看不起眼，其實是勝人一等的角色，也就是「眞人不露相」的類型，除了上舉的各色神仙之外，還有其他相關相似而又可以別出的奇人異士及劍俠等，茲又依次分別舉證說明。

---

[32] 《太平廣記‧神仙類‧魏方進弟》，頁229。

　　首先要談的是奇人異士一類，這裡所謂的奇人異士，指的是那些
或能預知吉凶，或有術法及其他超特能力的人，但既未成神仙，也非
劍俠一類。在傳統的小說中，這一類人而以粗賤丐穢之相現於世間的
也不少，大體上包括修道有得者（修道在此為泛指，指各種方法的修
行，非單指道教之修道）及各種術士。其例如下：

> 茅山陳生者，休糧服氣，所居草堂數間，偶至延陵，
> 到傭作坊，求人負擔藥物，卻歸山居，以價賤，多不
> 肯。有一夫壯力，然神少，頗若痴者，疥瘡滿身，前
> 拜曰：「去得。」遂令挈囊而從行，其直多少，亦不
> 問也。既至，因顧留採薪，都不計其價，與陳生約，
> 日五束。陳曰：「吾辟穀，無飯與傖。」答曰：「某
> 是貧窮人，何處得食，但草根傖，亦可矣。」遂每日
> 砍柴十束，五束留於房內自燒，五束供陳生。會山下
> 有衣冠家妻患齒，詣陳生覓藥，其家日求之。又令小
> 婢送梨果餅子之類。陳生休糧，果亦不食也。每至，
> 則被傭者接而食之，仍笑謂曰：「明日更送來，我當
> 有藥。」[33]

　　後來真相大白，這一若痴的傭者實際上是一道術有成之士。

> 上都通化門長店，多是車工之所居也，廣備其財，募人
> 集車……有奚樂山者，攜持斧鑿，詣門自售，視操度

---

[33] 《太平廣記‧道術類‧陳生》，頁464。

繩墨頗精。徐謂主人：「幸分別輞材，某當併力。」
主人訝其貪功，笑指一室曰：「此有六百斤，可任意
施爲。」樂山曰：「或欲通宵，請具燈燭。」主人謂
其連夜，當倍常功，固不能多辦矣，所請皆依，樂山
乃閉戶屏人，丁丁不輟。及曉，啓主人曰：「並已畢
矣，願受六十緡而去也。」主人洎鄰里大奇之，則視
所爲精妙，錙銖無失，眾共驚駭，即付其錢。樂山謝
辭而去。主人密候所之。其時嚴雪累日，都下薪米翔
貴，樂山遂以所得，遍散與寒乞貧窶不能自振之徒，
俄頃而盡。遂南出都城，不復得而見矣。[34]

這一個車工原來是救世濟貧的異人。

侯景爲定州刺史之日，有僧不知氏族，名阿專師，多
在州市，聞人有會社齋供嫁娶喪葬之席，或少年放鷹
走狗追隨宴集之處，未嘗不在其間，鬬爭喧囂，亦曲
助朋黨。如此多年，後正月十五夜，觸他長幼坐席，
惡口聚罵，主人欲打死之，市道之徒救解將去。其家
兄弟明旦捕覓，正見阿專師騎一破墻上坐，嘻笑謂之
曰：「汝等此間何厭賤我，我捨汝去。」捕者奮仗
欲擲，前人復遮約，阿專師復云：「定厭賤我，我
去。」以杖擊墻，口唱叱叱，所騎之墻一堵，忽然

---

[34]《太平廣記・異人類・奚樂山》，頁541-542。

昇上，可數十仞，舉手謝鄉里曰：「好住。」百姓見
者，無不禮拜悔咎。須臾，英雲而滅。可經一年，聞
在長安，還如舊態，於後不知所終。㉟

這一混跡市塵，狀若無賴的和尚，原來是遊戲風塵的異僧。後世
濟公形相，當有取於此。

嚴州東門外有丐者坐大樹下，身形垢汙，便穢滿前，
行人過之皆掩鼻。李次仲（季）獨疑爲異人，具衣冠
往拜，丐者大罵極口，次仲拱立不敢去。忽笑曰：
「吾有一詩贈君。」即唱曰：「緣木求魚世所希，誰
知木杪有魚飛。乘流遇坎眾人事。」纔三句，復云
「你卻不。」次仲懇求末句，又大罵，竟不成章。明
年，紹興甲子歲，嚴州大水，郡人連坊漂溺，死者甚
眾，而次仲家居最高，獨免其禍，始悟詩意及「你卻
不」之語。㊱

這位丐者原來是能預知吉凶的異人。

劉大夫子昂爲贛州興國宰，一子年十七八歲，嘗出書
館中，見人醉寢于階下，令掖出，則常日在市貨藥道
人也。明日復然，疑其異人，命扶入齋舍，揖使坐，

㉟《太平廣記‧異僧類‧阿專師》，頁600。
㊱《夷堅志‧乙志‧嚴州乞兒》，頁294-295。

焚香作禮。道人曰：「郎年少，拜我何爲？且何所
求也？」劉曰：「某觀先生必非尋常人，願求祕術
爾。」道人笑探布囊，取文字三卷，緘其二，皆長二
寸許，僅如指大，堅緊若木石，悉以授之。[37]

這位醉道人果然如此少年郎所認，是一位異人，少年亦可謂有識
人之明。

由以上引自《太平廣記》及《夷堅志》諸例，已可代表此種類
型之大概。此種故事大都是有道有術之異人，混跡市井，形跡或作僕
役，或爲無賴醉漢、丐者等等，形態及內涵與上節所舉神化現丐穢賤
俗之相於人間大相類似。而此種道術深藏不露之人與神仙實亦一肩之
隔而已，故於兩類連舉之後，一併論其意涵。

五

在歷來的小說中，神仙有道之士每每以俗賤丐穢之相現於世間
的描寫，如前所舉諸例所示，已隱然成爲小說傳統的一部分。載記一
繁，相延成習，於是篇章中便有了尋求異人於市肆的故事，如：「唐
宰相劉晏，少好道術，精懇不倦，而無所遇。常聞異人多在市肆間，
以其喧雜，可混跡也。」[38]小說的著述者因而也有如下的告誡結論之
語：「大凡不可以貧賤行乞之士而輕易者焉。」[39]、「切不得見貧素

---

③⑦ 《夷堅志‧丁志‧異國道人》，頁706。

③⑧ 《太平廣記‧神仙類‧劉晏》，頁245。

③⑨ 《太平廣記‧異人類‧擊竹子》，頁551。

之士便輕侮之。」[40]

　　以中國小說記述的傳統來說，依沿前人故事而改作者多有所見，本文前二節所述人物之所以頻見於記載，或許有部分原因也來自此一情形。但是，要解釋傳統小說中此種人物之興盛繁多，卻絕不能僅止於此「可能的」沿襲模擬，因爲不論那類型的故事或人物，若是反覆多見，就總脫離不了背後現實社會的影子。底下就分層試說此類角色造型之由來及其代表的意義。

　　不論是神仙或修道有成者、術士，基本上都和宗教信仰有所關聯，因此而他們以丐穢俗賤之相現於世間，本質上便多少有著本文所舉第一類型，神仙試人的意涵在內，雖然此所謂「試」與前舉爲引度有緣人而故意幻設之「試」有所不同，但是作爲一個可以超俗存在的有道者，而特意以「甚俗」之面貌混跡於俗世間，也可以說就是遊戲人間，這事實本身對於以富貴尊榮唯尙的世間人來說，可以說是一種嘲弄，也可以算是一種考驗。[41]

　　然而，就修道超俗的眞正意義來論這種現象，卻不僅在此一面而已。

　　錢財地位，富貴尊榮，世間凡人大欲之所在，也是人間諸種情慾所寄之淵藪，然而就宗教上的修習來說，這卻是要求超凡入聖，脫俗進道的最大障礙、最大拘絆。人欲得道，則必須擺脫此一拘絆，能棄

---

[40] 《太平廣記・抱龍道士》，頁562。

[41] 小說中神仙故事有一種以成仙與人間富貴二者讓人抉擇的故事，如《太平廣記》〈神仙類〉李林甫篇，齊映篇，〈女仙類〉太陰夫人篇，〈定數類〉楊收篇，皆記此類故事。多半的人是寧願人間富貴，不願爲仙。又有神仙先後現貧、富二相試人的故事，如《太平廣記》〈神仙類〉寒山子篇。人見富貴皆相趨赴，見貧賤則相逃避。然在神仙家言之，人間富貴忒短暫幻相耳。常以貧賤相現示，隱有嘲諷之意在焉。

之如敝屣方可。《抱朴子‧論仙篇》所云：「設有哲人大才，嘉遁勿用，翳景掩藻，廢僞去欲，執太璞於至醇之中，遺末務於流俗之外，世人猶尠能甄別，或莫造志行於無名之表，得精神於陋形之裡。豈況仙人殊趣異路，以富貴爲不幸，以榮華爲穢汙，以厚玩爲塵壤，以聲譽爲朝露，蹈炎颷而不灼，躡立波而輕步，鼓翮清塵，風駟雲軒，仰淩紫極，俯棲崐崙，行尸之人，安得見之？假令遊戲，或經人間，匿眞隱異，外同凡庸，比肩接武，孰有能覺乎？若使皆如郊間兩瞳之正方，邛疏之雙耳，出乎頭巓。馬皇乘龍而行，子晉躬御白鶴，或鱗身蛇軀，或金車羽服，乃可得知耳。自不若斯，則非洞視者安能覿其形，非徹聽者安能聞其聲哉？」[42]此一段文字，正是神仙得道之流之所以常以「匿眞隱異，外同凡庸」的面目出現於世人面前的最好說明。

相應於這一段說明的是世間之人雖或慕道求仙，但富貴嬌寵難捨，「使之爲旬月之齋，數日閒居，猶將不能，況乎內棄婉孌之寵，外捐赫奕之尊，口斷甘肴，心絕所欲，背榮華而獨往，求神仙於幽漠，豈所堪哉？」於是：「歷覽在昔，得仙道者，多貧賤之士，非勢位之人。」[43]得道成仙者，本就視人間富貴如無物，更何況修得仙道異術者多爲貧賤之士，於是乎神仙有道居世，多現「外同凡庸」的貧賤之相便也自然。

然而，這種現實世間的人所塑造出來的神仙有道多貧賤丐穢之相，或許更有著其他現實的影像爲藍本，那就是傳統上巫覡形狀給人的印象。巫與所謂的仙道術士，本有著密切的關係。巫而方士，而仙

---

42 《抱朴子》，頁14。

43 《抱朴子》，頁18。

道，其中衍變歷來論者已多，茲不多言。上古之時，巫或曾居部族上位，然而戰國秦漢以下，巫覡已上下雜處民間。然雖如此，而巫覡與以士農工商為主體之百姓，畢竟各自有別。由於他們職守的關係至少總給人一種玄祕奇異的感覺。這種感覺一加上迷信心理的附會，很容易就會和所謂的「異人」，仙道術士聯想在一起。而巫之形態雖大致與常人無差，但亦時有形相特異之類，如《左傳》僖公二十一年：「夏大旱，公欲焚巫尪。」注：「巫尪，女巫也，主祈禱請雨者。或以為尪非巫也；瘠病之人，其面上向，俗謂天哀其病，恐雨入其鼻，故為之旱。」[44]《禮記·檀弓篇》：「歲旱，穆公召縣子而問然。曰：『天久不雨，吾欲暴尪而奚若？曰：天則不雨，而暴人之疾子，虐，毋乃不可與？』『然則，吾欲暴巫而奚若？』曰：『天則不雨，而望之愚婦人，於以求之，毋乃已疏乎？』」[45]曰巫曰尪，尪畢竟是與巫有所關聯之人，而尪是形體殘障的人，巫是婦人，這種形相，加上巫覡仙道術士之關聯，或許對小說中「隱真」藏形之異人形相的刻劃有所影響。

然而，隱真藏形，混世同塵之異人仙道故事之所以頻見於記載，卻又和魏晉南北朝以來文人的希企隱逸之風有關。而這希企隱逸之風的思想源頭與依歸，又是來自道家一脈。

近人王瑤的〈論希企隱逸之風〉一文，論自漢以後以至魏晉南北朝中國士人希企隱逸思想的由來及其衍變甚詳，頗可作為本文論點之參考。他認為原來隱士的態度是逃避的、是消極的，而這也就是道家哲學的基本出發點。但是到了隱士行為普遍以後，道家的思想盛行

---

[44] 《左傳》，十三經註疏本，（臺北：新文豐出版公司，1977年影印嘉慶二十年南昌府學本），頁241。

[45] 《禮記》，十三經註疏本，頁201。

以後，也就無所謂「避」的問題，而是爲隱逸而隱逸，隱逸本身就是他的道理與價值，懂得這道理的就是高士。後來又衍變出一種觀念，就是隱並不一定住在山林裡，因爲隱的目的既是爲了避世全身，因此只要能夠避世全身，就可以叫做隱。所謂「小隱隱陵藪，大隱隱朝市。」的理論就這樣產生了。[46]

隱逸的思想根源雖可上溯自先秦道家，但終於成爲一種士人所希企的理想，蔚成風氣，卻是漢末魏晉以來，政治社會情勢大亂之後的事。而這個時候也正是魏晉南北朝小說由發展而成氣候的時代。在這種思想背景下，加上仙道信仰的普及，於是似隱似仙的高人異士，「匿眞」混俗的故事順應而生便不足爲奇[47]。小說中這些混跡市塵的高人，與「大隱隱朝市」的高士形跡上或有稍微的差別，但其記述所表現的心態，同爲「和光同塵」，是一樣的。後來此類故事中的〈穆將符〉一篇，結尾所言：「穆處士隱仙者也……勿以其嗜酒昏醉爲短，眞和光混俗爾。」[48]正是著述的文人藉此類人物故事，表達某些「隱逸」觀念的最好說明。

然而，匿眞混俗也不定得現丐穢俗賤之相，而這類小說中角色之所以常現此種相，其原因除前已言及者外，尙可自道家思想傳統中求其源流。

所謂隱，爲的是避世全身，要避世全身，最好的方法之一便是不

---

[46] 該文爲王氏所著《中古文人生活》一書中之一篇。而該書又合王氏所著其他二書爲《中古文學史論》一冊。王瑤：《中古文學史論》，（臺北：長安出版社，1982年），頁77-109。

[47] 《太平廣記》所收此類故事，雖多唐、五代時人所編述，但亦有不少出自《洞冥記》、《神仙傳》等魏晉南北朝人著述，故論其思想背景，當自魏晉時特色著眼。更何況希企隱逸之風，自此時而下，並未斷絕。

[48] 《太平廣記・神仙類》，頁276。

引起人的注意，使人以為無用。《莊子·人間世》：「南伯子綦遊乎商之丘，見大木焉有異，結駟千乘，隱將芘其所藾。子綦曰：『此何木也哉？此必有異材夫！』仰而視其細枝，則拳曲而不可以為棟梁；俯而視其大根，則軸解而不以可為棺槨；咶其葉，則口爛而為傷；嗅之，則使之狂醒，三日而不已。子綦曰：『此果不材之木也，以至於此其大也。嗟乎神人，以此不材！』」[49]此種不材，其實正是全生之大才。同篇又云：「支離疏者，頤隱於臍，肩高於頂，會撮指天，五管在上，兩髀為脅。挫鍼治繲，足以糊口；鼓筴播精，足以食十人。上徵武士，則支離攘臂而遊於其間；上有大役，則支離以有常疾不受功；上與病者粟，則受三鍾與十束薪。夫支離其形者，猶足以養其身，終其天年，又況支離其德者乎！」[50]支離其形，即所謂忘形。小說中丐陋老醜其形的「匿真」人物，正是支離忘形之流。而混跡世俗，若酒醉癲狂，遊戲人間，也便是支離其德之餘意。小說中此類人物造形取則源流之一，於此便可見其大略。

六

屬於真人不露相之類的角色，值得一談的還有劍俠之流，特別是唐宋之際此類故事中的人物。

唐宋之際劍俠之類故事頗多，而且多半技藝非凡、或能變化、或能凌虛，與以前《史記》所載刺客但以技擊、勇氣顯其特長者大不相同。而此類故事中的人物，有許多又與前所論神仙、異人之事相似，

---

[49] 郭慶藩輯：《莊子集釋》，（臺北：華正書局，1979年），頁176。
[50] 《莊子集釋》，頁180。

即常以僕役、貧老的身分混跡世間。以他們的能力來說，都是勝人一籌的異人，而卻多以貧役之身現於眾人面前，可以說是典型的眞人不露相。

此類故事如〈崑崙奴〉的崑崙奴磨勒，爲崔家僕人；〈紅線〉的紅線爲薛嵩家青衣；〈京西店老人〉的老人爲能做箍桶雜事的看店人；〈田膨郎〉的二劍客之流異人，一爲小僕，一爲市廛軍伍；〈宣慈寺門子〉的義俠爲門子；〈潘將軍〉的俠客是年可十七八，「衣裝襤褸」的三鬟貧女子。⑤

以上諸篇故事，雖內容各異，但皆爲高人而混跡市俗的情形是相似的。其所以常有此類故事、此類人物，原因亦大如前節所談爲與隱逸之背景有所相關。但除此之外，當時人有以劍俠與仙相通，或劍俠即仙的觀念，亦影響此類角色之塑造。

《酉陽雜俎·盜俠》類多記劍客盜俠之流，其中有篇云：「或言刺客，飛天夜叉術也。」另篇記一刺客事，此刺客曰：「某刺客也……」、「某師，仙也。令某等十人，索天下妄傳黃白術者殺之。至添金縮錫，傳者亦死。某久得乘蹻之道者。」⑤又同書「壺史」類記盧山人一篇，山人嘗語趙生曰：「世間刺客隱形者不少，道者得隱形術，能不試，二十年可易形，名曰脫離，後二十年，名籍地仙矣。」「又言刺客之死，屍亦不見，所論多奇怪，蓋神仙之流也。」⑤

《夷堅志·支庚卷·四花月新聞》記一女子與道士皆爲劍客，能

---

⑤ 以上所引各篇皆見《廣記·豪俠類》。

⑤ 段成式：《酉陽雜俎》，（臺北：源流出版社，1982年），頁87-91。

⑤ 《酉陽雜俎》，頁28。

以藥化骷髏爲水，而道士自云：「吾與女子皆劍仙。」[54]同書，補卷十四〈郭倫觀燈〉篇記一劍俠，爲道人裝束，仗義救人，事了，此道人曰：「吾乃劍俠，非世人也。」、「擲杯長揖，出門數步，耳中鏗然有聲，一劍躍出墜地，躡之騰空而去。」[55]

　　劍俠既非世人，便是仙家一流人。既是仙家一流人，而混跡塵世，基於前諸節所述同樣理由，劍俠之流便亦常匿眞藏形，不露眞相了。更何況神仙有道之士自有其超俗忘形的內在理由：「修道之士視錦繡如敝帛，視爵位如過客，視金玉如礫石，無思無慮，無事無爲，行人所不能行，學人所不能學，勤人所不能勤，得人所不能得。何者？世人行嗜欲，我行介獨；世人行俗務，我學恬淡；世人勤聲利，我勤內行；世人得老死，我得長生。」[56]因此若居塵世，自不必拘形跡，而更常示人以淡默無知之狀，因爲：「若示以飛空躡虛，履水蹈火，即日有千萬人就我，不亦煩褻乎！」[57]

七

　　至於後來描寫戰爭的通俗小說，戰陣上時有出現婦女、童子、道人、和尚等原非勇武將士的角色，卻最爲敵對一方所最忌諱，其中原因小說家已自有說明，如《說岳全傳》第七十八回，岳雷說：「大凡行兵，最忌的是和尚、道士、尼姑、婦女，他們俱是一派陰氣，必然

[54] 《夷堅志》，頁1163。

[55] 《夷堅志》，頁1676。

[56] 《太平廣記·女仙類·萼綠華》，頁355。

[57] 《太平廣記·神仙類·楊雲外》，頁255。

皆仗著些妖法。」[58]因此本文不擬再進一步分析，但因此種角色，亦屬乍看不起眼，而實甚厲害之流，故於篇末一併附及，以廣參證。

　　經由以上論析，而後來各種通俗小說往往有以瘋僧癲道爲異人的描寫，其傳統所自，便亦清楚可知。[59]

原載一九八五年八月《中國古典文學第一屆國際會議論文，古典文學第七集》

---

[58] 《封神演義》第五十三回，《說岳全傳》第七十六回等皆有類似場面，類似的解說。

[59] 此種人物如雲合奇蹤英烈全傳的周顚，《說岳全傳》第七十四回的瘋僧，濟顚系列故事中的濟公。

玄女、白猿、天書

一

　　傳統的中國小說，不論是文言的或是白話的，神異的故事一直占著很大的比重。雖然在目錄的歸類上，「靈怪」只是眾多小說中的一類，但是，神異的情節卻往往不只出現在「靈怪」一類的作品中。即使是所謂的歷史小說、俠義小說，或甚且那些以透顯人情世故為主的世情小說，以及描摹兩情相悅的言情小說，也都時常有「事涉神異」的描寫。

　　小說多神怪，其來有自。原本「小說」一詞的產生，就是和「大達」相對而來，《漢書·藝文志》所說的「小說」一類，指的便是那些不談「大達之道」的「不經」之談。不經之談，當然不是治國平天下的大道理，不是「大人縉紳先生」之所常言，包涵的就是種種民間生活的小知識，以及種種故事傳聞。民間的故事傳聞，自然多的是怪異。往下發展的結果，雖然小說的觀念迭有更易，但是，不論是作者有意或無意，而文言小說、筆記一路多含「志怪」卻就成了定局。

　　而後來產生的白話小說，不論是短製或長篇，更同樣的都是源自民間的說話。說話是唐宋以來民間的一項重要娛樂，說話人的故事不論是來自舊聞或新編，其取材和表達方式總不能離市井民眾的情好太

遠，因此，話中談神說怪便自難免。因為，在廣土眾民的心目中，不論是英雄出世、好漢遭劫，或情好難圓、終成眷屬等等，無一不是冥中自有主宰，更何況神奇怪異之事本就是民心「好奇」之所趨。

在一些以描繪世情為主的小說中，某些情節的安排，如主角危機的解除端賴神異力量的救助等，一成習套，是不免會讓人感到不滿的，[1]因為如此一來，人物性格的發展與命運之間的相關性就顯得薄弱，小說情節的張力未免受到磨損。即使是神怪小說中的人物，如果成長掙扎的過程出現太多的神異救助，有時也難免會使人覺得是作者的筆力有所不到，就如金聖嘆評《西遊記》一樣：「《西遊記》每到弄不來時，便是南海觀音救了。」[2]

雖然如此，我們對於傳統小說的了解，有時卻不能盡以現代人的觀念去苛求。因為古人有古人的思考方式，有他們受時代限制的人間、世情的見解。更何況，如前所說，傳統小說所呈現的，或多或少，總不離民間的情好與知解，由許許多多的神怪當中，或許不只對作家們之何以作此描寫，能有更進一步的認識，對神怪背後所含蘊的人性，也能有著更真實，更透入的認識。

本文就是想藉著對一些時常出現於小說中的神異情節的分析，來探看它們在小說中的意義。進一步，當然是希望能因此而對這些小說本身的意義有更周全的認識。

題目之所以定為「玄女、白猿、天書」，因為在傳統小說中，尤其是在一些被歸為歷史、豪俠或神怪的小說中，它們經常成組的出

---

[1] John L. Bishop, "Some Limitations of Chinese Fiction", in *Studies in Chinese Literature*, ed. by John L. Bishop, (Harvard Univ, 1965), pp. 242-243.

[2] 金聖嘆：《聖嘆外書》，〈讀第五才子書法〉，（臺北：三民書局，1970年影印貫華堂原本水滸傳），頁35。

現，出現的場合又往往在相類的情節裡，而且都和主角人物的命運有著重大的關係。也就是說，這一組事涉神異的搭配，關涉的不只是一部小說，而且和每一部小說的情節發展都有著莫大的關係，因此值得特別提出來分析探討。

二

在通俗小說中，玄女、白猿、天書的出現，通常是在那些與戰爭或叛亂有關的作品裡，而且多半是在攸關主角命運轉折的場合。這三者的組合情形，通常是玄女授天書予書中的主角，有時候是直接的授予，有時候則經由白猿一關；也有玄女沒有出現，只由白猿擔當授予任務的場合。此外，也有某些作品，主角同樣的獲得了天書，但是授予天書的不是玄女或白猿，而是其他的神靈。其中雖然有些許的變異，但所呈現的意義卻總相差不遠。

為了便於說明，底下且先將閱過小說中有關玄女、白猿、天書的情節摘要條舉，附以其他雖非玄女或白猿授書，但情節相近的描寫以為參證。

（一）《宣和遺事》與《水滸傳》系列

在現存可見的通俗小說中，《宣和遺事》裡敘述宋江三十六好漢的一段，大概是最早提及玄女出現，授主角人物以天書的作品。當時宋江為避官兵搜捕，躲到九天玄女廟，官兵退後，宋江發現神案上有天書一卷，上寫三十六天罡姓名，並附有字一行：「又書付天罡院

三十六員猛將，使呼保義宋江爲師，廣行忠義，殄滅奸邪。」宋江得見天書指示，知所行止，便反上了梁山泊。③

後來《水滸傳》宋江夢九天玄女授天書的描寫，便是由《宣和遺事》這一段化來。《水滸傳》第四十二回，宋江被梁山泊衆好漢打劫法場相救上山之後，不久又下山去取父親和弟弟，事爲官兵所悉，便逃到還道村玄女廟。官兵尋至廟裡，爲玄女顯靈起風沙所嚇走。玄女接著便命二仙女引宋江相見，授予三卷天書，並對他說：「傳汝三卷天書，汝可替天行道，爲主全忠仗義，爲臣輔國安民，去邪歸正。他日功成果滿，作爲上卿。」、「此三卷天書，可以善觀熟識，只可與天機星同觀，其他皆不可見。成功之後，便可焚之，勿留在世。」接下去便是宋江全心全意的反上梁山泊，後來終於替代晁蓋爲梁山泊的領袖。④

到了第八十八回，宋江人馬已歸順朝廷，領兵征遼，遼國大將設混天象陣，宋軍損兵折將，無可奈何。此時宋江寒夜困倦，又夢玄女命二仙女接引相見，授以破陣之法。宋江以玄女所授之法，終於大破遼軍。⑤

（二）《平話三國志》

平話一開始，描寫一位孫學究因久病不癒，跳入地穴中欲自

---

③ 《宣和遺事》，（臺北：世界書局，1969年），頁41-44。

④ 本文所據《水滸傳》為一百二十回本《水滸全傳》，（萬年青書店，1971年），頁675-680。

⑤ 《水滸全傳》，頁1435-1446。

盡，結果非但不死，反而得治病之奇書，謂之天書。從此廣度徒弟，因而開啟後來黃巾賊（即張角）之亂。[6]

（三）英列傳系列

甲、《龍興名世錄皇明開運英武傳》

　　此書爲《英烈傳》系列中成書較早之作品，卷一，〈劉伯溫青田出身〉一則，描寫劉伯溫於所居城南高山石崖上洞中得古鈔兵書四卷，讀之未得確解，乃雲遊深山古刹，尋訪異人，希望能得到指點。後遇一老道士，講論半月，盡得其旨。臨別之際，道士對劉伯溫說：「我觀汝之智識不凡，遇此亂雜之世，當抱是術而爲王者師，勿自挫過。」劉伯溫想爲王者師，便四處尋訪眞主。後來到了淮西城，遇店主孔文秀女爲妖所惑，醫巫無效，劉伯溫便主動替他們捉妖。所擒獲之妖是一隻白猿，劉伯溫對白猿說：「你乃山中之精，城門有神，何以得入？」白猿說：「近因城外皇覺寺內有一眞命天子在，各處神祇都去護衛，以此得入。」劉伯溫經由白猿的指點，知道眞主所在，便放了白猿。[7]

---

[6] 至治新刊《全相三國志平話》，（國立中央圖書館，1971年影本），與《全相平話武王伐紂書》等合爲一冊，頁353-355。《平話三國志》此條雖無玄女或白猿，只有天書，而亦舉之爲例者，因類似此種藉口得妖書或神書而叛的事件與本文所論大有關係，而同類之事亦屢見於記載，如《酉陽雜俎》前集卷五載桂州封盈掘得石函素書，遂成左道：《太平廣記》卷二十七引《仙傳拾遺・劉白雲》條，卷二百八十六引《三水小牘・侯元》條皆屬此類事。

[7] 《皇明開運英武傳》，明萬曆辛卯楊明峰重刊本，據微卷。

乙、《官板皇全像英烈誌傳》

卷之一〈劉伯溫青田出身〉一則，所載與前引相同。[8]

丙、《雲合奇蹤》（即坊間如萬國圖書公司所印八十回本《英列傳》）

第十七回有關劉伯溫事，描寫脫胎於前引二書，但情節稍微改動。劉伯溫在山穴中發現四卷兵書之後，正要走出，忽然跳出一隻白猿，對他說：「自漢張子房得黃石公祕傳之後，後辟穀嵩山，在半路中將書收藏在內，便命其六丁六甲，拘本山通靈神物管守之。丁甲大神在雲頭上一望，看見小猿頗有些靈氣，便拘我到留侯面前……那留侯卻把手來打一個圓圈，許我在此，只好到山上山下走動走動，再不得出外一要。今日天意將此書付與先生，輔主救民，要我在此無用，求先生方便，破開圓圈，把小猿寬鬆些也好。」劉伯溫便照天書所示之法，放了白猿。後來到處尋訪異人求教，得遇周顛，周顛教示之後對他說：「此術是帝王之佐，值今亂離，勿可蹉過。」接著便是孔文秀店中救女除妖一節，發現所捉之妖原來就是他在山上放走的白猿。[9]

---

[8]　《皇明全像英烈誌傳》，明三臺館刊本，據微卷。

[9]　《雲合奇蹤》，線裝石印本，封面已失，不知出版處所，家藏本。按，劉伯溫石洞得天書故事，明陸粲《庚己篇》卷四誠意伯條，及明楊儀之《高坡異纂》卷中誠意伯條皆有記載，但都無白猿情節，可見白猿情節為小說編者所加。上引二書收於新興書局，1973年影印本說庫第二冊。

（四）四十回本《平妖傳》

四十回本《三遂平妖傳》是馮夢龍將原來二十回本《三遂平妖傳》增訂而成。原來二十回本並無玄女、天書等情節，馮夢龍增訂本加了玄女、白猿、天書等情節，使得小說中的王則之亂成了大宋王朝天數不可逃的一個劫運。

按四十回本的描寫，王則之亂乃是妖狐聖姑姑及胡永兒、左瘸和蛋子和尚以及張鸞道士等慫恿而成。而妖狐等之所以敢於為亂，乃是因為學得了蛋子和尚盜來的天書中地煞七十二變法的緣故，而蛋子和尚之所以能夠盜取天書，緣法卻就出在玄女和白猿身上。

小說中描述的白猿是吳越之戰時玄女所收認的徒弟，後來隨著玄女歸到天庭，玉帝叫他掌管九天祕書，他趁著眾仙往西天開蟠桃大會時偷盜天書。天書原本封固緊密開不得，因他虔誠禱念：「吾師九天玄女娘娘，保佑弟子道法有緣，揭開篋蓋，永作護法，不敢為非。」封蓋因而開啟，他才取得天書。他取得天書，便來到下界，將天書一百零八樣變化刻在白雲洞壁上。後來玉帝得知此事，便罰他在下界看守刻在石壁上的天書，每年五月五日才上天報告一次。天書既然刻在石壁，玉帝又不命人將之抹去，便是暗含天機有意洩露之意。蛋子和尚因此才得以三次盜法，盜去其中的七十二地煞變法，然後終於引發王則之亂。

蛋子和尚盜法的情節，另有一個重要關鍵，就是他之所以知道用紙去摹壁上的天書，是白猿神示化的老人所指點。而摹得了天書之後，發現一字也無，傷心欲絕，還是白猿神示現，指點他如何映月現

字，然後去與聖姑姑相會，才終得練成祕法。而小說描寫亂事之所以終能平定，是玄女出現，收去聖姑姑的神力，擒服聖姑姑，文彥博等人才能大破貝州城。⑩

（五）《禪真逸史》

第十三、十四兩回，描寫主角林澹然爲張太公兒子驅妖，所獲之妖乃是狐精。妖狐被擒之後，祈求不殺，並將一信給林澹然，說該信是三十年前一仙人所化身的全真道士所付託。林依信中所示，前往獨峯山五花洞取出石匣中祕笈三冊，第一冊爲天樞祕籙，第二冊爲地衡祕籙，第三冊爲人權祕籙。此後依祕籙之法教徒弟杜伏威、薛舉、張善相等人，終能與權奸抗衡，爲民除害。⑪

（六）《孫龐鬥志演義》

第四卷，描寫孫臏受師父鬼谷之命看守仙桃，兩日連失二桃，當夜守到二更，發現偷桃者原來是一隻白猿。白猿說明是因母病思桃，所以來偷。孫臏爲其孝心所感，非但不加責備，更予一桃。白猿爲報孫臏之情，便偷來鬼谷所藏天書三卷授予孫臏。孫臏研讀中，鬼谷獲悉此事，便對孫臏說明，天書原本是要授給他，可是時機未到。如今緣份未到而得天書，接授天書之時又未曾沐浴焚香，因此該有百日大

---

⑩ 北宋《三遂平妖傳》，四十回本，明天許齋批點本，據微卷。

⑪ 清溪道人編：《禪真逸史》，（天一書局，1975年影爽閣藏板）。

災。⑫

（七）《女仙外史》

第七、第八兩回，描寫乳母鮑姑（仙女下凡，爲護佑主角唐賽兒而來）帶唐賽兒到曼尼（亦神仙一流）處取得天書七卷，寶劍一匣。唐賽兒請二人教授天書，鮑姑說：「天書劍匣都是一塊整玉，並無可開之處，要請玄女娘娘下降，方才開得。」又說：「玉匣天書是道祖的祕法，非大士不能取，非玄女不能開，非奉上帝敕旨不能傳授。」玄女下凡之後，教唐賽兒天書祕法之前，先對唐賽兒說明天書的意義：「道家有天書三笈，即如佛家三乘之義，是道祖靈寶天尊所造，上帝請來藏之彌羅寶閣。朕數應掌教，所以奉敕賜授。開闢以來，唯軒轅黃帝得傳下笈，以平蚩尤；姜子牙僅得半傳，遂著陰符；黃石公、諸葛、青田諸人，所得不過十之二、三，皆已足爲帝王之師矣。」唐賽兒習得天書祕法之後，乃得以興兵與明成祖相抗。⑬

（八）《歸蓮夢》

第一回，描寫白蓮岸離開師父眞如法師出山之後，來到一處深林，遇到一老者，老者原來就是也常在眞如法師處聽法的得道白猿，兩人同在白猿庵中宿了一夜，半夜中忽現一道火光，兩人依光而尋，

---

⑫ 吳門嘯客：《全像孫龐鬥志演義》，明崇禎丙子刊本，據微卷。
⑬ 呂熊：《女仙外史》，（天一書局，1976年影鈔璜軒板）。

到一石屋。石屋原是仙曹留置天書之處，白猿便是天書的守護者。石屋之門本來密封不能開，可是白蓮岸因緣法已到，石門因而自啓。白蓮岸從石屋中取得天書一卷，從此修煉，於是開啓了一段白蓮教的叛亂。後來劫數已盡，白猿便又收去天書。⑭

（九）《幻中真》

第五回，描寫男主角吉扶雲遊山忘返，忽然石壁上跳下一隻猿猴，一路相引，直到一處峭壁所在，猿猴一擊峭壁，壁便分開，吉扶雲隨著猿猴進入，卻是另一番明朗世界。猿猴對吉扶雲說：「你今有緣，得我引進。我有書一卷，你可在此熟習，日後必有應驗。」原來所授予的是一卷天書。吉扶雲習熟了天書中的兵法之後，終於平滅叛賊妖黨。⑮

（十）《薛仁貴征東》

第十一回，描寫薛仁貴隨張士貴軍東征，途中忽遇地裂成窟，薛仁貴被指令下洞探索。薛仁貴下洞之後，發現窟中原來別有洞天。薛仁貴在地道中首先放了被玄女娘娘鎖住的青龍（是仁貴三世的冤仇），後來是一仙童，由仙童的指引見到了玄女娘娘，玄女將五件寶物賜給薛仁貴。那五件寶物是：白虎鞭、水火袍、震天弓、穿雲箭以

⑭ 蘇菴主人：《歸蓮夢》，（但題）本衙藏版，法國國家圖書館藏本，據微卷。

⑮ 煙霞散人：《幻中真》，（但題）本衙藏版，法國國家圖館藏本，據微卷。

及無字天書。玄女特別囑咐仁貴：「此一本書名曰無字天書，不可被人看見，凡有疑難之事，即排香案，拜告天書，上露字跡，就知明白。此五件異寶你拿到，高麗就能平服。」⑯

由以上這些資料的排比，我們已經可以清楚的看出，玄女、白猿、天書這一個組合，並不是某一部小說中的單一個案，而且它所關涉的，若不是一個叛亂者，就是鼎革之際的輔位軍師，或能征慣戰的大將軍的出身。類似的情節，相近的手法，在各種不同的小說中重複的出現，相信不只是因為作家們的相互因襲，更可能的是來自這些不同的編書者對這麼一個情節所指涉的傳統意義有著共同的認定。

以前研究《水滸傳》的學者們，如薩孟武先生和孫述宇先生都已曾先後注意到《水滸傳》中出現的玄女與天書的問題。薩先生在《水滸傳與中國社會》一書中因此特立一文：〈九天玄女與三卷天書的來源〉，從歷來政治興革往往假託神意的史實，為這個問題指出了讖緯的來源。⑰而孫先生在《水滸傳的來歷、心態與藝術》一書中的〈玄女娘娘〉一文，則從南北宋之際的政治現實中，提出玄女可能就是影射「韋太后」看法。⑱他們的研究、推論，雖然都能各有創見，但是由於他們所著眼的都只在《水滸傳》一書，也就是把玄女、天書這一情節只當作《水滸傳》中的單一個案來探究，因此結論未免尚不能周全。

既然我們已經知道玄女、白猿、天書這一組合的出現，在歷來通俗小說中如此之頻繁，我們便得承認它是一個重要的問題。為了想對

---

⑯ 《薛仁貴征東》，（大東書局，1963年）。

⑰ 薩孟武：《水滸傳與中國社會》，（臺北：三民書局，1971年），頁85-109。

⑱ 孫述宇：《水滸傳的來歷、心態與藝術》，（臺北：時報出版公司，1981年），頁267-272。

它的意義能有較爲周全的認識，比觀各書，追索其背後可能的蘊含，便是一件值得再做的事。否則，若單挑一書，將書中此一情節當作獨立的個案，則所推論，雖若能合於該書的發展，有時卻未免不適於他書的解釋。這也就是爲什麼我們在作分析探討之前，要先將各相關小說中的資料並列而出的用意。

三

由上舉諸例，我們已經可以看出在那些描述動亂或鼎革、爭戰等事件的小說中，英雄人物或輔位軍師在成長的過程中，或起事之前，往往先經過天神傳授天書的階段，而傳授天書（或指引天書所在）的使者若不是玄女，便是白猿，或是玄女與白猿二者同時出現。雖然有時也由其他的神靈來替代，但是例子並不太多，而且其使命也和玄女、白猿相類，因此可以一併討論，作爲旁證。

在這麼一個組合當中，雖然小說中的描寫常常是先提及玄女或白猿，然後再由他們引出天書（這也就是爲什麼本文題目定爲「玄女、白猿、天書」之故），但是，無疑的，天書才是三者之中最爲重要，而且經常不變的要素，因此，要明瞭這一個組合的意義，以及它在小說中的作用，卻反而得先由天書的探討著手，然後再及其他。

論究小說中天書的意義，可從下面幾點來談。

（一）來自傳統道教的影響，天書「應劫而現」

小說中天書的示現，多半是在動亂變革之世。動亂變革，無論

是出於什麼原因，導致怎樣的結果，對廣土眾民來說，卻總是一個劫數。那些有緣得受天書的英雄，不論動亂是因他而起，或因他而平，隱隱之中便都似乎是應劫而生，來掌劫數的人物。此所以《女仙外史》在談到天書的授受時，會借著鮑姑的口對唐賽兒說：「汝掌劫數，自應南面稱尊，若不該坐（中位），則天書寶劍也不該授你了。」[19] 又對龍王說：「太陰娘娘降世（即唐賽兒），是奉上帝敕命，斬除劫數的女主。」[20]

除了《女仙外史》是如此的明說以外，我們對其他小說中的相似情節，也可以由此方向來加以了解。《水滸傳》中的宋江，《三遂平妖傳》中的聖姑姑、蛋子和尚，《歸蓮夢》中的白蓮岸等等，便也都是明顯的屬應劫而生的主劫人物。[21]

傳統小說中的許多神異、道術觀念，受有相當多的道教的影響，是研究者都能知悉的事。天書應劫而現的這個觀念的運用，也並不是編書者們空穴來風的奇想，而是來自道書的影響。原來在道教的傳統中，早就有這種說法。《隋書‧經籍志》四：「道經者，云有元始天尊……所說之經，亦稟元一之氣，自然而有，非所造為，亦與天尊常在不滅。天地不壞，則蘊而莫傳，劫運若開，其文自現，凡八字，盡道體之奧，謂之天書。字方一丈，八角垂芒，光輝照耀，驚心

---

[19] 《女仙外史》，第七回第十葉。

[20] 《女仙外史》，第八回第三葉。

[21] 《水滸傳》第二回，住持真人對誤揭石碑，放出沖天黑氣的洪太尉說：「三十六天罡星，七十二座地煞星……若放還他出世，必惱下方生靈。」《平妖傳》第二回，袁公將天書鑴在石壁，天庭未曾教他銷毀，作者結語說：「想緣會當然……紅塵世界，忽生弄法之殃。」《歸蓮夢》第一回，白蓮岸要離開真如法師下山時（下山之後即遇白猿得天書），法師說：「我待放你出去，只可惜世上這些平凡人，不知受你多少累……這也是天數。」便都明白的指出了這些人與世間劫數的關係。

眩目，雖諸天仙，不能省視。天尊之開劫也，乃命天眞皇人，改轉天
音而辯析之。」[22] 這裡所說的「八字，盡道體之奧」的大字天書，表
面上雖然和小說中所說的三卷天書或甚且無字天書似乎有些異樣，其
實意蘊卻明顯的是一脈相承。因爲小說中的三卷天書（或其他不同形
式的各種天書）同樣的也是蘊含了扭轉乾坤，變化萬有的奧祕；而且
同樣的都是應劫而現，示現了某種天機。這就是爲什麼我們說天書應
劫而現的觀念是來自道教的影響。

（二）受黃石公授書傳說影響，天書若兵書

　　天書應劫而現，授予緣法相關之人，雖說是示以天機，含蘊了多
少的玄祕，但是，論其實際，主要的又似乎在賦他以獨特的行軍布陣
的作戰能力。其中雖包含了種種變化的法術，作用卻更有類乎兵法。
原因無他，因爲動亂中主劫的英雄，並不同於千里走單騎的俠客，他
除了需有個人作戰的能力之外，更重要的是要有運籌帷幄的智慧。小
說中的天書之所以往往似兵書，而有時更直捷的就說天書是兵書的緣
故，就在於此。

　　所謂的兵書，講究的雖然無非是行兵作戰之事，但在民衆心目
中，卻終不免會漸漸的化成充滿神祕性質的「天書」。因爲「英雄人
物發展的最後階段是神話」，[23] 能征慣戰的名將，幾經流傳，很可能
就成爲天佑神助，具超人能力的神化人物。那些掌行軍大權，能運籌

---

[22] 魏徵等：《隋書》，（臺北：鼎文書局，1975年），頁1091-1092。下引《隋書》皆據此
　　本。

[23] Mircea Eliade, *The Myth of the Eternal Return*, (Princeton Univ., 1974), p.43.

於帷幄之中，決勝負於千里之外的軍師兵家，在同樣的情況下，就更可能成為胸羅玄機，屈指能算的神人。本來天時、地利、人和及種種陣仗的運用，在民間的傳說中，往往就成了奇人異士的興雲作雨，變化萬端。這種情形在各種民間故事及小說中是屢見不鮮的。

因為如此，所以那種能使兵家具神化超凡能力的兵書，在民眾心目中，便似乎與天書一般無二。

以歷來兵書的流傳來說，論久遠與名氣，當然以孫、吳兵法為最，但是，小說家筆下的天書（或許也可以說是民間傳說中的），其取法乎兵書的一路，卻似乎多半從黃石公授張良兵書的故事而來。這種現象尤其以像劉伯溫這類軍師人物之獲得天書的情形最為明顯，《雲合奇蹤》就明白的說劉伯溫所得的天書是張良所留下的。

其中的道理無他，只是史家筆下的黃石公，來無影，去無蹤，忒神祕了些，[24]而張良功成知退，留下「願棄人間事，欲從赤松子遊」這樣的話，跑去學「辟穀道引輕身」，[25]悄然而隱的行徑，更留給後人無限的遐思。所以「自漢以來，言兵法者，往往以黃石公為名。」[26]而小說家筆下的黃石公，由史家筆下的似神仙，一轉就轉而

---

[24] 《史記・留侯世家》提到黃石公的出現只說：「良……步游下邳圯上，有一老父，衣褐，至良所，直墮其履圯下。」提到他的消失，只是在說了：「十三年，孺子見我，濟北穀城山下黃石即我矣。」之後就去不復見了。

[25] 瀧川龜太郎會注考證本，司馬遷：《史記》，（中新書局，1977年），頁791。瀧川的考證在提到黃石所授乃太公兵法處引中井積德的話說：「黃石公誰見而誰傳之？皆出於留侯之口也。即後來辟穀之術也，後人好評論之，皆受留侯之誑也。」、「太公兵法乃留侯之祕權，非實說。」不論這件事是否如中井所說，係出於留侯的故作神祕，但是後來的黃石授書故事卻早已流傳普遍。

[26] 《四庫全書總目提要》，子部兵家類，《黃石公三略》三卷條之按語。（臺北：商務印書館，1971年），頁2038。

爲眞神仙，[27]其所傳授的兵書，當然就是天神所授的天書。天神（黃石公）授天書（兵法）給張良（亦可以說是應劫人物），活生生的是後來小說家筆下玄女授天書予掌劫英雄的模子。

（三）反映歷史小說中的天書，其意義在賦英雄人物以神格

人類大概自有部落社會以來，統治者即常被認爲具有神性，能與神通，或甚且是神的化身。[28]後來有了國家的形態，帝王承襲了這個傳統，便更有一些附會製造出來的帝王神話，來證明他們統治地位的無可替代。古代中國的「天子」一詞，便是這種心態下生出來的，賦帝王以神格的名稱。因爲如此，所以歷來「有志圖王」者，不論終於成功了，成爲創業英主；或是失敗了，成爲叛亂的草寇，在起事之初，便都交相利用，製造各式各樣的神話，譬如天生異相，屢現神蹟，以及上應符命、讖緯等等，來神化他自己的身分，證明他的興起是天命所歸。這種現象從漢代以後，便相當的普遍，幾乎成了定格。[29]

在上舉爲例的小說中，如《水滸傳》、《平妖傳》、《女仙外史》、《歸蓮夢》等，若以正史的眼光來看，描寫的都是有關叛亂的

㉗ 如《太平廣記》卷三百九十八引《錄異記》黃石一條，即說黃石公係天上五星之中的土精下降。

㉘ James G. Frazer, *The Magical Origin of Kings*, (London: Dawsons of Pall Mall, 1968), pp.28-59.

㉙ 薩孟武：《水滸傳與中國社會》書中便有一個「歷代創業之主神話表」，將各朝創業主的誕生神話及所現奇蹟，清楚的整理出來。

作品。然而，所謂的叛亂者，在歷史上的形象與創業帝王其實只是一肩之隔，這也就是我們慣常所說的「成者爲王，敗者爲寇」一句話的含意。因此，那些主角人物之獲得天書，隱約間便有著古來起事者利用讖緯符命以收攬人心的色彩，[30]前引薩孟武先生有關九天玄女一文所闡發的便是這層道理。

　　小說中描述英雄人物的獲見天書，我們雖然可以把它看作是對歷來有心之士利用符命，造作神話以得權位的一種反映，但是這種反映卻不一定就是小說編撰者們對那種史實的有心的譏諷。我們相信，這多半只是作者們在這種積非成是的傳統下——這種傳統在民間可能被認爲是理所當然的——自然反映。但是，無論如何，天書的示現，其作用無疑的總在強化、表示天書的承受者的非凡，也就是賦予這些英雄人物以超人間的神性，將他們神格化。其意義正如同創業帝王的「上應符命」。

　　又從另一個角度來看，其作用亦復如此。

　　無疑的，上舉的各部小說，都可以當作英雄傳奇來讀。不論中外，在傳統的、古老的英雄神話或傳奇故事裡，一個英雄在他出發歷險的過程當中，每每需經過神助或天啓的階段，才能轉型成長，成爲具有超卓智慧與能力的眞正英雄。這一種模式幾乎就是古老英雄神話的定型。[31]以傳統中國的傳奇故事來說，上面所舉各種小說中的主角

---

[30] 符命、圖讖的造作以兩漢爲最盛，有名的如漢成帝時齊人甘忠可的「詐造天官曆、包元太平經十二卷，以言漢家逢天地之大終，當更受命於天，天帝使眞人赤精子下教我此道。」見《漢書》卷七十五〈李尋傳〉。而王莽篡位，更造作各種圖讖，不一而足，見《漢書》卷九十九〈王莽傳〉。後來自漢光武帝以下，各有志圖王者，莫不競相利用符命圖讖。

[31] Joseph Campell, *The Hero with a Thousand Faces*, (New York: Meridian Books, 1956), pp.69-77.

人物，便大部分是這種類型的最佳例證。神助、天啓便是證明獲助、受啓英雄之非凡，之具有神格的最佳證書。因爲總是只有他們能獲助、受啓，只有他們能與神通，非正格的英雄便無此機緣。

傳統小說中英雄人物之獲見天書的意義，便可從此中尋取──那是他們在成長的過程中，轉型出發的階段所獲得的神助與天啓。天書既賦他們以能力，更指引他們往後的前程。

不論從什麼觀點來說，天書示現，授予這些英雄人物，主要的作用便都是在於使他們神格化。畢竟，在民衆心目中，能從事非凡事業的人物，原本就是非凡的，更何況那些掌劫英雄、蓋代將領。而最足以證明他們之非凡的，莫過於神化他們。天書，宣示天機之書之只授予他們，而從不恩及於旁者，便是最足以見出他們之得天獨厚，最足以證明他們是能與天通的神、人之間的神人。

天書的示現，伴隨著的往往是某種天機的顯示，而得知天機的人就只能是那上天選定的應命英雄。因爲所謂的天機通常包含的是預示那即將到來的現狀的改變，以及只有那位英雄才能完成的某種使命。爲了要使應命英雄能完成使命，上天便得賦他以超人的能力，此所以天書所教總似乎不離奇妙變化的神術的緣故。另一方面，爲了顯示這位應命英雄的獨特唯一，天書的傳承過程便更常充滿神祕性──畢竟這是神示天機。

我們且以《水滸傳》中玄女授天書給宋江的描寫爲例，來說明其中道理，因爲一般的讀者多半對這本書更熟悉些。玄女的出現，

是在宋江受難困頓，恍恍惚惚的夢中。[32]玄女一見宋江，首先就稱宋江爲「星主」，並說：「別來無恙……玉帝因星主魔心未斷，道行未完，暫罰下方，不久重登紫府。」這就指出了宋江這位應命英雄原非凡人。接著又說：「傳汝三卷天書，汝可替天行道……」便是指示任務。而「吾有四句天言，汝當記取，終身配受，勿忘於心，勿泄於世。」則可以說是預示天機。另外，「此三卷天書，可以善觀熟視，只可與天機星同觀，其他皆不可見。功成之後，便可焚之，勿留於世。」則顯示了天書傳承的神祕性，與受命英雄之獨特唯一。這種神祕性的描寫，顯然就是道教仙經傳授「勿輕泄，勿終祕」的說法的翻版。[33]

其他各書中的描寫，儘管有多少的不同，但大體上說來，其中的各項特點都差不了多少。其中薛仁貴的得無字天書，與宋江之得天書的模式更爲類似。爲免行文過於繁瑣，茲不一一列舉。

---

[32] 金聖嘆對宋江夢玄女授天書一節有所批評：「只因此等語，遂爲後人續貂之地，殊不知此等，悉是宋江權術，不是一部提綱也。」、「寫宋江用權詐，獨不敢瞞吳用，其筆如鏡。」其意與注[25]所引中井積德之評黃石公授書張良略同，語見《貫華堂原本水滸傳》第四十一回行間夾批。金氏這種看法，當然是基於他對宋江的厭惡，以及將該書視爲完全以現實人生爲主的寫實作品爲出發點，也算是他的獨到見解。但是筆者卻認爲這段神話的運用，是《水滸傳》保留了自《宣和遺事》以來的神話模式，論點參見本文結語論《水滸傳》段落。又夢中或恍惚中與神通、得天啓是中外宗教與神話中常見的例子，參見Mircea Eliade, *Shamanism*, (Princeton: Princeton Univ., 1974), pp. 13-14.以及大英百科全書1974年版Revelation條。

[33] 李隱：《瀟湘錄》，（臺北：新興書局，1973年影本說庫第一冊），頁160，〈王常〉一條，記王常得神人授神術與神書，神人對王常說：「異日尚卻付一人，勿輕授，勿終祕，勿授之以貴人，彼自有救人之術。勿授之以不義，彼不以饑寒爲念。濟人之外無奢逸。如不然，天奪爾算。」按，此條又見《太平廣記》卷七十三，注出《奇事記》。又《太平御覽》卷六百七十八、六百七十九，道部傳授上下卷，多言經籙「當祕於一人」「有一人應得此文者，皆有仙籙宿命者也」等語。《太平御覽》，（臺南：平平出版社，1975年影本）。

四

天書示天機，授予宿命有緣人，以小說家的筆法來說，就是授予命該掌劫之人，只有他才能獲見。然而，誠如《道經》所說，天書祕籙非常人所能解，必得「聖降爲師，示人旨訣。」[34]然後天意才能傳達於人間。在這天人兩隔之間，總得有一個信息的傳達者。這麼一位傳達天書、傳授天書旨意的信使者當然得是一位天神，像天使般的天神。在傳統的小說中，負責這一個任務的，常常就是女神九天玄女。有時候會加上一隻白猿當她的副手，或者更有的時候玄女不出場，而逕由白猿來擔起這個任務。

另外，就小說的敘述來看，玄女的出現，所扮演的角色有時又常常不僅是天書旨意的傳達者而已，往往更是書中受命英雄危機的救助者，以及未來使命與前程的指引者。[35]而在有些書中，如《平妖傳》、《女仙外史》，則在以上諸特點之外，更把她描繪成是天庭中主掌天書祕籙開啓，以裁決人間劫運的大神。

到底玄女是怎樣的一尊神道？爲什麼與劫運、叛亂鼎革有關的天書總由她來頒行傳授？爲什麼她會是一位掌劫英雄的危機救助者與引導者？要了解此中底細，得從她的來龍去脈說起。

小說中的玄女之所以會是一位執掌劫數，專救英雄於危難之

---

[34] 《太平御覽》卷六百七十三，道部仙經下，引太上經語。又卷六百七十二，仙經上，引後聖君列紀所言：「九天玉章，其詞幽奧，非始學凡夫所可竟通，非大帝下降，不得演究此銘也。」意思亦同。

[35] 玄女在這兒的角色有點兒類似西洋神話中的Hermes-Mercury，埃及神話中的Thoth，以及基督教神話中的聖靈。參考Joseph Campell, *The Hero with a Thousand Faces*, pp. 72-73。

中，並授英雄以兵法天書，引他以前路的神靈，並非這些小說家們的憑空創意，而是由於在神話傳說上，她早已是具有如此特性的一位女神。

九天玄女是由黃帝蚩尤之戰神話中的「天女魃」所衍變出來的女神。《山海經·大荒北經》：「大荒之中，有係昆之山者，有共工之臺，射者不敢北鄉。有人衣青衣，名曰黃帝女魃。蚩尤作兵伐黃帝，黃帝乃令應龍攻之冀州之野。應龍蓄水。蚩尤請風伯雨師，縱大風雨。黃帝乃下天女曰魃，雨止，遂殺蚩尤。」[36]這一個天女魃是由黃帝請下來，來對付蚩尤所請來的風伯雨師的，原來大概是屬於旱魃之神，可是後來一變就變成了人首鳥形的玄女。

《太平御覽》引黃帝玄女戰法：「黃帝與蚩尤九戰九不勝，黃帝歸於太山，三日三夜，霧冥，有一婦人，人首鳥形，黃帝稽首再拜，伏不敢起。婦人曰：『吾玄女也，子欲何問？』黃帝曰：『小子欲萬戰萬勝。』遂得戰法焉。」[37]此時的玄女雖然還是人首鳥形，但已經是一位救助危難，傳授戰法的女神了。

這種以玄女為傳授戰法之神的傳說，至少在隋朝以前即已形成，《隋書·經籍志》三，兵部即列有「玄女戰經」、「黃帝問玄女兵法」等二種，五行類也列有「玄女式經要法」一種，[38]可謂淵源已久。

---

[36] 袁珂：《山海經校注》，（臺北：里仁書局，1981年），頁430。

[37] 《太平御覽》卷十五。袁珂：《古神話選釋》，（臺北：長安出版社，1982年），頁143。該書論黃帝玄女戰法這一段：「這一段仙話化的神話，恐怕原也有一個神話的底子，即商民族的始祖神玄鳥曾助黃帝制勝蚩尤。」筆者則仍然認為這裡的玄女是由山海經中的「女魃」衍變而來，因為二者同是助黃帝破蚩尤的女神。

[38] 《隋書》，頁1014-1029。

　　因為「玄女」之名本身很明顯的就指出她是一位女神，所以後來西王母神話發展到西王母成為眾女仙之王，「女子之登仙得道者咸所隸焉」以後，[39]玄女這一位女神很自然的就歸位，成了西王母駕下的一位女神仙。《太平廣記》卷五十六引《集仙錄》西王母條：「上清寶經、三洞玉書，凡有授度，咸所關預也。黃帝討蚩尤之暴，威所未禁，而蚩尤幻變多方，徵風召雨，吹煙噴霧，師眾大迷。帝歸息太山之阿，昏然憂寢。王母遣使者，被玄狐之裘，以符授帝曰：『太一在前，天一在後，得之者勝，戰則克矣。』符廣三寸，長一尺，青瑩如玉，丹血為文。佩符既畢，王母乃命一婦人，人首鳥身，謂帝曰：『我九天玄女也。』授帝以三宮五意陰陽之略，太一遁甲六壬步斗之術，陰符之機，靈寶五符五勝之文。遂克蚩尤於中冀，剪神農之後，誅榆罔於阪泉，天下大定。」[40]

　　這當然是後來道教徒運用古神話的資料所彙造出來的「仙話」，而玄女之做為一個傳達天意，頒授天書予爭戰掌劫英雄（黃帝即是此種人物），教引戰法的使神，便從此定型。

　　同樣見於《廣記》所引的《集仙錄·驪山姥》一篇，將玄女這種特殊的角色與使命說得更為清楚：「陰符者，上清所祕，玄臺所尊，理國則太平，理身則得道，非獨機權制之用，乃至道之要樞，豈人間之常典耶？昔蚩尤暴橫，黃帝舉賢用能，誅強伐叛，以佐神農之理。三年百戰，而功用未成，齋心告天，罪己請命。九靈金母（即西王母）命蒙狐之使，授以玉符，然後能通天達誠，感動天地。命玄女教其兵機，賜帝九天六甲兵信之符，此書乃行於世。凡三百餘言。一百

---

[39] 《太平廣記》卷五十六引《集仙錄·西王母》條中語。《太平廣記》，（臺南：平平出版社，1975年）。

[40] 同注[39]。

言演道，一百言演法，一百言演術。上有神仙抱一之道，中有富國安民之法，下有強兵戰勝之術。皆出自天機，合乎神智……一名黃帝天機之書，非奇人不可妄傳。」[41]這種包含「道、法、術」，言兵機的「天機之書」，便就是後來小說家筆下常見的「天書三卷」的原型。天機之書不可妄傳，當然只能傳付掌劫的英雄，而主達傳授任務的，便是九天玄女。

　　《雲笈七籤》的《九天玄女傳》可以說就是以上玄女神話與仙話的大綜結：「九天玄女者，黃帝之師聖母元君弟子也。黃帝……戰蚩尤於涿鹿，帝師不勝。蚩尤作大霧三日，內外皆迷。風后法斗機作大車，以杓指南，以正四方。帝用憂憤，齋於太山之下。王母遣使被玄狐之裘，以符授帝曰：『精思告天，必有太上之應。』居數日，大霧冥冥，晝晦，玄女降焉。乘丹鳳，御景雲，服九色彩翠之衣，集於帝前。帝再拜受命。玄女曰：『吾以太上之教，有疑可問也。』帝稽首曰：『蚩尤暴橫，毒害蒸黎，四海嗷嗷，莫保性命，欲萬戰萬勝之術與人除害可乎？』玄女即授帝六甲六壬兵信之符，靈寶五符策使鬼神之書，制袄通靈五明之印，五陰五陽遁甲之式，太一十精四神勝負握機之圖，五嶽河圖策精之訣，九光玉節十絕靈幡命魔之劍……帝遂率諸侯再戰……遂滅蚩尤於絕轡之野。」[42]這裡的玄女不只擺脫了人首鳥身的形狀，更已儼然是位尊權重，大有排場的上界女神，而傳授黃帝之物除了兵符神書之外，更有寶劍等其他各種神物，後世小說的玄女形象與特性在此已完全具足。

　　由以上這些資料的排比，我們已經可以了解何以後來小說中的掌

---

[41] 見《太平廣記》卷六十三。

[42] 張君房：《雲笈七籤》，（自由出版社，1978年），頁1605-1606。又同書《軒轅本紀》及《西王母傳下仕道》二篇，亦都有類似的記載，分見頁1369及頁1598。

劫大神、兵法天書的傳授者、英雄人物危機的救助者，以及英雄未來
前途的指引者會是玄女的緣故了。原來在古老的神話、仙話傳統中，
她早已是扮演這麼一個角色的神道，她的這種形象，早已成了一個典
故。[43]

五

由上引的小說中，我們知道除了玄女是傳授天書，主掌劫運的大
神以外，另外還有一位和天書授受有關的重要角色，那就是白猿。在
小說中，白猿有時候是玄女的徒弟兼助手，如《平妖傳》中的描寫；
有時候是幫助或引導那有緣人去得到天書的角色，如《孫龐鬥志演
義》和《幻中眞》裡的安排；然而更多的時候他是天書的守護者，長
年累月的在那兒守候，專待那命中該見天書的人的到來。

爲什麼天書的事老是和白猿有關？爲什麼小說中老是要安排他
來看守天書？在中國古老的神異傳說中，能成精變幻，喜歡和人在一
起的物類是很多的，可又爲什麼和天書有關的就偏偏是猿，而且是白
猿，而不是其他？這是一個有趣的問題（雖然古代流行的妖異故事以
狐妖爲最普遍，但是，如《禪眞逸史》的以狐精來看守天書，替代慣
常的白猿的角色，卻反而是少見的例子）。

要明瞭其中底蘊，且又得先從天書的某些特殊屬性談起。無疑
的，有關天書的觀念是明顯地受著道教信仰的影響的。道教的修行者
一向就有著山居獨處，以求靜修的嚮往。深山苦修而後得成正道，是

---

[43] 筆記小說如《夷堅乙志》卷第七，畢令女條，便有「遇九天玄女出遊，憐其枉，授以祕
法。」的記載，與通俗小說中玄女授天書故事正是出於同一典故。

道教傳說裡很普遍的故事。傳說中的仙經祕籙之所以經常藏於深山絕壁，[44]道理就在於此。

再看看我們的小說，那些有緣人之獲見天書，除了如《水滸傳》中的宋江是夢中神授，《孫龐鬥志演義》中的孫臏是白猿偷來贈予，《薛仁貴征東》中的薛仁貴是神使地裂成穴，引來相授之外，其餘的幾乎無不是從深山絕巖中取得，其中的道理便很清楚——天書祕籙自在深山絕壁。

天書祕籙既多半藏於深山峭壁之中，如果必須有一位看守者的話，那位看守者便自然得是經常與深山為伍的物類。在這種情況下，猿便是最可能的物類之一。

我們在此之所以只說猿是最可能的物類之一，因為其他山居動物精靈也都有可能，甚且山中修道的人或仙也可能。然而最後的結果卻終於是猿而不是其他，其中另有原因在。

如果山中的天書是由仙人來看守，原也沒有什麼不對，但是，大概由於這種工作可能是相當的枯燥乏味，顯見得不是什麼上等的差事，所以在人們的想像中，便不好安排那有道的修行者或仙人來苦候，於是便安排了那次人一等，最像人而實際上又不是人的猿來擔當這個任務了。更何況在實際的山林世界中，山猿常見，仙人不常見。

看守天書的工作之所以是猿——當然是那些修道有成的猿精猿神，而不是普通的凡猿——最主要的原因就是猿最像人，而且看起

44　《太平廣記》載於山洞中見神書神人之事頗多，如卷九〈王列〉，卷十一〈左慈〉，卷十四〈嵩山叟〉，卷二十〈陰隱客〉，卷三四〈崔煒〉，卷四十六〈王太虛〉等篇皆是。又《太平御覽》卷六百七十二，六百七十三，道部仙經上下卷，提及仙經道籙藏於山中石匱或玉匱者甚多，不具引。

來很容易讓人聯想起那些傳說中入山修行，身生長毛，然後得道成
仙的仙人。[45]或許人們之所以會設想那些入山修道的人，在成仙之
前常常身生長毛的原因，就是由於見著山猿的形象而來的吧。曹植
〈辨道論〉所設疑的：「仙人者，儻猱猿之屬，與世人得道化爲仙人
乎？」[46]竟疑仙人就是「猱猿之屬」，可見古人心目中山中仙人的形
象，原有著猿的影子。

　　因著猿的形狀像人，既像老人，又像仙人，所以在古老的變異傳
說中，便有了猿化老人的故事。《抱朴子》：「猿壽五百歲則變而爲
玃，千歲則變爲老人。」[47]壽至千歲，當然已成精靈，精靈自是善能
變化，可是由於猿本身的形狀像老人，所以傳說中的猿精便往往以老
人的形貌出現。

　　王度〈古鏡記〉：「勣得鏡，遂行，不言所適，至大業十三年夏
六月，始歸長安，以鏡歸，謂度曰：『此鏡真寶物也。辭兄之後，先
遊嵩山少室，降石梁，坐玉壇。屬日暮，遇一嵌巖，有一石室，可容
三五人，勣棲息止焉。月夜二更後，有兩人，一貌胡，鬚眉皓而瘦，
稱山公；一面闊，白鬚，眉長，黑而矮，稱屯生。謂勣曰：「何人斯
居也？」勣曰：「尋幽探穴訪奇者。」二人坐與勣談久，往往有異

---

[45] 入山修行，不食人間煙火，體生長毛成仙的傳說，在道教記載中甚多，如《列仙全傳》卷
　　一：「偓佺，采藥父也，好食松子，體毛數寸，能飛，行逐走馬。」卷二：「古丈夫曰：我
　　本凡人，初餌柏子，後食松脂，歲久凌虛，毛髮紺綠。」「毛女，在華陰山中，山客獵師，
　　世世見之，形體生毛。」王世貞輯：《列仙全傳》，（臺北：偉文出版社，1977年影本）。
[46] 《曹植文集通檢》，（法蘭西學院漢學研究所，1977年），頁158。
[47] 文見《太平御覽》卷九百十引。今存《抱朴子・內篇》卷三〈對俗〉篇有「玃壽五百歲變為
　　玃，玃壽千歲。」之文，無「變為老人」之句，王明《抱朴子・內篇》校釋以為《御覽》此
　　段引文「當是外篇佚文。」見王明：《抱朴子》，（臺北：里仁書局，1981年），頁50之注
　　36。

義，出於言外。勛疑其精怪，引乎潛後，開匣取鏡。鏡光出，而二人失聲俯伏。矮者化爲龜，胡者化爲猿。懸鏡至曉，二身俱殞。龜身帶綠毛，猿身帶白毛。』」[48]

〈樹萱錄〉：「唐王縉續書嵩山，有四叟攜楄來相訪，自稱木巢南，林大節、孫文蔚、石媚虬，高談劇飲。既醉，俱化爲猿，升木而去。」[49]

大概是由於猿的形狀本來就像老人，所以既變而爲人，便常常是那種愛劇談，知文意的老人。因爲這正是人們心目中某種特屬於老人的屬性。

又由於猿類善能跳縱攀擲，所以傳說中的猿便又常常是善於技擊的能手，如《山海經・圖讚》：「白猿肆巧，由基撫弓，數如循環，其妙無窮。」[50]

其中最有名的故事，莫如袁公與處女的鬥劍，《吳越春秋》：「越王又問相國范蠡，……范蠡對曰：『……今聞越有處女，出於南林，國人稱善，願王請之，立可見。』越王乃使使聘之，問以劍戟之術。處女將北見於王，道逢一翁，自稱袁公，問於處女：『吾聞子善劍，願一見之。』女曰：『妾不敢有所隱，惟公試之。』於是袁公即杖箖箊竹，竹枝上頡橋未墮地，女即捷末，袁公則飛上樹，變爲白

---

[48] 見《太平廣記》卷二百三十。

[49] （明）陳耀文編：《天中記》，（文源書局，1964年影本），卷六十猿類引文。

[50] 《太平御覽》卷九百十引文。

猿。」⑤《平妖傳》中的袁公就是由此段轉化而來，不過傳中將處女改爲玄女化身而已。

從此之後，白猿劍術便幾乎成了一個常典，《全後周文》卷十四，庾信〈周柱國大將軍紇干弘神道碑〉：「受書黃石，意在王者之圖；揮劍白猿，心存霸國之用。」卷十六，〈周大將軍懷德公吳明徹墓誌銘〉：「圯橋取履，早見兵書；竹林逢猿，偏知劍術。」《全唐文》卷四○一，趙自勵〈出師賦〉：「桓桓大將，黃石老之兵符；赳赳武夫，白猿公之劍術。」李白〈贈張中丞〉：「白猿傳劍術，黃石借兵符。」杜牧〈題永崇西平王太尉愬院〉：「授符黃石老，學劍白猿翁。」⑤

由這些典故的運用來看，白猿幾乎就成了劍術武藝之祖，所以每每與文人心目中的兵法之宗黃石公對舉並稱。因此而聯想轉化，白猿授天書的故事是很容易產生的。

王嘉《拾遺記》：「周群妙閑算術讖說，遊岷山採藥，見一白猿，從絕峯而下，對群而立。群抽所佩書刀投猿，猿化爲一老翁，握中有玉版長八寸，以授群。群問曰：『公是何年生？』答曰：『己衰邁也，忘其年月。猶憶軒轅之時，始學歷數，風后、容成皆黃帝之史，就余授歷數。至顓頊時，考定日月星辰之運，尤多差異。及春

---

⑤ 趙曄：《吳越春秋》，（臺北：商務印書館，1968年影本），頁194-195。《吳越春秋》本書此段文字有難解處，《廣記》卷四四四引《吳越春秋》此條作：「越王問范蠡手戰之術，范蠡答曰：臣聞越有處女，國人稱之，願王請問手戰之道也。於是王乃請女。女將北見王，道逢老人，自稱袁公，問女曰：聞子善為劍，得一觀之乎？處女曰：妾不敢有所隱也，唯公所試。公即挽竹林杪之竹，似桔槔，末折墮地，女接取其末，袁公操其本而刺處女，處女應節入之三。女因舉杖擊之，袁公飛上樹，化為白猿。」

⑤ 自庾信碑文以下至杜牧詩句，皆轉引錢鍾書：《管錐篇》，（北平：中華書局，1979年），第四冊，頁1530。此處所引諸典，亦可為本文前面以天書為黃石公兵書之餘一節之旁證。

秋時，有子韋、子野、裨竈之徒，權略雖驗，未得其門。邇來世代興亡，不復可記，因以相襲。至大漢時，有洛下閎，頗得其旨。』群服其言，更精勤算術。乃考校年曆之運，驗於圖緯，知屬應滅。及明年，歸命奔吳。」[53]

這一段故事後來再經簡化，就成了《五色線》的記載：「周群學於岷山中，有白猿化爲老人而至，授書一卷，乃黃帝而下曆日也。群遂明陰陽。」[54]由前引的授玉版，轉而成了授書，雖然說的同是曆數，但是這「授書一卷」無疑和後來小說中的授「天書╳卷」已更爲相近。更何況，從黃帝時候傳下來的，能明陰陽的書，本質上就與天書相差不遠。

由以上這些線索來看，看守天書，引導有緣人去取得天書的工作，之所以常和白猿——當然是修道有得的白猿——有所關聯的原因，大體上已經清楚。然而，若論其實際，世間所見猿類固多黑褐或棕黃等色，何以傳說中精通劍術，善曉曆法陰陽，專責看管天書的猿卻總是白猿？要解答這個問題，或許我們可以說這只是後人因襲古人的記載，因爲最早的神話寶庫《山海經》中就已至少兩次提及白猿。[55]但是，即使因襲也總有個原因。筆者認爲其中最主要的原因恐怕還是由古人對猿類的某種特殊傳說而來。明王脩的《君子堂日詢手鏡》就有這麼一段記載：「馴象鄧指揮家，昔有山子，人獲一猿來獻，面黑身白，惟頂上有黑毛如指闊一縷，直至脊盡處。有人云：猿

[53] 王嘉：《拾遺記》，（臺北：木鐸出版社，1982年），頁195-196。
[54] 吳淑等撰：《增補大字事類統編》，（佩文書社，1960年影本），卷八十八猿類引文。
[55] 袁珂：《山海經校注本》引《山海經．南山經》：「堂庭之山多棪木，多白猿。」、「發爽之山無草木，多水，多白猿。」頁2及頁17。

初生時黑，至百餘歲漸成黃而爲雌，又數百歲，方變爲白。」[56]也就是說，古人認爲數百歲的猿才能變成白猿──猿而能數百歲當然是神話，白猿當然也是神話──數百歲的猿自然已是成精，因成精所以才能化爲老人，才代表是修道有成。這大概就是爲什麼神話、小說中的猿神、袁公都是白猿的原因。

本來白猿和天書以及玄女和天書的關係，是兩個路向各自發展形成的，原沒有什麼必然的關係，這在我們上面所舉的例證中仍然可以明顯的看得出來。不過由於兩者既然都和天書有著關係，後來的小說編撰者便很可能將兩者牽扯在一起，四十回本《三遂平妖傳》的編者馮夢龍就是利用了《吳越春秋》所載處女和袁公鬥劍的故事，很巧妙的將處女轉化成是玄女的下凡，於是玄女、白猿、天書三者便很自然的成了一個特殊的組合，而且一點都不讓人覺得唐突。我們之所以會將玄女、白猿和天書一併而論，就是由此而來。

六

以上這些事涉叛亂、鼎革或爭戰的小說，其英雄人物在成事之前的成長階段之所以經常得見神助，得獲天書，因而擺脫困境，更因而得賦超自然的能力，以開展一番驚天動地的大事業，其道理在論天書的章節中已大略說明。而負責傳達天書旨意，預示天機，指引英雄以前路的神靈，以及看守天書以待有緣人，或指示應命英雄以天書所在的使者之所以會是玄女與白猿，其原因、背景，也已分別指出如前。

然而，在此我們卻還需要有一個綜結性的說明，就是這麼多的小

---

[56] 王脩：《君子堂日詢手鏡》，前引說庫本，頁929。

說先後出現如此類似的描寫，是否有什麼特別的意義？

　　首先我們要說的是：這些小說中天書神話的運用，正是傳統上世間大事皆天命的觀念的一種反映。所謂的世間大事，包括的是天災與人禍，舉凡洪水、曠旱、瘟疫蟲災等等，以及改朝換代，爭戰與叛亂等等皆是。以歷史的事實來論，天災、人禍是常比肩而至，互為因果的，然而史籍的記載卻往往特別凸顯人禍的一端，所以這種事無非天定的觀念當中，當然也就包含了誰該是人禍——叛亂、爭戰等——事件中的要角，以及這位英雄要角生死成敗的一生。也就是說，在傳統的觀念中，一切與國家社會大局有關的事與人，莫不出於天意早定。當然這種觀念並非中國所獨有，[57]而中國人的這種觀念，也並不只見於小說，更多的是見諸歷史以及其他各種相關的記載。小說家只不過是借用傳統習見的神話典故，更具體的表現了這種觀念而已。

　　其次，由於這些小說所引用的例證多半相同，描寫手法又相近，因此，免不了會使人認為這是小說編撰者們的缺乏創意，只好多所因襲模仿。誠然，明清之際的一些通俗小說，由於一直未能擺脫這種文體起始所帶有的民間說唱的色彩，編作者們尚未能有清晰的創作觀念，所以在「說故事」的手法上，甚且情節的安排上，遞相因襲轉借者仍然所在多有。即就玄女、白猿、天書這一組神話的運用來看，或許有些小說的編者也仍脫離不了這種嫌疑，但是，由於如前所證，這一組結合的各自含意，久已是文人與民間共同熟習的常典，因此，在論斷這一組神話的套用時，我們卻仍寧願借用錢鍾書在論文人多用黃石公、白猿這一典故的話來說明：「此等熟典，已成公器，同用

---

[57] Re. Mircea Eliade, *The Myth of the Eternal Return*, pp. 102-104.

互犯者愈多，益見其爲無心契合而非厚顏蹈襲。」[58]畢竟，玄女、白猿、天書在傳統上久已是常會讓人與英雄人物聯想在一起的熟典，所以小說的作者們一描述到相類的情節，很自然的就會套上，正如後來的人一提起結義就想起劉關張，一說到才子佳人就想到文君、相如一樣。因此，這些小說手法上的類似，倒不一定就是哪一部小說特意的轉抄哪一部。

談到這一點，我們還可以從另一個角度來看。依神話學者伊利亞德（Mircea Eliade）的說法，一般民衆對歷史的記憶，難以記取有關個人的細節，因而常常有將歷史事件簡單類化，將個別的人物轉爲類型人物的情形，所以在傳說中，類化的事件與類型的人物，往往就取代了眞正的歷史事件與人物。[59]更因爲這種類化的結果，往往是將歷史人物回溯同化到遠古神話人物的模子裡，所以傳說中的歷史人物，每每就會變化成神話英雄，成爲神化的人物。[60]這就是爲什麼在傳說中，歷來的英雄人物及其事跡常常會是大同小異的原因。我們若從這個觀點來看上舉的這些小說，便能會對這些小說有一番更親切的認識。無論如何，這些傳統的小說多多少少仍然繫有民間說唱的色彩，所反映的自然不離民衆的傳統觀念，所以裡頭英雄人物的行徑，在類似的關鍵處會有類似的特性，譬如成長轉型期的得遇神眷、得見天書等，種種現象的似相彷彿，便是一件自然而不足爲異的事。

另外，在這些運用了類似的神話架構來展開情節的小說中，多半的英雄在接受了天書之後，莫不就變成了半神人。他們不僅技藝超卓，更且術法驚人，充分表現了將現實人物轉化爲神話英雄的民間特

---

[58] 錢鍾書：《管錐篇》第四冊，頁153。

[59] Mircea Eliade, *The Myth of the Eternal Return*, pp. 42-44.

[60] 同注[59]。

色，因此，在我們所舉的這一類小說當中，便大部分是神異滿篇。

在這種情形下，《水滸傳》就顯得相當的特別。從《水滸傳》中，我們看到了宋江接受天書，也看他接受了玄女的叮嚀指示。但是，往下情節的發展，我們總會覺得這天書對宋江個人的能力卻似乎沒有什麼影響，而玄女對他預示的某些天機，到頭來也似乎沒什麼應驗。如果我們心目中對這一段神（玄女）授天書的情節有著深刻的印象，而又了解到傳統上天書對一個英雄人物可能有的特殊作用，那我們就免不了會感到奇怪，爲什麼宋江既已特獲神眷，得授天書，可是這天書對他卻又何以似乎沒什麼大作用？

舉例來說，在第五十二回，宋江大軍與高廉相持，高廉一使用妖法，宋江便措手不及。後來經吳用提醒，他才想起了他有天書，可是依天書所授之法對付高廉，卻一點用處也無。天書的術法居然抵不過高廉的妖法。後來若不是專程請下公孫勝，恐怕就得一敗塗地。而且奇怪的是，當初若不是吳用提醒，恐怕壓根兒他就忘記了他有天書的這椿事。又後來的征遼戰役中，碰上了遼將所擺的陣法，擁有天書的他，居然一籌莫展。若不是玄女再度及時託夢指示，授以玄機，恐怕後果就不堪設想。諸如此類，使我們想到這部天書的存在，對宋江來說似乎顯得是可有可無。這眞是一件奇怪的事。

或許有人會說，因爲《水滸傳》的三十六天罡中，已有了會兵法的吳用，和善使法術的公孫勝，足可抵當一般小說中天書的作用，所以天書的重要性在此就顯現不出。可能這也是原因之一。但是，就筆者個人的看法來說，其中最主要的原因恐怕還是在於《水滸傳》的編者這一層上，當初只是沿襲了《宣和遺事》留下來的模子，套用了這一個傳統習見的常典而已。根本上，《水滸傳》一路的發展，一直到最後的結集成書，所走的就不是以神怪爲主的路子。《水滸傳》的

作者們（演述出和最後編纂出《水滸傳》的人們）最終所關注的是現實的人生與社會，他們在作品中所要反映的是當時的社會眞實與民眾的心聲，因此，他們心目中的宋江，很自然的就是一個與人間世切合的人物，而不是半神半人的神話英雄。畢竟，《水滸傳》是一部以人──現實的人──的意志爲主的小說，而不是以神意爲主的小說。小說中天書情節的運用，到後來之所以變得似乎無甚作用，其中道理大概只是因爲這一個神話架構，在早期有關水滸的傳說中既經採用，便逐漸就定了型。後來小說的發展，雖然已漸傾向於現實的人間性，但是，在整個故事的形成結集過程當中，對這一個流傳久遠的神話架構，卻始終保留，未曾擺脫，所以在小說中才有時候顯得有點前後不對──或許從這裡正可看出傳統小說的結集過程中，傳統因素所顯現的一種影響。也或許更因爲如此，而這部小說才依然顯現著一般傳統英雄傳奇的某些特色。因爲配合著這一段神話的運用，小說中就難免還要有一些鬼神怪異，雖然對照著全書所顯現的人間意味來說，這些怪異的份量已微乎其微，但是，終究已是在它人間的現實上，塗上了一層傳奇的色彩。

　　但是，即使《水滸傳》仍然有鬼神怪異，卻只有現實的人性與意志才是貫串全書的主導精神，而這也就是《水滸傳》有別於上舉其他同類小說，顯出其特異面貌的主要地方。金聖嘆評《水滸傳》說：「《水滸傳》不說鬼神怪異之事，是他氣力過人處。」[61]雖然未免有過分愛護水滸之嫌，卻是不無道理。

　　　　原載一九八三年十一月《中外文學》，第十二卷，第六期

---

[61] 金聖嘆：《聖嘆外書》，讀第五才子書法，頁35。

歷史與小說之間

——查伊璜與大力將軍的傳奇

一

《聊齋誌異》中有一篇〈大力將軍〉，寫的是清初名流查伊璜和「吳六一」兩人遇合的傳奇。「吳六一」當是「吳六奇」的訛寫。訛寫可能出於故意，也可能是無心。[①]

查伊璜和吳六奇都是清初的名人，查是有名的文人，吳則是著名的將領。有關他們傳奇性遇合的傳說，在他們生前即已流傳，文人們相許以為美談，紛紛加以宣騰點染，如《聊齋》該篇即是。其他如鈕琇《觚賸》，王士禎《香祖筆記》也都有專篇記載。[②]後來蔣士銓將之編為戲曲傳唱，於是而歷來慧眼識英雄，好漢能報恩的佳話，又添了感人的一樁。

故事大綱依《聊齋》的敘述是：

---

① 這篇小說雖然是正面肯定主角的人格與成就，但因事涉早年落魄行乞之事，為賢者諱，作者可能就將名字故意訛寫，但也有作者誤記的可能。

② 王士禎：《香祖筆記》，（上海：古籍出版社，1982年），頁61-62，卷三錄查、吳事跡。
鈕琇：《觚賸》卷七〈粵觚〉之〈雪遘〉篇即記此事，見（臺北：廣文書局，1969年），頁174-177。而各本《聊齋誌異·大力將軍》後皆錄〈雪遘〉以為對比。後來如《嘯亭續錄》、《清稗類鈔》等亦皆記查吳遇合事，但都為轉述鈕、王之作，故不具論。

查伊璜有一次在野寺前，見一乞丐舉重若輕，隨手掀提平常數人合力難以移動的大鐘，問他何以行乞，乞丐回答飯量大，沒人願意雇用。查鼓勵他從軍，為他置換新衣，資助他五十兩銀子成行。十幾年後，查之侄子為官於閩，忽然有所謂吳六一將軍者，自稱查之弟子，要求他代請查光臨其第。查根本不記得有這樣一個人，見面之後，更不認識，可是他見查卻如拜君父，查當下大惑不解。拜見之後他才說明就是當初舉鐘的乞丐。當時對查款待之厚，可說已至無以復加，接著並將幾乎一半家業相贈。後來查牽連明史案被捕，也是這位吳將軍的關係，才得以免禍。

　　故事寫得精彩動人，但是情節和《香祖筆記》及《觚賸》等所記稍有不同。這二書所記大體從同，不過《觚賸》所記在細節上更為詳細。為討論的方便，現在將《觚賸》所載故事簡述於後，以為對照：

一個大雪天，查伊璜看到門前一位避雪的乞丐，相貌奇特，詢問之下知道就是市井相傳的鐵丐，於是相邀入內喝酒品茶，並拿絮袍讓他穿。隔年在西湖又相遇，查問：「曾讀書識字否？」乞丐說：「不讀書識字，不至為丐也。」查深以為奇。乞丐名叫吳六奇，粵人，豪放能酒，因少時好賭而流落為丐。查與相處一月，甚相得，以為海內奇傑，厚贈送歸故里。後吳從軍，積功至廣省水陸提督，自以為能有今日，皆查

之鼓舞激勵，特遣部將攜三千金贈查，並力邀來粵。

查留粵一年，厚待之餘，贈金數萬，珍寶不計其數。

後查受明史案牽連，吳力為營救，始得免禍。

這篇記載和〈大力將軍〉是出自同一傳聞，表達同一主題的故事。但是情節卻頗有異同，主要的差別在於查、吳二人相遇的情形。《聊齋》強調的是吳「大力」，《觚賸》凸顯的是吳的酒力與識見。相同則在於吳的報恩，特別是查後來因涉明史案，賴吳大力援救才得脫險一事，皆是兩篇重點。

就史實的考察來說，查伊璜和吳六奇是相識的好友，查也確實因明史案被捕，而後來釋放回家。但是他們之間交情的由來，是否如上述各篇所記，為「慧眼識英雄於泥塗」，以及查之被釋，是否出於吳之用力，則都是有待考證的事。

由於鈕琇、王士禎及蒲松齡都是清初有名的文人，相較於查、吳二人，雖然不能說是同輩，卻也只是同一時代的晚生，而所載查、吳二人之事，居然已各有別緻，似乎傳聞各異，就歷史眼光來看，這是一件有趣的事。

另外，不論傳聞真假，而各篇作者以自有之意趣，為特有之文筆，使同一人物而情性稍見不同，從小說觀點來看，也是一件有趣的事。可以說後來所傳查、吳二人的故事是既牽歷史，又涉小說，頗有糾葛的事，本文因此即以二人事跡為本，試就歷史與小說之間的一些問題，作一討論。

二

按照鈕琇、蒲松齡等人的傳述，查、吳二人的遇合，特別是後來吳的感恩、報恩行徑，無疑的是一椿千古美談，一個人間情誼的典範。

然而，不論查、吳二人事跡如何的動人，而且有的傳述者如王士禛、鈕琇等，更似是爲眞人眞事傳錄，但自從「故事」面世以來，其眞實性就一直有著爭議。

傳述中有關兩人的事跡，最重要的有二點，其一：吳六奇本是乞丐，經查的慧眼相識，鼓勵資助，終於成就爲一個成名功就的「大將軍」。其二：查後因明史案繫獄，幾全家不保，經吳力救始得免禍。

查、吳二人雖然是特定時空下的歷史人物，明史案也是特定的歷史事實，但是有關他們二人遇合的美談，卻總又讓人有著似曾相似的感覺。爲什麼？原來是傳述中的情節和歷來「英雄報恩」一類故事的架構大相類似：恩人識拔或救助英雄於泥塗，英雄功成名就之後適時報恩。

其中有名的如漂母與韓信、李白與郭子儀之間的故事。[3]雖然當初漂母救助韓信可能只是出於同情心，而郭子儀受難時是一個小囚犯而不是乞丐，但英雄落魄之時受助，後來才終於有成的過程是一樣的。

除了這兩個已成典型的歷史名人之外，歷史上其他或出於有心

---

③ 韓信與漂母事見《史記・淮陰侯傳》；李白與郭子儀事見《新唐書・李白傳》。《舊唐書・李白傳》不載此事。

或由於無意而施的一飯之恩，終得受施者死生厚報的，如趙盾與翳桑之餓人一類，更是史不絕書。[④]而傳說中的歷史，一些發跡變泰的故事，也多有慧眼識英雄的傳奇。[⑤]

　　歷史人物有著他們的奇遇、恩怨，小說中的人物當然也有。《初刻拍案驚奇》卷八的〈烏將軍一飯必酬〉正是一系列無意中一飯之恩（或一飯之交情），而終受奇遇厚報故事中有名的一篇。[⑥]這類故事的某些重點雖然和查、吳遇合美談傳聞稍有不同，但作爲「知遇」、「報恩」的主題結構卻是相類的。

　　由以上大概的列舉，可知同類主題的故事，歷來相傳幾乎已經成爲一種特別的類型。查、吳遇合美談，似乎就是這種故事類型的清初翻版，也就是說，太像一個「古老相傳的故事」。

　　但是，是不是因爲這樣就可以推斷查、吳遇合美談一定是假的，是好事者比附出來的？事情並不這麼簡單，人世間千古反覆，「你方唱罷我登場」，千百年來，多少人常是反覆演著同樣的劇目。或許查、吳遇合故事可能就是真的，只不過那過程太像歷來英雄遇合美談而已。

三

　　由於查、吳二人都是清初的名人，所以有關二人生平的資料，並

---

④ 錢鍾書《管錐篇》讀〈左傳正義〉部分，宣公二年條記自古以來史載「一飯之恩仇」事頗多。（北平：中華書局，1979年）。

⑤ 如《古今小說》所收〈窮馬周遭際賣䭓媼〉、〈臨安星錢婆留發跡〉等歷史人物故事，皆有慧眼識英雄之事。

⑥ 此類故事又見《菽園雜記》卷八；《情史》卷十八；《堅瓠己集》卷六一等等。

非十分的難求。又由於明史案是清初的一次大文字獄，後人對此專題的論述考校也自不少，其中關於查之終於免禍，是否因吳之救助，論者也多能各有所見。也就是說，按一般常識推斷，查、吳遇合美談，是確有史實可考，或只是當時人的推求附會，應當是不難求證，可以很快就理出個頭緒的。

然而事實上卻就有些困難。

雖然在傳統上有所謂「英雄不論出身低」的說法，一般人卻更寧願自己是「名門」之後。發跡變泰之後的人，似乎也多不願意人家重提可能不甚光彩的往事。

不論吳六奇當初如何出身，畢竟他後來是個功成名就的大將軍，而他死後，兒子又得餘蔭世享富貴。[7]既貴之後，親朋好友之間往來恐怕就會自動的「為尊者諱」，避談一些可能不大讓人高興的話題——當然包括被認為可能是不太光彩的前塵往事。在這種情況下，某些事情的真相就可能隱而不彰，更何況這種事情雖然在當時是人言鑿鑿，但當事者之一的查先生卻已予以否認。本來當事人既已否認，事情就應該以他說的為準，清楚了斷，但是由於有人認為這種否認正是犯有為賢者諱的嫌疑，[8]所以是非真假，仍然不能說已經定案。

就因為如此，所以查、吳二人的生平資料，雖然並不十分難求，但有關他的遇合美談的一段公案，卻並不容易遽下論斷。除非有

---

⑦ 據《清史列傳》等記載，吳六奇死後，其總兵之職破例由其子吳啟豐襲任，而其他兒子亦各自為官。

⑧ 吳騫《拜經樓詩話》引查伊璜《敬修堂同學出處偶記》一文中，否認他識拔吳於落拓之時的說法，然而卻懷疑：「豈當日以其（按指吳六奇）既貴而故為之諱耶？」認為查的否認，可能有為尊者諱的嫌疑。《拜經樓詩話》收於《清詩話》中，引文見（臺北：明倫出版社，1971年），頁727。

什麼新的史料被發現。[9]

本文的主要目的並不只在於有關他們這一樁傳聞的追蹤考察。但是在真真假假所引伸出來的何為歷史，何為虛構的問題當中，卻必得先選擇其中一些被認為較可靠的資料入手，才能作進一步的討論。

《清史稿》中並無查與吳二人的傳記，《碑傳集》及《清史列傳》有〈吳六奇傳〉。[10]這是有關清代的較為正式的歷史傳記。

《碑傳集》及《清史列傳》都說吳六奇年輕時曾經流落行乞，但都沒有提到他在那時候有和查伊璜相識相遇的事，相應的最後也都沒有提到他救查伊璜免禍等一類事。更清楚的說就是這二篇傳記都沒有提到查伊璜。然而這並不等於說吳和查沒有什麼關係，傳中不提他們的關係，只因為這不是本傳的重點所在。

查、吳二人實際上是頗有交情的，而吳六奇在未從事軍旅生涯之前，曾經流落江湖大概也是有的，但是他們二人當初如何相遇、如何締交，較可靠的史料卻無記載。不過其中有一點可以確定的是吳六奇雖自行伍出身，征戰中取得貴顯，卻並非不識之無的一介武夫，而是頗能詩文，文武兼資的將才。據他的友人陳殿桂〈贈吳葛如大將軍〉詩自注，吳是諸生（即秀才）出身[11]，查伊璜自己也說：「葛如能

---

[9] 據今饒宗頤教授告知吳六奇故鄉已發現吳之墓誌銘，筆者尚未能獲見。然推測此種以贊頌為主的文章當不會有幼時如何落魄等事之記載。

[10] 《清代七百名人傳》亦收吳六奇傳，內容大同於《清史列傳》。乾隆年間周碩勛纂修，光緒十九年重刊之《潮州府志》亦有吳六奇傳，文字亦大同於〈列傳〉，當皆同一出處。然府志於抄存舊志之此傳外，另附《香祖筆記》所載查、吳事跡全文。引見《清代七百名人傳》，（臺北：成文書局，1967年）。

[11] 陳殿桂之詩見鄧之誠編：《清詩紀事初編》，（臺北：鼎文書局，1971年），頁15-800，卷七。

詩，自比武侯，故以六奇爲名。」[12]

查伊璜在明末清初是個享有甚高文名之人，吳六奇發達榮顯之後，曾邀他到家作客，時間頗長，相待甚厚。這種交情當然可以解釋成是因爲吳六奇的禮賢下士，而查又文名遠播，所以特別的受到吳的禮敬。然而由於查是浙江海寧人，而吳居東粵，兩地相去甚遠，即使查果眞文名滿天下，又好遊歷，吳也不一定得遠道相邀，又加熱情款待，盤桓日久不可，所以他們之中的這種關係，很容易讓人覺得似乎不是新交，而該是舊誼。

不論他們之間關係的眞相如何，後來社會上之所以會流傳著吳曾經流落爲丐，巧遇慧眼相識的查之後，才有機緣成就後來一番功業的說法，其原因就在於事實上他們之間的交往，有著幾分讓外人難以了解的因素。就如以上所說，吳在發跡顯達之後，如此熱忱的邀請來自遠方的查先生，厚待有加，所爲何來？難道僅僅只是因爲酷好文學而又禮賢下士，或者是另有原因？如果另有原因，那便應當是他們有著特別的舊誼。而如果是眞的爲著舊誼的話，那一份交誼的建立最可能的當在吳未投軍、未發跡的時候。因爲在此之後，已是吳戎馬倥傯之際，比較不可能。

未投軍之前吳曾經流落異鄉是可信的事，而他是諸生出身，能詩文也是事實。一個能詩的文人而流落、而行乞，是很容易引人注意、引人同情的。這時候如果有緣遇上「好游俠」的查伊璜，[13]得其賞

---

⑫ 引見《拜經樓詩話》所引之《敬修堂同學出處偶記》，出處同注⑧。

⑬ 《查東山先生年譜》之張濤《序》云：「查東山先生……爲儒，爲俠，爲理學，爲游藝，當世莫窺其藩籬。」又《續修四庫全書提要》史部〈東山外記二卷〉條之作者亦云：「繼佐負盛名……所識拔如沈陵、馬聖、陸晉、杜水棋、王樂水之流，類多怪僻，生平好聲妓，好游俠。」據年譜查入粵，並受吳之招待在康熙戊戌年，先生五十八歲時。

識，受其鼓勵資助，也是頗有可能的事。

這也就是說，查、吳遇合美談的第一部分：「查慧眼識吳於江湖」有可能是真有其事，但也可能是附會，而附會者之所以附會得出如此情節，是因為他們的交情特殊，有一些可資附會產生的要素。

四

查、吳遇合美談的第二個重點部分是：「後查以修史一案，株連被收，卒得免，皆將軍力也。」（〈大力將軍〉篇中語）。雖然《碑傳集》、《清史列傳》中的〈吳六奇傳〉都沒提到他和查的瓜葛，也沒有他救查脫禍的記載，但是《聊齋》和《觚賸》等卻都言之鑿鑿——因為這正是查、吳遇合事跡終於成為「英雄報恩」美談的構成要件。

到底有無其事暫時難以論定，原因一如前述。查既已否認他識吳於流落之時，流落之人後來的報恩之事，自然也就「並無其事」。

然而不論真有其事與否，當時的人之所以會傳出這樣的說法，難道純屬空穴來風？抑或有什麼可約略據以彷彿的模子？

就像第一部分「慧眼識英雄於泥塗」一樣，不論真或假，在查、吳的生平中是有某些經歷，為這第二部分「英雄報恩」的情節提供了材料。

「英雄報恩救難」，首先必須是恩人有難。在這一遇合美談中扮演恩人角色的查伊璜，恰巧在晚年時遇上了大難——六十二歲時被捲入莊廷鑨明史案。這是康熙初年一個充滿血腥味的大文字獄。

　　原來是當初浙江湖州府南潯鎮的莊氏家族，刊印了被檢舉為大犯滿清政治忌諱的「明史」。刊印當初，將許多當時名士列名「參訂」。查伊璜和友人陸圻、范驤同時列名其上，案發後同時被捕。實際上他沒有參預修訂的工作，但是既然「大逆不道」之書上「參訂」有名，就是關係難逃。

　　後來案中所謂的主謀及參與該書的編撰人，以及他們的父子兄弟子侄年十五歲以上者被處決，妻妾子孫及子侄十五歲以下者被流徙為奴。主事者莊廷鑨當時已死，被掘墳碎尸，其父莊允城先死於獄中，也處以戮尸。因本案被處決者七十餘人，流為奴者數百人，實在是一個令人恐怖的血腥大獄。

　　但是，似乎奇跡一般地，查、陸、范三人及他們的家人，卻都在結案之前被無罪釋放寧家。在滿城風雨，處處血腥的當時，已入牢獄虎口的人居然能全身而出，豈不是怪事？可是事實上他們是全身而出了。

　　為了解釋這一個似乎是不可思議的謎團，當時流傳的說法是說：一個為滿清立下汗馬功勞的將軍出力救了查伊璜，這個人就是少時曾受查接濟救助的吳六奇。吳當時是勢力顯赫的平南王手下的廣東提督，由於他的打點疏通，朝廷才命查等三人回浙候審。最後定案是查等三人無罪釋放。[14]

　　事實真相或許不一定如此，但是這樣子的解釋，卻讓人覺得頗為

---

[14] 關於莊氏史案及查伊璜和該案之關係，歷來論者已多，最近則有金性堯：《清代筆禍錄》，（香港：中華書局，1989年）；郭成康、林鐵鈞：《清朝文字獄》，（北京：群眾出版社，1990年）。以上二書皆各有專章或專篇論及查與史案事。金書認為查之脫釋為吳所救之說為附會之談，見頁10。郭、林之書則以為事實，見頁94。

合理。因爲在一般人的觀念裡，任何人一經捲入這種充滿政治迫害意味的大案，就很難脫身。而查伊璜最後是終於脫身了，如果不是由於有特殊關係的人大力運用他的特殊關係，想必很難有這種結果。這裡所說的特殊關係，兼指二者：一是他和受難者的關係，一是他和朝廷當局的關係。由於他和受難者有著特殊關係，他才肯在這節骨眼上賣命出力；而由於他和當局也有著特殊關係，他才能夠發揮影響力。

在查、吳遇合美談中，吳六奇就是被認爲在這兩方面都有特殊關係的人。他和查的關係一如前述，查是他的恩人；他和當局的特殊關係則因爲他是幫助滿清平定廣東，有汗馬功勞的人，而且是當時炙手可熱的平南王的手下。

受人點滴之恩，則當湧泉以報，是爲人之大德。昔日恩人，今日有難，若不圖報，豈是男兒所爲，於是而奔走盡力，終於將恩人解救了出來。美談傳說中吳的英雄行誼，就這樣的定型下來，而查、吳遇合事跡，也終於成了一個完整的「英雄報恩」的典型。

五

以上引用了一些資料，說明查、吳遇合美談或許是眞有其事，也或許是出於推求附會。問題雖然尙未解決，但似乎方向已經確定，因爲二者之中，總該居其一。

然而，個中情況卻又並不如此單純。

由於查早已否認曾識吳於微時，如果他的聲明確實可信，那麼整個的遇合美談便應該只是「傳說」。但是，根據一個和查相當親近的人所提供的資料，「遇合美談」卻又似乎是眞有其事，只不過扮演相

應角色的人不是「吳六奇」，而是一個名叫「陸晉」的人。

提供這個特別資料的人就是查的及門弟子沈起（仲方）。他在所著《查東山先生年譜》中，對此有詳細的說明。《查東山先生年譜》有嘉業堂叢書本，後來又有臺灣文獻叢刊本，題署：「檇李門人沈起仲方撰，同里後學張濤鐵庵、族孫穀蓀稻蓀纂注」。⑮

《年譜》「庚午（1630），先生三十歲」記載：

> 先生與十二翁就試武林，遇乞兒陸晉、于畏五等。
> 晉，新安人，抗聲長歌，目空左右，群乞咸唯唯聽
> 命。先生異之，問曰：「若乞亦識字乎？」晉笑曰：
> 「不識字，還成得個乞子！」先生驚，下階與揖曰：
> 「子其得道者歟！曷舍乞，俯共朝夕。」……遂邀歸
> 寓，為之櫛沐，為之衣冠；同社諸子皆親如昆弟。

這一節「讀書識字乃為丐」的問答，和《香祖筆記》及《觚賸》之寫查與吳之遇合幾乎一樣。茲再引《香祖筆記》所載以為對照：

> 曰：「曾讀書識文字乎？」曰：「不讀書識字，何至
> 為丐耶！」查奇其言，為具湯沐而衣履之。

由《年譜》所提供的這一份資料，說明了傳言非虛，查是曾經邂逅某丐者，因嘆賞其才，而特別予以照顧。只不過一向言之鑿鑿的對

---

⑮ 本文所據為臺灣文獻叢刊本。

象有誤，那人是叫「陸晉」而不叫「吳六奇」。

　　爲《年譜》作序、作注的查世瀅、張鐵庵、查稻蓀等對傳聞中的這一項錯誤，更予以特別注意，他們分別從各種資料提出說明，加以辨正。

　　首先提出對照資料的是吳六奇兒子吳啓豐爲慶賀查七十壽辰寫的〈東山七秩乞言啓〉，其中有「從遊皆遵其別說，飯乞而爲朋」之句，自注云：「事在外紀，所云陸晉是也。」

　　《外紀》即《東山外紀》，爲查之門人周驤與劉振麟同纂，刻於康熙己亥，時查五十九歲。《外紀》記此事：

> 錢塘乞兒陸晉與群乞高步狂吟，先生異之。試之詩，應聲立就。先生曰：「此中乃有逸才！」扶歸櫛沐，裡以完衣，約同社具進，飯之。[16]

　　《年譜》注者在對照以上資料後，提出案語：

> 案此事，蒲留仙、鈕玉樵皆指爲吳順恪事……王阮亭、蔣心餘承襲其訛。吳啓豐乃順恪子，肯將父落魄時事，嫁名他人，形諸楮墨，欲蓋彌彰，有是理乎？……諸家臆斷紛紛，皆因陸晉事而附會之，不及見外紀及年譜故耳。

---

[16] 《東山外紀》之刊刻，據年譜所載，在查被捲入明史案之前三年，因此，此處所載先生識拔陸晉之事並不與後來因查捲入史案而又無罪釋放之後，引發出來的「識拔某人」、「某人報恩」之傳聞故事有任何關聯。

《年譜》「辛未（1631）先生三十一歲」條載：「杭友邀先生讀書三茅觀，乃留陸晉於董穉升家」作注者對照資料引查灝《偶然錄》：

家敬修公拔陸晉一事，世無知者。余嚮閱公所著同門錄，略識其端，故詢之故老，始得其詳。蓋晉亦丏者也，公一見以爲不凡，留之於家，廁於門人之列。

由以上資料，可以知道在查的交往人物中，確實曾經有過這麼一位出自丏行的「陸晉」、不過這位經他識拔的人物，到後來大概不甚有名，所以相關的資料較爲少見，倒是在這部包含注文的《查東山先生年譜》中，另外還有一些關於他的眞眞假假的記載。

《年譜》「戊戌（1658）先生五十八歲」條本文提到查先生入潮州，與吳六奇交往的狀況：

暨入潮，先生族弟令東莞，先就之。潮鎭吳葛如隨遣役迎先生於軍。吳與督撫李皆非舊識，而傾倒一如故交。吳令二子啓晉、啓豐負笈從遊。

正文中並沒有提及陸晉，然而注引《偶然錄》，卻特別提出陸晉之事：

公應吳督之招在兩廣署，時陸晉亦貴爲潮州提督，蓋晉逸去後，即從軍效力，積功謀任至此。知公至粵，遣使齎帛書爲請。公赴之，晉郊迎百里外，其崇奉之禮不異於吳。夫吳、陸微時，皆託跡下流，公獨能知

其異推之，識皐亭公於困阨中，其神鑒豈皮相之士所
能及乎！

這一條引文將陸晉後來出處說得幾乎和吳六奇一樣，也是投軍而
貴，並且也和吳同時官於潮州，未免使人覺得太巧。又說查至粵時，
「晉郊迎百里外，其崇奉之禮不異於吳。」亦屬可疑。因爲如前所
述，陸晉是查二十八年前所識拔的老交誼，如果查此次由浙入粵，陸
晉眞的就在潮州爲官，而且如此的相迎相奉，何以紀載查入粵之事頗
詳的《年譜》正文，居然無一字提及？

該引文接著又說：「夫吳、陸微時，皆託跡下流，公獨能知其
異推之。」似乎在強調查識吳於微時的說法爲可信，對照《年譜》正
文：「吳與督撫李皆非舊識」的說法，正相矛盾。

綜觀《年譜》正文，於此處全不提陸晉，想必陸晉此時行蹤何在
已不可知，而注引《偶然錄》有將吳、陸行誼以及他們與查之關係相
混之嫌，較不可信。此由下文述查由莊氏史案脫困一事，提及陸晉之
時可證。

六

查識拔人才於丐行中的傳說既然非虛，這位被識拔的人才後來是
否成材，是否救難報恩，便是一個關鍵性的問題。當然，這也就是那
位「陸晉」後來到底如何的問題。

查因明史案被捕是在康熙壬寅（1962），時先生六十二歲，
《年譜》正文載此事：

相傳有於滿人側預爲先生白冤者，以是對簿時有筆帖
式下階問安曰：「伊璜公瘳瘉乎？」先生猝不知其
意，但唯唯。復曰：「此案口供已書『不知情』公其
誌之。」故讞鞫甚嚴，獨不受刑。及在禁，復有人來
傳語曰：「公三十年所失稿，有人珍藏無恙也。」竟
不言何人所遣。及再訊，筆帖式仍如前致殷勤曰：
「原口供幸勿忘。」先生益不解。思久之，憶三十年
詩稿爲乞兒陸晉所取，抑其人亡命後，籍滿洲而貴，
復居要者乎。長安人皆哄傳先生曲護得全，而四方訛
傳吳潮陽（葛如）非也。

《年譜》中這一段記載試圖說明查後來之能夠無罪釋放，是有人
在滿人面前爲先生奔走關說，而那個人又始終不出面。於是編者又根
據傳言推測，那一個出力的人可能就是「陸晉」，他可能在三十年前
離開查等人之後，投靠了滿洲人，而今貴顯，所以能夠爲查出力。

這一段記載之所以只能是「猜測」，是因爲據《年譜》注之考
證，查先生自己所著《得案日記》對被捕及釋放之事，記載甚詳，其
中明載多少人對他周旋營護，卻從無一語提及陸晉，所以注中云：

筆帖式意陸晉所使，不過譜中揣度，日記中並無明
文。因陸晉誤及吳將軍，吳貧時亦曾乞食故也。

然而卻也由於有這一段記載，才讓我們更清楚的了解，前面
《年譜》注引《偶然錄》謂陸晉離開查等之後，投軍而貴，官於潮

州的說法，實不可信。查因史案被捕，離他去潮洲受吳六奇等招待之時，只不過四年，如果那時陸晉眞的官於潮州，並且熱誠的迎奉查先生，此時的年譜就不會有「三十年所失稿」等猜疑不定的話。所以由此可證陸晉官潮州，迎奉查先生之說不確。當然，對照著前後兩段資料，我們是應當更確切地說，查以及他親近的友人，誰也不知道三十年前離開的陸晉，後來到底如何，所以終於沒有留下任何可供作譜者據以入記的資料。

　　這也就是說，三十年前受查識拔的陸晉，後來並沒有救查免難，終報大恩的事。

　　然而查之終於脫災免禍，既不是出於吳六奇，也不是陸晉的營救，眞相到底又是如何？

　　當初莊氏將查和陸圻、范驤三人列名參訂，刊出明史之後，有范之友人發覺內容不對，便叫人催促他們提出檢舉出首。後來整個案子爆發，大肆逮人，雖然不是因爲他們的檢舉，並且他們自己也在逮捕之列，但追究的結果，由於他們確實自我檢舉在先，幾番折騰之後，終於三人都無罪釋放，其中周旋迴護，或許有人，但卻不是吳六奇，也不是陸晉。而他們之所以無罪釋放，主要的原因也在於事先的出首檢舉，而不在於他人的周旋迴護。[17]

---

[17] 《年譜》之注於查被捕被釋之條下云：「案莊史波及，因先生合詞簡學，留案得釋。所著得案日記述之甚詳。」下並提及各處周旋迴護之人，但無一語及吳六奇或陸晉。並參考郭成康、林鐵鈞，前引書，頁85。

七

　　事實的真相而今可以大體有一眉目：查、吳遇合美談原來只是個附會，只是個傳說。而這個傳說之所以顯得完美，連當時的許多人都相信不疑，是因為現實有很好的構成傳說內容的要件，因此只要再加上一點想像力，將這些要件組合起來，就成了一個美麗的故事。

　　構成這個美談故事的幾個要件，是如下原本各不相關的幾椿事：

　　第一、查伊璜三十至三十一歲之間，曾識拔一位識字能詩，又有點狂傲自負的丐者，名叫陸晉，查及眾友人與陸晉相處過一段時日，後晉不告而別，從此不知去向。

　　第二、查文名甚盛，且好遊歷四方，門生故交遍天下。五十七至五十九歲時南遊，至粵東，潮州都督吳六奇仰慕先生之名，厚禮邀至府中，一見如故，並令二子從先生遊，為門人。吳並非先生舊識，投軍發跡前，曾流落他郡行乞。

　　第三、查晚年因涉明史案被捕，最後卻與友人范驤、陸圻等三人同獲無罪釋放。

　　就是以上這幾件事，捏捏合合，變成了查、吳遇合美談，為千古「英雄報恩」傳奇添了新的又一章。

　　故事構成的過程大概是在查被捕而又被無罪釋放之後，一般人不了解他之所以被釋的真正原因，於是猜想一定是有大影響力的人救護，才能從這種大獄中全身而還。而這位有大影響力的人，又得是一位和查有特殊關係的人，否則不會在這種動輒殺頭的案子中替他出頭。

如果是有這樣的一個人，他會是誰呢？在查交往的人中，人們想到了吳六奇。對於滿清來說，吳有軍功。開國之初，有軍功的人講話應當是較有份量些。而且聽說他以前曾流落為丐，而查早年不是曾經識拔過一個丐者？那一位丐者應當就是吳，否則他因功而貴之後，不會迎接千里之外來的查先生到他府中，厚待有加。而今，查有難，他出力救護，是懷著報早年的知遇之恩來的。

就這樣，查「慧眼識英雄」，吳「英雄知報恩」的故事，在查無罪釋放之後，在社會上流傳起來了。人們是不會去追究故事中的疑點的，譬如說，一個地方的總兵，在那麼大的政治冤獄中，說話夠份量嗎？而如果說，查之無罪獲釋真的是吳的營救，那麼和他同時獲釋的范、陸二人，又是出自誰的力量？難道還有另外兩位出得了力的報恩英雄？

故事是講出來讓人感動的，而「英雄報恩」傳統模式投映出來的故事，更常叫人贊歎。查、吳遇合美談，正是這麼一個讓人贊歎的故事。或許當初故事之所以會這麼成形，那種具有中國特色的傳奇原型──報恩英雄或英雄報恩的故事，就曾經發揮了催化的作用。[18]

八

《香祖筆記》和《觚賸》有關查、吳遇合美談的記載，有些人是當作信史來看待的。對這些人來說，《聊齋·大力將軍》所記當然也

---

[18] 人們思考模式常有將歷史人物傳說人物的事跡類型化的趨向。而這種趨向又常推向最早的原型，參考Mircea Eliade, *The myth of the Eternal Return*, (Princeton Univ. 1974), pp. 42-44。

大部分是事實，只不過在描述手法上，和前二者稍異其趣而已。⑲

歷史記載之要義，首在存眞，所記之人與事，應當都是可供客觀求證的事實。在這種情形下，史傳文字便不容許在事實之外多所增飾，一有及此，便是贅筆，便趨近於文學；其中之有情節者，便似小說。歷來評文論史者對此已多有提示。⑳

查、吳二人之有交情，乃歷史之事實，而由此所牽引出的關於「識拔」與「報恩」等種種，則非眞實，已如前述。然而，即使不作如前之考述，但從文章之寫法著眼，亦可確認不僅〈大力將軍〉為非關歷史之小說，《觚賸》、《香祖筆記》中之兩篇記載，也不是嚴格記實之史傳，因為其中多有作者想像與增飾之文字。

《聊齋》是以傳奇體來寫這個故事的，題目〈大力將軍〉，以「大力」相標舉，已點出人物傳奇的特性。文章一開始，即以特寫描述他的大力，以及何以大力卻必須流落行乞的緣故。全篇情節因果相扣，是結構緊密的一篇作品。而一如題目所示，該篇重點全在大力將軍，特別是他發跡之後，對恩人的厚報，既敬謹而又慷慨大方，頗有豪俠古風。

《觚賸》中的篇名叫〈雪遘〉，《香祖筆記》則無標題，但二者內容不同已如前述，今但舉〈雪遘〉為例。該篇重點與〈大力將軍〉稍有不同，不單為吳六奇一人特寫，而是同寫查、吳二人的識見與器

---

⑲ 前注⑩所提及之《潮州府志》人物傳，附錄《香祖筆記》該文，即以其所記之事為史料之態度。而近人汪玢玲：《蒲松齡與民間文學》，（上海：上海文藝出版社，1985年），頁136。一書論及〈大力將軍〉篇，認為鈕琇之〈雪遘〉所記史料詳盡，而〈大力將軍〉則手法不同，亦以該事為事實。

⑳ 周振甫：《文章例話》中《小說筆法》一則引林紓論左傳等處，可參看：周振甫：《文章例話》，（臺北：蒲公英出版社重排本，無年月），頁298-309。

度，可算是二人的合傳，文筆亦如唐人傳奇小說一類。

傳奇文章脫胎於史傳，形跡上似與史傳難分，實質上卻大有所別。首先是史傳但求對人對事的眞實紀錄，而且以攸關國家社會或家族之大者爲主。而傳奇小說（包括一般以歷史人物爲主的作品），則以人情爲主，常以不厭其詳的筆觸刻繪人情世故。相對於歷史記載，小說常顯細緻瑣碎，而此瑣碎又特別的表現在人情、在日常世故。傳統保守衛道人士之所以抨擊小說，正因此故，他們稱小說之如此描寫爲「猥瑣」。

不論是〈大力將軍〉或〈雪遘〉，其中對話、表情之敘述，人物行事心理之說明，以及生活細節之表白，皆不是史傳所應有。套句論者用語，即使當日眞有其事，然其言語，其心事，「何人見之，何人聽之？」[21]因此，此種多涉想像與增飾之作品，無論如何只能是小說，而非歷史。

原載一九九一年十一月《第二屆清代學術研討會論文集》

---

[21] 錢鍾書《管錐篇》讀《左傳正義》部分之〈杜預序〉條，即多論小說與歷史糾纏與分別之文字。其中有云：「上古既無錄音之具，又乏速記之方，駟不及舌，而何其口角親切，如聆馨欬謦？或為密勿之談，或乃心口相語，屬垣燭隱，何所依據？……不知言語之無徵難稽，更逾於事跡也。」可為參證。

士之未達，其困何如

——明末清初通俗小說中未達之秀才

一

　　放榜一事對參加科考的士人來說，不論考的是哪一個等級，都好比是一紙劃開生死線。上榜者可望步步踏向權貴門，落榜者或許就此一蹶墮向沉淪路。文章開頭，且先引一段明清之際的小說，看看放榜之後的一些情形：

> 只見鏡裡一人在那裡放榜，榜文上寫著第一名……頃刻間便有千萬人擠擠擁擁，叫叫呼呼，齊來看榜。初時但有喧鬧之聲，繼之以哭泣之聲，繼之怒罵之聲。須臾一簇人兒各自走散。也有呆坐石上的；也有丟碎鴛鴦瓦硯；也有首髮如蓬，被父母師長打趕；也有開了親身匣，取出玉琴焚之，痛哭一場；也有拔床頭劍自殺，被一女子奪住；也有低頭呆想，把自家廷對文字三迴而讀；也有大笑拍案，叫「命！命！命！」也有垂頭吐紅血；也有幾個長者費些買春錢，替一人解悶；也有獨自吟詩，忽然吟一句，把腳亂踢石頭；也有不許僮僕報榜上無名者；也有外假氣悶，內露笑

容，若曰應得者；也有真悲真憤，強作喜容笑面。獨
有一班榜上有名之人，或換新衣新履；或強作不笑之
面；或壁上寫字；或看自家試文，讀一千遍，袖之而
出；或替人悼嘆；或故意說試官不濟；或強他人看刊
榜，他人心雖不欲，勉強看完；或高談闊論，話今年
一榜大公；或自陳除夜夢識；或云：「這番文字不得
意。」不多時，又早有人抄自第一名文字，在酒樓上
搖頭誦念。

這是一段科舉時代放榜之後，士子們各種不同反應的濃縮描
述。榜下士子們或僥倖喜樂，或喪心自棄等種種似乎正常，卻已備受
扭曲的心態，經作者冷眼觀照，凝鍊排比的手法，交疊錯綜，竟儼然
是一幅生動的世態炎涼寫真圖。

讀者們或許會覺得文中士子們的行徑滑稽可笑，然而可笑之
餘，心中該會興起幾許悲憫。而之所以會有這種感覺，無疑的是來自
作者語帶同情的高妙的諷刺筆法。這種筆法正似《儒林外史》，「其
文感而能諧，婉而多諷。」①

然而這一段諷刺科舉與士人的文字雖似《儒林外史》，卻非引自
外史，而是出自明末遺民董說的《西遊補》。

本文之所以藉此一段引文為開頭，是為了強調《儒林外史》之
前，通俗小說中早已陸續出現對科舉社會的諷刺文章。

---

① 魯迅：《中國小說史略》第二十三篇論《儒林外史》的用語。

　　科舉制度雖是源自隋唐時期，但後來漸見積弊，流毒爲害，卻是以明清時代爲尤甚（科舉自有其正負兩面之意義，此唯就其弊端一面立說）。特別是八股取士，對讀書人心性與人格的傷害扭曲，更是厲害。《儒林外史》一書對這種制度，和掙扎於這種制度底下的人，做了前所未有的，頗爲全面性的批判與諷刺，作者吳敬梓以其感婉諧諷的文字，成就了一部前所未有的諷刺名篇。

　　然而水有源，木有本，《儒林外史》的成就並非憑空而來。早在吳敬梓之前，科舉的種種弊端，弊端下種種社會與人的變態現象就已存在。另外，在他之前的一兩百年間，通俗小說這一文學形式的發展，也早已爲許多有心文人所肯定認同。因此，就在英雄神怪之後，興起了各種面對人間百態的世情與諷諭的作品，其中以科舉與士子爲諷刺批判對象的描寫，便或多或少陸續的出現。其中雖然沒有一部像《儒林外史》一樣，全面性的以變態士人爲題材的作品，但是，不同的作者，多面的觸角所累積起來的畫面，卻也早已繽紛多彩。前引《西遊補》文字便是其中一例。

　　爲更了解《儒林外史》這一諷刺高峰，爲更清楚明清時期困厄變態的文人社會，將外史之前同類相關的描寫，作一統合整理實在有其必要。但是由於篇幅所限，短期間內要將諸多作品中有關科舉與社會、士子等各方面的描寫作廣泛的探討，事實上有其困難。因此本論文只得先擇其中一項，稍作勾勒，俾見一斑。

　　由於歷來從事通俗小說的工作者，多半是宦場未達的士人，其中有許多更是上不上，下不下，雖無官分，卻又不屬平民百姓的秀才

這一階層，②因此本文便專就通俗小說中出現的秀才爲探討的對象，因爲這是作者們最熟悉的一種人。然而還須說明的是那些本是富豪地主、官紳之家的秀才，不在本論文重點之列，因爲即使他們可能在官場上無分，卻因爲本是富勢之家，身分上早已是另一種飛黃騰達。此外，秀才之後得續高中，成爲舉人、進士的一群，也不在論述之列，因爲那是已達之後的事了。達與未達，生活是兩樣，面目也是兩般。

秀才是科名的第一階層，由於越往上爬名額越少，因此，累年篩汰積澱下來的不中秀才，人數自然越來越多。他們之中的少數或因年資，並藉錢財，後來可以出貢而得一官半職，但這畢竟是多數中的少數。因此，這些大部分上不上，下不下的讀書人在社會上便儼然成了一個奇特的階層。

二

以古代的社會階層分化來說，最粗略簡單的就是所謂的勞心與勞力，即治人者與治於人者兩種階層。用現在的話來說就是官員和百姓。在歷史的早期，士大夫以上都是治人者，都是官，以下便是庶民百姓，其中的「士」是治人者的最下層，同時也是最接近百姓的一層。有的人說，古代的「士」原指武士，後來轉變爲指「讀書人」。不管「士」這一類人原來屬性如何，當初確實是黏著於卿、大夫這一系列的。但是，曾幾何時，士又成了「士農工商」的四民之首，變成了未有官職的讀書人的專稱。總之，歷史上士在社會上下階層當中是

---

② 如馮夢龍許多通俗小說的編作，多半是在他未有貢生身分未任官職以前完成。而才子佳人小說的名家天花藏主人、煙水散人，也是功名未達的人，看他們小說中之序可知。

常常有些模糊，有些上下矛盾的。

　　用這個「士」的觀點來看待後來的「秀才」，在許多方面是頗爲合拍的。

　　秀才是通過國家第一關科名考試的讀書人，雖然不一定都有學問，畢竟多少苦讀過一些書，在古代他們大部分是可以稱得上知識份子的（與現代所謂知識份子必須具有對政治社會批判能力與操守的定義不同）。以簡單的官民兩途來分，他們不是官，但是他們有一些普通百姓所沒有的特權（如見縣官可以不跪，秀才身分未褫革前縣官不能體罰他們等等）。如果機會運氣好的話他們也可做官（如出貢或中舉）。他們的地位特殊，緊靠著官而又不是官，緊臨著民而又與民有別，說好聽一點是可上可下的一個階層，但是卻又常常是上不上，下不下的階層。上不上是因爲他們當中大多數無緣再往上爬；下不下是因爲他們雖然常常生活困頓，卻又不願，也做不來眞正庶民的工作，不肯與庶民認同，其中諸種尷尬便由此而生，由他們上不著天，下不著地的虛浮無著而生。

　　「刑不上大夫」使古代做官的人有許多特權，秀才見官不受挨打，是沾上了這一點點邊。「禮不下庶人」，秀才必須講究一些百姓講不起的，可穿戴百姓不能隨便穿用的衣衿。但是若非素封之家，秀才卻又常常貧窮困厄，生活條件甚且不如一般尋常百姓。這些未達的士人，眞是十足的社會邊緣人。

　　底下且就明末清初通俗小說中（《聊齋誌異》文言小說一系不預其列），諸多秀才的奇特行徑與辛酸，做一排比，以見當時這些未達士人的困境──長期不受學界注意的一大群讀書人的困厄與變態。

三

除了少數本就富足的家庭以外，一當上了秀才，尤其是上進無望的秀才，首先結緣的就是「窮」字，因爲對他們來說，進既無路，退亦無著，謀生之路甚是狹窄。清初話本小說《生綃剪》第十一回就明白的說明了這個事實：

> 捏書本兒的，不得兩榜上名，十個窮殺九個。若是秀才，兒子又讀書，美名是接續書香，其實是世家窮鬼。除非速速知機，另顯手段，即不想做發達路頭，終久三頭五分，暫且活活小腸。說他滿肚子的才學，可惜不曾遭際，卻丟在腹中，又不怕餿酸爛化了，少不得芥菜子也有落在繡花眼的時節，這才叫不讀死書的好漢。若今日詩云，明日子曰，指望天上脫落富貴來，不怕你九個餓死十個哩。這叫做：腹中藏著五車書，飢來一字不堪煮。且學曹家書史郎，不做漆商賣草鼠。

這是說秀才謀生困難，如果不能及早見機轉業，最後恐怕餓死有分。然而秀才最好的職業就是教書，除了這行之外，他們大概什麼也幹不來。話本小說《鴛鴦針》（明末清初）第二卷第一回說的便是此事：

> 大凡秀才家處館是他本行生意。那年沒館，就是那年

沒生意了。但那沒生意的，還有本錢可折，或是終身
幫人做生意，也還有個出落。那秀才貴行是無本可折
的，又不能管算，沒人家肯要他相幫。又不能負輕擔
重，掙一日過一日的，叫你如何不窮。

百無一用是書生，又叫他如何不窮。正因爲不能算，不能負輕擔
重，即使原有一些家業，搞不好還會因爲執著一個「秀才」身分，而
致家業凋零。清初話本小說《雲仙笑》第二回的主角「李季侯」家便
是如此：

自他父親李孝先，忽然有志讀書，那田事便不能相兼
了，卻租與人種。他（父親）雖做了個秀才，誰知那
秀才是個吃不飽著不熱的東西，漸漸落寞起來，勉強
的挨過一世。傳到季侯，越覺不濟，不惟也頂了讀書
兩字，沒有別樣行業，更兼遇了兩個荒年，竟弄到朝
不謀夕的地位。

就這樣，頂戴著「書香」的秀才，往往就等於頂戴著「窮」
字，成了勢力人家的眼中釘，《生綃剪》第十一回說的正是這話：

我們做窮秀才的，財主們見了就如眼中釘一般，走上
他們家，就要量頭估腳的，即是拿些東西與他，他也
是吃驚的。

讀了幾本書的窮秀才和一般百姓又有些不一樣，他們往往帶著點

酸腐之氣，這是由於長期志不得伸壓抑下來的一種酸氣，因此秀才就成了世人口中的「酸丁」。[3]

<h1 style="text-align:center">四</h1>

前面提到秀才除了教書是本等之外，其他工作難做，其實也不盡然，只要肯學，或是有機會，還是有其他正業可就的。小說中常見的主要秀才事業，包括教書在內大約有如下幾種：

(1) 教書，這是秀才的正途工作，明末話本小說《石點頭》第二卷，教書一行：「從古有硯田筆耒之號，雖爲冷淡，原是聖賢路上人。」

(2) 業醫，《生綃剪》第九回：「古人說得好，儒改醫，榮作蠹，又衣冠體面，不費本錢。」

(3) 作書記（記室），如《拍案驚奇》第二九卷主角的父親是個秀才，就曾經做過某太守的記室。

這都可算是有著職業尊嚴的工作。但是即使是教書這種聽來神聖的工作，也有著許多的煩難，更何況其他。（由於教書是秀才們最主要的工作，小說中對此描寫也最多，因此特於下節專門討論，此不多贅）。明末世情長篇《醒世姻緣傳》對於秀才謀生就業之難，有著挖苦深刻的描述，倒可以特別引述一番。小說中第三十三回：

聖賢千言萬語叫那讀書人樂道安貧……我想說這樣話

---

[3] 王實甫：《西廂記》，第二本二折：「來回顧影，文魔秀士，風欠酸丁。」

金木散人：《鼓掌絕塵》第三十二回：「那些秀才，個個都是酸丁。」

的聖賢，畢竟自己處的地位也還挨的過得日子，所以
安得貧，樂得道。但多有連那一畝之宮，環堵之室，
負郭之田半畝也沒有的，這連稀粥湯也沒得一口呷在
肚裡，那討疏食簞瓢？這也只好挨到井邊一瓢飲罷
了，那裡還有樂處？

作者因為要寫出種種為貧窮所逼，而致無顧廉恥的秀才生涯，所
以首先強調秀才們之所以有那不能「安貧樂道」的緣故。畢竟「衣食
足而後知榮辱」，許多秀才們由於治生無能，是窮得衣食都乏的。為
了生活，秀才們有什麼營生好幹呢？作者首先說：「只有一個書鋪好
開」。但是對於秀才們來說，開書鋪其實也不容易，因為：

裡邊又有許多不好處在內：第一件，你先沒有這幾百
銀子的本錢。第二件，同窗會友，親戚相知，成幾部
的要賒去；這言賒即騙，禁不起騙去不還。第三件，
官府雖不叫你納稅，他卻問你要書……這一件是秀才
可以做得生意，做不得了。至於甚麼緞鋪、布鋪、綢
鋪、當鋪，不要說沒這許多本錢，即使有了本錢，賺
來的利息還不夠與官府陪墊，這個生意又是秀才們做
不得的。

秀才們之所以做不得書鋪等生意，除了因為沒有本錢之外，原來
還有一個原因，就是應付不來官府的需索。作者於此除了為秀才們叫
屈之外，更藉此為我們揭露了官府的可惡。

書鋪等業秀才們既做不來，那還有什麼可做呢？作者接著說：

> 除了這個，只得去拾大糞……但這等好生意，裡面又
> 有不好在裡邊：第一件，人從坑廁邊走一過，熏得你
> 要死不活……這件營運又是秀才們治不得生的。

開茅坑、拾大糞賣做肥料，在古代確實是有人專幹的營生，但是
把秀才和拾大糞聯想在一起，顯然是作者的挖苦。既然拾大糞的營生
也難幹，還有什麼生意是秀才們可以做的？作者提到了棺材店：

> 但這樣好生意，裡面又生出不好的來：第一件不好，
> 一個好好的人家，乾乾淨淨的房屋，層層疊疊的都放
> 了這等凶器，看了慘人。二件，新近又添了當行，凡
> 是官府送那鄉宦舉人的牌匾，衙門裡邊做什麼斷間版
> 榻，提學按臨棚裡邊鋪的地平板，出決重囚，木驢樁
> 橛，這都是棺材舖裡備辦……所以這賣棺材又不是秀
> 才治生的本等。

作者同樣的是藉著挖苦秀才，又對官府行徑做了大大的一番諷
刺。

這也不行，那也不行，到底哪一樣是秀才的當行？作者說秀才們
是有一樣極好的生意：「結交官府」。然而結交官府雖可以有「白手
求財」、「震壓鄉民」等種種好處，卻也還有壞處：

> 第一件，你要結識官府，先要與那衙役貓鼠同眠，你
> 兄我弟，支不得那相公架子，拿不出那秀才體段……

第二件，如今的官府，你若有什麼士氣，又說什麼士
節，……且請你一邊去閒坐。

有正經「士氣」的秀才，即使是「結交官府」這行生意也是做
不來的——這其中當然又是對當時官府的嘲諷。其實這一行生意並不
是所有的秀才都做不來，小說中多的正是那些不知「士氣、士節」為
何物，不務正業，但知勾結官府，武斷鄉曲的秀才。不過此一秀才行
徑，不在本節論述之列，故不多述。說來說去，還是只有教書才是秀
才的正途。

夜晚尋思千條路，惟有開墾幾畝硯田，以筆為犁，以
舌作耒，自耕自鑿的過度，雨少不怕旱乾，雨多不怕
水溢……千回萬轉，總然是一個教書，這便是秀才治
生之本。

秀才因為無他謀生伎倆，所以生活多窮苦潦倒。雖然如此，
「秀才」一關還是一般百姓人家通往富貴改換門楣的必經之途，「學
而優則仕」、「書中自有黃金屋」的傳統觀念，有時還是有它的道理
的。也就因此，秀才們還是有一行飯可吃——教那些想要通過秀才，
步上富貴之途的小夥子們讀書。但是，即使這樣神聖的職業也有許多
難處。

五

教書既是秀才們的正經行當，秀才們在這職業上理應是倍受尊

敬了，然而事實上卻不然，因爲好的教書館地並不好找，找到了也不一定保持得住，因爲裡頭還有許多功夫。清初話本小說《醉醒石》第十四回即說明了此事：

> 蘇秀才考了個一等，有了名科舉，也是名士了，好尋館了。但好館人都占住不放，將就弄得個館，也有一個坐館訣竅：第一，大傘闊轎，盛服俊童，今日拜某老師，明日請某名士，鑽幾個小考前列，把嚴嚴氣象，去驚動主家，壓伏學生，使他不敢輕慢。第二：謙恭小心，一口三個譚，奉承學生；做文字，無字不圈，無字不妙。「令郎必定高擢，老先生穩是封翁。」還要在挑飯擔館僮前，假些詞色，全以柔媚動人，使人不欲捨。最下與主人做鷹犬，爲學生做幫閑；爲主人扛訟事，爲學生幫賭幫嫖幫鑽刺，也可留得身定。蘇秀才眞致的人，不在這三行中，既不會兜館，又不會固館，便也一年館盛，兩年漸稀了。

原來爲了維持一個可有較爲穩定收入的館地，還得有種種正業之外的不正手段。小說中的描述當然意在嘲諷，但是人情好媚喜誇，秀才們謀生既已不易，好館更不易求，爲著「窮酸」所逼，種種無格無品的行爲當然就出現了。

好館子怎麼難求呢？《鴛鴦針》第二回的一個例子，說明了其中一些情形：

> 如今新例不同，邀定學生，就要先生備個柬，去請那

些主人來批閱方妥……這幾位主人吃了酒菜，就批了
閱，共有十七八個學生，束脩只得十二兩，輪流供
飯，擇期開館。那日，只見也有十一、二個大小長短
的學生來，又央那鄰老去邀那不曾來的學生，回來說
道：這個供不起飯，那個怕無束脩；這個推說學生害
病，那個道學生小，路遠難行。算來只有七八兩銀子
的束脩……教了兩個月，教支些束脩，與師母買米。
大家一齊推說，等麥上場送來。及至麥期又去催促，
這家送些麥粉來，那家送些瓜菜來，都是准算學錢。
七湊八補，也討得些爛低錢三四千文。剛到六月上，
學生又去了大半。

這便是一班鄉俗百姓人家學館的情形，秀才郎即使好不容易託人
湊齊了學生，到頭來仍可能是一無保障。因此，按照《醒世姻緣傳》
的說法，最好的是自己在家開館招學生：

你只是自己開館，不要叫人請去。若是自己開的書
堂，人家要送學生來到，好的我便收他，不好的我委
曲將言辭去。我要多教幾人，就收一百個也沒人攔阻
得；我若要少教幾人，就一個不收，也沒人強我收
得；師弟相處得好，來者我也不拒，師弟相處不來，
去者我也不追……若是人家請去，教了一年，又不知
他次年請與不請；傍年逼節被人家辭了回來，別家
的館已都預先請定了人，只得在家閒坐，就要坐食一

年。（第三十三回）

雖然說自家開館招學生有許多好處，畢竟只是理想，因為正如當今的補習班，要在家坐館招學生，首先就得有一個「館地」。窮秀才們哪得都有那麼好的空房舍，來當作書堂？另外，還得先生有大好名聲，人家才肯將子弟送來學，否則也還只是空等。因此，秀才們謀求教職，還多半是到人家去坐館。

但是由於如前所說，到人家坐館教書，好館難遇，因此便有搶館、爭館，甚至搶學生，霸占學生等種種不可思議的事。明末話本小說《鼓掌絕塵》第七回寫一個江南李秀才，因歲考五等，怕人譏誚，來到袁州府，兩年來靠弄筆頭過活，忽聽得某府判家要請隔鄰一個金陵來的王先生教書，心中便計較要謀奪他的館子：

> 古怪，我老李想了兩年的館，再沒有薦頭，這是誰人
> 的主薦？弗用忙，我想兩京十三省，各州各府，那處
> 不是我江南朋友教書？難道把金陵人奪擔子個衣飯
> 去……趁他出門未回，古人話得好：「先下手為強，
> 後下手為殃」，有彩做沒彩，去鑽一鑽，不免去與我
> 表兄陳百十六老商量，就求他東翁楊鄉宦老先生，寫
> 封薦書，去奪子渠個館來，卻弗是好。

為了生活，搶館、爭館已是餘事，惡形惡狀的劣跡更多的是，《醒世姻緣傳》所寫的秀才老師之惡，就到了讓人不敢想像的地步。

六

教書是所謂的聖人事業；小說中當然也有善良盡責的先生，但更多的是師行不端的描述。其中惡形惡狀的以《醒世姻緣傳》第三十五回起寫的秀才汪為露最為特出，為標出汪秀才種種惡行，作者先說明當時一般先生的情形：

> 如今做先生的不過是為學錢糊口，所以束脩送不到，就如那州縣官恨那納糧不起的百姓一般。學生另擇了先生，就如那將官處那叛逃的兵士一樣。若是果真有些教法，果然有些功勞，這也還氣他得過；卻是一毫也沒有帳算。不止一個先生為然，個個先生大約如此。

原來在作者眼中，一般的老師多半只是為錢糊口的「混帳」。作者本身有什麼特殊的遭際使他感慨如此之深，我們已不得而知，但秀才老師在當時人心目中的尊嚴為如何，卻也由此可見一斑。接著作者便用了很長的篇幅描述惡秀才惡老師汪為露的種種。

這位汪秀才早先運氣好，有幾個他教的學生幸運的進了學，他收了不少謝禮，也有了更多的學生。手裡有了錢鈔之後，便到處放債、搖會，教學生卻只是一味混帳。有的學生後來轉向別處問師求學，他便向家長、學生要賴，要和人家的新老師拼命。有那已不跟他學習的學生中了舉，他便假借賀喜之名，千萬的逼勒錢財、鬧場。又利用中舉學生的名分偷刊圖書、說關節，學生的功名前程終究是毀在他的手

裡，而他本身又是個性變態者，種種惡端，不一而足。

　　然而更糟糕的事情是他常常頂著秀才之名，頂著為師的身分，只要學生曾在他手裡學過，不論事隔多遠，凡學生有了喜事，不論是進了學，或訂了親、結了婚，一定就要強索大大的謝禮，否則便告人家「忘恩背本」。如此「恩師」，豈止是斯文掃地而已！《醒世姻緣傳》中描寫的此種老師行徑比起後來《儒林外史》中的一些窮酸秀才，似乎是更加的變態凶惡。

　　當然，像汪秀才這種人或許是比較的特別，但是那種隨時藉機向學生家敲詐，教書卻一味混帳的例，卻不是唯一的，差別的只在厲害的程度而已。《鼓掌絕塵》第五回就有個比較輕鬆的例子：

　　　卻說那先生原是個窮秀才，這陳珍若從他一年，就有
　　　一年快活，一日不去，便沒一日指望。那館中雖有
　　　四五個同窗朋友，都是家事不甚富實的，惟獨有他還
　　　可叨擾……陳珍娶妻後被父母逼上館讀書，先生道：
　　　「我前日有一副金花綵緞，特來恭賀老弟的，怎麼令
　　　尊見卻，一件也不肯收？」陳珍道：「學生險些忘
　　　懷了……家父幾遭要收，倒是學生對家父說：『這
　　　個絕收不得！』家父說：『這是先生厚情，怎麼收不
　　　得……』學生回說的好：『孩兒那日在館中，曾看
　　　見先生送過一個朋友，那朋友接了一對紙花，還請吃
　　　了三席酒，先生也把他罵了十多日，若是收了這副全
　　　禮，莫說三席酒，就是十席酒也扯不來，終不然教孩
　　　兒這一世不要到館裡去了。』」

這雖說是一個賴皮學生對上了賴皮先生的故事，但是由此也可看出當時所謂「先生」的形象在人們心目中爲何如了。先生們總是因爲窮而顯得貪，因爲貪，先生的尊嚴就不值錢了。

<h1 style="text-align:center">七</h1>

秀才除了教書以外，前引《醒世姻緣傳》還挖苦似地提到一個可做的工作──結交官府。結交官府、武斷鄉曲也眞的是小說中常常出現的秀才行徑，所以會有這種情形是由於以秀才的身分，本身就便於結交官府。既然有這種特權，一些不自愛的秀才自然的便會加以利用。《鴛鴦針》第三卷對這一類的秀才，以及相關而來的種種不堪行徑，有著概略性的介紹：

> 若是一進了學，似帶了一頂平天冠，有趁妓串戲的，有插科蔑片，圖肥酒肉吃的，有今日告張，明日告李，這邊干證，那邊公舉的，有包攬錢糧，硬幫中保的。得了二三錢轎馬，肩膀上部硬浪起來，大葷飯店酒家，燒刀炒豆細嚼橫吞，宗師歲考，方拆造幾文錢，置盞酒去溫習那摘段袖珍……從來有眞名士，就有假名士，偏是那假的，虛囂氣質，頑鈍面孔，咬文嚼字，裝模作樣。

作者自己說也是秀才出身，因爲看不慣，爲規過勸善，一番好

意，所以才將種種秀才的不端行為說了出來。④

　　至於具體的例子，小說中所在多有。以下且舉數則以為說明，首先是《石點頭》第八卷：

> 這九姓人丁甚眾，從來不曾出一個秀才，到吾愛陶破天荒做了此村的開山秀才，不久補廩食糧。這地方去處沒甚科目，做了一個秀才，分明似狀元及第，好不放肆。在閭里間兜攬公事，武斷鄉曲，理上取不得的財，他偏要取，理上做不得的事，他偏生要做。全村大受其害，卻又無處訴苦。

　　清初才子佳人小說《畫圖緣》中的賴、皮二秀才的行徑亦是此中典型：

> 賴相公是個學霸，為人甚是凶惡，詐騙小民是他們的生意不消說了，就是鄉宦人家，也要借些事故，去瓜葛三分。更常以「秀才身分」去要挾誆賴別人，如「天下利弊，尚容諸人直言無隱，且公論出於學校……生員們為公檢舉，理之當然。」（第三回）「我們乃學中相公，到府中鳴冤。」「我們秀才人家，是不怕人的。」「生員們忝列聖門，安肯受光棍凌辱！」（第四回）

---

④ 《鴛鴦針》第三卷寫秀才劣跡，作者於入話中自云：「在下的也從這裡出身，為何搬演出來，與人笑話？但在下的原是愛惜同類意思，大家莫錯認了。」

「秀才身分」的自矜，並沒有使所有的秀才們獲得眞正的「自尊」，反而使許多無行的秀才挾以爲勢，爲非作歹。《醒世姻緣傳》第二十六回所描寫的秀才麻從吾，按書上的話說：「不要說那六府裡邊數他第一個沒有行止，只怕古今以來的歪貨也只好是他第一個了！」他吃人騙人又誣告人的行爲已是可惡之極，但是作者似乎覺得這還不是頂惡劣的，於是就在同回又介紹了一個「更希奇更作惡的一個秀才，叫是嚴列星，行狀多端，說不盡這許多。」這嚴秀才憑著「哄、賴、騙、詐」四件本事，搞得鄉裡的人個個痛苦不堪，《儒林外史》裡的嚴貢生等人比起這嚴秀才來，大概也可算是好人一個了。

秀才無行劣跡，在明末清初小說中記述的當然還很多，如《鴛鴦針》第一卷中的秀才周德：「全不事舉子業，今日張家，明日李家，串些那白酒肉吃……終日醉醺醺，吃不饜飽……到那有財勢的人家，又會湊趣奉承，販賣新聞。」即是其例，而包攬官事的情形，只好藉《鼓掌絕塵》第二回一個貪縣官的話來做總結了：

> 你們這些無恥生員，朝廷與你這頂頭巾，教你們去習
> 個進路，難道是與你們攬公事，換酒肉吃的……終日
> 纏官擾民，今日是手本，明日是呈子，興訟是你們，
> 息訟也是你們。

八

秀才是讀書人，是有了初步功名的人，在傳統社會中理應是普受尊重的。然而明清以來的通俗小說中，多的卻是他們行跡不堪，爲害鄉里的描述，說起來，總似乎大違「聖人」之教的多。另外一些安

分守己的，卻又往往爲了但求三餐溫飽，而士氣消損，而受盡冷眼風霜，又是怪可憐的。

這種現象的發生，當然不是一朝一夕所形成。如前所說，秀才是國家科舉的第一關，是讀書人博取富貴榮華的初階，但是由於越往上爬，越是僧多粥少，長年累積的結果，沉澱游移在社會基層，無緣上流的秀才就越來越多。由於秀才既無任官資格，又已與農工商大眾有別，多數的人再不能認同，也不甘心於農工商之事。這種上不上，下不下的結果，使得他們大部分就似乎成了社會上的游離階層（素封之家儘有，但卻不是大多數）。雖然由於中國社會一向有重視讀書人的傳統，稍有安定生活的人總希望他們的子弟有讀書上進的機會，因此就使得秀才們有了一個頗爲體面的出路──教書，但是即使教書一行，也終究會有供過於求的時候，於是爭館、搶學生等等不顧「師道」、「聖人事業」的本來尊嚴，但求飯碗到手的種種行爲就習以爲常了。由於謀生基礎狹窄，「窮不離身」，一種社會游離分子的特殊性格，就漸漸形成。而由於他們是讀書人，是有了足以自矜身分的讀書人，因此他們又和社會上一些無業游民不同，和經濟蕭條凋弊時期脫離土地與工作的農人工人也有不同。他們是不會成群結隊謀造反，也不曾去落草爲寇當盜匪的，因爲即使再窮，他們也沒有豁出去的勇氣。秀才身分使他們覺得他們並不是一無所有，這便是所謂的「秀才造反三年不成」。他們所能做的儘多的是那些哄、騙、耍無賴，再多也只是結交官府、欺壓良善而已，這就是有著社會游離分子性格的秀才的命運。小說中所寫的無賴秀才行徑之所以大部屬於此類，反映的便是這種事實。

然而無緣上進的秀才們的另一個悲哀，也是另一種折磨，還在於科舉制度本身。

《石點頭》第七卷說：「讀書的吃死飯，一家之中，出氣多，進氣少，單靠著書包翻身，博一日苦盡甘來。」讀書原只為著翻身，為著上進之後的苦盡甘來。正如清初話本小說《人中畫》的〈自作孽〉篇中所說：「倘僥倖中了，便是陡然富貴。」

可是富貴卻只有秀才以上的舉人才勉強沾得上邊，運氣好的舉人是可以就有縣官可做的。這其間的差別，單看《儒林外史》胡屠戶對他女婿范進中秀才和中舉人時的不同反應就可略知一二。其間一級之隔，卻有雲泥之別。

《石點頭》第七卷寫兩個結拜的讀書人的故事，「約定日後有個好處，同享富貴」，誰知進場之後，一登科，一落第，「雖則故人情重，終須位隔雲泥，各人幹各人的事。」像這種中與不中「立判雲泥」的結果，對曾經有著無限希望，卻終於得長處泥塗的秀才們來說，心中之不能平衡，是再自然也不過的。

《鴛鴦針》第二卷一回藉著一位江湖好漢的話，將其中的不平，說得更為清楚露骨：

> 共是一般讀書的，那得了手的，終日敲人拐人，橫著心腸刻剝人的東西，就是富堪敵國，也還不知厭足。這未遇的（指他所救助的一個秀才），飢寒逼身，夫妻莫保。剛才就是一文錢，也迫不出來，受了多少骯髒氣。這等看來，天公忒也安頓不勻些。

秀才們遇與未遇，分別的不只是社會地位，更是權勢富貴與生計的有無。未遇的，次於泥塗，他們既是前程競爭的失敗者，更是一個人格永遠受傷的人。因此，即使他們在鄉里中受人尊重，心中的不平

衡與創傷是永遠抹不平的。

　　更何況一旦當上秀才，每年還得參加歲考觀風，重分等第，無故絕不能隨便逃避。上級這種督促，說好聽的是重視教育，對於許多志氣已消磨殆盡的資深秀才來說，卻無疑的是一再折磨。原本人格中一點讀書人的傲氣（初中秀才時，何人不如此），久經「窮」字折騰，或許早已所剩無幾，年年歲考，恐怕就更將那僅存的尊嚴都磨光了。「士而弘毅」的理想，哪堪一再剋損糟踏。扭曲了的人格，上下不得的游離身分，終於使得一大群的秀才郎，變成了無處褂褡的社會邊緣人——「秀才」，原是社會上下階層流動的中介，但是，當這一中介站阻滯了太多的人的時候，站上的人就變成了上下都無所認同的邊緣人了。

原載一九八九年十一月《第一屆清代學術研討會論文集》

「碰上的秀才」
──傳統小說中的科舉考試作弊

一

　　從隋唐之際設科舉，以至清末廢科舉，大約一千三百年。其間，文化發展史上無論哪一個範疇，諸如政治經濟、哲學宗教、思想文學，只要仔細端詳，無一不深深的留下科舉影響的烙印。這也就是說，在傳統中國文化的研究上，科舉是一個值得廣泛深入探索，且必須嚴肅面對的問題。

　　但是，現在我們要談的卻是「作弊」，一看之下，未免讓人洩氣。說實在的，科舉既是如此一個嚴肅的問題，再怎麼不濟，總也可以找到一個冠冕堂皇的題目，說出一些正經八百的意見。然而，正如同莊重的人生，不一定都是用板重的臉孔來撐持，嚴肅的論題，有時候也容許輕鬆的一面。

二

　　幾乎任何考試都可能有人會想作弊，因為考試是藉著測驗來較出高下。在競想出頭過關的情況下，一些沒有信心，或沒有真正實力的人，有時便會用不正當不公平的手段來達到目的。這不正當不公平的

手段就是作弊。

科舉歷程中的每一種考試，都攸關舉子的前途，其中每一關的重要性都一如我們現在的大專聯考。因此，幾乎自從有了科舉考試，就有了作弊，不過由於考試規則的變更，作弊的方法有所差別而已。

唐朝是科舉的初期階段，那時候的考試大體上是不糊名，不再由專人謄錄的（也就是試子的名字不密封，試卷不由專人轉錄，筆跡可以認出。）配合著這種考試，和當時的政治社會環境，他們時行的是一種特別的作弊方法——公開的作弊。

作弊而可「公開」，而得社會默許，怎麼還叫「作弊」？是的，當時的人多半並不認為那是作弊，後世的文史學者也大都沒想到那是作弊。但是，只要我們認為任何考試都必須是公平公正的話，那我們還是要稱那種習慣為作弊。是什麼一種習慣呢？就是「行卷」。行卷又是什麼？且引一段專家的考證來說明：

> 所謂行卷，就是應試舉子將自己的文學創作加以編輯，寫成卷軸，在考試以前送呈當時社會上、政治上和文學上有地位的人，希求他們向主司，即主持考試的禮部侍郎推薦，從而增加自己及第的希望的一種手段。[1]

這就是說試子為求考試上榜，在考試前各顯神通，請求文壇上、政治上有影響力的人物，為他吹噓造勢或直接推薦給主考官。由於主考官必須考慮到「政治倫理」，免不了就運用他的「政治藝

---

[1] 傅璇琮：《唐代科舉與文學》，（陝西：陝西人民出版社，1986年），頁248。

術」，來決定上榜的人選。由於考試是不糊名的，那些行卷得宜，能得有力者援引的試子，上榜的機會就遠比那些無人推薦的為高。這樣的考試當然難求其公平，因為無勢無援的人永遠是倒楣鬼。因此，我們說這是公開的作弊。

然而這種事先造勢的公開作弊，只是屬於唐代社會的特殊產物，也是科舉初期的現象。宋代伊始，由於發現這種開放的弊端太不公平，因此就嚴格實行糊名密封，和專人謄錄試卷的方法。這種方法一實行，行卷自然無用，這種習慣也自然就消失了。

可是道高一尺，魔高一丈，新的考試規則一定，新的作弊方法幾乎就相應而生，而且變得五花八門。明清之際，面對社會現實的通俗小說一興，有關考試作弊的種種描寫，就接連不斷。

三

在各種通俗小說中描寫的科舉考試作弊，最常見的是通關節，買字眼一類。這是對應糊名而產生的一種新的方法。

在此我們先要說明什麼是「關節」與「字眼」。清朝趙翼的《陔餘叢考》卷二九有一則專論關節與字眼的文字：

> 關節二字起于唐，然不盡指科場言也……凡營私信息
> 皆號關節……蓋關節之云，謂竿牘請囑，如過關之用
> 符節耳。至後世舉子所謂關節，則用字眼于卷中以為
> 識別者。《宋史》〈劉師道傳〉：「弟幾道舉進士，
> 因廷試卷糊名，陳堯咨為考官，教幾道于卷中密為識

號。」此則近代科場關節之所昉也。然唐時關節多出于情面權勢，尚未有以賄賂者。

所謂通關節、買字眼，說穿了就是送紅包給主考官，主考官私下通知考生在試卷的某個地方以幾個特殊字爲記號，以便記認，到時便將有該文字記號的卷子取中。有的更大膽的考官，乾脆就賣題目。

字眼怎麼做？清初話本小說《雲仙笑》第一篇〈拙書生禮斗登高第〉，給我們提供了一個例子：

> 一個試子名叫紀鐘，與會場的房師是親戚。那房師因受了紀鐘的恩惠，答應幫他考上進士，以爲報答，因此給他幾個字眼。紀鐘將字眼放在筆孔內，結果給另一位試子呂文棟看到了。拿出來一看，見裡面有一條小紙，上寫著三個大字在第一行，餘無別話。呂文棟按照字眼的提示寫了試卷，果然中了進士。紀鐘由於疏忽，題目上寫了錯字，反而給監場的將他的卷子高標出來，落第了。

這就是通關節、得字眼的作法。由於這種弊端流行已久，朝廷又無確實的審核追察制度，因此，許多有心人頗爲感慨，清初話本小說《醉醒石》第七回〈失燕翼作法於貪，墮箕裘不肖惟後〉篇中就藉故事中人對此大發牢騷：

> 讀甚麼書，讀甚麼書！只要有銀子，憑著我的銀子，三百兩就買個秀才，四百是個監生，三千是個舉人，

一萬是個進士。如今那一個考官，不賣秀才，不聽分

上……

讀甚麼書，若要靠這兩句書，這枝筆，包你老死頭

白。你看從來有才的，畢竟奇窮，清官定是無後。讀

甚麼書！做甚清官！

下文寫的便是如何買題目、關節的事。

　　買題目字眼，多半還是出錢的試子自己進去考。然而還有更不堪的試子，居然還要人代寫，清初話本小說《五色石》第六篇〈選琴瑟〉中寫的「何自新」就是一例：

且說那個何自新……竟到臨安打點會場關節。他的舉

人原是夤緣來的，今會試怕筆下來不得，既買字眼，

又買題目，要預先央人做下文，以便入場鈔寫。

　　就是因為這種弊端行之已久，窮苦人家的試子，有時候免不了就會感嘆吃虧。然而也正因為有這種背景，所以伴隨科舉而流行不絕的因果報應、鬼神命定等故事，也才會有鬼魂探得他人所買字眼或題目，報知善良試子的一類。明末話本小說《石點頭》第七篇〈感恩鬼三古傳顯旨〉，及明末清初之際話本小說《鴛鴦針》第一篇〈打關節生死結冤家，做人情始終全佛法〉，說的就是這一類的故事。茲引《石點頭》中一段，以為本節作結：

女鬼夢中提示試子：《周易》上無論八卦中分出

六十四卦，只要題冒中，守定三個「古」字作眼。此

是通場舉子不能想到，須切記之。

四

小說中另外常寫到的作弊方法就是請槍手代考。如前而已經提到
的《鴛鴦針》第一篇和第三篇、《五色石》第一篇及《儒林外史》第
十九回〈匡超人幸得良朋，潘自業橫遭禍事〉等寫的都是雇請槍手入
場代考的事。

在眾目睽睽之下，雇請槍手入場代考，不是很容易被發現嗎？其
實也不見得，想想當今人人報考須附清晰照片以為對照的情況下，都
還有槍手代考的事發生，在古時只要上下買通，就更為方便了。有關
這方面的情形，近人齊如山先生《中國的科名》一書有詳細的說明：

> 雇能文之人頂替自己姓名入場，其中也有幾層難處，
> 第一得買通與自己出保之廩生，他與自己當然認識，
> 否則不會給你出保，不買通他是追不去場的。第二或
> 者還要買通教官，否則別的廩生也可以告發，因為教
> 官對這些事，應該注意，所以他有暗探。兩層都買通
> 之後，而學政也許看出來，因為點名簿上，每人名之
> 下，都注有身材之高矮，面色之黑白，有鬚無鬚，學
> 政於點名時，也要審看本人，與所注之字樣相合否，
> 倘不相合也有問題。不過這關容易混過，因為身材相
> 貌，大多數是注身中，面白，鬚無，學政在百忙中，
> 也不容易分析出來，且大堂上只點著兩隻臘燭，也不

夠光亮，更不容易看出。[②]

只要同考的試子沒有人告發，請槍手代考似乎並不是很難的一件事。大概這種事也常有，所以小說中才多有此情節。

然而這只是代考槍手的一種而已，另外還有一種方法，就是自己也進去考，但是與別人互換文章。《中國的科名》一書對此也有說明：

> 二是買通聯座，見一同考之人文章較優者，與之互換
> 文章。這種價值較高，因為他是把自己的秀才賣給別
> 人，他想再進秀才，便須下科。說好之後，便買通排
> 定座位之官吏，把此二人排在一起。

前引《醉醒石》第七篇說的：「用了二百兩，買編號書吏，聯號，七個同號，每篇百金，中出再謝。還又用錢與謄錄書手，加意謄，用錢派在關節房房內。」就是這種買聯號，互換文章的代考情事。

除此之外，還有第三種代考的情形，就是也為自己考，也幫他人寫試卷。明末長篇小說《醒世姻緣傳》第三十七回〈連春元論文擇婿，孫蘭姬愛俊招郎〉，寫的是薛如卞、相于廷和主角狄希陳一齊赴考，因為狄希陳實在不通，兩人看在和狄既是同學又是親戚的份上，便各幫狄寫一篇，然後寫自己的試卷。縣試、府試都是如此，三個人終於都中了秀才。

---

② 齊如山：《中國的科名》，（臺北：中國新聞出版公司，1956年），頁33。

也是因爲有這極現實的背景，所以志怪傳奇小說之集大成的
《聊齋誌異》，才會有鬼神爲報人間知己，魂附其身，代完試卷的
事，故事見〈褚生〉篇。

五

考試作弊，近人最常聽聞的就是挾帶小鈔，這種事也是自科舉時
代即已如此。爲了防止試子挾帶小鈔，就有搜身的措施。明末沈德符
的《萬曆野獲編》卷十六〈會場搜撿〉條，對此有頗爲詳細的說明：

> 嘉靖末年，時文冗濫，千篇一律，記誦稍多，即掇第
> 如寄，而無賴孝廉，久棄帖括者，盡鈔錄小本，挾以
> 入試……至乙丑南宮，上微聞挾書之弊，始命添設御
> 史二員，專司搜撿。其犯者，先荷校於禮部前一月，
> 仍送法司定罪，遂爲屬禁，以至于今。然試錄之不載
> 搜撿如故也。四十年來，會試雖有嚴有寬，而解衣脫
> 帽，且一搜再搜，無復國初待士體矣。

這就是說不只是秀才舉人考試，連進士會考，都有帶小本子、帶
小鈔的事，因此，當時舉人進場考試還得一再搜身，作者認爲這在讀
書人的體面上不大好看。會試如此，舉人以下的考試更不用說了。

挾書進場，書當然要越小越好，因爲越小越容易藏，因此爲了試
子作弊的方便，科舉時代便有專門替人鈔小書的，清末俞樾《茶香室
叢鈔》卷七〈懷挾文字〉條說：

宋《歐陽文忠公集》有〈條約舉人懷挾文字箚子〉
云：「竊聞近年舉人，公然懷挾文字，皆是小紙細
書，抄節甚備，每寫一本，筆工二三十千。」宋時懷
挾之風，已盛行如此。③

明末話本小說《初刻拍案驚奇》卷四十〈華陰道獨逢異客，江陵
郡三拆仙書〉篇，談了許多關於考場的事，其中一段便是寫一個試子
忘了燒紙錢報答曾幫忙他的神道，結果被神道作弄，變成挾帶入場，
因而受罰的故事：

到第二場，將到進去了，鬼才來報題。一鳴道：「來
不及了。」鬼道：「將文字放在頭巾內，帶了進去，
我遮護你便了。」一鳴依了他。到得監試面前，不消
搜得，巾中文早已墜下。算個懷挾作弊，當時打了枷
號示眾，前程削奪。

當然是因為有挾帶之弊成風的背景，才會有這樣神神怪怪的小說情
節。

---

③ 齊如山：《中國的科名》，頁31，提到清末上海石印書局專門印一些供試子夾帶進場用的
　小本子，如《大題十萬選》、《小題十萬選》一類。大題之文為鄉試所用，小題則專為小考
　用。

六

以上是見於傳統小說中的主要三種考試作弊方式，雖然還有一些小說寫了其他的作弊法，譬如《鴛鴦針》第一篇也寫了搶奪他人文字當自己試卷的事，但這一類並不常見，算不得「作弊常規」，因此不再多說。但是文章結束之前，再引一段熱鬧的文字，倒是有趣的事，文見《儒林外史》第二十六回〈向觀察陞官哭友，鮑廷璽喪父娶妻〉：

> 安慶七學共考三場。見那些童生，也有代筆的，也有傳遞的，大家丟紙團，掠磚頭，擠眉弄眼，無所不為。到了搶粉湯包子的時候，大家推成一團，跌成一塊，鮑廷璽看不上眼。有一個童生，推著出恭，走到察院土牆跟前，把土牆挖個洞，伸手要到外頭去接文章，被鮑廷璽看見，要將他過來見太爺。

這是一群童生考秀才的情形，挺熱鬧的，是考試，又像是嬉戲，大約各種作弊法都全了。又童生考試作弊，尤其是帶小鈔，如果碰巧對上了題目，文章鈔上去，幸運中了秀才，據齊如山《中國的科名》說，這有個特殊名詞叫做「碰上」，「以後背地偶談起來，便都管他叫「碰上的秀才」。[4]

歷來許許多多的秀才當中，不知有多少個是「碰上的秀才」？

原載一九九八年十二月《國文天地》，第五卷，第七期

---

[4] 齊如山：《中國的科名》，頁31。

人情慘刻
——明清小說中搶奪絕產的故事

一

在以財產私有制為基礎的社會裡，財產是生計之所依，人情之所繫。財產之有無多寡，更常常是個人在社會中地位高低的表徵，此即所謂「有恆產斯有恆心」。在這樣的社會裡，時時會有因財產而起的爭論，原是正常的事。反映人情世故的小說，自古以來之所以常見有關這類事端的描寫，便也是很自然的事。

世俗所謂的「現實」，通常指的就是與錢財物質一類有關的事情，人情小說中常常會有攸關財產爭端的描寫，正是因為從這方面下手最容易洩漏人性「現實」的底。

傳統小說中有關家產事端中最有名的莫過於《紅樓夢》的抄家（一〇五回）。長久以來，賈府內裡雖已掏空，外頭的門面架子卻仍硬撐著，經過抄家重擊，才算真正將虛華表相澈底打破，而《紅樓夢》繁華皆空，「紅樓是夢」的主題，也就因此而充分凸顯。

比《紅樓夢》更早的世情長篇《醒世姻緣傳》，也有多處和「家產」有關的情節，其中關係著全書故事發展，予人印象深刻的是第二十回的〈搶絕產〉。

〈搶絕產〉就是「搶奪絕戶人家的財產」。但是對於一般人來

說，無論是「絕戶」或「絕產」，恐怕都是相當陌生的名詞，因此有事先加以說明的必要。

從字義上來說，所謂的「絕戶」，應當就是「人口死絕」的人家，而那樣的人家遺留下來的財產，就是「絕產」，就現代的意義來說，這樣的理解其實就已足夠，但是相應於傳統的觀念來講，這樣的解釋卻未免就不夠完全。對於古代人而言，「人口死絕」當然也是「絕戶」，但那只是絕戶的一種。他們觀念中的絕戶，包括的範圍要大一些。死絕之外，還包括「沒有子嗣傳承香火的人家」。這就是說，即使媽媽還在，也有女兒，但沒有兒子，也未立過繼的子嗣，而家長死了，就算是絕戶。當然，如果事先領養過繼的孩子，立為子嗣，就不算絕戶。

這種認定和現代人的觀念相比，是有很大的不同，其中當然特別反映了古人對於婦女權利地位的蔑視。對於現代人來說，只要家中還有人口，不管是男或女、是老是少，都不會被人認為是絕戶。

絕戶人家的財產該當如何處置，古代的法律難道沒有規定？怎可任憑人家搶奪？是哪一些人在幹這種勾當？

有家產之絕戶，其財產之處理即使在古代，法律也是有規定的。《宋刑統》卷十二〈戶絕資產〉條，對此即有詳細說明。[1]在這法條裡規定，女兒是可以繼承財產的，即使出嫁的女兒，也可以得到

----

[1] （宋）竇儀等撰：《宋刑統》，（臺北：仁愛書局，1985年），頁198。卷十二，戶絕資產，引《喪葬令》云：諸身喪戶絕者，所有部曲、客女、奴婢、店宅、資財，並令近親轉易貨賣，將營葬事及量營功德之外，餘財並與女。無女均入以次近親，無親者官為檢校。若亡人在日，自有遺囑處分，證驗分明者，不用此令。條文又云：「臣等參詳，請今後戶絕者，所有店宅、畜產、資財，營葬功德之外，有出嫁女者，三分給與一分，其餘並入官。」

「營葬功德」費用之外所有三分之一財產，然後其餘的才入官。其他的人是不能隨便占有的。

　　但是，法律歸法律，民間社會的行事，似乎並不按照法律的規範，所以傳統小說中才會有如《醒世姻緣傳》一樣的處處看到「搶絕產」的描寫。民間的習俗似乎以為只要是本家的宗族，誰都可以去占有或分享族中絕戶的財產。因此只要族中一有絕產出現，族人群起而攻的情形，便屢見不鮮。

　　如《紅樓夢》所見的「抄家」，在古代雖然不是絕無僅有，就廣土眾民的生活圈中來說，畢竟較為少見。而「搶絕產」一類，大概由於「戶絕」之事時時而有，所以在小說中出現的頻率也就相當的高。

　　傳統的世情小說，寫的多半是以家庭生活為基礎，反映當時社會生活的作品。這一類作品除本身的文學價值之外，往往更為後代的讀者提供了比歷史著作更為細緻豐富的當時生活畫面。「搶絕產」之類情節，一方面是作者藉以揭露世情人性的特殊描寫，一方面卻也是社會生活史難得的鮮活資料，不論就文學的觀點或社會史的觀點來說，都值得特別的加以注意。

二

　　雖然說絕戶包括了人口死絕之家，但是在明清世情小說中所見的有關搶絕產的描寫，卻大都安排在那些孤女寡婦尚存的家裡。所以會如此的緣故，大概是因為藉著孤女寡婦的可憐無辜，襯托搶劫者的強橫貪婪，更能凸顯出人情的乖訛變態，而情節也自然容易展現出緊張的張力。當然，傳統社會中財產繼承的許多不合理之處，以及女性生

存權利之不受尊重等等不合理的地方，也因此而映現無遺。

在許多描寫搶絕產、占絕產的作品中，不論是長篇、短篇、通俗或文言，大都能各有重點，但讀後讓人印象最爲深刻的還是前已提及的《醒世姻緣傳》，因此底下即先從該書談起。

就情節鋪排而言，《姻緣傳》可分前後二部，前一部的主角是晁源，他後來轉生爲第二部的主角狄希陳。晁源是晁思孝的獨子。晁思孝爲官之時，父子二人共同貪酷，搞了一大筆財產。不久晁思孝去世，晁源當家。他們父子雖然從不幹好事，晁媽媽倒是個善良的好人。後來晁源因爲和人通姦，被人殺死。

晁家本來沒什麼本房近族，只有一些住在城外的遠房，或窮或無賴，上不了臺盤，平日不大往來。這時晁源死了，這些族親「以爲晁夫人便成了絕戶，把這數萬家財，看做與晁夫人是絕不相干的，倒都看成了他們的囊中之物了。」（二十回）

因爲有了這樣的念頭，族親們就邀集各家的男男女女，先貓哭耗子，說是前來弔孝，其實已是一路作計怎麼搶產。他們首先到城外晁家田莊上，要搶剛收下的麥子，那管莊的說因爲沒有奶奶吩咐，不敢擅動，他們就罵道：

> 放你的狗屁！如今你奶奶還是有兒有女，要守得家
> 事？這產業脫不過是我們的。我們若有仁義，己他座
> 房子住，每年己他幾石糧食吃用；若我們沒有仁義時
> 節，一條棍攛得他離門離戶的！

看到這樣的說話，現代的讀者一定馬上興起奇怪的感覺，晁家的人還沒死絕，那些原本河水不犯井水的族親，怎麼就說出這樣的話

來？而且說得理直氣壯。我們若要將其中的緣由說明清楚，必得牽涉到傳統社會中個人與家庭，家族與宗族等關係的複雜問題，所以在此暫且不就此深論。然而有意思的是，在如《姻緣傳》一類的小說中，我們往往會看到一向號稱以親族倫理為重的中國人，卻總是在親族中人屍骨未寒之際，就迫不及待地對那些可憐的孤女寡婦展露他們不顧倫理，背情貪婪的醜面目。小說的作者們之所以讓這樣的事情頻頻曝光，心中一定都有著深深的感慨。

晁家族人來搶收成只是整個事件的序曲，最終的目標是搶產霸產。在搶了收成之後，兩位為首的族人就馬上算計第二步，互相商量的結果是：

> 事不宜遲，莫叫他把家事都抵盜與女兒去了，我們才
> 屁出了掩臀。我們合族的人都搬到他家住了，前後管
> 住了老婆子，莫教透露一些東西出去，再逼他拿出銀
> 子來均分，然後再把房產東西任我們兩個為頭的凡百
> 撿剩了，方搭配開來許你們分去。

行動方針決定之後，這些族人即刻領了老婆孩子進城，到晁家「各人亂紛紛的占了房子，搶椅桌、搶箱廚、搶糧食、趕打得些丫頭、養娘、家人、小廝哭聲震地；又兼他窩裡廝咬，喊成一塊。」[2]

這樣的無法無天，可這般人又似乎幹得理直氣壯。為什麼？為的只因為他們有著和喪家是族親的名分。親族倫理原本應當是人們遭遇

---

② 西周生撰，黃肅秋校注：《醒世姻緣傳》，（上海：上海古籍出版社，1985年），以下引該書皆此本。以上至此引文皆見第二十回，頁294-298。

苦難時得依以慰藉的人際關係，而今卻變成了無賴藉以遂行迫害受難親族的藉口，眞是讓人爲之氣結。

三

配合著人間醜惡現實的揭發，《姻緣傳》是講因果報應的。前面提過，晁家二代男主人雖然都不好，晁夫人卻是個好善的。既說報應，善良的便該有善報，因此晁夫人就該有好的收場，而那些惡狠的族人則該有壞的結果。

依照故事所述，原來早先晁思孝生前收用的一個丫頭，已有身孕，「雖不知是男是女，卻也還有指望。」而吉人自有天相，就在這大夥人搶得昏天黑地，喊亂得驚天動地的時侯，縣大爺恰巧有事從城外回來，經過晁家門前，被大夥圍觀喧嚷的群衆堵住了去路，探查之下，知道是搶產的事，當下命人圍住前後大門，將搶劫之男女一一搜出審問。而在得知丫頭已有身孕之後，即時叫來收生婆檢查，查出懷孕屬實，並依脈象斷出是男胎。當時大爺的感慨是：「我說善人斷沒無後之理！」③

縣大爺當然處罰了那些族人，但是事情其實並沒了結，因爲雖然說預斷懷的是男胎，到時生產順利與否，果然是男胎與否，都還是沒有一定的。萬一生產不順，沒了；或是生下的竟然是女孩，那些族人恐怕還會再來。是男、是女，其間分野可眞夠大。對於古代人來說，像這種情況，如果竟然生下個女的，那可就眞的是一場噩夢。

---

③ 西周生撰，黃肅秋校注：《醒世姻緣傳》，頁302。

當然，好人好報，那丫頭到時生下的是一個健康的男孩。晁夫人也特別的小心在意，即時請人報知縣大爺，請縣大爺命名。這樣做其實就等於請縣大爺為這孩子的血統驗明正身，也唯有這樣才能勉強堵住那些虎視眈眈的族人的口，否則事情恐怕終難有個結局。如《名公書判清明集·戶婚門》中有關立繼、戶絕等部，就實際列了不少互告立嗣承產非法的判狀。[④]可見為了爭產，立嗣違法這類事在古代並不稀見的。如果不是縣大爺做證，族人是可以誣蔑說丫頭所生之子，為非晁家血統等一類事的。

更好的是這個孩子後來長大健壯，事情才終於如晁夫人所說：「我目下且有兒了。既有了兒，這家業可是我的了。」[⑤]

好人好報，相對的壞人就得壞報。晁家族人來行兇搶產的，帶頭的是兩個大無賴，一個是晁夫人同輩的晁思才，一個是子姪的晁無晏。他們遭受的報應是他們終於不得好死，其中一個並且成了絕戶。

當初晁夫人在丫頭為他們晁家生下健康兒子之後，為求長久平息族人紛爭，就將一些田產分贈給族人，指望大家從此安居樂業。那安分些的，有了足以溫飽的產業之後，自然就安居樂業了。可那不安分的晁思才、晁無晏，卻終究還是出事。這一方面是由於天性使然，一方面也是由於該有報應，所以他們仍然是到處混做非為。

首先是晁無晏，他在欺凌鄰親近族之後不久，老婆惡症死了。他又娶了一個後妻加上兩個拖油瓶。這後妻甚是厲害，新婚不到一年半載，晁無晏就一命嗚呼。她典當了晁無晏所有家私產業，跟別人跑

---

④ 不著撰人姓名：《名公書判清明集》，（臺北：大化書局據日本靜嘉堂文庫藏本影印，1980年），頁771-794。

⑤ 西周生撰，黃肅秋校注：《醒世姻緣傳》，二十二回，頁324。

了，留下前妻生的一個五歲小孩，無人照管。族中人互相推拖，誰也不願領養這小孩，到後來還是晁夫人將他留下，叫人照顧。⑥

這期間，老無賴晁思才原本想藉著這小孩的事，再向晁夫人訛詐一筆錢財，誰知皇天有眼，在廟前他忽然絆了一跤，跌倒在地死了。（小說中說他因不安好心，到廟中求那小孩早死）。

小說中關於晁思才有特別的介紹：

> 晁思才是晁家第一個的歪人：第一件可惡處，凡是那族人中有死了去的，也不論自己是近枝遠枝，也不論那人有子無子，倚了自己的潑惡，平白地要強分人的東西……後來又有了晁無晏這個歪貨撐成了一股，彼此都有了羽翼，但凡族裡沒有兒子的人家，連那分之一字也不提，只是霸住了不許你講什麼過嗣，兩個全得了才罷。⑦

兩個可惡的，終究都不得好死。晁無晏死了，老婆跟人跑了，產業也給拐走了，而晁思才一死，下場就更加的悽慘，他的小老婆，捲了一些財物溜了。家中無兒無女，只剩得一個平日助他為惡的大老婆。

這幾家族人，恨他在世的時節專要絕人的嗣，分人的房產，只因他是個無賴的族長，敢怒而不敢言；乍聞得他死了，都說：「我們今日也到他家分分絕產！」大家男男女女，都蜂擁一般趕去，將他家

---

⑥ 西周生撰，黃肅秋校注：《醒世姻緣傳》，五十三回，頁768-777。

⑦ 西周生撰，黃肅秋校注：《醒世姻緣傳》，五十七回，頁817。

中的衣服、器皿，分搶一空，只剩下停他的一葉門板，一個六十多歲的老婆。大暑天氣，看看的那屍首發變起來。眾人分了東西，各自散去，也沒人替他料理個棺木。[8]

慣要絕人嗣的自己絕了嗣，慣搶人產的終於遭人搶產，這便是《姻緣傳》的因果報應。

四

《姻緣傳》所描繪的這種搶絕產的畫面，讓人想到野狗爭食棄屍，既荒涼又恐怖。如果說這絕戶真是不剩一人也罷，因為人口既絕，再無從計較。偏偏小說所呈現的，都總是還有「未亡人」來作這些人情慘刻的末世見證，那悽慘零落的情景，就倍覺不堪。

除《姻緣傳》之外，明清世情小說中描寫此類事件者不在少數，雖然並不都像《姻緣傳》描述得如此深刻，如此撼人，但數量一多，不由得不讓人懷疑，在以「倫理」傳統自許的這一民族傳統中，「倫理」的教化與約束，在現實利害面前，所剩有幾？

如前所述，這種事情最讓現代讀者印象深刻的是，「女人」在傳統社會中那種完全處於依附而存在的地位，她們必須依附於男人始能見出存在價值。如果家中所有的男人歿了，她們就可能連「家」都沒有，年輕的可能被迫改嫁，年老的可能被掃地出門。情況好些的話，占她們家產的人可能給她們一窩居，讓她們苟延殘生，而那些迫害她們的人一定是她們的親族。

---

[8] 西周生撰，黃肅秋校注：《醒世姻緣傳》，五十七回，頁827。

　　為預防現實上這種情況的發生，也為觀念上的所謂後嗣有人，香煙不斷，無子之夫妻如何立嗣，便是傳統社會中一個重要的問題。

　　另外，傳統社會中雖說有錢有地位的人常一妻數妾，普通人家畢竟是一夫一妻的多，但是如果妻子不能生育，則即使普通人家的丈夫便也有置妾的堂皇理由。話雖如此，取妾之事能夠順利與否，卻還得看夫妻相處的情形而定。妻子如果是個難以馴服的妒妻悍婦，丈夫想取妾也不一定都能順利如願。

　　明清小說中提及搶絕產一類的作品，就有一些是與妒妻悍婦相牽連的故事。像《姻緣傳》這部以妒妻悍婦聞名的小說，搶絕產的情節反而與妒妻悍婦無關，倒是有點特別。

　　《聊齋誌異》卷十一〈段氏〉篇及所附〈蔣稼〉篇，便都是這一類的故事。⑨

　　〈段氏〉篇中說富翁段瑞環，年四十而無子，因妻連氏悍妒，不敢買妾，私通家中一婢，為連察覺，將婢痛打後賣出。段漸年老，想立一侄為嗣，群侄競相吵擾，竟不能如願。後子侄輩往往強來取走財物，不勝其苦。至段已六十餘歲，連氏頗後悔，乃為段買二妾。不久一妾生女，一妾生男而夭，而段則已中風。諸子侄在段死後，即謀分產，連氏無能禁止，苦求子侄但留一屋以供棲身，亦不獲允。正在哀痛不已，忽然有人前來弔喪，自稱是段之親生子，原來當初被賣之婢，已懷有身孕，所生即是孩兒。連氏不勝之喜，但侄輩不服，以其子非段氏血脈，互相訐告。經官判定，其子實為段家子嗣，事情才定。連氏活至七十餘歲，臨終前告誡女兒及孫媳：「汝等誌之，如

---

⑨ 蒲松齡：《聊齋誌異》，（臺北：九思出版社，1978年翻印「會校會注會評本」。）下引《聊齋》皆據此本。〈段氏〉篇及附錄見頁1521-1524。

三十不育，便當典質釵珥，為婿納妾，無子之情狀難堪也。」

〈蔣稼〉篇中的蔣也是年近四十而無子，妻子毛氏又善妒，不准丈夫買妾。夫妻相商要立姪兒為嗣，兄嫂雖已答應，但又遲遲不將孩子過繼。原來他們是想用反激的方法來幫蔣的忙，他們教兒子如遇到叔嬸，就回答不肯過去的原因，是因為「待汝死後，何愁田產不為吾有。」毛氏聽後，大受刺激，即時為丈夫買妾，後妾果然生子。

清初的話本小說《八洞天》第八卷〈醒敗類〉，是一篇和〈段氏〉篇立意頗為相近的作品。故事中的男主人也是年近四十，妻子不育而又善妒，他想立姪子為嗣，姪子又不良，因此作罷。後來製造機會私通了家中的婢女，不久被妻子發覺，妻子將婢賣與他家。婢子到他家之後生子，經過確認，輾轉反覆，此子終於歸宗。但那不良的姪兒心中早已盤算好：「叔父一向無子，他家私少不得是我的，如何今日忽然有起兒子來？」便具狀控告，說是「非種亂宗」。當然最後惡姪是失敗的。⑩

作者們當初寫出這一類的故事，大概總在勸妒存宗一邊立意。他們要告誡的是：如果無後嗣可承宗祧，即使萬貫家財，終屬他人。而所謂的後嗣大部分還不將女兒算在內。所以妻子如果不能生育，千萬要大方些，讓丈夫早早買妾，以便後嗣有望。否則萬一丈夫有個三長兩短，膝下又無子嗣，則將不免於親族欺凌，家產被搶被占之悽慘下場。

由以上這幾則與搶產有關的妒婦的故事，我們看到了一個標幟著傳統社會的觀念：「不孝有三，無後為大」，有了現實的意義。

---

⑩ 五色石主人：《八洞天》，（北京：書目文獻出版社，1985年），頁146-169。

立嗣存宗，為的是歷代祖宗神靈有人祠奉，綿延不絕，即所謂的不斷香煙，這是對所有的民眾通說的道理。對於有家產的人來說（不管那家業大小多少），子嗣是將來繼承家產的人，更是父親不在時，母親（或祖母）得以繼續享有自家這份家產的保證。

然而自古不能生育者儘多，而不能生育（更何況一定要生男的）的原因也不都在婦女，也就是說即使有妻又有妾，而依然不能有兒子的家庭還是不少。在這種情況下若還強調要有子嗣，便只好找替代：過繼立嗣。

嗣子既承香煙，又承產業。家業財產，對大部分的人來說都是最實際最直接的誘惑。有產之家而無子，立嗣時未免就會時常有爭端，因為那淌來的家產，誰不覬覦！小說中有關絕產之爭奪霸占的描寫，有好多就牽連著立嗣的問題。

五

《儒林外史》第五、第六兩回，廣有田產的嚴監生在元配王氏彌留之際，將妾趙氏扶正。王氏過後不久，嚴監生也去世，留下趙氏和單傳的小兒子，誰知皇天不佑，兒子接著又患天花死了。趙氏悲痛之餘，便想到立嗣，她心目中想要的是大房的第五個孩子。大房就是嚴監生的大哥，現做著貢生。嚴監生是二房。

誰知嚴貢生雖頂著一個「貢生」名分，卻是個大無賴。在他二弟和侄兒相繼過世之後，他似乎早把二弟的家業當作自己的了，完全就不把趙氏看在眼裡。他自己的二兒子剛結婚，缺少新房，他派人通知趙氏：「將正宅打掃出來，明日二相公同二娘來住。」趙氏以為他是

要將第二個兒子來過繼，便說：

> 媳婦過來，自然在後一層，我照常住在前面，才好早
> 晚照顧。怎倒叫我搬到那邊去？媳婦住著正屋，婆婆
> 倒住著廂房，天地世間，也沒有這個道理。

然而嚴貢生的反應卻是儼然一副大家主的模樣，「拉一把椅子
坐下，將十幾個管事的家人都叫了來」，他向這些原來是二弟的家人
說：

> 我家二相公（嚴貢生的二兒子），明日過來承繼了，
> 是你們的新主人，需要小心伺侯。趙新娘（嚴監生的
> 妻子趙氏）是沒有兒女的，二相公只認得他是父妾，
> 他也沒有還占著正屋的。吩咐你們媳婦子把群屋打掃
> 兩間，替他搬過東西去；騰出正屋來，好讓二相公歇
> 宿。彼此也要避個嫌疑：二相公稱呼他「新娘」，他
> 叫二相公、二娘是「二爺」「二奶奶」。再過幾日，
> 二娘來了，是趙新娘先過來拜見，然後二相公過去作
> 揖。我們鄉紳人家，這些大禮都是差錯不得的。你們
> 各人管的田房、利息帳目，都連夜攢造清完，先送與
> 我逐細看過，好交與二相公查點。[11]

這種作法其實只是假借名分來欺寡霸產，哪裡是叫兒子來過繼承

---

[11] 吳敬梓：《儒林外史》，（臺北：華正書局，1978年），頁62-67。

嗣?結果將趙氏逼急了,只好控訴於官府。官司搞了很久沒有下文,到後來說「仍舊立的是他的二令郎。將家私三七分開,他令弟的妾(趙氏)自分了三股家私過日子。」(十八回)

趙氏在被逼之際之所以還可以控訴於官府,是因爲她確實是嚴監生生前扶正的塡房,已經是正妻的身分,而不是妾。如果只是妾的身分,大概是連這一個控訴的權利也沒有的。《右臺仙館筆記》卷一〈上海某甲〉條,卷三〈鄭有汪翁〉條,記的都是「翁死,無子」而妾獨存的狀況。她們的家業「盡爲族人瓜分」,她們都是無可奈何的。⑫

《聊齋誌異》卷九〈小梅〉篇,則寫一家主人及幼兒相繼而亡,唯妾與幼女存,「族人益橫,割裂田產,廄中牛馬俱空;又欲瓜分第宅,以妾居故,遂將數人來,強奪鬻之。妾戀幼女,母子環泣,慘動鄰里。」⑬如果存活的不是稍有法律地位的妻子,而是妾,那些搶產的族親是可能連這妾也當財產一樣的賣掉的。

清初話本小說《生綃剪》第二回寫的故事與前述妒婦諸事稍同而又有異。大婦雖然同樣的是無出而好妒,但生子的是丈夫後來憑媒說合所娶的側室,而不是上述故事中和主人私通的婢。然而還是由於大婦的逼迫,這妾不得已只好將孩子託人祕密抱養,然後報稱失蹤。不久主人抱病將死,妾要求丈夫寫下遺囑,說有兒寄養在外,如果十年之後「尋兒不歸,方許將莊屋一所,祖田二百畝,撥與服孝應繼之侄。」誰知這主人一死,那個「應繼侄子」、「見伯伯死倒,又無兒

---

⑫ 俞樾:《右臺仙館筆記》,(上海:上海古籍出版社,1986年)。卷一〈上海某甲〉條見頁17。

⑬ 《聊齋誌異》,頁1215。

子，走來十分猙獰，登時就要搬運家私。」主母與妾雖然將遺囑唸給他聽，「他只不睬」、「橫跳豎跳」，並且出手打人。這主母氣極大哭：

> 你就是繼承與我，也是我的兒子，如何打我！我決不
> 甘休，斷送你的狗命！

那應繼侄子的回答居然是：

> 誰與你做兒子，你們通去嫁了老公，光身子出門，草
> 也不許動我一根哩！還做春夢，叫我是兒子。⑭

這是當初男主人在家時想來過繼為嗣，未能順利，而今男的家長一去，就想要來占產為主，連表面上的過繼手續，名分上的一點情義都不要的人。

像上面這樣的例子倒不多，更多的是那種希圖便宜，姑且賣乖的人。這種人若覬覦某無嗣之家的產業，就想方設法要成為人家的子嗣，以便可以名正言順的接收產業。《墨餘錄》卷五〈孀姝殊遇〉篇中一大段寫的就是某外家侄兒在姑丈過世之時，強要姑母認他為嗣，以便承襲產業的故事，因為他素行不良，姑母不答應，結果他竟然率賊來搶。⑮

《聊齋誌異》卷十二〈果報〉的第二則，也是這種毛遂自薦的例：

---

⑭ 李落、苗壯校點：《花幔樓批評寫圖小說生綃剪》，（瀋陽：春風文藝出版社，1987年），頁40。

⑮ 毛祥麟：《墨餘錄》，（上海：上海古籍出版社，1985年），頁73。

> 某甲者，伯無嗣。甲利其有，願爲之後。伯既死，田產
> 悉爲所有，遂背前盟。又有叔，家頗裕，亦無子，甲又
> 父之。死，又背之。於是併三家之產，富甲一鄉。⑯

　　一些不肖子弟，有時候就這樣胡混到了一片產業。當然，因爲這則故事是講「果報」的，所以這一個專門騙產的嗣子，最後是不得好死的。

　　如果不是爲了產業繼承的話，立嗣大概就不會搞出如此複雜的問題，如前引《名公書判清明集》所錄各種官府判案中的戶婚門，其中許多關於絕戶立嗣的爭執，大都是爲了資產。清朝官箴之書《福惠全書》卷二十〈家產〉條云：

> 又有絕產豐厚，宗人利繼爲嗣，誘其嫠婦，不分疏
> 近，託立賢能親愛。及其承嗣，本生父母假代理爲
> 名，暗行侵占，致嫠貧困無依，吞聲莫訴。司牧者又
> 不可不預爲之慮也。⑰

　　明白指出的就是這個問題。其中若有已經立了嗣的，輕的或誣告人家「非種亂宗」，如前述《八洞天》的〈醒敗類〉，以及《聊齋誌異》卷十一〈樂仲〉的故事。⑱重的就乾脆將人家子嗣打死，圖他產業，如《福惠全書》卷十二〈群兇謀產打死姪命事〉條所記一般。⑲

---

⑯ 《聊齋誌異》，頁1659。

⑰ 黃六鴻：《福惠全書》，（臺北：九思出版社，1978年），頁231。

⑱ 《聊齋誌異》，頁1546。

⑲ 《福惠全書》前引本，頁145。

簡單地說，這就是親族之間一種特殊方式的「謀財害命」。

六

當然也並非所有搶絕產的故事都寫得讓人震驚感慨，例如《警世通言》卷五〈呂大郎還金完骨肉〉的入話故事，就是寫一個刻薄財主金冷水害人反害己，以致絕嗣。妻子自殺之後，自己也相繼而亡，空留萬貫家財，「金氏族家，平昔恨那金冷水，金剝皮慳吝，此時天賜其便，大大小小，都蜂擁而來，將家私搶個罄盡。」[20]這是惡人遭報，而且家中大小已不留一口，沒有人是「搶產」事件的受害者。因此讀起來不會覺得可怕。

又如《石點頭》第四卷〈瞿鳳奴情愆死蓋〉也寫到一個攤分絕產的事，結果是「將家產三分均開；一股分授嗣子；一股與方氏自贍，身故之後，仍歸嗣子；一股析宗子，各沾微惠。」[21]這是一個關係人都能接受的安排，所以大家就顯得較為心平氣和了。

雖然如此，其中較具代表性故事卻大都讓人覺得既恐怖又荒涼。如果說小說是能反映社會現實的最佳體裁，那麼明清之際的世情小說是發揮了它應有的功能，單以上述所列各種涉及搶絕產的作品而言，就已鮮活地為讀者們呈現出許多傳統社會中悖謬的面貌。在沉迷於傳統美好一面的時侯，看看這些小說，相信會激起我們一些不同的反思。

原載一九九三年二月《小說戲曲研究》第四集

---

[20] 馮夢龍編：《警世通言》，（臺北：鼎文書局，1974年），頁54。
[21] 天然癡叟：《石點頭》，（臺北：世界書局，1969年），頁66。

《三國演義》的飲食情境與文學藝術

一

　　人和其他動物一樣，都要靠吃喝來吸取養分，維持生命。這是生命存在的生理需要。但是經長久的演進之後，人卻走上了和其他動物不一樣的方向，人發展出了其他動物所無的「文化」。也就因此而人便在基本的生理需要之外，多了另一種心理學家所謂的「發展需要」，有了其他可追求的生存「價值」。[1]從此，原本只是爲生存需要而進行的「吃吃喝喝」，對於人類中的每一個人來說，便往往更具有文化或社會等其他方面的意涵。而與飲食相關的種種事項，也常常成了族群文化特性的一種表徵。

　　從日常飲食來說，不論是食物種類、烹煮方式、餐飲用具，以至於每日餐數、分食或合食等的哪一方面，都會因爲文化的不同，而有不同的樣式。從非日常的飲食——主要是相應於各種節慶或儀式的飲食來說，那些飲食的方式和內容更常常作爲一種特殊的文化表徵而被凸顯出來。因此對於人來說，飲食在生理需要的裹腹以外，很自然的就會表現出文化的意涵。

---

[1] 弗蘭克‧戈布爾著，呂明等譯：《第三思潮：馬斯洛心理學》，（上海：上海藝文出版社，1987年），頁51-57。

　　飲食既是攸關生命與文化，因此以生命與文化爲表現內涵的文學，不論從神話到小說，或從民謠到詩詞，很自然的就會處處有與飲食相關的內容。研究文學的人只要稍加留心，隨時可以從各種文學作品找到有關飲食情境的描述，從中作有意味的探索。也就是說，因爲飲食是與生命及文化息息相關的一個重要內容，因此「飲食與文學」也就永遠是文學上的一個重要的課題。

　　但是由於「飲食與文學」包含的是一個龐大的範疇，若但作泛論，雖然也可以有一般趣味性或知識性的討論，但是若要作稍微深入的分析，卻還得從作品作實際上的探討。

　　多年來由於教學需要，個人對中國傳統小說有較多的涉獵，知道從飲食情境看小說是一個有意思的課題，因此在爲「飲食與文學」覓題時，首先想到的便是傳統小說。然而傳統小說從文言短篇到長篇說部，範圍龐雜，考較與論述方式，亦當各別。若要單從文化史的觀點來看，則短篇、長篇各有重要性，若要特別強調「文學藝術」的相關性，則長篇說部由於人物衆多，情節豐富，當然是更好的範本。其中尤以世情長篇小說如《金瓶梅》、《紅樓夢》等，因爲內容以世俗的家庭生活爲核心，飲食情境的描述更多，與文學藝術的相關性更加緊密，可供研究發揮的地方當然也就更多。

　　正由於《金瓶梅》、《紅樓夢》等書有著這樣的特點，所以歷來的研究者，對這幾本書的飲食情境，也早已多所著意，並多有論說，在此情形下，我們現在反而可以不急著去湊一腳。倒是一般人較少注意，並且以爲沒什麼飲食情境可供討論的作品，如《三國演義》一類的戰爭或英雄傳奇小說，卻應當首先加以注意。因爲如果有心要把傳統小說和飲食情境的相關問題，當作一個重要論題的話，各種主要的作品都必須照顧到。

不同內容的小說，表現的是不同的飲食情境。例如以戰爭場面為主的小說，多的當然是軍糧運輸、偷劫敵糧以及誓師、慶功等與食物、飲宴有關的描寫；神怪小說則免不了多些因吃或喝某種食物而變異形體，或具超越之能力等情節；而世情小說當然就多一些世俗應酬或家庭生活的飲食情事。不同類型的作品，在飲食方面的描寫，自然各有其傾向與特性。但是不論是哪一類的作品，只要是充分寫出了人生人性，就自然會有各種相應的飲食情境，因為如前所說，飲食對人類來說早已不僅具充飢裹腹之意，相應於飲食要求的，是更多的文化意涵。

二

一般人的飲食需要和特性受到許多方面的制約和影響，例如宗教與習俗、教育文化程度、職業及經濟狀況，有時候甚且包括性別及年紀。特別的時候當然更受身體狀況以及情感、情緒的影響。也就是說從一個人日常的飲食狀況通常大概是可以看出這個人的某些身分屬性，它自然的就是在洩露這個人的身分與性格。

當然這還只是較從一般性的原則來說而已，如果再進一步談到具有社交性的飲食場面，例如各種宴會或其他約會的飲食，則相關的意涵就更複雜。因為其中牽涉到的是人與人之間交往的種種問題。例如宴會（或約會）的目的為何？規模大小、參加人物、座位安排、場所、時間、食物內容等等，都與宴會的性質以及宴會的氣氛有關。當然與會人物在會中的角色，以及彼此之間的互動關係，更使得宴會、約會等場合，是洩露個人身分、人際關係以及性情的地方。也就因此而小說中種種社交宴會等場面的描寫，常常就是書中推動主要情節發

展，以及刻劃人物性格的重要關鍵。

英國的小說作家兼理論家佛斯特（E. M. Forster）曾說：「小說中的吃多是社交性的。它可把人物拉到一起，但人物的吃很少是生理上的需要。」[2]說的正是這樣的道理。

雖然就事實上來說，佛斯特這裡所說的「小說」是專指十八世紀才在歐洲發展起來的，以現實世情為主要內容的長篇小說（Novel），而《三國演義》在某方面來講，卻是有著接近西洋中古英雄傳奇（Romance）的特點，引之為說，或許有人會以為論據不強，其實不然。

作為一部英雄傳奇，《三國演義》誠然有較多的英雄氣概，較少的家庭瑣事與一般的社交，所以有關飲食場面的描寫，篇幅比例或許不如一般的世情小說多，但是作為一部成功的文學作品，還是因為它成功地寫出人性的糾葛。而種種複雜的人性，絕不是只有靠著刀槍武功與戰陣計謀等就呈現得出來的。《三國演義》這部小說（用的是我們一般的觀念，而不只是Novel一類）之所以生動感人，當然有很多方面的理由，但是藉著種種飲食情境的描寫，寫出了英雄們的常人的一面，人物因此寫得親切而鮮活，使得情節內容因此更加豐富多彩，恐怕也是一個主要的原因。或許也正因為如此，而《三國演義》才不會是一部枯燥的戰爭小說，而是一部充滿人性人情的英雄傳奇，因為這些英雄都是人，不是神，正是藉著現實人生飲食情境的種種生動描寫，而世間英雄的面貌與精神，才更落實地呈現了出來。

---

② 佛斯特著，李文彬譯：《小說面面觀》，（臺北：志文出版社，1976年），頁45。

三

　　中國較早的傳統長篇小說，多多少少都有著不同的版本問題，從明代的《三國演義》、《水滸傳》，以至清代的《儒林外史》、《紅樓夢》，論者要論某書，不論所論是故事情節或思想主題，嚴格地說來，是都應當注意到不同版本的差異性的。以本文所論的《三國演義》來說，即使早期說話人留下來的《三國志平話》或《三分事略》只是故事源頭，與明代中葉以後流傳的《三國演義》內容相差太大，在分析《三國演義》時可以不論。但除此之外，僅就《三國演義》成書以後的版本來說，從明到清，仍有好些不同的版本。現存最早的本子是明嘉靖年間刊行的《三國志通俗演義》，稍後是一系列萬曆年間刊印的《三國志傳》。這些本子大概就是明代人所看的《三國》演義故事。清朝初年毛宗崗根據明刊本稍作增刪改定，成了《三國演義》。這一個本子出來之後，幾乎就成了定本，從此以後，包括我們現代人所看的三國故事便大都是毛本的《三國演義》。③

　　《三國志通俗演義》、《三國志傳》、《三國演義》便是《三國演義》大體成書以後三個主要版本系統。我們現在所論的重點雖然是《三國演義》的飲食情境，和版本的考訂似乎關係不大，但是由於三種版本的故事情節雖然大致相同，文字細節卻常有出入。而這種文字細節的差別，有時就關係著文學的美感效果，因此在作文學分析的時

---

③ 《三國志通俗演義》，（臺北：新文豐圖書公司，影印弘治庸曡子序的嘉靖刊本，1979年）。《三國志傳》，（北京：中華出版社，影印明刊本，包括《三國志傳評林》在內的三種，1991年）。毛宗崗批改本：《三國演義》，（臺北：學海出版社，影印舊刊本，1977年）。

候，所據版本爲何，就須先作說明。

本文所論以毛宗崗本《三國演義》爲主，因爲這是一般讀者最容易看到的本子（市面上各種鉛字排印本大概都是這個本子的系統）。但是有些相關重要的地方，還是會特別把新舊不同本子的不同處提出來作對此。以下論述及引文，凡無特別提示聲明之處，便都是根據毛本《三國演義》立論（以下行文皆簡稱「演義」）。

四

不論原來的歷史眞相爲何，桃園結義的劉、關、張是《演義》中爲讀者普遍喜愛的一組人物，大概是無可懷疑的。其中的關雲長（以下行文依小說通例稱「關公」），後來更成了民衆普遍信仰的尊神，也是大家都知道的事。會有這樣的結果，《演義》的流傳和影響雖然不是唯一的原因，卻也可能是一個相當主要的原因。

自從明代刊行《演義》系列以來，貶曹擁劉的方向大體是確定的，也就是說編者們是傾向於把劉備一方的人寫成正面人物，把曹操一方的人寫成反面人物的。正面人物當然容易受到人們的喜愛，但是還有一個前提，就是看編者們是否把這些人物寫活了。大致上來說，《演義》寫人物是成功的。它爲傳統中國塑造了許多鮮明的典型人物，曹操的奸詐、孔明的智慧、關公的忠勇，都是有名的例子。

由於關公大概是一般民衆心目中印象最深刻的人物，本文因此先從他談起。

《演義》成功地把關公塑造成一個義勇忠貞的典型，一個成功形象的塑造，當然是許多文字描寫與情節鋪排出來的結果。本文的目的

不在於《演義》中關公形象的完整分析，而在於飲食情境來談小說的人物刻劃與藝術，因此對其他豐富的文字與情節，凡不涉及飲食情事便不論及。

《演義》之所以是一部難得的作品，就在於不必多方考證，單單從有關飲食情境的描寫，就能鮮活的看出人物的性格與命運，也就是說，《演義》中的飲食情境本是小說藝術中重要的一環。

《演義》中與關公有關的飲食場面的描寫，當然以第一回三兄弟桃園結義，殺牛設酒，祭拜天地，「就桃園中痛飲一醉」的事為最早，但由於這是一般結義設誓、祭神之後的常態，沒有因此而特別凸顯三人中哪一個人的特殊情性，因此不必深論。

首先藉飲食情境來凸顯關公性情與勇武特質的是第五回「溫酒斬華雄」的描寫。

在董卓手下大將華雄連斬曹操與袁術、袁紹等諸鎮聯軍數將之後，「眾皆失色」。這時忽然有人大呼而出：「小將願往斬華雄頭，獻於帳下。」眾人看這一個忽然冒出來的人，雖然長得一表不凡，但袁術、袁紹等大部分的人卻都不認識他。原來這人就是關公，當時身分只是劉備身旁的一名「馬弓手」，還沒闖出什麼名號。袁術、袁紹等對於這樣一位職位卑下的軍人，居然敢僭越而出，並且口出大言，頗為震怒，袁術喝道：「汝欺吾眾諸侯無大將耶？量一弓手，安敢亂言，與我打出！」好在曹操見他儀表不俗，華雄不一定會知道他只是個弓手，建議他一試。關公滿懷自信地說：「如不勝，請斬某頭。」接著的情形是：

> 操教釃熱酒一盃，與關公飲了上馬。關公曰：「酒且斟下，某去便來。」出帳提刀，飛身上馬。眾諸侯聽

> 得關外鼓聲大振，喊聲大舉，如天摧地塌，岳撼山
> 崩，眾皆失驚。正欲探聽，鸞鈴響處，馬到中軍，雲
> 長提華雄之頭，擲於地上，其酒尚溫。

就是這一個「溫酒斬華雄」的描寫，寫活了關公的勇猛，爲以後關公神勇的形象，劃下第一道鮮明的刻記。

盃酒尚溫，已取敵人上將首級，強調的是短時間之內，以勇武解決重大難題的能耐。在這一個戰役中，對於關公如何戰勝華雄，其實並沒有任何著墨，只強調了眾人的驚愕，和「其酒尚溫」，而敵首已取，爲讀者留下許多想像的空間。這在這種「不寫之寫」的筆下，而關公神勇的形象更因而呼之欲出，這正是小說的精彩所在。④

然而這一個「溫酒斬華雄」的情節，也不只是寫出了關公的神勇而已，更爲日後關公與曹操二人之間，相知相惜，敵友難分的恩恩怨怨，深深的劃下第一道輪廓。

因爲當初的關公只是一個籍籍無名的小兵（等於是掛名爲縣令的劉備的小跟班），卻冒然而出，口出大言，在袁術等人的眼中，原來就是應當立即趕打出去的僭越小子。在此情形下，只有曹操願意給他一個機會，並且親自教人斟滿一盃熱酒，以壯行色。而就在這樣前前後後的一個過程中，讓曹操親切的認識到了關公的勇武與不凡的氣勢，以後他對關公的種種籠絡優遇，便是事出有因。

而對於關公來說，他後來之得以名震天下，其中第一個出頭的契機，就是這一次的表現。而這一個機會是曹操給他的，那一盃代表著

---

④ 毛宗崗於此處有二夾批：「亦用虛寫，妙。」、「寫得百倍聲勢，妙。」

鼓勵讚許的熱酒也是曹操教人斟滿的，其中的種種，當然都沉潛成了後來關公對曹複雜情誼的一部分。⑤

　　接著藉飲食情境寫關公的重要章節，便是第二十五回，關公被曹操大兵所困，在「降漢不降操」的條件下，暫時投降曹操。曹操並不把他當作一般的降將，而是特別的以尊重的客禮相待。三日一小宴，五日一大宴，並且上馬一提金，下馬一提銀。⑥種種籠絡手段，就是為了收伏他的心，但是關公並不為所動，反而不時於宴席中流落出對劉備的思念之情。有一次宴後，曹操賜予赤兔馬，他大為欣喜，明白的對曹操說：「若知兄長下落，可一日而見面矣。」這種種描寫，把關公不為世俗人情所惑，不為利誘（所謂吃人的嘴軟，拿人的手軟，世俗人情也），始終如一的忠義情操，生動的刻劃了出來。

　　另外一個較為重要的飲食場面是在第六十六回，寫關公的單刀赴會。當時東吳為了討回荆州，由魯肅代表孫權出面，設下了一個如鴻門宴一樣，暗中埋伏殺手的宴會，請關公與會。當時和關公同守荆州的守將都勸關公不要與會，以免中計。關公雖然知道此次宴無好宴，但是還是決定赴會。書中寫關公赴會的情形是「見江面上一隻船來……魯肅驚疑，接入亭內。敘禮畢，入席飲酒，舉盃相勸，不敢仰視。雲長談笑自若。」藉著主人魯肅內怯驚疑的襯托，把關公儑人的氣勢更凸顯了出來。

---

⑤ 後來在第二十五回，關公斬顏良之前，操置酒相待；以及第六十五回，劉備在城上管待馬超吃酒，「未曾安席」，趙子龍已斬二敵之首，擲於筵前。都有類似此處「溫酒斬華雄」的描寫，但其蘊含之意義，不如此處之豐富。

⑥ 此處毛本文字與舊本稍不同，嘉靖本作「三日小宴，五日大宴，上馬一提金，下馬一提銀。」志傳本作「三日一小宴，五日一大宴，上馬一提金，下馬一提銀。」毛本作「小宴三日，大宴五日」，並無「提金、提銀」等文字。

在宴席上一場緊張的爭辯之後，關公假裝酒醉，一手提刀，一手抓著魯肅，把魯肅扯到江邊。東吳埋伏的人見此情狀，怕傷了魯肅，終究不敢動手。關公直到上船，才放了魯肅，就這樣全身而退。

這一段有名的單刀赴會的故事，就是藉著明知山有虎，偏向虎山行的手法，寫出了關公的勇敢自信與臨場應變機智。[7]

以上三個與飲食情境有關的描寫，分別寫出了關公生涯的三個階段，而且就是從三個不同的角度，寫出了關公的勇猛、忠義和膽識。也可以說，透過這幾段有關飲食情境的描寫，《演義》就已經把一個理想的英雄典型重點式地塑造得差不多具體成型。[8]

然而《演義》描述關公傳奇的一生，還有最後傳神的一筆——也是一個飲宴的場面。只不過這一次的宴會，關公雖然現身，卻已經不是主角。那就是第七十七回東吳在大將呂蒙的指揮之下，擒殺了關公父子，收了荊襄之地，大設慶功宴時，關公顯靈復仇的場面。

這一個場面的描寫，嘉靖本和志傳本大體相同，現行的毛宗崗本則作了較大的改動。

嘉靖本和志傳本說的是孫權在收復荊襄之地，招安百姓之後，聽了張昭的話，教將關公父子屍身送給曹操，一者討好以示求和，再者可嫁禍於曹操，以為如此可保東吳無事。孫權聽從張昭分析處置之後，方才放心，設宴大會諸將，犒賞三軍，當時「惟呂蒙點軍未

---

⑦ 第二十七回寫卞喜埋伏殺手，宴請關公的事，與此稍有不同。卞喜的陰謀關公原來不知道，是在到了現場，在普淨和尚的示意幫助下，才識破卞喜的詭計。而此次關公則早知東吳之宴無好宴，仍放膽前去，自是有別。

⑧ 第七十五回，寫關公刮骨療毒時，「公飲酒食肉，談笑奕棋，全無痛苦之色。」強調了關公強忍的個性，亦甚為突出。

至」，後來呂蒙來了，「權自出迎接，撫其臂曰：『孤久不得荊州，今稱心滿意，皆子明之功也。』」對於呂蒙計殺關公收荊州的功勞大加讚賞，「權讓蒙上坐，蒙再三推辭，坐於其次。」接著孫權舉杯相敬，又說了一些嘉許的話，然而場面忽然有變：

> 於是呂蒙接酒欲飲，忽然擲盃於地，一把揪住孫權，厲聲大罵曰：「碧眼小兒，黃鬚鼠輩，還識吾否！」眾將大驚，急來救時，蒙推倒孫權，大步向前，坐於孫權位上，神眉倒豎，雙眼圓睜而言曰：「吾自破黃巾以來，縱橫天下，三十年矣，被汝奸計圖之，吾生不能啖汝之肉，死當以追其呂賊之魂。吾乃漢壽亭侯關公也。」權大驚，與大小將士慌拜於地，只見呂蒙七竅鮮血逆流，死於座下。（以上引文皆出自嘉靖本）

這就是關公死後，顯靈附身，取呂蒙性命以報大仇的故事。

冤魂附身索命的傳說，自古以來流傳不絕，見諸文字紀錄者，多半不免陰森之氣。《演義》系列將關公陰靈附身索命的故事，特別安排在一個仇敵的犒軍大宴上，正是因為這樣的宴會是眾人共聚，眾目睽睽，陽氣鼎盛，此時附身顯靈，便見出死後的英靈剛烈，不同凡響。而且在一個敵人歡樂慶祝的大宴上，顯靈痛罵敵酋，讓他下拜叩頭，然後當場奪殺仇人之命，一種轟轟烈烈的效果，便也自然呈現。

這一個場面其實在嘉靖本等已寫的不錯，但是毛宗崗本加以修改之後，效果更好。在現行的毛本中，特別把孫權和張昭那一段頗長的議論移置於關公顯靈報仇的事之後，並且把這一個宴會改成是為了

慶祝呂蒙計殺關公父子，收復荊襄之地的慶功宴。「設宴大會諸將慶功，置呂蒙於上位。」直接的說明就是一個爲呂蒙而舉行的宴會，比起舊本在宴會開始時還找不到呂蒙其人，兩相對照之下，這樣的改動，藝術效果是更爲成功的。因爲就是在這一個特別爲呂蒙殺關公而舉行的慶功宴上，而關公顯靈，在大庭廣眾之下，奪去了呂蒙的性命。這樣的安排使宴會的目的有了不同，情節的張力和衝激性當然更爲強大。因爲歡樂、死亡；慶功、復仇等各種激烈的事件一時之間交集，造成了一種特殊儮人的氣氛，而關公雖死猶生的奪人氣魄，便因此而更爲深入人心。

五

關公之後接著談談張飛。《演義》是很清楚地用嗜酒這一習性，塑造了這個容易衝動，比較莽撞，但處處流露眞性情的亂世英雄。

對於喜愛喝酒的人來說，酒的好處是很多的，譬如悶時藉酒可解悶；樂時有酒更開懷等等。而酒精的作用，可以使人的自制力放鬆，多喝了酒，就讓人覺得比較敢放懷說話做事，因而放膽豪飲的人，常讓人想到有豪氣。但是酒喝太多，也會因爲自制能力的減低，而容易誤事。

因酒而見眞性情，因酒而見豪氣，也因酒而誤事，《演義》裡的張飛，正如實地扮演這樣的角色。

劉、關、張三人結義之後，讀者對張飛第一次深刻的印象，大概就是第二回他鞭打督郵的事。原來那個督郵對劉備等人作威作福，爲

的是想要賄賂，張飛氣悶不過，自己「飲了數盃悶酒」。這時忽然聽得一些老人哭訴著說督郵要害劉備，張飛不禁大怒，直奔驛館，不管三七二十一，揪住督郵頭髮，扯到外面，綁在椿上，用力鞭打，把督郵打得死去活來。好在劉備及時發覺，出來救了，不然恐怕就出了人命。

這便是張飛給讀者的第一個深刻的印象——「喝悶酒，打不平」，讓人暢快無比，卻也幾乎惹出大禍。

按照張飛的個性來說，對於督郵這樣的人，是早就氣不過，認為該打該殺的。但是在《演義》中還是先寫他「飲了悶酒」，一方面是因被無端欺壓，氣悶不過，所以「藉酒解悶」；一方面卻也因為有了酒而氣衝膽壯，所以才有一氣之下演出痛打貪官（也是他們的長官）的事。有了這一飲悶酒的描寫，整個的情節發展就顯得更為生動而合理。

接著有關的重要情節，便是為酒所誤，失守徐州的事。第十四回說劉備在徐州接到曹操矯詔，要起兵討伐袁術，因此需要有人留守徐州。

> 張飛曰：「小弟願守此城。」玄德曰：「你守不得此城，你一者酒後剛強，鞭撻士卒，二者作事輕易，不從人諫，吾不放心。」張飛曰：「弟自今以後，不飲酒，不打軍士，諸般聽人勸諫了。」

雖然因為他允諾不飲酒，所以劉備答應了他的請求，讓他留守徐州，但是還是有些不放心，特地叫陳登留下輔佐他，並且一再吩咐：「早晚令其少飲酒，勿致失事。」

劉備等人離開後，張飛果然把所有雜事都交陳登管理，軍機大事才自己參酌。有一天他設宴請客，等各官員坐定之後，事情來了。

> 張飛開言曰：「我兄臨去時，分付我少飲酒，恐致失
> 事，眾官今日盡此一醉，明日都各戒酒，幫我守城，
> 今日卻都要滿飲。」言罷，起身與眾官把盞。酒至曹
> 豹前，豹曰：「我從天戒，不飲酒。」飛曰：「廝殺
> 漢如何不飲酒？我要你吃一盞。」豹懼怕，只得飲了
> 一盃。張飛把遍各官，自斟巨觥，連飲了幾十盃，不
> 覺大醉，卻又起身與眾官把盞。酒至曹豹，豹曰：
> 「某實不能飲矣。」飛曰：「你恰纔吃了，如今為何
> 推卻？」豹再三不飲，飛醉後使酒，便發怒曰：「你
> 違我將令，該打一百！」便喝軍士拿下。⑨

張飛酒性發作好打部下，這一次就這樣藉酒使性打了曹豹。曹豹不甘心，連夜叫人送信給在附近（小沛）的呂布，叫呂布趁張飛酒醉之際來取徐州。呂布當夜四更帶兵來到徐州，曹豹作為內應，打開城門。當時張飛還醉臥府中，部下急忙叫醒，匆忙迎敵，因為「酒猶未醒，不能力戰」，雖然僥倖自己逃得了性命，畢竟把徐州丟了，連劉備的家眷都失陷在城中。

劉備因為怕他會貪酒誤事，所以臨走之前一再的叮嚀，他也一再的保證守城時不喝酒、不出事，卻終於是因為貪杯而誤了大事。這樣的情節，就寫活了張飛莽撞而易於衝動的一面。

---

⑨ 嘉靖本此段少了「醉後使酒」四字，便覺稍微生硬些。

　　但是如果張飛只是一個一味莽撞的人，那他大概就不會是一個受到歡迎的英雄。他是好酒之人，並且曾經因為醉酒而誤事，這種個性大概是連各路的敵人都知道的。然而好酒之外，他更有機智的一面，而且這機智就是利用別人以為他只是一味好酒莽撞這一點而展現出來。在適當的場合，他常能見機而作，藉酒裝醉，欺敵誘敵而立下大功。

　　其中第一次在第二十二回，在關公生擒了王忠之後，張飛答應劉備說他要生擒劉岱。但是劉岱知道王忠被擒，就一直堅守不出，張飛每日在寨前叫罵，劉岱知道張飛勇猛，越不敢出來。張飛只好用計：

> 飛守了數日，見岱不出，心生一計：傳令今夜二更去劫寨，日間卻在帳中飲酒詐醉，尋軍士罪過，打了一頓，縛在營中曰：「待我今夜出兵時，將來祭旗。」卻暗使左右縱之去。軍士得脫，偷走出營，逕往劉岱營中來報劫寨之事。
>
> 結果劉岱相信了軍士的話，卻反而中了張飛的計，被張飛誘了出來，生擒活捉。

　　第二次是在七十回，張郃被困，守在宕渠山寨，居高臨下，堅守不戰，無論張飛派人怎麼叫罵，張郃只是回罵，就是不出來。

> 張飛尋思，無計可施。相拒五十餘日，飛就在山前紮住大寨，每日飲酒，飲至大醉，坐在山前辱罵。

　　剛好劉備派人來犒軍，看到張飛終日飲酒，便回報劉備。劉備大

驚，忙問孔明，想不到孔明不但不以為意，反而叫人儘快準備上等好
酒去送給張飛。劉備大不以為然：

> 玄德曰：「吾弟自來飲酒失事，軍師何故反送酒與
> 他？」孔明笑曰：「主公與翼德做了許多年兄弟，還
> 不知其為人耶？翼德自來剛強，然前於收川之時，義
> 釋嚴顏，此非勇夫所為也。今與張郃相拒五十餘日，
> 酒醉之後，便坐山前辱罵，傍若無人，此非貪盃，乃
> 敗張郃之計耶！」

　　孔明說得明白，張飛並不是一個有勇無謀的武夫。在聽來人所報
狀況之後，就知道張飛此次的醉酒是故意的，是詐敵之計。然而劉備
畢竟不放心，所以雖然依孔明的話叫人替張飛送酒去，還是特別指派
了那個能征慣戰的勇將魏延去，以為照應。張飛接見之後，將人馬安
排好，大擺鬧酒戲法：

> 教將酒擺列帳下，令軍士大開旗鼓而飲。有細作報上
> 山來，張郃自來山頂觀望，見張飛坐於帳下飲酒，令
> 二小卒於面前相撲為戲。郃曰：「張飛欺我太甚！」
> 傳令今夜下山劫飛寨……引軍從山側而下，逕到寨
> 前。遙望張飛大明燈燭，正在帳中飲酒……張郃驟馬
> 到面前，一鎗刺倒——卻是一個草人。

張郃就這樣被張飛誘出，大敗一場，最後雖然逃得了性命，卻丟了三
個大寨。

　　由這二件「醉酒誘敵」的事可以看出，張飛並不是一個只會貪酒的莽漢，而是一個粗中有細的人。而這種以醉為計的計策，大概也只有張飛才使得，因為他的酒性大概連敵人都知道，所以他就索性藉酒使計。敵人不知道的是他粗中有細的一面，所以就中計了。

　　但是張飛最後的下場，還終究是為酒所誤，事見第八十一回。張飛在得知關公被東吳所害的消息之後，傷心痛苦，無以復加：

　　　　日夕號泣，血濕衣襟。諸將以酒勸解，酒醉，怒氣愈
　　　　加。帳上帳下，但有犯者即鞭撻之，多有鞭死者。每
　　　　日望南切齒睜目怒恨，放聲痛苦不已。

　　酒醉不能解除他的傷心痛苦，酒醉只更讓他失於自制，鞭撻人的舊脾氣因此復發，部屬便多有懷恨。後來就因此在一次大醉的睡臥之中，被二位部將刺殺而死。

　　可以說《演義》就是用酒寫了一個張飛。[10]

六

　　《演義》用重筆寫了結義桃園的三兄弟，所以不免強調了三個人所同的「凜然義氣」，但是更為實際的是並用巧筆寫了三個人各自有別的氣質和個性。當然這也就是這一部作品之所以成功的地方。關於

---

[10]　《演義》中，因酒醉而誤軍機大事，有的並且因此為人所殺，尚有其他不同之人。三十回寫袁紹大將淳于瓊，因為酒醉，糧草被曹軍燒絕，自己被擒。第三十八回寫孫權弟孫翊好酒，醉後鞭撻士卒，被人勾結部將所殺，命運有如張飛。

這一方面的問題，是可以從很多角度來談的，但是我們既以飲食情境為主要論點，就不再涉及其他，只就飲食方面的描寫來談，以免別生枝節。

單從飲食情境的描述來看，關公與張飛的生命氣質，已栩栩如生，各具清楚有別的面貌，一如前述。底下再來看看《演義》如何藉飲食情境寫出一個當老大的劉備。

第二回劉、關、張三人結義之後不久，因為出兵攻打黃巾餘黨，劉備得授安喜縣尉，帶關、張二人上任。「到任之後，與關、張食則同桌，寢則同床。」第三十八回，在三顧茅廬，請出孔明之後，對孔明的態度在這方面也是一樣：「玄德待孔明如師，食則同桌，寢則同榻。」

「食則同桌」代表的是不分彼此，親同一體的意思，通常是有權有位者為對位在己下的人表示親近或敬重的一種姿態。如果說這種姿態有著隱含的一個目的性，那目的當然就在於拉攏收攬對方的心。因為一個身居上位的人而肯與人「食則同桌」，代表的是他肯放下身段。既肯放下身段，他就容易讓人感到親切，使那和他能夠同桌而食的人感到一種被尊重的感覺，人總是為那種尊重自己的人賣力的。

按歷史的事實考證來說，三國時代對於這種方式的說法，應當是「同案而食」，而不是「同桌而食」。因為就當時流行的飲食習慣來說，人們不可能同桌而食。為表示對屬下的尊重，通常是「同案而食」。傳說中燕丹子為對荊軻表示親切禮敬，就是與他「同案而食」，[11]但是由於《演義》雖然寫的是三國時事，編著者卻是元明以

⑪ 仲富蘭：〈分食與合食〉，《民俗與文化雜談》，（上海：上海教育出版社，1992年），頁233-243。齊嘉璐：《中國古代衣食住行》，（北京：北京，1988年），頁82-85。

後之人，反映的當然就是宋元以來據桌而食的習俗。

由這種「食則同桌」的態度，當然表現了劉備對關、張與孔明三人特別倚重和親切的關係，因爲《演義》中蜀漢的大將能臣還有不少，卻再也不見他對他人有這樣的態度。當然另一方面也表現了劉備爲求人才，肯放下身段的一面，因爲《演義》中的各路領袖不少，卻再不見其他人有過這一姿態。

除了與所重之人「食則同桌」的描寫，寫出了劉備作爲領導人物的一種氣質與身分之外，《演義》還從另一方面寫出了不同的劉備。

第三十四回，劉表宴請劉備，密室長談，各有許多心事與感慨，劉表提到不久前曹操和劉備青梅煮酒共論英雄的事（此下文談曹操處再詳論），劉備「乘著酒興」失口而答：「備若有基本，天下碌碌之輩，誠不足慮也。」劉表聽了一陣默然。劉備自覺失言，託醉而歸。

第六十二回，劉備在眾將用心之下，揮兵入蜀，頗爲順利，占領涪關之後，設宴於公廳，當時頗爲得意：

> 玄德酒酣，顧龐統曰：「今日之會，可爲樂乎？」龐統曰：「伐人之國而以爲樂，非仁者之兵也。」玄德曰：「吾聞昔日武王伐紂，作樂象功，此亦非仁者之兵歟？汝言何不合道理？可速退！」龐統大笑而起，左右亦扶玄德入後堂。睡至半夜酒醒，左右以逐龐統之言告知玄德，玄德大悔。

這一段和前一段一樣的地方，就是都從酒後吐眞言的角度，寫出

了另一面的劉備，那是和平常顯得謙虛多禮的劉備不一樣的。然而也正因爲有了這一面的揭露，劉備作爲一個亂世創業帝王的身分與氣質才更爲具體而鮮活。因爲他實際上是一個頗爲自信，並且野心勃勃的人，但是由於出身低微（比較曹操和孫權來說），又原無一個可據的根據地，想要創出一番大業，就得下更多的功夫，以招來人才、收攬人心。謙虛有禮雖然也可以說是他性情修爲的一種表現，卻也未嘗不可以說是他的一種有意的姿態，一種收攬亂世人心的憑依。而酒後眞言所吐露的是他潛藏的一面，就未免顯得有些自負，甚且可以說有些狂傲。然而那才是他更爲眞實的一面，表現的是一種不肯蟄伏，敢於衝創的雄心，這一個有點狂傲的雄心，正是使他能夠大有作爲的主要動力來源。

藉著飲食情境的描述，《演義》是很成功地寫出了劉備作爲創業帝王的某些特質的。

七

飲食可因不同的需要而有不同的內容，因此不同的飲食方式就可以包含種種不同的訊息。有時候它可以是對他人表示某種態度的一種姿態，有時候它更可以就是對別人展示某種特殊訊號的「語言」。《演義》在這方面，就寫出了孔明對這一特殊「語言」的巧妙運用。底下即先引幾段重點和孔明有關的飲食場面來作說明，然後兼談一下也是軍師人物的龐統。

第四十回劉備、孔明等初拒曹軍之後，曹仁、曹洪引大軍要攻打新野，許褚爲開路先鋒，一路追到山林下。

> 聽得山上大吹大擂，抬頭看時，只見山頂上一簇旗，
>
> 旗叢中兩把傘蓋，左玄德、右孔明，二人對坐飲酒。

戰事緊急之際，忽見如此悠閒飲酒場面，未免有點突兀，而這一個顯得突兀的畫面，卻正是孔明故意要擺給敵方看的。首先它代表己方對於所發生的一切都在掌握之中，對於下一步也早已胸有成竹，因此可以神閒氣定，悠哉自若。這一信息的另一面當然就表示對於敵方的輕視，因爲他們不把對方看在眼裡。這招果然管用，許褚就這樣被激怒了。

第四十六回有關孔明草船借箭的事，魯肅認爲孔明和周瑜約定交箭的時日已經快到，卻不見孔明安排造箭的事，不知孔明肚裡賣的什麼膏藥。這時孔明要求魯肅準備二十隻快船及船夫，他和魯肅一起坐到船上，五更時分把船開近曹操水寨：

> 孔明教把船隻頭西尾東，一帶擺開，就船上擂鼓吶喊。魯肅驚曰：「倘曹兵齊出，如之奈何？」孔明笑曰：「吾料曹軍於重霧中必不敢出。吾等只顧酌酒取樂，待霧散便回。」

五更時分，一片茫茫的大江上，把船開到敵寨之前大擂戰鼓，對於魯肅來說，這是多麼荒唐冒險的事，他嚇都快嚇死了，孔明卻只叫他一起「酌酒取樂」。這時的喝酒取樂，當然不是孔明兒戲，而是代表著孔明一切自在掌握之中的自信，他知道事情將會如何發生，所以他鎮靜如常（用喝酒取樂表示了出來），當然不知真相的魯肅就只得驚疑不止。

　　第五十六、五十七回，周瑜想要取荊州，就假裝要進兵西川，向荊州借道。這樣的計策早被孔明識破，等周瑜帶兵到荊州，不僅一無所得，反而受困，一氣之下，怒氣填胸，墜於馬下。這時又有軍士傳報：「玄德、孔明在前山頂上飲酒取樂。」

　　這一個「飲酒取樂」當然又是特別表演給周瑜等人看的。其中的「語言」是直接而豐富的。在敵我兩方勾心鬥角的僵持中，特意擺出一番悠閒氣象的「飲酒取樂」來，一方面既表示自家的胸有成竹，一切皆在預料中；另一方面就等於表示了把對方玩弄於指掌中的輕蔑和作弄，所以周瑜一聽報告之後，「大怒，咬牙切齒」。一再被孔明玩弄的感覺，使周瑜怒不可遏，終於舊創復發，一代人傑竟然就這樣的被氣死了。

　　《演義》中孔明的「飲酒取樂」，好像主要的是一種表演，專門用來演給他的對手們看的。一代軍師，就連喝酒，也還是充滿「軍機」的。《演義》藉著飲食情境寫出不同人物的不同身分角色，在孔明的身上，又看到一個生動而成功的例子。

　　談到了孔明，可以順便談一下同樣是軍師型的龐統。《演義》中的龐統，也是一個胸羅玄機的人，並且有「鳳雛」的別號，和孔明的「臥龍」並稱。但是在孔明巨大的身影籠罩下，他的一切便都顯得相形見絀，所以他老是有著委屈的感覺，而這種感覺，從他初見劉備之後的遭遇就已開始。

　　第五十七回龐統由魯肅推薦，並且帶著孔明的投呈來見劉備。當時孔明不在，劉備見他長得其貌不揚，便不重用，只派他當一個小縣的縣令。龐統由於未受重用，勉強上任，不理政事，「每日飲酒，自旦及夜，只在醉鄉。」劉備聽知消息，大為不樂，派張飛和孫乾前

去察看，結果聽說他正「宿酒未醒，猶臥不起。」張飛大怒，好歹聽了孫乾的話，同意等看了龐統辦事情況之後再論。龐統見他們來了，半日之內將百餘日不辦之事判理清清楚楚。張飛大服，知龐統是個人才，將他薦回給劉備。當時剛好孔明也回到劉備身旁，得知事情前後始末，孔明說：「大賢若處小任，往往以酒糊塗，倦於視事。」

龐統的「以酒糊塗」，其實包含了很多的意涵。首先這當然是一種不得志之後的「澆愁」，這是對自己的情緒來說的，然而這其實也是一種姿態，是一種語言，是表現給劉備等人看的，它表達了不滿和抗議。從這一方面來說，這是他的「賭氣」。

龐統後來雖然得為劉備所重用，但卻始終有著大志未伸的感覺。這第一次和劉備見面——卻未能順利，只得「以酒糊塗」的結果，似乎是一個永遠的陰影。

八

除了屬於正派人物以外，《演義》的編者們在刻劃他們心目中的反派人物時，也一樣用了生動的飲食情境來描繪出反派人物的典型性格。在此我們就舉曹操為例，然後一併談談董卓。

除了對關公的大小宴，具見曹操對關公的收攬苦心以外，其他有關曹操的性格，更分別在不同的飲食情境，有各種角度的揭露。其中最令人驚嚇的是第四回他殺呂伯奢全家的事。

當時是董卓派人捉拿曹操，曹操和陳宮一起逃到他父親的結義兄弟呂伯奢家。呂伯奢為了招待他們，把他們安頓在家，自己到外面買酒去了。在等候的時候，他們聽到莊後有磨刀聲，並且似乎有人說

了「縛而殺之」這樣的話。曹操疑心以為呂伯奢暗中約了家裡的人要殺害他，也不細察，就和陳宮拔劍而出，把呂家男女八口，不論大小全部殺死。等到搜查到廚房，看見原來他們縛了一雙豬仔待殺，才知道錯殺好人。兩人連忙離莊而去，在路上遇到伯奢「驢鞍前轎懸酒二瓶，手攜果菜而來」，曹操不顧呂伯奢的善意，又將伯奢殺死。陳宮驚疑，曹操卻說：「寧教我負天下人，休教天下人負我。」

就是透過這樣的描寫，寫出了一個陳宮以及讀者們眼中的「狠心之徒」，一個生性多疑，下手不留情的曹操。

然而曹操之所以是個英雄（或奸雄），就絕不會只是個一味多疑而狠心的角色而已，更有的是機智和豪氣與野心，《演義》也是藉著有關飲食的場面，寫出了他這方面的特質。

第二十一回，首先是他對劉備談到了以前征張繡時的往事，當時道上缺水，將士皆渴：「吾心生一計，以鞭虛指曰：『前面有梅林。』軍士聞之，口皆生唾，由是不渴。」這是利用人們對飲食聯想的心理作用，來刺激生理反應，達到暫時解渴的效果。由這一件事就充分表現了曹操機智，卻也隱含詭譎的性格。因為前面畢竟沒有梅子，對軍士來說，他是說謊的。[12]

同一回接著就是他邀劉備聚會，「盤置青梅，一樽煮酒，二人對坐，開懷暢飲。」煮酒論英雄的情節。當時他對劉備說：「今天下英雄，惟使君與操耳。」固然抬舉了劉備（所以讓劉備大吃一驚），卻更表現了他本身的自信和自大，當然也包含了豪氣和野心。

當時關公、張飛見劉備被曹操請去，許久不回，恐怕有失，兩人

---

⑫ 這一段有名的「望梅止渴」的故事，本事取自《世說新語‧假譎》。

尋找衝突而入，

> 卻見玄德與操對坐飲酒，二人按劍而立，操問二人何
> 來。雲長回：「聽知丞相和兄飲酒，特來舞劍，以助
> 一笑。」操笑曰：「此非鴻門會，安用項莊、項伯
> 乎！」玄德亦笑。操命：「取酒與二樊噲壓驚。」
> 關、張拜謝。

在關、張二人這樣突兀衝入的時候，曹操的反應卻是冷靜中見幽默，全無驚慌和生氣的表現，由此便見出曹操非泛泛之輩的一面。那是沉著、有識的一種氣度。

第四十八回，曹操在長江大船上設酒樂，飲酒已醉，橫槊賦詩，正興緻勃發之際，一個陪侍在旁的刺史叫劉馥的卻說他的詩中有不吉之言。

> 操大怒曰：「汝安敢敗吾興！」手起一槊，刺死劉
> 馥。眾皆驚駭，遂罷宴。次日，操酒醒，懊悔不已。

雖然事後懊悔，但是不准別人掃興，醉中一槊殺人的事實，畢竟顯露他十足霸氣的一面。而這就是曹操的另一個面目。

《演義》藉著飲食情境，就這樣地多角度的寫出了「奸雄」曹操。

曹操之外，董卓是《演義》中另一個反面的代表人物。他當然不如曹操，因為在《演義》中他只是一個橫暴的人物，而這一橫暴的特質，藉著一個飲食場面，就清楚的表現了出來。

第八回中的一個飲宴場面，便是寫董卓性格的一個重頭戲：

> 卓常設帳於路，與公卿聚飲，一日卓出橫門，百官皆
> 送。卓留宴，適此地招安降卒數百人到。卓即命於座
> 前，或斷其手足，或鑿其眼睛，或割其舌，或以大鍋
> 煮之。哀號之聲震天，百官戰慄失筋，卓飲食談笑自
> 若。

一個變態的暴虐之徒的形象，這樣就已經刻劃得夠清楚了，這就
是董卓。

九

作為一部戰爭小說的典型，《演義》當然還有其他許多有關寫作
藝術的飲食情境可供探討，但是由於篇幅的限制，我們只能從幾個重
要人物的相關描寫中，挑出問題來談，雖然這樣做未免不夠周全，但
是大概也還算有比較充分的代表性。從以上所舉的例子，我們大體已
經能夠看出《演義》精彩的寫作藝術。那些編著者們把人性透過飲食
場面的種種描寫，精細地刻劃了出來，才使得這一部小說不會只是打
打殺殺，乾枯無味的作品，相反的卻是一部人物雖然十分眾多，人性
依然十足豐腴的作品。

原載一九九六年三月《第四屆中國飲食文化學術研討會論文
集》

《三國演義》中孔明的用人藝術

一

　　《三國演義》（以下或簡稱《三國》）三十五回水鏡先生司馬徽與劉備見面，備自嘆命運多舛，所以落魄。水鏡曰：「因將軍左右不得其人。」備以為自己身旁「文有孫乾、簡雍、麋竺，武有關、張、趙雲之流。」皆是人才。但水鏡卻說：「關、張、趙雲皆萬人敵，惜無善用之人。若孫乾、麋竺輩，乃白面書生，非經綸濟世之才。」水鏡明白指出劉備欠缺一個「善用人」的「經綸濟世之才」，所以才到處落魄。

　　水鏡對劉備推薦伏龍孔明，首先標舉的就在於他是一個善於用人的人。演義接著下文便寫三顧茅廬，孔明出山的情節，說的是劉備請出了一個「善用人」的人。

　　由於孔明是一個「善用人」的「經綸濟世之才」，劉備在他輔佐之下，才逐步擺脫困境，建立蜀漢大業。

　　本文就從孔明的用人藝術談起，看能否給我們現代人一些什麼啟示。

二

　　一般談用人，多半只重主管如何善用部屬，使能適才適任。這也沒什麼不對，但另一個重要的概念就因此常被疏忽，就是用人者自我定位，和如何用人是息息相關的。談《三國》說孔明，正要從此處著手，才能見出《三國》別裁之處。因此我們談孔明用人，便先談孔明如何自我定位，如何「用自己」，以現代的觀念來說，他的處事哲學，人生規劃是什麼，是一個很關鍵的問題。

　　一個正常的社會人，總有人生的指標和理想。理想爲何，以及如何逐步達成，多半取決於個人的自我認知。自我認知包括對自己能力、性格及身分處境等等的認識理解。

　　孔明是一個被理想化了的大人才，但首先他也是一個人，他也有自己的人生理想。以現代人具體觀點來說，就是他有他的人生目標及生涯規劃。未遇劉備之時，居住行止似乎隱士，然而隱士生活不是孔明生涯規劃的終極目標，而只是未遇時自處的身分。他居處門聯題「淡薄以明志，寧靜以致遠」，淡薄寧靜就是凡事豁達不強求，而又處事沉著之性格，而此也正是可以「致遠」，成就大事之性格。他常自比管、樂，就已明白指出平生志向，在於入世用世，爲軍師，爲輔相一類人，而這也是「致遠」的含義之一。（自比管仲樂毅見三十七回，由水鏡口中說出，而三十六回徐庶更比其爲周之呂望，漢之張良。）

　　孔明因爲對自己的才學與身分有清楚的認識，因此他對自己未來的發展便有清楚的定位。他的自我定位不是創業之主，而是輔業之軍

師。而既已自知本身爲軍師之才，因此需要的便是一個相應能使其一展長才的君主，而要得一眞能與己相輔相成的君主，有時是需要特殊的機緣，然而機緣並不是一味的等待，有時也是可以因勢而促成的。

以當時大勢來說，天下三分之勢未形，勢大者爲曹操與孫權。如果孔明但要求一般的功名富貴，他大可主動往投曹操或孫權，並且其兄諸葛瑾也早爲魯肅薦在孫權處爲上賓。以當時他伏龍或臥龍大名已顯揚在外，更加上他確有才華，往投任何一處，當皆可得重用。然而孔明不願如此。就主觀上來說，曹操或孫權都不是他心目中合宜的君主；就客觀上來說，曹操或孫權當時手下已各有甚多謀士，他即使有意往投，能否爲所器重，一展長才，亦尚難言。

以此看來，他之隱臥龍岡，是有所待，亦有所擇。可以說他等待的是劉備這樣一種人，所以二人相遇既是劉備在找他，另一方面更可以說也是他在找劉備。劉備正是他尋以相輔的君主。劉備仁義之聲在外，而且頗有創業英雄之氣度，他當然早已知道，並且劉備爲漢之宗室後裔的身分，亂世之中得有正統名聲之比附，更合乎孔明爲正統、正義而奮鬥之要求。

特別是劉備自起兵殺黃巾以來，雖然有關、張、趙等將才相隨，卻一直顛沛無成，只因身邊缺少「善用人」之謀士。孔明一出，以其才華，正補空缺，因此能夠得到尊重和信任，而長才得有發揮之地。可以說以劉備之身分、性格與處境，若與孔明互得爲用，就形成一個讓孔明可得以一展長才的理想環境。他們二人的遇合，從劉備的觀點來看，是他請孔明來幫忙打天下，是劉備善於用孔明。反之，從孔明的觀點來看，則是孔明善於用劉備。

以現在的觀點來比喻，從政治上來說，如果自己確實是個人

才，而又有志於這一方面的發展，則怎樣找尋可使自己理想得以發揮之地，便是一件重要的事情，有時候設法得某黨派或某社團有影響力人士的相知相援，可能就是一個重要的契機。

以工商企業來說，自己若果有長才，如何得人信任，援引於適當相應之地，使才能得以發揮，而終有所成，亦是如此。

從這個觀點來看孔明和劉備的關係，劉備等於是老闆（或董事會），孔明則是總經理。孔明之遇合劉備就等於找到一個原來頗為正派，可以有所發展，但由於沒有良好的經營理念，或沒有恰當的經營人才，以致無所開展，或即將沒落的公司。他得到老闆的充分信任與授權，得展長才，將公司起死回生，終於開創一番新的榮景。

三

孔明是一個能認清時局，並且自我定位清楚的人。由於他是志在入世、濟世的人，因此他就得適時適度的表現自己，以把握機會。所謂適度表現自己，以現代的通俗語言來說也不妨說成是恰當的自我包裝，自我行銷。或以為這樣的用語和孔明清高的形象似乎攀搭不上，然而，只要換一個觀點來看，有時候所謂的清高，也就是一種自我表現，一種行銷在外的形象。「終南捷徑」的隱士們為了求官，而上終南山裝扮隱士的形象，正是一種行銷。雖然孔明和後來的那些假隱之流在人格上頗不相同，但以隱為另一種入世入仕的契機，卻是有些相同。

這就得從他的名號說起。孔明而有伏龍或臥龍之名，不論是自喻或他人給的稱號，都代表了他早有特別的形象和名聲。當然這樣的名

聲能夠叫得響，能夠傳揚出去，必得有眞才實學，才能名實相符。伏龍、臥龍的稱號，是一個表徵，代表著一個能力不凡，待時而飛的大才——這實在是一個非常有力的推銷標籤。

這標籤叫得響，代表他某一方的自我行銷已經成功，其意義便是：有志圖王者，如果主動要找尋共圖大業的人，就極可能在聽聞到這樣的名聲之下，想方設法找上他。就這個觀點來說，劉備便也是他似無意而實有意引上來的。一如姜太公釣魚，願者上勾，太公隱於漁溪，卻是要釣周文王這條大魚。而孔明隱居隆中，等待的便是劉備的入網。劉備經人介紹，三顧茅廬求見孔明，其求也，若渴者覓水，形跡顯而易見，而孔明之待劉備，則似善心人懸壺供水，若無所求，其實以待有心人之來也，只不過形跡不顯而已。若以現代的觀點來說，如果自己眞有相當的才華，可是無從抒展懷抱，因此亦無名聲在外，便很難得人援引（如水鏡、徐庶之薦孔明），如此一來就很難有一展雄圖的機緣。所以說適當的表現自己，行銷自己是必要的，孔明在這一方面是早有表現的。劉備之會找上他，也就其來有自，這一對君臣之遇合，絕不是偶然的碰巧，所以才能一見而相敬相惜。

四

孔明既已名聲在外，得劉備三顧茅廬，但若無眞才實學，亦不能獲得重用。劉備喜於得孔明，孔明亦樂於把握這一機緣，因爲這是他可憑以大展鴻圖的機會。然而要讓劉備確信他名符其實，可託軍師大任，他就必須適時展現運籌帷幄的大才，讓劉備信服，這就是提出隆中對策，預見三分天下，劉備可當其一的意義。他對當時天下大勢可能發展的這一分析，讓劉備覺得「頓開茅塞」、「如撥雲霧而睹青

天」，豁然開朗。

因為當時正是劉備走投無路，落魄顛沛之時，三分之勢實際尚未有形，而孔明卻已預見大勢之所趨，為劉備未來事業發展（當然包括他自己未來的發展），作出清楚的規劃。而所謂清楚的規劃，絕不只是含糊的說出一個大概可能的夢想，而是把當時天下大勢及主要爭戰各方的人才、策略，都已大體估算掌握。當前的處境，以及未來的可能發展，都有一個較為清楚的認識，所謂盱衡時勢，審己度人，知所定位，知所行止。在遇見孔明之前，劉備對自己前程該如何發展或會如何發展，原來都是不大清楚的，經過孔明的分析、指導，他才終於明白，原來是可以這樣的發展，可以因此走出一條光明大道。也就是說，是孔明為劉備重新規劃出了未來事業的藍圖。而那個藍圖不只是有理想，並且有方法、有步驟，並且確實可行，因此才使劉備「頓開茅塞」，大為信服，從此以後，一切軍政大事，悉以委託孔明。

以現代企業來說，就譬如在某一地區、某一行業，原有好幾家共同競爭，其中某一家的經營者雖然也頗用心，但因為對該一行業未來的可能展望，並無認識，以及對本身企業在市場所能占有的特色，也無清楚的定位與認識，因此不只事業始終未見起色，在群雄競逐當中，並且屢現危機。這時候，因緣際會，經人引介，找到一個頗有名聲的經營長才，對該一行業的現況及未來可能的發展，不論是國際或國內，都有深入的理解。他對這一家公司的產品和其他競爭對手特性也有清楚的定位，因此首先對未來應如何經營才能有所突破，並進而可以大展鴻圖，就有一個藍圖。由於他的分析、規劃深得到老闆（或董事會）的信服，因此得以接掌公司，重新或轉型啟運，終於逐步壯大，成為獨占一方的成功企業。戰場講策略，講資源與人力的效率運作，政商各界的發展，當亦如是。

五

　　明白自己之定位，首先就是明白主公（劉備）事業之本質和發展導向，以及自己所居位階，其上下權責關係爲何，然後可以談用這關係中的人，而能否眞的善於用人，則在於個人是否有足夠的見識、智慧、氣度和膽識。見識代表的是知識，智慧代表分析和判斷的能力，氣度代表的是能包容、敢用人。膽識代表的是能臨危不亂，及時作果斷的決定。不論政治軍事或工商企業，主體內在之運作無過於人與事，而內在的人與事之如何運用推展，則又必與外在大環境相爲呼應，外在大環境的發展就是時與勢。一個善於用人的人，要事業大有發展的人，就必定是個能審時度勢，知大局現況與可能發展趨勢的人。知時而後能論勢，知勢而後才能就事以用人。也就是說，眞正善於用人的人，首先必定是個有遠見有長圖的策略家，而要在群雄爭逐中，如何脫穎而出，底定一片江山，審時度勢，理解全盤大局之後，更要審己度人。這裡的審己度人，就是理解各競爭對方和自己彼此的優勢、弱點之所在，己方可能的機會在哪裡，可能的威脅又在何處等等。然後隨時見機用人應事，隨處因人以成事。也就是以最恰當的人，用在最恰當的地方，來應付該完成的事。只有如此，才可能做到所謂的「運籌帷幄之中，決勝千里之外」。

　　孔明之所以爲千古軍師，就在於演義把他的運籌帷幄寫得出神入化，處處引人入勝，而這些都由他具備過人的見識、智慧、氣度和膽識。

六

第四十六回孔明對魯肅說：「爲將而不通天文，不識地理，不知奇門，不曉陰陽，不看陣圖，不明兵勢，是庸才也。」寫出了孔明對自己知識與能力的自信。奇門、陰陽、陣圖等術法，是民間傳說以及演義要將孔明塑造爲一個理想的人物、超絕的軍師，所強調出來的能力，演義更藉此而極寫孔明的「料事如神」。但是我們要藉古論今，卻不能執著這些奇門知識，不能著迷於借東風，擺石頭八卦陣等，近乎神人的神通術法。我們只有落實到人的層面，才能談出更有意義的事。如果明白這一道理，則「料事如神」實際上就是指他總能綜覽全局，審時度勢，事事洞察機先，然後因時因事，用當其人，使我方能以有限之資源與人力，以小搏大，成事於他人意料之外的意思。

「用當其人」就是「善用人」，也就是所謂的「知人善任」，而用人、任人總是爲用事成事，也爲應時或造勢。人與事與勢，三者是互相牽引，密不可分的。用人任事而不知時勢，固不能成事，但知時勢而用非其人，亦不能成事。

孔明正是事事既能有盱衡大局之遠見，兼有知人知事之睿智，更有當用則用的果斷與氣度，因此每每能夠有不爲時間、空間、資源與人力所限制的行事作爲。

所謂「神機妙算」、「料事如神」等之眞正含義，應當從此等處看，則水鏡先生以孔明爲「善於用人」的現實意義，才有著落。否則，以爲一切但是「神通、神機」搞定，則世人以見識、智慧與氣度等爲人處事之標竿，將無所安頓。

七

至於孔明在現實的陣仗中，如何善於用人，我們還是從演義中舉例來談談。首先我們要談的是演義寫他如何獲得「用得動人」的威望。

孔明較劉、關、張三人都年輕，雖然劉備對他相當的尊重和信任，「以師禮待之」，請他出山，即以他爲軍師，一切軍事行動隨他調度。關、張二人，卻因見他年幼，「又未見他眞實效驗」（三十九回），所以心中常不服氣。也就是說，單憑劉備對他的信任和授權，如果沒有經過眞正用兵的考驗，沒有樹立眞正的權威，是很難差遣關、張等大將的。（當然，如果沒有效驗的見證，恐怕以後也很難得到劉備的信任。）也就是說眞要用人，先決條件是要用得動人，這就要有相應的權位和威望。

三十九回在孔明出山之後，就接寫曹操來犯，劉備請孔明商議用兵，孔明知道自己威望未立，所以對劉備說：「但恐關、張二人，不肯聽吾號令。」於是特別向劉備求得代表主帥權威的「劍與印」。孔明雖爲軍師，但是權威未立，所以初次用兵，還得借用劉備的劍印，才能行令。當他分派各將任務之時，「衆將皆未知孔明韜略，今雖聽令，卻都疑惑不定。」派撥已畢，未見陣仗之前，連劉備「亦疑惑不定。」

而接著的陣仗是劉備之兵處處以小搏大，把曹操來犯大軍，攻燒得狼狽不堪，落荒而逃，這就是有名的博望燒屯。陣仗勝敗，似乎一切早在孔明指掌之中，因此收軍之後，關、張二人相謂曰：「孔明眞

英傑也」。見孔明坐車來到，「關、張下馬，拜伏於車前」。這二位勇猛自負的大將，從此對孔明心服口服。從此以後，孔明用兵遣將，便令出而行，收發自如，因爲效驗已證，權威已立。

可以說博望燒屯一段情節，全在爲孔明做爲軍師一職的才智立見證，爲他以後的用人立權威。畢竟要用人，得要位權威望相符才用得動人。

八

前面已經提出，用人要與事與勢相應，才能稱作知人善任，善用人。而其中的見識、智慧、氣度、膽識等當然缺一不可，但簡而言之，原則上說來「善任」的基礎就是一個「知人」。

我們就舉他用關公的一個例子來談。赤壁之戰時，因爲他早知道關公義氣爲先的性格，也深知他和曹操恩怨難分的關係，所以他特別安排關公去守華容道。他之所以會做這樣的安排，依四十九回所說是因爲他「夜觀乾象，操賊未合身亡，留這人情叫雲長做了，亦是美事。」也就是說，孔明是早已算到曹操必然兵敗，而兵敗之後，華容道是曹操潰逃時必經的最後一道關卡，而且當時曹操必已經潰不成軍，但因曹操命未該絕，所以到華容道時，即使疲弱已極，也還是不會就死。而因爲關公和曹操的恩怨關係頗爲特別，所以孔明也就特別安排關公守華容道。他知道關公一定會義釋曹操（因爲曹操命未該死），所以就「留這人情教雲長做了」。

歷史上的眞相當然不是如此，而演義之所以如此編排者，正因寫孔明之知人、知勢、知天命，以此而每能用當其人。當然此種寫法亦

為關公與曹操之特殊關係更作一注腳，而關公時有寧為人間情義，而忽大局的情性與作為，亦因此而寫出。

對於這一段情節，毛宗崗於第五十四回回前總評說：「孔明既知關公之不殺操，則華容之役，何不以翼德、子龍當之。曰，孔明知天者也，天未欲殺操，則雖當之以翼德、子龍，必無成功，故孔明之使關公者，所以成關公之義——然則關公之釋操，非公釋之，而孔明釋之，又非孔明釋之，而實天釋之耳。」

用現代的話來說，可以說就等於是當時勢大局未能改變於我有大利時，有時也就只好暫時順勢而動，應勢而用人，只要不使事態發展成為有害於我方即可。當然如果能因用當其人，可能因此而因人成事，因人造勢，使造利於我方，則更為上策。而是否用當其人，綜結還是在於知人、知勢、知時，在於有過人的見識、智慧與氣度膽識。

九

談用人藝術，一般只談如何用己方的人是很正常的，但談《三國演義》中孔明的用人，如果也只如此，卻會讓人有稍嫌不足之感。因為演義為寫孔明「神機妙算」，重筆寫的是他的奇計百出，敵方每每墜入計中而有所失，而倉惶失措，而兵敗如山倒。反之己方則每每能因此而或以小搏大，或轉危為安。

「用計」綜括來講，就是競逐的各方中，種種削弱對方勢力，並因此而使我方得利的權謀策略及手法詭計。它包含的範圍相當的廣，可以包括敵後間諜臥底，製造謠言混淆視聽，以及收買對方人員、情報等，更可以包括實際行兵對仗時的種種欺敵、心戰等等。「用計」

簡單的說也就是想法騙倒對方，使對方入吾計中，就是使對方為我所用而不自知。

但由於「用計」的範圍太廣，如果要專談用計，擴而大之，當然更應包含計謀、權謀、權術等。

但因為《三國演義》這一部權謀計術大全，其內涵之豐富，絕不是區區短文所能周全，因此本文就僅以審時度勢、知人、用人這一觀點，舉其精彩一例以為孔明用人藝術的一個側面見證。

《演義》中關於「用計」之精彩描寫，無過於周瑜和孔明的較計鬥智。五十四回劉備東吳娶親是其中膾炙人口的一節。

東吳為要討荊州，辦法出盡而不可得，周瑜不得已中想出一計，趁劉備喪妻之際，假裝同情，說要將孫權之妹招劉備入贅，以結兩家之好，最終目的當然是騙劉備入殼，不殺劉備，就取荊州。這個計策的陰謀用心，實在太明顯，連劉備都知道。當孔明教劉備答應時，劉備實在不願，他說：「周瑜定計欲害劉備，豈可以身輕入危險之地？」孔明當然更早已知道周瑜的計謀用心，但是他卻鼓勵劉備前去東吳會親。他這樣做絕不是要劉備輕入險地，而是他早胸有成竹，知道事情可以如何安排，可以如何轉危為安，不只如此，最終他還要讓劉備娶得嬌妻，而不失荊州，讓周瑜「賠了夫人又折兵」。

孔明之所以敢於如此，按《演義》所寫，是說因他為此事「卜易得一大吉大利之兆」，所以才鼓勵劉備前去娶親。這種事涉神祕的描寫，以現代的觀點來說，應當說他對於對方的當前整體情勢，已有充分了解，也知道這一件事情的來龍去脈，因此他有自信，只要細心巧妙的安排，就可以化危機為轉機，並且還要藉此從中取利，使對方蒙受損失。

　　他為此安排趙雲出馬率兵保護劉備前去，並授以錦囊妙計，叫他依次而行。這趟差事孔明之所以派趙雲，而不派關、張，其中自有道理。關、張、趙三人皆忠勇，但性情自異。毛宗崗在三十五回回前總評，論蔡瑁要暗殺劉備一段情節處云：「趙雲在襄陽城外，檀溪水邊，接連幾個轉身，不見玄德，可謂急矣，若使翼德處此，必殺蔡瑁，若使雲長處此，縱不殺蔡瑁，必拿住蔡瑁，要在他身上尋還我兄，安肯將蔡瑁輕輕放過，卻自尋到新野，又尋到南漳乎。三人忠勇一般，而子龍為人，又極精細、極安頓，一人有一人性格，各個不同」。這一段話把關、張、趙的性格作一對比說明，頗為傳神。三人之中，張飛易於衝動，關公有時未免矜持，而趙雲則精細冷靜。因此這一趟深入險地，詭譎多變的行程，最好的護駕大將，就該是趙雲，才可保萬無一失。趙雲的冷靜精細，才是在變幻不測的行程中，執行孔明計中計的最好人才。這也是孔明善於用人的一個例子，善用人在於能知人。

　　孔明教趙雲行使計策，也教劉備如何配合，所以劉、趙以及隨從兵士來到東吳之後，未見孫權等人之前，一邊劉備就先去見喬國老，一邊軍士就故意披紅掛彩，入城買辦物件，到處傳說劉備入贅會親的事。

　　喬國老是江東美女大小喬的父親，孫權和周瑜的岳丈。劉備依禮求見喬國老，向他報告來東吳會親的事。喬國老與孫權母親吳國太是時相往來的好親家，聽此消息以為大好喜事，自己居然此時才知，不免懷著些許抱怨的心情，及時的跑去向親家母吳國太賀喜，吳國太一聽此事，如墜五里霧中，她當然不知此事，於是馬上派人出外打聽，結果是城裡早就喧騰孫權嫁妹，招贅劉備的事。吳國太大吃一驚，因為女兒招親，豈有自己全然不知之理，於是召孫權求證，「孫權乃大

孝之人」，不敢蒙騙母親，只好把事情眞相說了。然而國太愛女心切，同意喬國老的看法，以爲以女兒爲餌騙親，即使取得荊州，也被天下人恥笑。在喬國老的慫恿下，他要求先看劉備人才，再爲定奪。由於孫權的孝順，不敢違拗，只好安排國太與劉備相見。國太一見以爲劉備一表人才，可以爲乘龍快婿，當即決定招劉備爲婿。

結婚前後，以及後來帶孫夫人逃離東吳，其中處處驚險，都由孔明預先安排的錦囊妙計，及趙雲的勇猛沉著而化解，不必細說。

這當中特別要提的就是孔明之所以能藉周瑜之計而行其計中計，是因爲他早已把東吳相關人士的性情以及彼此之間的關係，摸底清楚，所以才能一一加以利用，使互相呼應，互相牽制，讓東吳人士成了一顆顆被下的棋子而不自知。當中最重要的是他早知孫權乃大孝之人，所以就利用孫權的孝心來從中取事。而喬國老的身分地位以及處世心態，以及他和吳國太的和睦關係，當然也都在利用之列，而劉備年紀雖稍大，然而一表人才，會得吳國太歡心的這一層，也應當早在孔明預料之中，其中來去的種種可能險譎，也早已預有推測，並預作預防。趙雲在護衛劉備來去的使命中，其實也只是孔明的一顆棋子，當然連劉備和新娘子孫夫人也都只是一顆棋子，下棋的人就是孔明。

一九九七年春，吉隆坡《三國演義》國際演講會講稿

〈孔明借箭〉有什麼時代意義

　　這是一個高中老師提的一個問題，因為她教書教到這一課題時有困難，不知如何教，她覺得所有國文課本所選的文章都應該具有當前的時代意義，而這一篇是「沒什麼生字」的白話文，又是古代小說中的一節，不知有什麼時代意義，所以她不知該怎麼教。刊物的編者把問題拋下來，希望本人能回答這一問題。

　　〈孔明借箭〉一文有什麼時代意義？這樣一個問題和平常「這一個句子怎麼解釋」之類的問題十分不一樣，因為我們不能馬上引經據典，一下子就解說清楚。而之所以如此，在於這個問題本身包含著一些問題，那就是：什麼是時代意義？為什麼一定要一個時代意義？

　　所謂的某作品「有什麼時代意義」，指的應當是「在現代有什麼意義」或者是「有什麼現代的意義」之類的吧！這樣的問題乍看之下是一個問得很好、很踏實的問題，但是，稍微推想一下，卻就覺得正因為「太踏實」，所以未免有一些偏頗，太以實用性來看待文學作品。

一

　　講究文學的實用性、教化性是中國的重要傳統之一，所謂「文以載道」、「詩以言志」、「詩以教化」等觀念，都是要求作詩作文應

當有社會的承擔，對人們有所教化與啓示。然而文學實際上不應當只是爲了有所教化而存在，如果單從這一方向來認識文學，那麼文學將被極度窄化，到後來變成只是倫理教育的教材。事實上，在那種情況下，「文學」獨立存在的價值也已經消失了。

文學如果是可以獨立存在的藝術，它就和其他不同門類的藝術一樣，有著不只是爲道德教化等實用上的目的而存在的價值。除了可以教化，它更有娛悅性情等屬於美的體會與陶冶之類，及其他許多難以具體指陳「功用」的作用。

看一幅古代名畫、名雕，大概不會有人老是問：「它有什麼用？」或者「在現代，這樣的作品有什麼意義？」聽一首古典樂章，觀一場古典舞蹈時，大概也不作興問這樣的問題，可是對於文學作品，卻常會有人提到這樣的問題。難道這種以文字爲表達媒介的藝術，和其他各種不同類的藝術，有著這麼大的本質上的不同？

美術、雕塑、音樂、舞蹈等，早先都經過一段好長的主要爲「實用」而存在的階段（它們大部有著某種宗教、信仰上的作用），但是因文明演進，它們也好久好久就各自獨立，成爲各立門戶的「藝術」了，文學其實也是一樣的。不論是美術、音樂或文學，如果是傳之久遠的經典名作，它們在產生的那個時代的意義，或許和它們爲現代人所接受的意義已經有所不同，但作爲動人心弦的那種美、那種感性的激動，卻仍可能是一致的。也就是說，如果人性沒有因爲時間的關係而被過分扭曲變形，那些藝術作品之所以動人，之所以受人喜愛的要素，對於古、對於今，大體仍是相似的。

人們當然可以問《紅樓夢》、《李耳王》以及「王羲之的字」、「拉裴爾的畫」等的「時代意義」，但是如果對於傳統之作，

或一切的藝術作品，都只是如此追問，恐怕就免不了畫地自限，不能更為充分的去欣賞那些藝術的美或「傳統之美」。

<h1 style="text-align:center">二</h1>

我們之所以必須討論「這一個問題」，是因為這個問題同時已提示了一個警訊：多少年來我們專斷教條式的教育方式，已使得眾多的心靈之窗給遮蔽了。幾十年了，我們的「國文」教育，從小學到大學，除了負責語文的教育之外，似乎更背負著一個沉重的使命——教忠、教孝。教忠教孝教倫理，並不是壞事，可是，教那些內容的該是「公民道德」、「訓育」之類的課，何必又加上應當有別的作用的「國文」？也就是說，多少年來我們的國文教育就是「語文」加「公民」，教育當局從來沒想過，國文其實更應當是「語文」加「文學」。

在長期的「教化」薰陶下，「文學是藝術」，文學可以有獨立存在價值的觀念，始終難以在「大一國文」以前的各階段國文教育尋到落腳點。於是習慣上，大家所關心的就常只是文學作品的「內容」是否提供了某種「教訓」與「啟示」。也就是說，在那樣的教育理念下，原本是可以啟迪心靈之「美」的教育被犧牲了，犧牲於冠冕堂皇的「教條倫理」。

教育不只要求「善」，更要「真」、要「美」，三者之中若有偏頗，就不能「真善美」。

有教化作用的作品可以是好作品，好的作品卻不必只是「有所教化」。凡事太求其具形之用，到頭來未免流於膚淺的功利。

　　一幅畫的好看，不一定因為它給人什麼教育或啓示，一首千古傳唱的詩篇也是一樣。各種類型的文學作品，傳達了人生各種層面，卻不一定都得給人一種什麼教訓或者啓示，畢竟不是只有寓言或啓示錄才是文學。

三

　　《三國演義》自從明末以來一直到今天，許多人都把它當做兵書和權謀之書，從這觀點來看，它一直都是很有時代意義的。

　　在現代工商業極度發展的時代裡，許多人深深地體會到商場如戰場，一些有心人從《三國演義》發現了許多所謂的企業哲學、經營理念，這一類的書現在市面上到處可見，如果要把握到所謂的時代氣息，要從《三國演義》去發現他的時代意義的話，大可從這些書裡去求。〈孔明借箭〉這篇是從《三國演義》摘錄下來的，如果要找尋〈孔明借箭〉的時代意義，當然也可以從以上這些「有用」的觀點去看。

四

　　如果不是那麼堅持一個時代意義的話，對於這一篇作品的精彩片段，當然還可以有其他的看法，包括很傳統的看法。

　　為了使說明更加的清楚，我們且先引一段少數民族民間故事中的「借箭」故事，以為參證：

　　　這天，天剛放亮，土皇帶起官兵就要攻山，突然發現

漫山漫嶺都站遍了畬民，個個英武地頭戴尖笠，手捏
砍刀，好像就要往山下衝殺；這麼多的畬民是從那裡
冒出來的呵？土皇心裡好害怕，於是就叫官兵們趕快
放箭，箭兒越放，嶺上喊聲愈響，官兵嚇得手腳發
抖，土皇嚇得心底發毛，急忙忙把人馬退到鳳凰嶺
下。

原來那滿山滿嶺站著的哪裡是畬民呵！這是大家按照
三公主的計謀，砍來茅草縛在棵棵樹椿上，披麻布、
戴尖笠，扎上砍刀，來嚇唬敵人，智取利箭的呵！①

　　這是中國畬族民間故事中的一段，講的是他們的祖先嫁給槃瓠
的高辛王的三公主，如何運用智慧擊敗敵軍的事。這一段故事的一些
情節要素和主題，基本上和〈孔明借箭〉是相似的。二者之間是否有
什麼關係，目前尚不清楚。這樣的故事很明白的表現出英雄人物的智
慧，它等於是一首智慧人物的贊歌，贊頌他們如何能臨危不亂、沉著
應變，終於應用智慧，削弱敵人，化解危機。高辛王三公主是這樣的
人物，孔明當然更是這樣的人物。

　　當然，〈孔明借箭〉由於是出自文人精心編著的作品，其文字運
用、情節安排，自比來自民間口傳的民間故事精緻複雜得多。單從人
物方面來說，雖然上場的主要只有孔明、周瑜、魯肅等三人，但是，
從中卻已呈現了多樣且複雜的人性對比。

---

① 高魯主編，少數民族民間故事叢書中的《椰子姑娘》一書（天津：新蕾出版社，1984年），
　頁135。

孔明是智慧人物的代表，周瑜也是以智慧聞名，二人同時出現，自然形成襯比。比較之下，一個顯得寬和，一個不免狹窄。而或許就因爲心地狹窄，周瑜的智慧就有著侷促感，不若孔明的來去自如。而這二位智慧人物的處處機心、相互鬥法，更因爲魯肅誠懇老實的對比，而顯得突出。當然，這三個人分屬兩國，其中朋友、敵人分際之糾葛難明，也是使得關係複雜，有時緊張、有時舒緩的原因。也因爲如此，故事更能顯現出人性的多樣化、複雜化。

以上種種都是藉著能精確表達出個性、心情的對話，才能呈現出來的效果。關於對話的逐條分析，恐怕費事太多，在此且就免了，讀者如果有興趣，可參考清初毛宗崗的評註本。

五

毛宗崗的評論是很傳統的，但有時也能有所啓發，底下就引他對〈孔明借箭〉一回的回前總評一段，以爲參考。

> 孔明不造箭，卻能使江東有箭，則孔明之智爲奇矣。
> 周瑜欲借曹操之刀以殺孔明，早被孔明識破，而孔明
> 借曹操之箭以與周瑜。卻使周瑜不知，則孔明之智爲
> 尤奇矣。十日之限已可畏，偏要縮至三日，三日之限
> 已甚危，偏又放過兩日。令讀者閱至第三日之夜，爲
> 孔明十分著急，十分擔憂，幾于水盡山窮，徑斷路
> 絕，而不意奏功俄頃，報命一朝，眞乃妙事妙文。

他這裡從本文敘述結構講起，講到讀者反應，終結出這是「妙

文」，相信這是十分具有現代意義的分析。但是，如果還是一定要從「有沒有用」的觀點來看文學的話，那怎樣分析也都是沒用。

為了對〈孔明借箭〉的意義，以及《三國演義》作者的文學手法能有更充分的認識，如果能將《三國演義》成書過程中，形成該則故事的有關資料提出來對比參看，相信會有相當的助益。

在《三國演義》成書之前，相關的資料中有二則和後來《演義》中〈孔明借箭〉情節的成形有密切的關係，但是這二則資料說的卻都不是孔明。其中一則是歷史記載，另一則見於平話小說。

歷史記載說的是孫權的事，事見《三國志·吳書·吳主傳》的裴松之注。〈傳〉的本文云：「（建安）十八年正月，曹公攻濡須，權與相拒月餘。曹公望權軍，歎其齊肅，乃退。」此處之注引《魏略》曰：

> 權乘大船來觀軍，公使弓弩亂發，箭著其船，船偏重
> 將覆，權因迴船。復以一面受箭，箭均船平，乃還。

這樣的一則記載是有些簡單，而且似乎與後來的「借箭」有些不大一樣，但無論如何，它確也樸實的將孫權的臨危不亂表現了出來，並且為後來的「借箭」情節開了一個端，這只要看第二則，見於《三國志平話》的資料就可知道。

《三國志平話》是《三國演義》的前身，是宋元時期講唱歷史故事的人所留傳下來的本子，現存的是元刊本。同一系統的本子還有同是元刊本的《三分事略》。由於《平話》的文字和《事略》大體相同，現在就引錄《平話》中的一段相關資料，不再抄錄《事略》中的文字。這一段關於「借箭」的文字，主角是周瑜，文見《三國志平

話》卷中：

> 卻說曹操知得周瑜爲元帥，無五七日，曹公問言：
> 「江南岸上千隻戰船，上有麾蓋，必是周瑜。」被曹
> 操引十隻戰船，引蒯越、蔡瑁江心打話。南有周瑜北
> 有曹操，兩家打話畢，周瑜船回，蒯越、蔡瑁後趕。
> 周瑜卻回。周瑜用一隻大船，十隻小船出，每隻船
> 一千軍，射住曹軍。蒯越、蔡瑁令人數千放箭相射。
> 卻說周瑜用帳幕船隻，曹操一發箭，周瑜船射了左
> 面，令扮棹人回船，卻射右邊。移時，箭滿於船。周
> 瑜回，約得數百萬隻箭。
>
> 周瑜喜道：「丞相，謝箭！」曹公聽的大怒，傳令：
> 「明日再戰，依周瑜船隻，卻索將箭來。」至日對
> 陣，周瑜用砲石打船，曹公大敗。

　　以上這一段「周瑜借箭」的描寫，很明顯的是從上一則孫權的故事轉借而來，然後，《三國演義》的作者又由此轉而生出「孔明借箭」，這其中衍變的跡象是清楚的。而這前後資料的對比，由粗糙而終於細緻，由簡單而終於生動，也是很明白的。兩相照映之下，相信對〈孔明借箭〉，以及其所自出的《三國演義》，能有更爲深刻的了解。

　　　　原載一九九一年十一月《國文天地》，第七卷，第六期

粗魯豪放與肅穆威嚴
——說李逵與宋江

一

《水滸》一書，所描寫的英雄好漢儘多，其中如林沖、魯達、武松、楊志、燕青……等，更是個個虎虎生風，鮮活逼人。對一般的讀者來說，武松打虎，林沖夜奔，楊志賣刀等等情節，常常就是《水滸》故事的代表，最親切有味的故事。

誠然，《水滸傳》中的武松等好漢的形象，是刻劃得相當出色，描寫得相當成功。講水滸故事的人，不管你是高深的論，淺俗的談，要是漏掉這幾個大英雄不講，恐怕不大好接下去。

但是，我們現在卻只是講一講李逵與宋江。不是因為我們對這兩個人物有什麼偏好，而是因為這兩個角色之間的特殊關係，引起了我們的興趣。讀過《水滸傳》的人不論他是對情節感興趣，或是為人物著迷，相信他對書中李逵與宋江這兩個角色的搭配，一定有著深刻的印象。

按照小說的描述，宋江與李逵這兩個人，不論是外表的形相，或是內在的思想與個性，都是不大相類，甚且可以說是頗相逕庭的兩個角色。李逵是天字第一號的粗野漢子，率性任真；宋江則是個彬彬講禮的人，處處用心。兩個人的個性有著如許的不同，可是自從相遇之

後，卻又如形之與影，關係密切的非常。在梁山泊眾好漢當中，當了大頭頭的宋江最疼愛，最心心念念的，大概就是這位魯莽第一的李大哥。而天不怕地不怕的李鐵牛，卻也只怕得他這位宋大哥一人而已。

這是個有趣的問題，因為這兩個從各方面看來處處相對，節節不同的漢子，竟然是如水乳之交融，使人常常不自覺的會把他們兩人聯想在一起。這種看似矛盾而又統一的搭配，是一個有意思，值得探索的話題。

從小說人物的塑造來講，對比手法的運用，本來就是使人物形相鮮明的方便法門，初寫小說的人都懂得這種技巧，我們也不必舉例說明。但是以對比而不衝突，甚而寓矛盾於統一的手法塑造其人物，成功地構成了一書的主調的，就比較的少見。《水滸傳》中李逵與宋江的搭配，正是這種少數特出的範例。

如果我們把李逵──宋江這種搭配當作一個典型，然後將目標擴散出去，那麼，在我們古代描寫英雄好漢的小說中，尚可以找出幾個類似的例子。雖然另外的這幾個搭配，不一定和李逵──宋江完全相同，也不一定像這典型的一對來得生動活潑，但是味道卻很相近。這些例子如《三國演義》中的張飛與劉備，《說唐》系列（描寫唐朝開國故事的種種說部）的程咬金與秦叔寶，《岳傳》裡的牛皋與岳飛等等，都是愛讀小說的人耳熟能詳的人物。這種類型的二面是：一者粗蠻，一者嚴肅；一者衝動，一者冷靜。處處相對，卻兩兩相配。相互輝映之下，獨特中國風味的傳奇英雄，就此揮灑而出。

這樣的一種搭配，在文學技巧上，除了相互襯托，使彼此的形相更加鮮明之外，可論的當然還很多。但是，我們不打算就純粹技巧的觀點繼續講下去，我們所興趣的問題是：這種搭配，有什麼其他特

殊的意義沒有？爲什麼這種異質角色的相襯，看似矛盾，而又如此諧合？而這樣的人物塑造，和小說結構本身又有什麼相關？

以上面所舉的幾個例子爲證，李逵——宋江類型，在中國的小說史上並不是孤立的，也正因爲如此，我們才敢大膽的用「類型」這兩個字。既然在我們的小說傳統中，這種特殊的角色搭配一再的出現，不論是出自小說家有意的因襲也好，或是不自覺的偶合也好，都足以證明不只小說的作者喜歡這樣的配對，傳統的讀者也樂於接受這樣的安排。因此，我們認爲這應當不只是純粹人物刻劃技巧的高下的問題，而是有著其他的因素存在著。本文所要探尋的正是這個類型所代表的潛在意義。

在這篇小文中，我們就試著以李逵——宋江作爲探討的主題，以上舉的其他三個例子當作說明的旁證，來看看這兩個角色的特性，及他們之間的關係，並順便談談《水滸傳》的結局。在此得先聲明，我們談這個問題所根據的本子是百二十回的《水滸傳》，而不是七十回本的《水滸傳》。因爲一百二十回（或其他如一百回、一百十回等全本）的《水滸傳》才是這部英雄悲劇說部的本來面目，七十回的只是金聖嘆別有用心的腰斬本。底下凡不特別注出金聖嘆本的引文，都是指一百二十回本而言。

二

我們想借用希臘神話中的酒神戴奧奈索斯（Dionysus）和太陽神阿波羅（Apollo）兩位神話人物所代表的精神，來作爲說明李逵與宋江這兩個典型人物的開始。要借用這麼一個外來的神話，只是因

為它能幫助我們的分析，別無他意。為了讓讀者對這兩位神話人物能有較清楚的印象，並了解我們運用這一個神話的根據，底下且先作個簡單的說明。

平常我們接受的神話觀念，以阿波羅為太陽神，也是音樂與詩之神；戴奧奈索斯為酒神，也是悲劇之神。這是定型以後的希臘神話，阿波羅的形象在定型以前和以後，比較上沒有多大的改變，戴奧奈索斯則是幾經流轉，才成為後來的酒神與悲劇之神。在較早期的神話中，戴奧奈索斯曾經是樹神、農神、穀神、葡萄神，最後才是酒神。酒神當然是由葡萄神直接衍化而來，因為葡萄是釀酒用的。所以酒神與葡萄神其實是二而為一。

有關戴奧奈索斯早期信仰的諸種形態，文化人類學家弗雷澤（James G. Frazer）的名著《金枝》第四十三章曾有頗為詳細的討論。[1]而關於阿波羅和戴奧奈索斯的淵源流變，在嘉瑞（W. K. C. Guthrie）的《希臘人及諸神》一書的第六、第七章也分疏得頗為清楚。[2]這兩本書在國內的圖書館比較容易找到，有心的讀者很快就能借到，所以我們舉此為例。

我們既不是在研究希臘神話，而之所以要先來這個說明，是因為戴奧奈索斯曾經有過複雜的形態，而一些神話書對這兩位神話人物的介紹，也稍有異同，因此不得不先說明，我們根據的是什麼，以免混淆。本文凡是涉及這兩位神話人物事跡的，根據的不是前舉二書或其他，而只是艾迪絲漢彌頓女士（Edith Hamilton）的《神話》一

---

[1] James G. Frazer, *The Golden Bough*, (London: Macmillan, 1978).

[2] W. K. C. Guthrie, *The Greeks and Their Gods*, (Boston: Beacon Press, 1967).

書。③因為這一本書整理得相當有條理，在國內也最為通行。然而想要採用兩位神話人物來作為我們說明的輔助，其靈感則是來自尼采的《悲劇的誕生》④一書，這書國內已有不止一種譯本。

　　尼采及其前後的學者，以阿波羅及戴奧奈索斯的精神與象徵，來作為討論藝術及諸種文化現象時，採取的是對比的觀點，這些觀點當然都是自太陽神和酒神的形象與意義引申而來。在這兩者的對比之下，阿波羅的精神所代表是理性（Reason），次序（Order），教養（Culture），和諧（Harmony）等等，因為太陽給人的是光明與溫煦。而戴奧奈索斯則代表本能（Instinct），原始風味（Primitive Nature），野性（Wild Vigor），激情（Passion）等等，因為酒給人的是歡樂與忘懷。阿波羅喚起人們溫和肅穆的觀照，戴奧奈索斯使人狂歡與奔放。一者代表著理性，一者代表著感性。

　　由以上這些對比的觀念，我們自然的想起宋江與李逵，因為讀了小說之後，宋江、劉備、秦瓊、岳飛等給我們的那種莊嚴肅穆的感覺，叫人不禁想起阿波羅所代表的那種形相。而李逵、張飛、程咬金、牛皋等的粗莽狂野，則使我們想起了酒神的諸種特性。

　　底下我們就循此路徑，來看宋江與李逵。既然一些主要的觀念與資料、靈感的來由已敘說清楚，我們的行文便不需再回顧叮嚀。

三

　　中國人一向對於人的相貌有迷信，認為從人的外表即可看出他

---

③ Edith Hamilton, *Mythology*, (New York: New American Library, 1969).

④ 尼采撰，李長俊譯：《悲劇的誕生》，（臺北：三民書局，1970年）。

的內心，看出他的未來命運，所以面相學一向很發達。後來戲劇上的臉譜，紅臉代表忠義，白臉代表奸詐等等，未嘗不是這觀念的影響。小說人物的塑造，也脫離不了這一個圈套，所以帝王必有帝王之相，賊人必是賊臉賊相。因此，說李逵、宋江，未免也先從他們的外形說起。

宋江形貌，據《水滸傳》的描述，頗具威嚴。第十八回有一段描寫他的文字，且引述如下：

> 眼如龍鳳，眉似臥蠶，滴溜溜兩耳懸珠，明皎皎雙睛
> 點漆，唇方口正，髭鬚地閣輕盈。
> 額闊頂平，皮肉天倉飽滿。坐定時渾如虎相，走動時
> 有若狼形。年及三旬，有養濟萬人之度量。身軀六
> 尺，懷掃除四海之心機。上應星魁，感乾坤之秀氣。
> 下臨凡世，聚山嶽之降靈。志氣軒昂，胸襟秀麗。刀
> 筆敢欺蕭相國，聲名不讓孟嘗君。

雖然是稍微矮了一點，卻是氣宇恢宏，有度量，有心機，有志氣。秀氣中帶著軒昂，一個十分有教養的人。這一表人才，真是肅穆而又莊嚴。

反觀李逵，則是：

> 黑熊般一身粗肉，鐵牛似徧體頑皮。交加一字赤黃
> 眉，雙眼赤絲亂繫。怒髮渾如鐵刷，猙獰好似狻猊。
> 天蓬惡殺下雲梯。（第三十八回）

似熊、似牛、似狻猊（獅子），不只是說他的外貌，更說他的氣質。
渾身是一股野味，好似剛從原始森林來的野人。這種原始的氣息，與
宋江的「志氣心機」，正是一個鮮明的對照。雖然書中說宋江也用了
「坐定渾如虎相，走動有若狼形」的字眼，但在中國相書中，這是指
「將相之相」乃極言其威武，與李逵帶著動物性的野味大不相同，不
可混為一談。

　　其他小說中對於劉備、張飛等形相的描述，大致一如李逵、宋
江，亦正好是一個對照。劉備、岳飛是大家比較熟悉的歷史人物，小
說中的描述也不太離譜，只要提起他們，讀者自然會聯想起一副莊嚴
寶相。我們就看看秦叔寶與程咬金這對好兄弟的容顏，不說岳飛與劉
備等了。

　　先看秦瓊，《隋史遺文》說他：

　　　軒軒雲霞氣色，凜凜霜雪威稜。熊腰虎背勢嶙嶒，燕
　　　頷虎頭雄俊。聲動三春雷震，髯飄五柳風生。雙眸朗
　　　朗炯疏星，一似白描關聖。（第三回）

　　軒軒凜凜，威稜雄俊，氣象更似宋江，同樣的是肅穆威嚴。至
於所謂「熊腰虎背」之意，與說宋江「虎相」相同，乃形容其威武之
形，不是指其粗野。

　　再看程咬金，《隋史遺文》說他：

　　　雙眉剔豎，兩目晶瑩。雙眉剔豎，濃似烏雲。兩目晶
　　　瑩，光如急電。疙瘩臉，橫生怪肉；邋遢嘴，露出獠
　　　牙。腮邊捲結淡紅鬚，耳後鬖鬆長短髮。粗豪氣質，
　　　渾如生鐵圍成，狡悍身材，卻似頑銅鑄成。卻是一條

剛直漢，須知不是等閒人。（第二十七回）

粗眉濃鬢，臉肉橫生，自然一副野人模樣；粗豪剛直，正是他們這種人的本色。李逵如此，張飛、牛皋，莫不如此。有興趣者取《三國演義》、《岳傳》一觀，自可了然，此處不必再引。

看看外形，這兩種人的氣質，已經迴然各別，一者莊嚴，讓人想起太陽神所象徵的一切。一者粗野，讓人想起酒神的狂放、原始。或許有人會說，宋江、秦瓊等的肅穆威武，是會讓人聯想起阿波羅的法相，但是李逵與程咬金的粗魯造形，卻與神話中的戴奧奈索斯有別，難以牽合。如果真有這麼一個疑點的話，請注意，我們用這兩位神話人物來幫助解說，借重的是他們所代表的精神與引申而出的意義，而不是拘執在這兩位神話人物本身，更不必拘執在形相上。更何況在各個神話階段上的戴奧奈索斯，也曾經是牛頭牛形，羊頭羊形的，並不是皆如後來神話所記載的為一表美男子。

前面說過，中國人一向認為由人的外表，即可觀知人的內裡，雖然常常有例外，但是古來的傳統是如此的相信著。也就是說，在傳統的觀念裡，人應是表裡如一的。因此，我們相信，小說的作者在描述宋江、李逵等人的外形的時候，實際上已經同時為這些人物的個性與思想定下了一定的輪廓。宋江、李逵這一莊一莽的搭配，是從他們一出現時的外形描述，就已經開始的。宋江的外形如是，他的內裡亦如是，一如阿波羅所象徵。李逵外形如是，內裡亦當然如是，正是酒神的代表。

四

　　酒神戴奧奈索斯所賦有的那些特徵，其實就是酒本身給人的感受。李逵等人外表的粗野，固然使人聯想起酒神所代表的那種原始氣息與豪放的韻味，最重要的還是他們的個性，充分的散發了酒神的精神。他們的外表、內裡，一致的狂野的氣質，正是酒神的化身。小說的作者並沒有忘記告訴我們，他們之所以如此，固然是其天性，而這天性裡卻也自然地含著些酒意。因為他們這些都是嗜酒如命，以酒為命的人。對他們來說，酒的實際與象徵是合而為一的。

　　看看李逵。神行太保戴宗第一次向宋江介紹李逵時，就談到了他與酒的關係：「為他酒性不好，人多懼他。」三個人初次聚會喝酒，一坐下，李逵就說：「酒把大碗來篩，不耐煩小盞價吃。」（三十八回）。梁山泊好漢無人不喝酒，魯智深更是喝酒出了名，但是沒有人像李逵喝得那麼無節制，那麼爛漫，隨處隨時散發著酒的狂醉意態。魯智深、武松等人的喝酒，是有悶氣的時候才放懷大飲，頭腦總常是清醒的，只不過有時「酒湧上來」，行動未免也放肆大膽了些，真正辦起事來，酒是誤不了他們的。可是蠻牛兒李逵卻不如此，不喝酒是莽撞，喝了酒更莽撞，他的生命與性格，幾乎永遠是處於有酒的醉態中。對他來說，要獨自辦好一件細心的工作幾乎是不可能的。

　　要他辦事，除非戒酒。可是，酒正是他的生命，這真是一個兩難的問題。可是不如此不行，我們看看兄弟們交代他辦事時說的話：

　　——宋江吟反詩，被抓進牢裡，戴宗上梁山請救兵，囑咐李逵照顧宋江，對他說：「兄弟小心，不要貪酒，失誤了哥哥飯食。休得出

去嚐醉了，餓著哥哥。」（三十九回）

　　——李逵要回家取母親上山，宋江交代他：「第一件，徑回，不可吃酒。」他答應了，「吃了幾杯酒」，然後別了眾人，一路上「端的不吃酒」。（四十三回）

　　——宋江要戴宗去請公孫勝來破高廉妖法，李逵自願同去，戴宗答應的條件是：「你若要跟我去，須要一路吃素，都聽我的言語。」可是，到了半路他就嚷：「大哥，買碗酒吃了走也好。」終於偷偷地吃了酒，受了戴宗的捉弄。（五十三回）

　　——吳用設計要去賺取盧俊義入夥，李逵又要跟，吳用說：「第一件，你的酒性如烈火。自今日去，便斷了酒，回來你卻開。第二件，於路上做道童打扮隨著我，我但叫你，不要違拗。第三件最難，並不要說話，只做啞子一般。依的三件，便帶你去。」

　　這是澈底掩盡李逵酒性的條件，因為除了真正的喝酒而醉，在所不許之外，連他內裡散發著的那天生的酒德也要一概抹盡。李逵平時心態，正如醉狂狀態中，一無顧忌，不平則鳴，任性率真，若欲入世，只得啞口。因為正如吳用所說：「你若開口，便惹出事來。」（六十一回）

　　隨後，燕青要去與擎天柱任原相撲，李逵暗地跟上了，燕青乾脆要他裝病：「從今路上，和你前後各自走，一腳到客店裡，入得店門，你便不要出來，這是第一件了；第二件，到得廟上客店裡，你只推病，把被包了頭，假做打鼾睡，更不要做聲。第三件，當日廟上，你挨在稠人中看爭交時，不要大驚小怪。」（七十四回）如此一來，則出外等於不出矣。可是，若不如此，卻又不足以牽制這蠻牛，這無酒亦有酒性的蠻牛。

這就是李逵，為酒行不得，無酒而行矣，卻抹煞了鐵牛兒本色。

再看看張飛、牛皋等人，亦莫不與酒為一，以酒為命。劉備要出兵討袁術，找人守徐州，張飛說：「小弟願守此城。」劉備說：「你守不得此城，你一者酒後剛強，鞭撻士卒，二者作事輕易，不從人諫，吾不放心。」張飛說：「弟自今後不飲酒。」結果是：劉備去後，張飛先準備了好酒，召集眾人：「今日盡此一醉，明日都各戒酒，幫我守城。今日卻都要滿飲。」（《三國演義》第十四回）就這樣出了事。其他例子不必多引，讀者只要按書追索，不論程咬金也好，牛皋也好，莫不酒氣盈盈。

酒使人見本性，露真情。李逵等人則不必真的有酒，自是奔放自然，率性任真，無絲毫假借。看李逵初會宋江的場面：

> 李逵看著宋江，問戴宗道：「哥哥，這黑漢子是誰？」戴宗對宋江笑道：「押司，你看這廝恁麼粗鹵，全不識些體面。」李逵道：「我問大哥，怎地是粗鹵？」戴宗道：「兄弟，你便請問這位官人是誰便好，你倒說這黑漢子是誰！這不是粗鹵，卻是甚麼？」

黑李逵乍見黑宋江，脫口而喊「黑漢子」，正是本色，怎麼會想起那文縐縐的一句「官人」呢？他是做夢也想不到，這樣就是粗鹵，因為不知什麼是不粗鹵。好一個渾璞天然，文明未判的先天之民。戴宗、宋江的殷殷敘禮，自是文明教養的格調，鐵牛兒不與也。

再看同一回描寫他們三人吃飯飲酒的情形：

　　酒保端上魚湯、宋江看見道：「美食不如美器。雖是
個酒肆之中，端的好整齊器皿！」拿起箸來，相勸戴
宗、李逵吃，自己也吃了些魚，呷了幾口湯汁。李逵
也不使箸，便把手去碗撈起魚來，和骨頭都嚼吃了，
宋江看見，忍笑不住，再呷了兩口汁。便放下箸不
喫了。戴宗道：「兄長，一定這魚醃了，不中仁兄
吃！」宋江道：「便是不才酒後，只愛口鮮魚湯吃，
這個魚真是不甚好。」戴宗應道：「便是小弟也吃不
得，是醃的不中吃。」李逵嚼了自碗裡魚，便道：
「兩位哥哥都不吃，我替你們吃了。」便伸手去宋江
碗裡撈將過來吃了。又去戴宗碗裡也撈過來吃了。滴
滴點點，淋一桌子水。

宋江看了魚，贊美的卻是「好整齊器皿」，又與戴宗互謙互勸，真的
是文明功成之士。而鐵牛兒卻只是「撈過來吃了，滴滴點點」，一副
「天真爛漫，妙不可說」（金聖嘆批語）的粗獷。兩相映對，意趣橫
生。

　　宋江畢竟有其為大頭目的氣度，當戴宗在那兒說三道四的為
「體面」而抱歉時，宋江說：「我倒敬他真實不假。」就這樣一個因
緣，結下了此後一段生死不離的兄弟情。

　　真實不假，不就是見證了「本來面目」的心態嗎？宋江而能識李
逵、愛李逵，是否因為面對了這麼一個率性原始的人兒，能夠隨時喚
起他那潛存抑制的自我情懷，借著影像的投射，自身也分潤些許放蕩

的欣然？

或許，我們每一個人的心底下，也都潛藏著一個蠢蠢欲動的李逵，但是，塵世滾滾，卻往往容不下一個真我，容不下一個本來面目。畢竟，天有天羅，地有地網，這網羅之中就是你和我。

我們不似鐵牛兒，他是一個「天不能蓋，地不能載，王化不能服」（金聖嘆批語）的天外之民，化外之民。

酒之為用，在使人不拘形骸，對於醉鄉中人而言，何處不可羈？何處不可留？酒使人忘懷，忘懷這塵世的牽纏，也忘懷己身的過去與未來。你說他當居何處，他自己也常不自知。

晉朝以酒為命的劉伶，單單為我們留下了一篇〈酒德頌〉，篇中有云：「有大人先生，以天地為一朝，萬期為須臾，日月為戶牖，八荒為庭衢，行無轍跡，居無室廬，幕天席地，縱意所如。」說得可真逍遙自在，不知是真的還是假的。姑且不論劉伶這些自說自話是真是假，卻真真道出了李逵的行徑：

──未題反詩前，宋江來尋李逵，好多人都說：「他是個沒頭神，又無住處，只在牢裡安身。沒地里的巡檢，東邊歇兩日，西邊歪幾時，正不知他那裡是住處！」（三十九回）無處尋，不必真如劉伶時時酒，處處酒，只因這鐵牛兒的生命，便是一個酒神的化身，酒性的具象。

五

世間眾生芸芸，而能相安且綿延，自有其條例與規則的約束，有時也須權威的懾服與安撫，這就是人間的秩序。然而規則與秩序，本

質上與極端自由，唯任狂放的心態是相矛盾的。相矛盾，若不當場牴觸，也可井水不犯河水，各不相擾。否則，對於帶著原始氣息的衝動人物如李逵而言，再無權威，再無條例可言。

第五十二回描寫柴進叔父受殷天賜欺壓，柴進與李逵前往探視，李逵一睹當場情形，即便大怒：「這廝好無道理！我有大斧在這裡，教他吃幾斧，卻再商量！」柴進說：「李大哥，你且息怒，沒來由和他粗鹵做甚麼……放著明明的條例和他打官司。」李逵道：「條例！條例！若還依得，天下不亂了！我只是前打後商量！那廝若還去告，和那鳥官一發都砍了。」柴進笑道：「這裡是禁城之內，如何比得你山寨橫行。」李逵道：「禁城便怎地？江州無軍馬，偏我不曾殺人！」

無視於規則條例，並不是他們這種人天生下來就具有毀滅一切的破壞性，而是他們有排決一切擋在他們面前束縛的衝動與勇氣。他們和一般正常人的不同，在於一般人即使受了無理的欺壓或痛苦，雖然有時也有發作反抗的衝動，但是常常又自我壓抑了下來，而李逵這類人卻是衝動的意念與行動化而為一。這種心態與盜賊瘋人不同，他們的行動只是我們每一個正常人壓抑的情緒崩發出來之後的具體寫照。他們不是主動的要去破壞一切的人，不是恨世者，也不是著意的偶像破壞者。他們是受刺激壓抑之後，敢於無視一切而反抗，敢於無視一切而發作的人。我們有了酒性之後，而對著無理的欺壓，不顧一切的發作起來的時候，不正是一個李逵？李逵的精神如此，整個梁山泊的精神也是如此。

持著這種人類原始心態的李逵，豈但條例規矩，連皇帝老子都不放在心上，這代表著現實的最上權威，對他來說，就等於不存在。

　　宋江被誣陷謀反，李逵說：「好哥哥！正應著天上的言語。雖然吃了他些苦，黃文炳那賊也吃我殺得快活。放著我們有許多軍馬，便造反怕怎地！晁蓋哥哥便做了大皇帝，宋江哥哥便做了小皇帝，吳先生做個丞相，公孫道士便做個國師，我們都做個將軍。殺去東京，奪了鳥位，在那裡快活，卻不好強似這個鳥水泊裡！」（四十一回）

　　第六十七回宋江欲將大頭領位置讓予盧俊義，李逵又說：「今朝都沒事了，哥哥便做皇帝，教盧員外做丞相，我們都做大官，殺去東京，奪了鳥位子，卻不強似在這裡鳥亂！」

　　皇帝寶位，在他來說只是「鳥位子」，他心目中橫豎是不知道這寶座所代表的權威意義。

　　《岳傳》中的牛皋也曾對他大哥說過類似的話：「眾哥哥們不要慌，我們都轉去，殺進城去，先把奸臣殺了，奪了汴京，岳大哥就做了皇帝，我們四個都做了大將軍，豈不是好？還要受他們甚麼鳥氣？還要考什麼武狀元？」（十三回）

　　這一些言語，並非表示他們真的為高位，為厚祿，最重要的是舒洩胸中的不平。

　　對於李逵來說，即使他平常所敬畏的宋江大哥，他若認為有所差錯，也照樣的加以否定，他心中只是一個直爽，一個真實。他敬宋江，只為宋江在他心目中是個最有義氣的人，一個義字，代表的是真誠無欺與公平豪爽。

　　宋江一天到晚想受招安，叫樂和唱著「招安曲」，李逵聽了便睜圓怪眼，大叫道：「招安，招安！招甚鳥安！」只一腳，把桌子踢起，攧做粉碎。（七十一回）又一次，李逵誤會宋江搶人家女兒，便一聲不吭，直奔忠義堂上，宋江問他話，他一句不應，睜圓怪眼，拔

出大斧，先砍倒了杏黃旗，把「替天行道」四個字扯做粉碎。眾人都
吃一驚，宋江喝道：「黑廝又做甚麼！」李逵拿了雙斧，搶上堂來，
逕奔宋江。（七十三回）

　　在這原始純樸的血性中，是安不下一點矯揉虛飾的，正如眼睛容
不下一粒沙子。「替天行道」對他來說，只是「打抱不平」，也就是
「大義」，既然誤認宋江違反此旨，便來砍他，因為他認為宋江是個
騙子。他認定的，忠心的，只是他心目中的義字眞字。任何違反這個
的，不論是什麼既有條例，什麼天生的權威都變成了沒有意義。

　　在中國通俗小說名著當中，有一個角色，剛好和李逵的個性形成
強烈的對比，那就是《儒林外史》中的戲子鮑文卿。這個鮑文卿所代
表的正是認命自苦的典型，在他心目中，一切存在的規則禮法都是天
經地義，不可逾越的。他自己是戲子，便自認為永遠是個賤民，即使
人家有意抬舉他，他也不敢接受，天生接受安排的角色。且引一段有
關他的描述，來看看這兩種截然不同的人，是如何的不同法。

　　他曾經有恩於向知縣，長官要他去看看向知縣。

　　　　向知縣便迎了出去。鮑文卿青衣小帽，走進宅門，雙
　　　膝跪下，便叩老爺的頭，跪在地下請老爺的安。向知
　　　縣雙手來扶，要同他敘禮。他道：「小的何等人，敢
　　　與老爺施禮！」向知縣道：「你是上司衙門裡的人，
　　　況且與我有恩，怎麼拘這個禮？快請起來，好讓我拜
　　　謝！」他再三不肯。向知縣拉他坐，他斷然不敢坐。
　　　向知縣急了，說：「崔大老爺送了你來，我若這般待
　　　你，崔大老爺知道不便。」鮑文卿道：「雖是老爺要

格外抬舉小的，但這個關係朝廷體統，小的斷然不敢。」立著垂手回了幾句話，退到廊下去了。向知縣托家裡親戚出來陪，他也斷不敢當。落後叫管家出來陪，他才歡喜了，坐在管家房裡有說有笑。次日，向知縣備了席，擺在書房裡，自己出來陪，斟酒來奉。他跪在地下，斷不敢接酒；叫他坐，也到底不坐。向知縣沒奈何，只得把酒席發了下去，叫管家陪他吃了。（《儒林外史》第二十四回）

鮑文卿與李逵，便是中國小說中兩個極端相反的典型，一個是粗野，一個是安分。兩相對照之下，別有一番趣味。

六

　　一個人個性的形成，無疑地和他小時候成長期間的環境與所受的教育是息息相關的。在我們的傳統社會裡，家庭便代表了環境與教育這兩項因素的大部份。在家庭裡面，最重要的當然便是父母了，父母親的形相對子女的影響，對子女日後性格的形成，有著絕大的關係，而父親與母親對子女的影響又各自有別。我們的小說家在塑造以李逵、宋江為典型的這一類型時，不知是有意、或是無心，卻似乎相當一致地刻劃了這一層鮮為人注意的現象。

　　《三國演義》裡的張飛，我們似乎沒看到作者提到他的父或母，且不提及。但是提到劉備時，雖然實際上他只有寡母尚存，但是，作者卻不著意刻劃他母親的形相，而只是用力的強調他父系的偉

大傳統，說他是「中山靖王劉勝之後」。

《說唐》一系列故事裡的秦瓊也是一樣。他是從小由母親帶大的，母慈子孝的場面也曾經說過，但是一提到他的出身，強調的是乃祖乃父的光榮事跡，說他是歷代忠良大將之後：「乃祖是北齊領軍大將秦旭，父是北齊武衛大將軍秦彝」。

至於程咬金呢？同樣的是從小沒了爹，由寡母帶大的小孩兒。可是，書中就從來不像對秦瓊一樣，告訴我們他父系的傳統是什麼。我們對於他父親這一系的印象可以說等於無，而對於他這個粗人侍候慈母的那些感人場面，卻是印象深刻。

再說岳飛，一向大家都知道，他是由他那難得的賢母教養大的，但是，小說的作者並沒忘記告訴我們，他的父親叫做岳和，由於天數所定，不幸早亡，而慈母對他的教育方式，則是母兼父職，以嚴格的紀律管教方式將他帶大的。

至於牛皋，小說告訴我們，當他與岳飛相遇時，也是一個早已沒父親的孤子，只是母子兩個，相依為命而來。我們也不知道他的父親是誰，祖父是誰。

現在該談談宋江與李逵了，這是一個更鮮明的例子。《水滸傳》提到宋江時，說他「排行第三，祖居鄆城縣宋家村人氏……上有父親在堂，母親早喪，下有一個兄弟。」他是父親帶大的孩子。這個本家的大哥，卻是排行第三，可見宋家雖非什麼世家大族，但是，傳統父權大家族的影子是清清楚楚的。

而那個從蠻荒來的鐵牛兒李逵，則是早就沒了爹的野孩子。從小說當中，我們根本看不到一丁點兒他父親的影子，也從來沒見過父親的什麼事兒，大概，他早就沒有了任何一點父親的印象。我們只知

道他有老娘，而且對他這個老娘和他對娘的那種純樸的孝心，印象深刻。因為這個天不怕地不怕的蠻牛，一提起他的娘，那種親情似海的場面，教人難忘。

在整部《水滸傳》裡，我們很難得看到李逵傷心落淚的描寫，因為他一不耐煩就發作，在他心底裡沒有什麼壓抑住的悲哀。但是有一次他傷心落淚，放聲大哭了！因為他想起了他的母親。

第四十二回描寫李逵看見眾兄弟一個個接了家眷上山，他不禁「放聲大哭起來」，宋江不知他為什麼哭，安慰他，他嚷著說：「干鳥氣麼！這個也去取爺，那個也去望娘，偏鐵牛是土堀坑裡鑽出來的！」晁蓋便問他：「你如今待要怎地？」他說：「我只有一個老娘在家裡。我的哥哥又在別人家做長工，如何養得我娘快樂？我要去取他來這裡，快樂幾時也好。」眾人怕他莽撞，要他稍候幾日再去，他便生氣起來：「哥哥！你也是個不平心的人。你的爺便要取上山來快活，我的娘由他村裡受苦，兀的不是氣破了鐵牛的肚子！」結果是他迫不及待地，翻山越嶺，千里迢迢，回家去取他的娘去了。他是娘帶大的孩子，他無所牽掛，唯一不能忘懷的是他的娘。

到此，我們已經有了大略的印象，即宋江——李逵這麼一個搭配，以宋江為代表的這一邊，小說家在談及他們的出身時，強調的是父系的傳統，而對李逵等則強調他們和母親的關係。這和他們以後所顯現出來的性格有什麼相關呢？

我們上面提到過，以宋江為代表的這一類型人物，所表現的是持重、威嚴、理性，注重上下的秩序與古今的傳統，正如阿波羅所象徵的精神。而李逵等則衝動、魯莽、直爽，不顧上下前後，一如戴奧奈索斯的形相再現。他們之所以會有如此的不同，如此的**趨向**，如果要

用繁瑣的分析法來分析，當然可以有許多的道理好講，但是，如果稍微簡化一些，不太固執的話，那麼，他們這種種不同的特性，是直接和父母之不同的形相與影響有關係的。小說家談及宋江、劉備等人，所強調的是父系的影子，而談及李逵、程咬金等人，則只是刻劃他們母親的形相。或許這只是個巧合，但是這個巧合也未免太巧了，因為這正合乎他們成長以後的整個人格形態。

英國著名的文化人類學家馬林諾夫斯基（B. Malinowski）在他的《兩性社會學》一書中，提到自古以來父母對子女照顧方式的不同，及其所顯現的意義時說：

> 孩子在部落生活的間架之下，足以將衝動規範鑄成多數情操模式。但這種過程，需要一種有效的個人權威的背景；孩子就在這裡起始分辨社會生活底女性方面和男性方面，看顧他的婦女們代表較親近的影響，代表家庭溫婉及孩子可以時常尋覓的幫助和安慰。男性方面則逐漸變為強力、野心、權威等原則，使人懂得不太親暱。這種分別顯然只在嬰兒底初期以後才始發展；那時，我們已經知道，父母是尚在行著同樣的事務的。那時以後，母親雖然不得不偕同父親訓練小孩，教育小孩，但是仍然繼續著溫婉的傳統；父親則在大多數情形之下，最少也要給家庭以內最低限度的權威。
>
> 凡將記認後嗣的辦法與某種顯著的父親權勢（Patria Potestas）聯絡在一起的地方，作父親的就不得不在

強力和權威上採取最高仲裁者底地位。他不得不逐漸
放棄溫婉保護等朋友底職任，而採取嚴格的判官和忍
心的法律執行者的地位……他的勢力縱然能夠加以限
制，他還是老一輩的主要男人，代表著法律，部落的
義務，和抑窒的禁忌，代表著迫力，道德，和限制人
的社會力量。

作父親的必須實行強迫，必須代表抑窒力底源泉，必
須變成家庭以內的法王和部落規律底執行官。⑤

以上這一段引文，對父權父教，及母教的不同，已說明的相當清楚。
在這種差異底下，父親和母親對孩子未來成長的影響，當然大有不
同。父親代表的是權威、法律、抑窒，母親則是溫婉與放任。小說中
對劉備、宋江等人父親或父權父系傳統的強調，正說明他們這種在父
祖陰影下成長的孩子，其性格發展很容易傾向於秩序，傳統，理性，
與權威的認定。

反之，只知有母不知有父的李逵這一邊，長大之後，雖然不一定
各個目無尊長，毫無忌憚，但是，其人格發展卻很容易傾向於放蕩不
拘、粗魯莽撞。因為他們自幼缺少權威、抑窒、禁忌等等的父親形象
與教養。

小說家不論是無心或有意，在他們的人物塑造上，總算符合了這
一點天機。

---

⑤ 馬林諾夫斯基著，李安宅譯：《兩性社會學》，（臺北：商務印書館，1966年），第四篇第
　十章。

《白虎通》上說：「古之時，未有三綱六紀，民人但知其母，不知其父。」觀之李逵等人，但知有母，不知其父，渾身蠻勁，豈不正似「未有三綱六紀」之前的原始族類！而他們個個粗魯莽撞，卻個個舐犢情深的道理，也就盡在於此了。

七

酒的特性是雙重的，它固然能帶給人歡笑，卻也能使人痛苦。適飲其量，即感歡樂，過量而往，則每每樂極悲生。這歡樂與痛苦，並不只限於飲者自身，周遭之人亦皆往往同受感染。神話中酒神的象徵如此，小說中李逵等人的塑造亦復如此。

當談到李逵快人快語，不顧一切虛文縟節，每每直落事實最原始的底層面貌時，我們心中免不了一陣快然。看到他一語不發，奮然而起，手起斧落，斬殺惡棍奸商的場面，心中也自然欣暢。

這擺脫一切套俗，決然而往的直爽，固然使我們快然欣暢，但是，看到手起斧落的後來，卻往往是一層層抹不掉的悲哀。酒，正是一把雙面的利刃，一方面為我們劃開了難耐的無數糾葛；一方面，這種無拘無束的莽撞，卻也必然會傷及無辜，並反傷自身。李逵心態表現的結果，一復如是。

小說第七十三回，李逵同燕青來到狄家莊，為狄太公捉鬼，結果捉出了奸夫，李逵免不了手起刀落，當下結果了奸夫性命，不亦快哉！然而，接著，他連太公的女兒也砍了，「拿起雙斧，看著兩個死屍，一上一下，恰似發擂的亂剁了一陣。」不亦慘乎！狄太公當然是大哭一場，可又奈何。

　　梁山泊好漢上法場劫救宋江與戴宗，李逵一聲不響，一馬當先，直衝而往，眾人驚愕不已，又是何等的爽快。然而，這如酒後醉狂的他，竟然是一發不可收拾：「火雜雜地輪著大斧，只顧砍人……當下去十字街口，不問軍官百姓，殺得屍橫遍野，血流成渠，推倒攧翻的，不計其數。」又是何等淒慘的場面。

　　每次劫法場，每次上戰陣，李逵莫不奮勇當先，橫衝直撞，給人一種爽快俐落的感覺，但是伴之而來的，亦往往是那種無可奈何的悲慘情愫。酒這雙面刃，每能給人欣然忘我，更常常帶來毀滅心傷。

　　再想想，李逵尋母的那一段，看他嚎啕大哭，一心在娘的真情流露，何等感人。而那不聽眾兄弟相勸，憤然而行，明知山有虎，偏向虎山行的衝動，又是何等豪放本色。但是瞻前不顧後的他，可知他盲眼的慈親，竟會因他的衝動與疏忽而葬身虎腹嗎？悲哉，酒之為德。

　　這種同兼歡樂與悲哀的雙面性，是酒本身之特質，亦是李逵這種人的特質。我們再看看張飛的性格，亦復如此。看他痛打督郵等行為，洩去人們多少骯髒氣，自是爽快，但是，他每每酒後鞭打下屬，卻是悲哀，後來他因此而結怨部下，部下即趁其酒醉熟睡，害了他性命。一代英雄，如此了局，豈不可悲！這就是酒性的反傷自身。

　　李逵這種精神的表現，正似乾旱天氣的颱風雨。他的來到，有若一陣狂颱暴雨，橫掃炎熱鬱悶的大地，使人們舒暢，給萬物帶來了滋潤。但是這不留情的橫掃一切，卻往往也給人們帶來了另外的悲哀。作者給他的綽號「黑旋風」，或許就有這層意思在裡頭。

　　另外，我們再看看有意思的現象。在小說中，李逵、張飛、程咬金、牛皋等人，每當臨陣，都是充當「先鋒」，身先士卒。這「先鋒」的角色，正是率先衝破障礙，肅清前路，斬盡糾葛的職務。這種

職務，當然非他們莫屬，因爲這種職務的意義，正是他們這些人精神表現的特徵之一。同時，這種先鋒角色本身，多少就帶著幾許悲劇性。因爲他們衝破藩籬，掃清前路，爲的是後來者。雖然不一定陣亡在先，卻常是首當危難。

八

　　分疏了李逵、宋江各自的某些特性之後，該進一步看看他們之間的關係，及其搭配的意義了。

　　李逵、宋江之間有特殊的感情，在眾兄弟中宋江對李逵似乎特別的關愛，李逵也獨敬畏宋江一人而已，在前面我們已約略提過，現在再看看書中的實際描述。

　　宋江別號及時雨，早以義氣享譽江湖，李逵與他初會時，一聽宋江說：「我正是山東黑宋江。」李逵即拍手叫道：「我那爺，你何不早說些個，也教鐵牛喜歡。」（三十八回）一種先入爲主的嚮慕情懷，爽快的宣洩了出來，此後，大黑（李逵）心目中便只有小黑（宋江）一人。怎們說只有小黑一人而已呢？且看宋江欲讓盧俊義爲王的那一段。宋江的讓，是眞是假，我們不得而知，但是一讓再讓，卻氣壞了李逵。第一次他說：「哥哥若讓別人做山寨之王，我便殺將起來。」（六十七回）第二次仍說：「我在江湖捨身拼命，跟將你來。眾人都饒讓你一步。我自天也不怕！你只管讓來讓去做甚鳥！我便殺將起來，各自散伙。」（六十八回）他的反上梁山泊，爲的不是什麼理想，或是自身的冤屈，卻好像祇爲了宋江而已。

　　他敬畏宋江，也是打從心裡敬畏起，絕不是表面的功夫，或什

麼不得已的束縛。為招安事，李逵大發脾氣，惹怒了宋江，小軍校們綁著他，他說：「你怕我敢掙扎？哥哥剮我也不怨，殺我也不恨。除了他，天也不怕」，一睡醒來之後，又說：「我夢裡也不敢罵他！他要殺我時，便由他殺了罷！」這等死心塌地，真是難得，而他幾次犯錯，幾次惹火了宋江，可是宋江卻總格外開恩，不計較，饒恕了他。這等關愛，也非尋常。

若說李逵服的是宋江之義，梁山泊眾好漢固皆以義相結合者。而在眾兄弟中，他最先相與的是戴宗，其後兩人的關係卻大不如他與宋江之密切。而小說中其他人物如武松、柴進等，與宋江之關係本來亦是不凡，其後卻也不如李逵與宋江的熱切。因此，他們倆人之間的密切關係是非常特別的。

我們且繼續由酒神與太陽神的象徵來談這個問題。代表酒神的李逵是衝動，狂放，純任本能的，也就是生活在感性裡的人物，而宋江則是肅穆威嚴，講究的是教養與秩序，是傾向於理智型的人。對正常的社會來說，李逵這種人物，常常是不妥協，與既成的秩序相為反抗的，而宋江這種人重的是上下秩序與傳統，與社會的法則能諧和為一。但是，問題就在這裡，宋江並不是純然的認命者，他絕不是鮑文卿一類人，否則，他也不會上梁山泊，不會做一○八條好漢的頭頭了。畢竟，他心底裡自有一個李逵的影子，可以說李逵只是他的另一面而已，他和李逵有著一樣的衝動，但是，他的另一面，太陽神傾向的那一面，每每使他將衝動壓抑了下去。他畢竟是一個有著強勢的理性型的人，只不過，他的另一面，藉著李逵宣洩了出來，他終於維持了一個肅穆莊嚴的形象。這大概就是為什麼他獨愛李逵，李逵唯有敬他的道理了。人不能絕對的放任，絕對的放任，不能形成一個人。李逵的形相既然存在，就必須有一點約束的力量，這約束力就是他的大

哥宋江了。他們倆人如此緊緊的相結，特殊的搭配，不外乎如此。

　　若再狹隘一點，借用佛洛伊德的術語來說，或許也可以說宋江與李逵的配對，正象徵一個人的自我（Ego）與意底（Id）的兩個層次。但是這樣一來，未免很容易使人聯想起如史坦貝克（J. Steinbeck）《人鼠之間》裡的喬治（George）和倫尼（Lennie）這一對人物。我們認爲宋江與李逵的搭配，是可以看出這一層的意思，但是我們更願意放開去，用其他的觀點來談他們。

　　若再從酒神與太陽神的象徵推衍下去，從文化上的意義來說，則前者所代表的是浪漫的精神，而後者則是古典的精神。就整個歷史社會傳統來說，梁山泊的精神本質上就是浪漫的，反叛的，也就是酒神的。而在這浪漫之中，卻又有一股推向古典的潛流，那就是宋江所代表的意識。他雖然有反叛的衝動，事後又卻常常有想要接受招安的念頭，就是這個道理。

　　浪漫的精神是力求突破現狀，是破壞，同時也是創造的。而古典則要求秩序，穩定。一味的突破，如脫韁之馬，若無所制約，則突破開創之後的成果將一併毀壞，一切歸於烏有，故隨之而來的當是穩重的、理想的整理與收拾，才能開花結果。反之，若一味的守成持重，則日久之後，或將了無生氣，故亦當不時有浪漫的刺激與衝撞，才能去腐生新。這又是一體的兩面。

　　譬若開荒拓土，開荒拓土的精神本身就是浪漫的。第一關免不了是披荊斬棘驅除惡獸。這就需要有快刀斬亂麻，勇往直前的豪氣，一如李逵等的精神，接著的則當是有計畫、有規律的耕耘、播種，然後才能生息繁衍。李逵等先鋒之後，接下來當然是接收現況，計劃未來的宋江。既而安定之後，則不能再有李逵矣。

　　以這個比喻來看《水滸傳》這齣英雄悲劇名著，其所以必是悲劇的結局者，乃因為梁山泊的整個精神，正是狂飆式的酒神型態，浪漫至極。在那時烏煙瘴氣的社會政治背景底下，這一群好漢遽然而起，正如狂風暴雨，橫掃了大地的妖氣鬱氣，給人帶來了一絲快然清爽的氣息，然而，大地也因而起了震撼，於是約束的聲音起來了，他們接受了招安。招安使這狂風有了一定的趨勢，於是他們夾著強勢的風勁，又去掃蕩代表著危害社會的其他反叛者了。這時候，他們這一股狂風，正是朝廷的「先鋒」，披荊斬棘，自身的傷亡自是難免，因為這是先鋒必然的悲劇。功成之後，狂風之勢也弱了，人們也需要休息安養了，社會需要的是重新的規模與秩序。這已經轉弱的狂風再也不須要了，而因為它微弱了，也受約制了，當然，去之易矣。就這樣，英雄好漢被丟入了深淵。

　　酒神的悲劇，正是梁山泊的悲劇。酒神即是葡萄神，人們採取葡萄造酒，人們飲之而歡樂，可是收成之後，人們免不了要剪下它的枝枝葉葉，單剩下那乾乾枯枯的瘦枝。

　　《水滸傳》最後的結局，是宋江飲下了奸臣送來的有毒的御酒，臨死之前，想起他的好兄弟李逵，特地派人從遠方將他找來，要求李逵一道喝下毒酒，這代表什麼呢？難道宋江如此心狠？不是，據書中所說，宋江所想的是：他知道這個好兄弟的個性，他知道如果李逵曉得他被害了，一定會再造反，結果會毀掉他們「一世清名」，壞了他們「忠義之事」。

　　不論宋江所謂的「清名」是什麼，這悲劇之所以必須如此，李逵之所以必須與宋江同死，是因為李逵如果在宋江死後還活著，則再無法約制。那就是代表著反叛的精神仍然未息，那麼，這一部代表酒神，代表反叛精神的《水滸傳》便仍然未完，仍然得寫下去。可是，

沒有宋江的李逵，能收束得自己，能真的發揮出他的精神來嗎？不可能。所以宋江死，李逵當得同死。《水滸》的終結，便是酒神精神的終結，便是李逵的終結。

臨死之前，宋江告訴李逵：「你死之後，可來此處楚州南門外，有個蓼兒洼，風景盡與梁山泊無異。和你陰魂兒相聚。我死之後，屍首葬此地，我已看定也。」他念念的仍是梁山泊啊！這就是宋江的心底事，也是宋江的悲哀。他心裡藏的正是一個李逵，一個梁山，只不過他一向習慣性地將之壓了下去，

李逵聽了，終於不再叫罵，不再大哭了，只是垂淚：「罷！罷！罷！生時伏侍哥哥，死了還只是哥哥部下的一個小鬼。」好不淒涼心酸。可是，畢竟，他們死後的魂兒又在一處了。

附記：

　　去年（1978年）五月，好友施人豪兄邀作者為中國醫藥學院慈幼社作一次演講。作者於演講一事絕不擅長，本不敢應命，施兄則謂題目可自訂，不必拘泥一格，以此盛情難卻，推託不得，只得勉就平日讀書所感，尋一較有趣味性的題目，與慈幼社諸年輕學子做了一次聊天式的談論，題為「李逵與宋江」。

　　後來與臺灣日報副刊主編陳篤弘兄閒談，偶然間提及此事，篤弘兄即催促將所談大要整理成文。當時與諸多年輕好友講談，本無草稿，亦無大綱，於是重新將所談內容整理一番，題為〈粗魯豪放與肅穆威嚴——說李逵與宋江〉，以筆名發表於一九七九年七月二日、三日臺副。題目中加上此數字，為顯目而已，無他特別含義，這是當初寫作本篇之緣由。

　　文章發表之後，曾影印數份寄贈好友，友人閱後，多有以為此題旨當可再發揮增益，重新發表者。然一年多來，為他事忙碌，終未得暇，自思短期間內亦無改作時間，於是徵得篤弘兄同意，即以當日發表於臺副之原樣再刊於《中國古典小說研究專集》第三集，除誤字更正之外，一無增訂損益。作者愚魯不敏，尚望常相關懷諸友好諒之。增益修訂之事，謹俟諸來日。

作者又記：

　　好友施人豪教授已於一九八九年過世，此文之〈附記〉說明當初寫作緣由，乃因人豪教授邀約演講而來。今收錄此篇於本書中，特將原〈附記〉保留，以示紀念。

　　　　　　　原載一九八一年六月《中國古典小說研究專集》第三集

談《水滸》
——說宋江

一

　　「《水滸傳》是一部家喻戶曉的小說」，這句話是誰也不能否認的事實。但是，要嚴格的說起來，裡頭卻蘊藏著一些問題。《水滸傳》和後代的小說創作稍有不同，它不是某一個人的「創作」，而是先有各種不同的水滸故事，經過一段長時間的醞釀，然後才集結成書的。當初是誰將歷來相傳的各種水滸故事集成《水滸傳》的，已難詳考，有的說是施耐庵，有的說是羅貫中，更有的說是郭勳和他的門下客，而集結成書之後的本來面目如何，現在更是難以論斷。因為書成之後的原本何在，已不可知。我們所能知道的，是自從嘉靖年間以後，各地方的各種不同本子，便紛紛出籠。這些不同的本子，很可能都是從同一個本子出來的，或許其中的某個本子，就是原本的翻版也不一定。這些不同的本子，在故事發展的大線索上，並沒有什麼太大的差異，但是，因為刊印者興味的不同，各隨所好，或增或削，或改或補，各本在文字上的表現，便有雅俗繁簡的差別，情節也有或多或少的出入。

　　單就金聖嘆七十回腰斬本出現以前的本子來說，至今尚留存於世的，就不下十種。從回目的不同來說，有一百回的，有一百一十回

的，有一百十五回的，有一百二十回的，也有分卷不分回的。從文字
的運用和情節的編排來說，有所謂文繁事簡本，文簡事繁本，文繁事
繁本，不一而足。談《水滸》故事，如果只論情節的大要，或許每一
種本子都差不多；如果要細究書中人物的心理與個性，或是文學上的
內涵意趣，不同的本子可能就會有不同的結果。因為，即使些微的文
字差異，對於一個人物性情的刻劃，往往就會有深淺的不同。同是文
繁或文簡的本子，有時便應當分別看待，就是為此；文繁和文簡的本
子之所以必須釐清界限，更是不辯可喻的事實。

　　而情節的改易增刪，更可能會使同一個角色顯出不同的面貌。事
繁和事簡的本子，腰斬本和全本，各本之間之不能混同看待，道理正
復相同。

　　因為如此，所以只囫圇吞棗的說「《水滸傳》是一部家喻戶曉
的小說」，可能還不會有什麼大問題。但是，要說「《水滸傳》中的
某某角色在某某情節中的心理狀況如何」，或甚且如「《水滸傳》是
一部偉大（或悲壯等帶有評價性的形容詞）的小說」，而不指明是哪
一本《水滸傳》，嚴格的說來，就不免有些含混。畢竟，指的是哪一
部？描寫的細膩或粗糙，各本並不等同。

　　此外，因為《水滸傳》只是早期水滸故事的大集結，記載水滸眾
好漢事跡的，本來就不只限於這一部小說，而《水滸傳》之後，更有
不少續書，為水滸故事系列增添不少多采多姿的花環。因此，談水滸
故事或水滸人物的人，有時候便也需要牽扯到這些《水滸傳》外的資
料。因為這些傳外的資料，在史料的考證或比較的研究上，本來就是
不可或缺的，但是，如果我們只是要做傳中的文學分析解讀，這些資
料就不是那麼重要了。尤其重要的一點是，這些不同資料中所記載的
同一角色，往往有著截然不同的面目、截然不同的特性。我們在作人

物分析的時候，絕對不能混同而觀，致相牴觸。

　　本文寫作的目的，不在作史料的考證，也不在作不同本子、不同資料中同一角色的比較研究，而只如題目所示，是談水滸，說宋江。所要談的是《水滸傳》，《水滸傳》中的宋江。

　　談《水滸》是一個大題目，說宋江卻已限定了所要談的範圍。說宋江也有好幾種說法，談《水滸傳》中的宋江，又已經給宋江一個範圍。這也就是說本文所要談的是《水滸傳》，但是，是藉著對傳中宋江這個角色的分析來談《水滸傳》；也可以說，本文所要談的是宋江這個角色所代表的意義，但是，範圍卻只限定在《水滸傳》中的資料，而不及其他。

　　正文開始以前之所以要先做這個說明，有二層意義：一者，確定討論的範圍，二者，確定討論的方向。

　　因為《水滸傳》──或者更廣泛一點的，說水滸故事系列──在有關的版本和資料上，如前所述，既繁複又龐雜，所以在未進入討論之前，必得先確定所據以立論的資料，以免有所混淆。

　　在金聖嘆腰斬本出現以前的《水滸傳》，不論是簡本或繁本，結尾都是一○八條好漢幾乎喪亡殆盡，最終魂聚蓼兒洼的悲慘下場。但是自從腰斬本出現以後，一般人心目中的《水滸傳》，卻只是這個七十回本，到盧俊義驚夢便已結束，對於舊本（或可以籠統的稱作全本），知道的人反而不多。雖然如此，本文卻不以這個七十回本為寫作的依據，因為它已經不是《水滸傳》的本來面目，而是金聖嘆別有用心，刪削改訂的作品。本文所據以立論的本子，是現在已經學者校定發行的一百二十回全本，這個本子就是所謂的文繁事繁本。它是文筆雅緻細膩，造語生動活潑，而又情節豐富的本子。如果說《水

滸傳》是一部偉大的小說，主要的便是指文繁的這一系列本子而言。
比起這一系列的本子，文簡的本子就顯得粗陋得多。這個一百二十
回本，在《水滸傳》版本的演變史上，可以說是一部最完整的本子，
這是本文採以立論的原因之一。另外一個重要的原因，是其他各種全
本，一般的讀者不易獲見，而這個本子已經印出，讀者只要有興趣，
便可人手一部，隨時參閱。

　　本文作意，一如題目所示，既談水滸，也說宋江。一方面固然是
從水滸來論宋江，另方面也藉著宋江來看水滸，並不僅僅是一篇純粹
的人物論。而立論範圍，不出一百二十回本《水滸傳》，也就是說，
論中的宋江既不是歷史筆記中的宋江，也不是戲劇中的宋江，同時也
不是他本《水滸傳》或水滸續書中的宋江。

二

　　一般通俗傳統小說的寫法，通常一開始起筆的敘述，就是全書
大背景的交代。《水滸傳》正文一開始，在一〇八條好漢還沒出場以
前，首先就介紹了「浮浪破落戶子弟」高俅的發跡史。以高俅發跡帶
引全書，並不是等閒筆墨，雖云輕描淡寫，後來全書情節展開的大背
景，卻已就此勾勒出來——它是陰沉沉的一片黑。

　　高俅以一個不曉「仁義禮智、信行忠良」為何物的市井無賴，但
憑「吹彈歌舞，刺鎗使棒，相撲頑耍」的一點伎巧，因緣時會，不費
絲毫功夫，短時間竟然就將「幫閑」身分抖落，搖身一變，成了朝中
新貴、皇帝寵人，做起了掌軍政大權的「殿帥府太尉」。原本不忠不
良的這種「浮浪子弟」，一朝權在手，便把令來行，當然不會幹的什

麼好事。耍權弄勢、作威作福，自是他們本等。

　　雖然短短數行，一個醜惡小人的可恨可卑形狀，卻已躍然而出。但是，這一段文字的作用，卻不只是在於將一個和後來眾英雄好漢正相對比的反面人物刻劃了出來而已，更重要的是藉此同時點出了朝中當局的庸妄無知、用人浮濫。

　　在「朕即天下」的世代裡，天下蒼生之幸與不幸，常常就繫於皇帝之賢或不賢。當局如若昏庸不明，小人因緣得勢，貪官汙吏自然得遂所願，而今市井無賴，挾「伎」便能得寵，身居要津，皇帝賢否，不問可知！高俅之外，朝中之會更有蔡京、童貫、楊戩等「奸賊」擋道，而地方之會有梁中書、劉高、蔡九知府等貪官橫行，便不足為異了。連連串串，同惡相濟，這是一個必然的結果。上下一氣，便把社會蒼生抹了一片黑。《水滸傳》的大背景，就此烘托了出來。

　　高俅發跡之後，便是一〇八條好漢的出場，此種銜接安排，自有其特殊意義。其巧妙之所在，便是使人看了，恍然覺得眾好漢之跳脫現身、之奔向四方、之終於匯歸梁山，便似一個個從黑幕中擠出的白點，朝向一個朦然有光的所在。

　　因為好漢們的成分雖然不一，但有不少原本確是社會中安分的一員。由於貪官汙吏黑氣的籠罩，逼使他們在原來的社會中難以存身，他們才不得不從原來的生活網絡中抖脫出來，一個個奔向那不可知的、朦朧的，但似乎有一線光明的未來。

　　這種安排，似乎有意的為了強調一個久為人所熟知的主題：官逼民反。

　　接著不過幾回書，便是林沖無端被高俅和他的乾兒子高衙內逼得走投無路，終於不得不反上梁山的故事。這種筆法，更似乎為「官逼

民反」四個字，下了強而有力的注腳。

於是，「官逼民反」便成了世所公認的《水滸傳》的主題。「逼上梁山」更成了「逼不得已」的代用語。

但是，即使作者眞的有意要以「官逼民反」來當作他結構《水滸傳》的主線，「官逼民反」四個字眞的就能解釋這一部大書的內涵嗎？恐怕並非如此簡單。

一○八條好漢之所以反上梁山，它的大背景固然是由於朝政不明、吏治不修，因而法紀蕩然、社會不安所致，但是，除了最典型的林沖以外，其他一○七個人之所以背離現實的社會規範，挺身豁出原來的人群鏈鎖之外，又有多少是眞的、明確的由「官逼」而來？

衆好漢中第一個出場的九紋龍史進，不能說是。劫生辰綱的吳用、晁蓋等「聚義七星」，不能說是。仗義救人的魯達，快意報仇的武松，合力殺姦的楊雄、石秀，也不能說是。秦明、呼延灼、關勝等原爲朝廷的帶兵將領，也不能說是。本來打劫爲生的李俊、張橫，賣人肉的張青夫婦等也不是。文弱的書生蕭讓不是，魯莽的黑漢李逵也不能算是。更嚴格的說，大頭目宋江雖然事後口口聲聲說是「被至不公不法之人，逼得如此」（七十七回），實際上，他的占山爲王，更不僅僅是「官逼」這個簡單的概念就能說得清楚的。

更退一步說，即使我們把「官逼」兩字的意義放大一點來看，將林沖所受的迫害，當作是有形的、實質的官逼；而另外的好漢之所以同樣的豁了出去，雖然並不是明顯的受了同樣的逼迫，卻也是因爲社會環境惡劣，難以存身，才鋌而走險。而環境的惡劣，正是政治不明，貪官汙吏橫行所造成。因此，他們的反雖然不是由於實際的、有形的官逼，卻可以說是受了無形的、潛在的官逼而來。因爲，天生有

「反骨」的畢竟不多。

但是，即使將那些好漢們的反，都以這種擴大了意義的「官逼」來解釋，可以解釋得通，僅僅「官逼民反」四個字，卻仍然不足以解釋《水滸傳》的全部意義。因為單單一個「官逼民反」，並不能結構成一個梁山泊。官逼頂多只是構成梁山泊好漢們「反」的大前題而已。

「官逼」之後的「民反」，可以有各種不同的表現方式。在古代，正如一般小說中所寫的一樣，通常是先砍殺了貪官汙吏，再上山落草，林沖就是一個最好的例子。或許少華山上的朱武、陳達、楊春，清風山上的燕順、王英、鄭天壽等，當初也是如此的吧！但是，少華山、清風山不等於梁山泊，林沖初上山時的梁山泊，也不等於後來的梁山泊。和後來的桃花山、二龍山等人馬一樣，他們都只是一夥夥不成氣候，有糧就搶，今日顧不得明日的小寇，不是像後來的梁山泊，是一股有嚴密組織、有特殊氣象，足與朝廷對抗的大強人。

梁山泊的造成，因此不能單單用一個「官逼民反」的簡單概念來說明。

一○八條好漢分別來自四面八方，各行各業。他們有的早就占山為王，有的本來在家安居樂業，有的本來流浪四方，更多的本來是效命朝廷！是什麼因素使得他們匯集在一起，來到梁山泊，共同結構出一個有個性、有組織的大集團？不只是因為官逼，因為僅僅官逼，頂多造成許多占山為王，各自獨立的草寇，像少華山、清風山。更何況許許多多並非出於官逼。

那是什麼力量，什麼因素，將這些四散八方的好漢凝聚在一起？是宋江。官逼是造成許多好漢游離正常社會的因素，宋江卻是將

這些游離份子凝聚起來的主導力量。

三

宋江何許人也？是「上應星魁」，「下臨凡世」的梁山泊大頭領。他是怎樣一個人，憑著什麼本事，成了梁山泊一〇八條好漢，數以萬計嘍囉的大頭領？

要了解他，得先從他的出身說起。

宋江是鄆城縣宋家村人，表字公明，排行第三，上有父親在堂，母親早喪，下有一個兄弟宋清。宋清和父親在村中務農，宋江在縣裡做押司，「為他面黑身矮，人都喚他做黑宋江。又且於家大孝，為人仗義疏財，人皆稱他做孝義黑三郎。」、「他刀筆精通，吏道純熟，更兼愛習鎗棒，學得武藝多般。平生只好結識江湖上好漢。但有人來投奔他的，若高若低，無有不納。」、「若要起身，盡力資助。端的是揮霍，視金似土。」、「人問他求錢物，亦不推托。且好做方便，每每排難解紛，只是賙全人性命。如常散施棺材藥餌，濟人貧苦。」、「以此山東、河北聞名，都稱他做及時雨。卻把他比的做天上下的及時雨一般，能救萬物。」（十八回）

這一段介紹，首先讓我們知道了宋江原是富有的大莊農出身。因為廣有田財，所以才能「仗義疏財」、「視金似土」。但是他能「仗義疏財」，除了有財可施以外，最重要的還是他肯「仗義」，也就是說，他是一個講義氣的漢子。

除了仗義疏財以外，他又是個大孝子，有著固定的職業──縣衙門的押司。雖然職務不高，但是，他是一個能幹的人，刀筆精通，吏

道純熟，不僅在同事之間很吃得開（看他殺了閻婆惜之後，縣衙門自縣令以下對他的祖護可知），在鄉里更受人的尊重，所以才能「每每排難解紛」。

這麼一個身家清白，生活穩定，又是以孝義聞名的大好人，卻終於反了，而且是後來梁山泊的大頭領，怎麼會？但是，他畢竟是後來梁山泊的大頭領，為什麼？

梁山泊一○八條好漢，也就是一○八個頭頭，來自四面八方，其中雖然多的是來路不明的流浪客，或綠林好漢、偷子賊人，但也不乏有財有勢的地方望族，或聲望名份頗高的職業軍官。他一個小小的押司出身，且又其貌不揚──一個黑矮的漢子──為什麼能夠讓這許多天不怕地不怕，來自四面八方，代表各行各業的好漢們，個個口服心服？

讀者們初讀這一段宋江出身的介紹，和他以後的所作所為對照起來，免不了就會有這許多疑問。這許多的疑問，終歸一句就是：他到底是怎樣的一個人？

這一段介紹宋江出身的文字，乍看起來是簡單不過的：他就是那麼一個行孝仗義的善士。果真如此，那麼，以上的這些問題怎麼解答？他上山前後的種種心態轉折，及以後接受招安，終致自毀的複雜過程，又哪裡去找立論的歸依？

這一段文字其實並不只是如平常字義所顯示的那麼單純，而是已經暗含了一個複雜人性的多方面。

綽號常常就是一個某種特殊個性或特殊體態的表徵。宋江的別號既然叫做「孝義黑三郎」，我們便先拈出孝義兩個字來講。

孝是家庭的倫理，是指家中晚輩的敬順與服從。所講究的是高

下、長幼的秩序，直行的關係。

義則是社會的倫理，是指朋友與朋友之間，或個己與社會中他人之間相處的一種德性，通常是指相互關愛、相互扶持而言，所代表的是平行的橫面的關係。

在某種範圍裡面，孝與義是可以並行不悖，相輔相成的。傳統的儒家的道德，這兩個德目，本來就是每一個人都應當講究的，在家孝順父母長上，原就不妨礙出外攜弱扶傾。宋江之所以能夠「於家大孝」，而又「為人仗義疏財」，便是一個好例證。

但是，這卻只能就某一個限度內來說，若要推到極致，則兩者之間，那種內在潛存的衝突，便會豁然而出。

就生命來，孝的極致便是：身體髮膚受之父母，不敢毀傷。義的終極卻是：士為知己者死。

就形跡而言，孝應當是：父母在，不遠遊，遊必有方。義卻可以是：奔走四方，除暴安良。

兩者之間，剛好是一個矛盾，一個對比。

孝是儒者所認定的德行之首，在傳統的儒家心目中，一切德行條目，可以說莫不由此推廣而出。

義則類乎墨家所講的兼愛，兼愛的極致便是儒家觀念中的無父無君。兩者之間的矛盾，正如儒墨兩家之不相容。

從整體的社會人際關係來說，孝是保守的，義是開放的。孝是偏向於靜態的，義則是傾向於動態的。基本上，兩者雖有相通之處，說開來卻也有相悖之處。

聶政當初之不敢即許嚴仲子以報仇，因有老母在堂，孝之一念牽

扯了他。直到母親過世，他才捨身前去，誅殺仇人，終於一死以酬知己，這便說明了孝、義往往也有不能並行的時候。

從表面上看，或許有人會覺得聶政如此作為，正是孝義兩全。其實不然。母親生前不果行，是孝，可是卻不得不因為孝而稍將義放置了後頭，母親逝後捨身為友，是全了義，可是於孝卻已有了偏差。不只因為「身體髮膚，受之父母，今已毀亡」而已，更因為傳統的孝道還講究「不孝有三，無後為大」，雖全了義，卻已落了「大不孝」之名。

宋江大孝，且又仗義疏財，情況安定的時候，原只是相得益彰，可是一旦情況變動，內心的矛盾與衝突，有時便不能自已。他後來之所以屢次在上梁山泊的途中，中途折回，應當由此看，他上了山之後，又念念不忘朝廷招安，也要由此尋取心理的根源，甚且對於他初掌梁山大位，即將「聚義廳」改為「忠義堂」（六十回），這件事的意義，也要就此覓取，才能得其真解。

在傳統的道德觀念底下，忠孝本是一體。孝於親的延伸與擴大，便是忠於君。宋江的痛苦與矛盾，便是在於既要江湖豪情，卻又不願成為一個不忠不孝之人。（三十六回）

再就他的職業來說，他是縣衙門的押司，是掌管法律案件文書工作的，也就是屬於維持秩序與治安的公務人員。這種職務的第一要求便是忠，和孝的本質自有相通之處。當然，這種工作更是保守的、枯燥的。

然而，另一方面，他「平生只好結識江湖上好漢」，卻又顯露了完全不同的一面，江湖好漢所代表的正是開豁、放任的生活，一個無羈無束的世界。

押司的職務是他對外的、公開的一面。好結識江湖好漢則是他內在的、私下的一面。

他是一個不能滿足於押司那種保守而又枯燥的生活的人，否則他不會「只好結識江湖上好漢」。毋寧說，他對江湖好漢的生活早有著一種嚮往，否則也不可能「但有人來投奔他的，若高若低，無有不納。便留在莊上館穀，終日追陪，並無厭倦」。甚且可以說，江湖所代表的那種放任不羈、海闊天空的生活，才是他性情中所要的真正生命。

他在柴進莊上初遇武松，燈下看武松時的那種喜悅（二十三回）；在江州會見李逵那種直爽魯莽的欣賞（三十八回），是對應了生命性情的欣賞與喜悅，因為這兩個好漢的形象，正是他潛隱不發的另一面影子。

雖然他有著這樣的一面，但是，他「幼年涉獵諸經史」（二十一回）的訓練，使他知道怎樣自制自律。經史教化的理想，便是如何成為忠臣孝子。

這兩種截然不同的生命情調，無事時原也可以諧合，但是，矛盾卻永遠存在。直的秩序與保守，橫的放任與開豁，終究會有牴觸的時候。

他是一個「刀筆精通，吏道純熟」的吏員，這一點不只說明了他是一個手腕靈活、處事能幹的人，更說明了他是個能夠洞澈人性弱點的人。對於自己，當然他也會有著一些自知之明。他知道身為押司，卻又好結交江湖好漢，兩者之間那種難以妥協的矛盾，那種久之終將決撒的對立。可是，對他來說，只要不到那一天，現狀還是得保持下去，雖然有些不喜歡，不情願，畢竟，總還得是個押司，是個堂堂的

衙門吏員，是個忠臣孝子：經史教化薰陶下一個理智的自我要求。

但是，江湖好漢的影子卻永遠活躍著，難保不會有成為現實的那一天。為了自覺到這一層，傳中為我們描述了他深謀遠慮的一些安排，從這些安排措施，相對的，我們對他也有了更深一層的了解。

宋江殺了閻婆惜之後，公人來到他家要捉他，他早躲了起來。他的父親宋太公對公人說：「老漢祖代務農，守此田園過活。不孝之子宋江，自小忤逆，不肯本分生理，要去做吏。百般說他不從。因此老漢數年前，本縣官長處，告了他忤逆，出了他籍，不在老漢戶內人數。他自在縣裡住居，老漢自和孩兒宋清在此荒村，守些田畝過活。他與老漢水米無交，並無干涉。老漢也怕他出事來，連累不便，因此在前官手裡告了執憑文帖，在此存照。」（二十二回）這種安排，誰都知道「是預先開的門路」。宋江會忤逆不孝，有誰相信？連閻婆都說：「誰不知道他叫做孝義黑三郎！這執憑是個假的。」

為什麼要預先開這個門路？無非「怕他做出事來，連累不便」。為什麼會「怕他做出事來」？果真是因為他不肯本分生理去「做吏」？不是的。其中的道理，宋江自己最清楚。他知道自己好結交江湖好漢的作為與心態，遲早總會有出事的一天，把不定什麼事情，把不定什麼時候。

這一個安排，表示了他是一個早就準備隨時豁出去的人。未雨綢繆，只不過希望能將到時的傷害，減少到最低而已，而這也正顯現了他處處小心多慮的另一面。

後來知縣又派朱仝、雷橫兩位都頭到宋家來搜查。朱仝是宋江的老相好，別處不去，「走入佛堂內，去把供床拖在一邊，揭起那片地板來。板底下有條索頭。將索子頭只一拽，銅鈴一聲響，宋江從地窖

子裡鑽將出來。」（二十二回）這個地窖並不是普通的地下室，而是專門為防有「緊急之事」時，用來躲避藏身，所特別設計的祕室。

宋江好好的一個押司，好好的一個身家，為什麼要有這麼一個祕室？不為別的，只因為他不相信自己能長保無事。一旦有事，這裡便是暫時窩身的場所，然後看風聲緩急，再想辦法遠走高飛。

這個祕室除了準備作為自己萬一之用以外，平時就是窩藏人犯的處所，看他對朱仝說過的話：「你有些緊急之事，可來那裡躲避。」（二十二回）便知端的。

一個執法的押司，家中卻私設窩藏人犯的祕室，豈不是個大大的諷刺！這便是宋江心底的祕密。「國家法度，如何敢擅動？」（三十六回）對他來說，原只是不得已時冠冕堂皇的表面話頭。

小說中對一個角色住居環境的描述，和對他性格的刻劃，有著密不可分的關係。韋勒克和華倫（René Wellek and Austin Warren）的《文學論》（*Theory of Literature*）有一段話，對此有著很好的說明：「周圍的環境，尤其是家庭內景，可以看作是換喻或隱喻式的人物現形。一個人的房子，就是他自己的延伸。描寫他的房子，就等於描寫了他。」[1]

這個佛堂下的地窖，正是宋江另一個性格的象徵。它一向是隱密的、黑暗的、不為一般人所察知的。平常不開啓的時節，他便只是個講義氣、好結交江湖好漢的義士（換個說法，便是「補盜與盜通」（十八回），以官方口吻來說，便是勾結強人歹徒）。一到開啓之後，有時卻免不得是個狠毒蠻橫的人——譬如設計叫人冒充秦明，將

---

[1] René Wellek and Austin Warren, *Theory of Literature*,（Penguin Books, 1968），p. 221.

數百戶善良人家燒作一片白地，殺死無辜男子、婦人不計其數，使秦明家小慘被殺戮，落得「有家難奔，有國難投」，「上天無路，入地無門」，只是爲了拉秦明入夥。所作所爲，眞如秦明所說，是個「天不蓋，地不載，該剮的賊」（三十四回）。江州報仇，殺戮黃文炳一家老小之慘，也和所謂的「有仁有義宋公明」的形象不相協調。

我們可以說，這個陰暗的地窖，正像是一個隨時可以開啓閘門的潛意識貯藏所——意底（Id）的代身。它早就蘊藏了「他時若遂凌雲志，敢笑黃巢不丈夫」的「壯懷」（三十九回），也蘊藏了一個未來的梁山泊。

傳中對此本來有著如下的解釋：

> 且說宋江他是個莊農之家，如何有這地窖子？原來故宋時爲官容易，做吏最難。爲甚的爲官容易？皆因只是那時朝廷奸臣當道，讒佞專權，非親不用，非財不取。爲甚做吏最難？那時做押司的，但犯罪責，輕則刺配遠惡軍州，重則抄扎家產，結果了殘生性命。以此預先安排下這般去處躲身。又恐連累父母，爹娘告了忤逆，出了籍冊，各戶另居，官給執憑公文存照，不相來往。卻做家私在屋裡，宋時多有這般筭的。」
>
> （二十二回）

這一段解釋，實在有甚不完滿之處。「奸臣當道」，對於一些同流合汙的人來說，自然「爲官容易」，對於不願依附的人，爲官又那來容易？「讒佞專權」，豈只做吏難？做一般的老百姓都難。

又果眞如此解釋得通，傳中所敘人物繁多，做吏的又豈只宋江一人？何以其他諸人未聞有此設施？無論如何，這些未雨綢繆的安排，正表示了他並不是一個安分的人，不是一個肯認命的人。對於押司這一個職務所代表的那一面生活而言，在他的內心深處，早就「反了」。

這就是「孝義黑三郎」的眞正意義。有了上面這些分析，對於他後來何以反上梁山，又何以途中一進三退，以及反了之後又隨時不忘招安等問題，自然就會有較爲合宜的解釋。這些都待下文繼續說明，底下且先再談談，他憑什麼能夠讓眾人口服心服，當上梁山泊大頭領這個問題。

四

宋江後來是豁了出去，反了。在還沒探討他反的過程之前，對於是什麼因素使他能夠有那麼大的號召力，終於成爲眾所推服的大頭領這個問題，要先有一番了解。

梁山泊有一○八條好漢——一○八個頭領——數萬人馬。這一○八條好漢，個個來路不凡，多的是天不怕地不怕的亡命，多的是武藝高強、能征慣戰的好漢，也多的是聲名久著的貴家豪客。何以宋江獨能領袖群倫，眾心歸服？

要了解宋江的爲人，以及整部的《水滸傳》，這是不可不解的一環。

要眾心歸服，得有讓人歸服的條件。頭領是他而不是別人，首先就得要有超乎眾人的威望，或是名望，而對這一班人來說，所謂的威

望、名望，和通常因位高權大所塑造起來的，還有些不同，這些亡命漢們是不吃這一套的。它得是建基在他們共所心許的江湖義氣——好漢們所認定的最高道德之上。

宋江一向是講江湖義氣的，傳中一開始介紹他，就先強調了這點。但是，能講義氣的並不是只有他。可以說，一〇八條好漢裡的大部分，都有著同樣的這種個性，否則也不會從四面八方而匯聚在一起了。可是，他們的名聲卻終不及宋江。

宋江一個縣衙門的小押司，三十出頭的年紀，好義之名居然「山東、河北聞名，都稱他做及時雨」，讓江湖亡命、義士豪客，一聞其名，人人心生敬仰；一見其面，個個輒欲下拜。其中道理，頗不單純。

宋江好義的名聲，早在他會見梁山一夥好漢之前，即已久著人心，根深蒂固。

流浪漢武松見到宋江以前，口中的宋江是：

「我雖不曾認的，江湖上久聞他是個及時雨宋公明。
且又仗義疏財，扶危濟困，是個天下聞名的好漢。
他便是真大丈夫，有頭有尾，有始有終。」（二十二回）

山寨大王燕順初會宋江時，說的是：

「小弟在江湖上綠林叢中走了十數年，也只久聞得賢兄仗義疏財、濟困扶危的大名。只恨緣份淺薄，不能拜識尊顏。」、「仁兄禮賢下士，結納豪傑，名聞寰

海，誰不欽敬。」（三十二回）

賭徒石勇提到宋江時的口氣是：

「老爺天下只讓得兩個人，其餘的都把來做腳底下的
泥。」、「一個是柴進柴大官人。」、「這一個又奢
遮，是鄆城縣押司山東及時雨呼保義宋公明。」、
「老爺只除了這兩個，便是大宋皇帝也不怕他。」
（三十五回）

水上英雄李俊對打劫的張橫介紹宋江時，說的是：

「兄弟，我常和你說，天下義士，只除非山東及時雨
鄆城宋押司。今日你可仔細認著。」（三十七回）

浪裡白條張順一見宋江，納頭便拜，說的是：

「久聞大名，不想今日得會。多聽的江湖上來往的
人，說兄長清德，扶危濟困，仗義疏財。」（三十八
回）

綠林好漢歐鵬、蔣敬等四人江州來救宋江，說的是：

「俺弟兄四個，只聞山東及時雨宋公明大名，想殺也
不能勾見面。」（四十一回）

仗義殺人的豪俠魯達對夥伴說的是：

> 「我只見今日也有人說宋三郎好，明日也有人說宋三
> 郎好。可惜洒家不曾相會。眾人說他的名字，聒的洒
> 家耳朵也聾了。想必其人是個眞男子，以致天下聞
> 名。」（五十八回）

不只江湖好漢個個對他這個「天下義士」聞名欽仰，即連政府軍官對他也自敬重三分。和他素有交情的花榮且不必說，初次會面的兵馬統制秦明，一聽說是宋江，「連忙下拜」，說：「聞名久矣！不想今日得會義士！」（三十四回）

這麼一個「今日也有人說」、「明日也有人說」的義士形象，便是眾人懾服的宋江。不管識與不識，「聒的耳聾」的聲名，早已使人懾服三分，心生欽仰。

然則，這夥好漢們號稱以義相結合，何獨宋江義名聽得人耳聾？或許是因爲他人無有大批金銀可供「疏財」，因此即使肯「仗義」，也恩不及遠，不落實際吧！因爲，人的名兒，樹的影兒，「形象」總得靠「實際」來建立的。

不可否認的，這是一個原因。因爲如果不多金，他便不能「視金如土」；如果不是多金，他便不能助多人，也就是不能做到「但有人來投奔他的，若高若低，無有不納」。名聲便也不可能傳之如此其遠，如此其盛。

講義氣，肯助人，又有財可助人，確是在江湖上樹立美好聲名的基礎條件。這些條件宋江都有。

　　但是，一〇八條好漢中，有這些條件的，並不只宋江一人，柴進便是典型的一個。柴進是先朝皇族之後，身家尊榮，田財廣有，更且「人都說仗義疏財，專一結識天下好漢，救助遭配的人，是個見世的孟嘗君。」（二十二回）個性、作風與宋江正相彷彿。

　　兩人雖然一樣的都能「疏財」，都以「仗義」聞名，以原有的社會地位來說，宋江卻遠不及柴進。按理說，柴進的聲名便當在宋江之上。然則，事實卻不如此。

　　柴進仗義，雖然同樣的為江湖人士所敬仰，但是卻終不及宋義士之名「聽的人耳聾」，震人心弦。

　　其中的道理，便不只是一個「仗義疏財」所能解釋。也就是說，「仗義疏財」之外，當還有其他因素的配合，才能任宋江得以超乎「眾義」之上，領袖群倫。

　　道理或許不止一端，但是，當中最重要的，恐怕就是他對待那些亡命好漢的態度——若高若低，無有不納；終日追陪，並無厭倦——才是眾好漢們心肯首肯的主要因素。

　　傳中在描述他殺閻婆惜出亡之前，除了提到他私放晁蓋等人一事以外，並沒有他如何照顧來投的好漢們的例子。但是，從他自己出奔在外時，對待武松、李逵等人的態度，便不難推知他一向和他們相處的情形。

　　宋江在柴進莊上初遇武松，聽武松述說流浪緣由之後，「大喜。當夜飲至三更。酒罷，宋江就留武松在西軒下做一處安歇。」、「過了數日，宋江將出些銀兩來，與武松做衣裳。」武松要告別的時候，「柴進取出些金銀，送與武松。」、「宋江道：『弟兄之情，賢弟少等一等。』回到自己房內，取了些銀兩，趕出到莊門前來，說

道：『我送兄弟一程。』宋江和兄弟宋清兩個送武松。待他辭了柴大官人，宋江也道：『大官人，暫別了便來。』三個離了柴進東莊，行了五七里路。武松作別道：『尊兄，遠了，請回。柴大官人必然專望。』宋江道：『何妨再送幾步。』路上說些閒話，不覺又過了三二里。武松挽住宋江說道：『尊兄不必遠送。常言道：「送君千里，終須一別」』宋江指著道：『容我再行幾步。兀那官道上有個小酒店，我們吃三鍾了作別。』……三個人飲了幾盃，看看紅日平西。武松便道：『天色將晚，哥哥不棄武二時，就此受武二四拜，拜爲義兄。』宋江大喜。武松納頭拜了四拜。宋江叫宋清身邊取出一錠十兩銀子，送與武松。武松那裡肯受，說道：『哥哥客中自用盤費。』宋江道：『賢弟不必多慮。你若推卻，我便不認你做兄弟。』武松只得拜受了。」「三個出酒店前來作別。武松墮淚，拜辭了自去。宋江和宋清立在酒店門前，望武松不見了，方纔轉身回去。」（二十三回）

從這一段文字，我們看出了宋江待人的眞正長處。他對武松的那種關愛和體貼，那種長兄呵護小弟般的細膩委婉，又豈是柴進等，但能「仗義」，但肯「接納管待」者所可比擬？

作者在此同時刻劃了柴進的粗枝大葉，和宋江的細緻沉穩，剛好就造成了一個鮮明的對比。同是「仗義助人」，宋江之所以更勝柴進者，便在於此。

武松前來投奔柴進，柴進本來「也一般接納管待」，可是，後來聽了莊客們對武松好酒使性的抱怨，「雖然不趕他，只是相待得他慢了」。雖然武松自己也有不是處，但事情會落到這個地步，有其始而無其終，卻也由於柴進的粗疏。江湖亡命，好酒使氣原是本等，莫怪武松憋不住那股氣悶和感慨：「客官！我初來時也是客官，也是相待的厚，如今卻聽莊客搬口，便疏慢了我。正是『人無千日好，花無摘

下紅』」（二十二回）

　　難得宋江來了，「每日帶挈他（武松）一處飲酒相陪」，呵護關照，無所不至。很自然的，武松那藉酒使氣的性子便「都不發了」，這便是宋江的不同處。他的作為，使武松恢復了自尊，因為他使武松有了真正受到尊重的感覺。

　　更哪堪臨別時依依不捨的那番情義！江湖浪子，有的是粗豪任性，幾曾有過如許熨貼的友情？「有頭有尾，有始有終」，宋江無愧矣！照應了曾經有過的對柴進的感慨——人無千日好，花無摘下紅——武松內心的激動將何如？莫怪他臨行「墮淚」，莫怪他一再下拜了。

　　再看看宋江初會李逵的情形：李逵是個撞沒頭禍的太歲，粗魯莽撞，一遇宋江就說缺少銀子用度，「宋江道：『只用十兩銀子去取，再要利錢嗎？』李逵道：『利錢已有在這裡了，只要十兩本錢去對。』宋江聽罷，便去身邊取出一個十兩銀子，把與李逵，說道：『大哥，你將去贖來用度。』戴宗要阻當時，宋江已把出來了。」

　　李逵拿了錢就走，戴宗便告訴宋江，李逵是拿錢去賭，宋江聽了，笑道：「院長尊兄，何必見外。量這些銀兩，何足掛齒。由他去賭輸了罷。若要用時，再送些與他使。我看這人倒是個忠直漢子。」

　　李逵果然拿了銀子去賭，賭輸了，想到無法向宋江交代，便在賭場大鬧起來。宋江來到，笑著對李逵說：「賢弟，但要銀子使用，只顧來問我討。今日既是明明地輸與他了，快把來還他。」李逵只好把錢交給宋江，還了人家。宋江又問那些賭徒：「他不曾打傷了你們嗎？」將多餘的錢給了那些人，當作「將息錢」，然後和戴宗、李逵到一家酒館，一坐下，李逵便嚷著：「酒把大碗來篩。不奈煩小盞價

吃。」戴宗喝道：「兄弟好村！你不要出聲，只顧吃酒便了。」宋江隨即分付酒保：「我兩個面前放兩隻盞子，這位大哥面前，放個大碗。」（三十八回）

宋江有錢使，能疏財，重要的是他知道怎樣使錢。宋江好結交江湖好漢，肯仗義，更重要的是他知道如何以義結心，這固然是個性使然，同時也是他聰明過人之處。

他對人性有著深刻的了解，在官場上能「刀筆精通，吏道純熟」，在江湖上便能順應各路英雄的性格，因其所需，體貼入微，使人在受其惠之餘，更心感其情。或許我們可以借用莊子的話來說，宋江在相待這些江湖好漢的作為方面，已經做到了「順人而不失己」的境界。也就是說，他能循各人情性，將自己融入，恍若與之同一，因此人人莫不與他「知己」；而他卻又能夠永遠有自己的立場，永遠有他自己鮮明的形象，這個形象便是眾好漢們心目中的大哥。

李逵心目中原本就有這麼一個「義士哥哥」的影像，見面之後，這個哥哥果然名不虛傳，既豪氣，更體貼，怪不得他要說：「真個好個宋哥哥，人說不差了！便知我兄弟的性格！結拜得這位哥哥，也不枉了！」（三十八回）從此一顆赤誠樸拙的心，便交給了他的宋哥哥。

宋江之所以能成其大，道理便在於此。若似柴進，但知心嚮古孟嘗之風，卻未能體貼人情，粗枝大葉，便不足以吸納人心，成為眾所嘆服的「真男子」、「真大丈夫」。

關勝未入夥前，對阮小七等所提的疑惑：「宋江是個鄆城小吏，你這廝們如何伏他？」（六十四回）須從此處著眼，乃可得其確解──不只是仗義疏財。

畢竟，關勝自己後來也入了夥，成了一○八條好漢的一員。所走的道路雖然和武松等江湖亡命有所不同，甘心以宋江爲大哥的結果卻是一樣的，雖然他以前並沒受到宋江「仗義疏財」的好處。

五

宋江上梁山的過程，可以說是一波三折。那一往三返復，要去又不去，卻又終於不得不去的曲折，活畫了一個「余不得已也」的委屈形象。「不得已」就是別無他途，萬般無奈，被迫採取的最後手段。這曲曲折折的筆墨，似乎就是要強調宋江之反上梁山，只因被逼得走投無路。

當然，民之所以會造反，通常爲著不得已，爲著被逼不過。由歷史的現實來看，逼使民反的原因，不外乎是天災、人禍。水旱、饑饉，就是天災；政治腐敗、貪官汙吏橫行，就是人禍，而人禍更常常是激發變反的直接原因。馮夢龍就曾說過：「兵之變，未有不因腺削而成者；民之變，未不因勢豪激成者。」[2]也就是說，民反每因官逼。

《水滸傳》中林沖之反，便是一個典型官逼的例子。而描寫宋江之曲曲折折上梁山，也似乎給人有著同樣的印象──也是官逼。

但是，一經仔細分析，便會發現宋江之終於反上梁山，絕不是一個單純的「官逼」所能解釋。更何況，民反雖每因官逼，官逼卻不一定民反。《水滸傳》之所以以王進爲第一個出場的英雄，便隱隱的是以他爲例子，來和後來一○八條好漢的作爲，尤其是林沖的情況，作

---

② 馮夢龍：《智囊補》，卷八，〈明智部〉。

一對比，宣示此中消息。

　　王進和林沖同樣的是八十萬禁軍教頭，更是牽引出此後一○八條好漢的開場人物。他無緣無故的受了高俅的欺壓，不禁嘆氣：「俺如何與他爭得！」聽了母親的話，「三十六著，走為上策」，逃遁去了。逃遁，廣義的說，或許也算是一種反抗，但卻是一種對權威無可奈何的消極的自我退縮。退縮，正表示了他目中仍有威權。「不合屬他所管，和他爭不得」，正是這種心態的表現，也可以說，是屈服的另一種表現，這和後來反上梁山泊的一○八條好漢，剛好形成了一個對比。他們之所以反，是因為他們「不服氣」；即使威權當頭，他們也要「爭到底」。

　　這就說明了「反」至少也有著各別的心理因素。一個人如果肯認命，願低頭，即使官逼當頭，也會認了，如果他有著不認命、不服輸的脾性和志氣，「逼」，當然就「反」。

　　宋江是一○八條好漢的頭領，不可免的有著「不認命」的個性。除此之外，由上文的解析，我們更已清楚，即使未有逼迫臨身，他心中潛藏的那股反抗現實秩序與權威的渦流，原早自蠢蠢欲動。因此，他之反上梁山，便不是單單一個「逼」字可以了得。

　　他反上梁山的過程，可以說就是梁山締造的過程。如果只就「逼」字來看，他果真也有過被逼反的一次，但那次他並沒上到梁山。只是「逼」字，可能造就出另一個林沖；只是「逼」字，也只可能造就出另外的少華山或二龍山，而不會造就出後來的一個大頭領宋江，和如許規模的梁山泊。

　　既說梁山的締造，便得先從梁山泊好漢集結的過程說起──山無強人不成寨。

　　一〇八條好漢當中，第一個上梁山的是林沖。但是，林沖上去之時的梁山，也只是一個少華山模樣，與後來的梁山大結義，並無連帶發展的關係。真正算得上後來梁山泊人馬的第一次集結，應當是晁蓋、吳用等劫奪生辰綱一夥好漢的上山。這夥好漢之所以須得上山，是因為他們「作奸犯科」，王法不容，而不是無緣無故的受逼。而他們之所以能夠擺脫法網，逍遙上山，便是「捕盜與盜通」的宋江私放的。這件事情的真相，官家雖然不知，江湖卻早風傳。宋江路過清風山時，山大王燕順就曾無限仰慕的說：「仁兄禮賢下士，結納豪傑，名聞寰海，誰不欽敬。梁山泊近來如此興旺，四海皆聞。曾有人說道，盡出仁兄之賜。」（三十二回）也就是說，江湖人士早已認定，沒有宋江，便沒有一番梁山泊的新面目，而這就是後來梁山泊興旺的基礎。

　　這時的宋江，雖然形跡未反——未曾說個「反」字，未曾殺過半個官兵，仍好好的幹著他的押司。但是這種作為的實際心態，卻已是反了。

　　清風山人馬和秦明、黃信、花榮，以及呂方、郭盛等一夥的上山，可以說是梁山好漢的第二次集結。這些人之所以匯聚一處，是為了宋江。秦明、黃信、花榮和三位軍官之所以不得不反，更是為了宋江。

　　這一次的宋江是真的反了，被貪官汙吏逼反的。但是貪官劉高之所以誤聽婦人言，將「好人」宋江，硬栽作「強徒」宋江，卻也是由於他有著和強人為夥的實際行跡，此「逼」因此也就不能全然算做「無緣無故」或「故造事端」。要說「官逼」，這就是宋江真的因「官逼」而反的唯一一次。受逼不過，他終於不得不夥同眾好漢們殺官劫財，反上梁山。

　　後來他雖然因石勇的一封家書，中途折回，未曾上山，但是這一夥好漢，包括石勇，卻在他的安排底下，上了梁山。梁山因此眞的更加旺盛了。（三十四—三十五回）

　　各路人馬及梁山泊的好漢下江州劫法場，救宋江，大開殺戒，然後全體夥同宋江上山，便是梁山泊好漢的第三次大集結。這些各路好漢之所以奔赴江州法場，爲的是宋江；之所以需毀家上山，也是爲的宋江。這時的梁山，連同宋江在內，共是四十籌好漢，後來梁山泊的規模，於此便已大致奠定。

　　奠立梁山泊規模的這三次人馬大集結，沒有一次不是宋江所促成。第一次是他爲了「義」而救人。第二、三次都是眾人爲了「義」而救他。他們之所以匯聚一處，固然可以因此說是彼此爲了一個「江湖道義」，更具體的說，卻還應當是爲了宋江早已「義名」滿江湖，人人爲他而來。至少到此爲止，說宋江是梁山泊的締造著，絕不爲過，至於往後情節，且待下文再說，且回過頭來，細說他的反。

　　宋江私放晁蓋等人，雖然說反心已具，卻反形未露，所以還說不上造反。造反是殺官劫財，公然與官家對抗。

　　他殺了閻婆惜，私逃在外，也只是個畏罪潛逃，還不是造反。直到他夥同花榮、秦明等殺了劉高一家老小，安排大夥上梁山，才是眞正的造反。這一次他是被逼反的，反了之後，並沒有什麼委屈的感覺。也就是說，因爲他眞正被逼的，所以內心裡可以很順當、很有理由的將那「忠臣孝子」的教示甩開，毫無忸怩。在他勸大夥上梁山的時候，秦明恐怕梁山方面不肯接納，「宋江大笑」，把晁蓋等人打劫生辰綱，以及他私放他們逃走上山的事說了一遍（三十五回）。這「大笑」不僅表示了他對自己爲人處事的自信，更說明了當時他心中

的放懷。這時的他是快意的，滿足的——眞正將內心隱藏的世界豁了出去的滿足。

但是，梁山泊規模未大，老天注定他還得回來，爲未來的梁山帶上更多的人馬。就在他帶著秦明一夥走到將近梁山地界的時候，突然收到了石勇帶來的家書，他父親爲了見他，爲了怕他浪蕩去做不忠不孝之人，捏稱自己已死的家書（三十五回）。這時，孝之一念，又將他拉回了現實。

宋江是幸運的，這次他夥同花榮等殺官造反的事，官家並不知曉，青州知府申報朝廷的文書只說「反了花榮、秦明、黃信」（三十五回），並無宋江名字在內。因此，他回家之後，鄆城縣的公人探聽得知，將他捉去，爲的還只是他殺死閻婆惜的舊案。由於他平日「賙人之急，扶人之困」，所以「滿縣人見說拿得宋江，誰不愛惜他，都替他去知縣處告說討饒，備說宋江平日的好處。」、「知縣自心裡，也有八分出豁他。」他在牢裡也就沒受什麼苦。到了六十日限滿，解上濟州府，也只判了「脊杖二十，刺配江州牢城」的罪（三十六回）。

發配起行之前，父親宋太公特地叮囑他：「你如今此去，正從梁山泊過。倘或他們下山來劫奪你入夥，切不可依隨他，教人罵做不忠不孝。此一節牢記於心。」

重罪既然輕判，宋江當然無可埋怨。父親的教訓，也就是往日飽讀經史的「忠孝」教化，自然又重新盈滿心頭。因此，當他被押經梁山下過，劉唐奉晁蓋之命，要殺公人，迎他上山之時，他便急得要舉刀自殺，說「這個不是你們弟兄抬舉宋江，倒要陷我於不忠不孝之地，萬劫沉埋。」甚至花榮要替他暫時開枷舒息，他也不願，說：

「賢弟，是什麼話！此是國家法度，如何敢擅動？」後來勉強答應，帶著枷，連同兩個公人一同上山。休息了一會，晁蓋等人再三苦留，他又嚴詞拒絕，說出了一番道理：「家中上有老父在堂，宋江不曾孝敬得一日，如何敢違了他的教訓，負累了他？前者一時乘興，與眾位來相投，天幸使石勇在村店裡撞見在下，指引回家。父親說出這個緣故，情願教小可明吃了官司。及斷配出來，又頻頻囑付。臨行之時，又千叮萬囑，教我休為快樂，苦害家中，免累老父惝惶驚恐。因此父親明明訓教宋江。小可爭隨順了哥哥，便是上逆天理，下違父教，做了不忠不孝的人在世，雖生何益！如哥哥不肯放宋江下山，情願只就兄長手裡乞死。」說完了，「淚如雨下。」（三十六回）無限的委屈。

這些曲折，似乎要造成一種印象：宋江後來之反，是逼不得已的，因為他無時不以忠孝為念。其實不然。經史教育的從小薰習，押司職務長久適應，固然已使「忠臣孝子」的理念成了他生命認定的一環，但是，那畢竟是外鑠的。這一個理念始終不曾真正壓服住他那原始的生命衝動——開豁，放任，橫決一切的衝動。所以當他不願上山，說出那一番理由時，才顯得無限委屈，口口聲聲的說，是因為父親的「頻頻囑咐」、「明明教訓」。如果臨行之前，不是父親的耳提面命呢？恐怕又會「乘興」了。此番不願上山的「淚如雨下」，對應了當初要帶秦明等上山的「大笑」，何等嘲諷！

離開了梁山，一路上雖然有不少風波，但是因為他「江湖上相識多，見的那一個不相助？」（三十六回）所以非但無事，反而又結交了許多江湖好漢。

來到江州，因為宋江「身邊有的是金銀財帛」，所以滿牢城營裡的管事，沒一個不喜歡他，一點苦也未曾受。後來又有戴宗，李逵為

伴，終日逍遙，全不似一個配軍。

按理說，宋江一個犯人，能夠受到種種額外的禮遇，得以逍遙自在，應該是不會有事的，誰知卻就在這裡，演出了大劫法場，反上梁山的好戲。

誰逼他，沒有！是他自惹的，是他自己先說要造反，然後官家才要逮捕他的。起先並沒有一個官家「無緣無故」的惹他。

他一個聰明人，怎麼會無緣無故的說要造反？造反當然不是明說的，不過，「酒後吐真言」，無意中卻將他那潛藏已久的心意表露了出來。

事情是這樣的：有一天，他找戴宗、李逵不著，一個人百無聊賴，便到潯陽樓獨沽自飲。人間最是獨飲易傷情！幾杯下肚，便自感傷：「長在鄆城，學吏出身，結識了多少江湖上人，雖留得一個虛名，目今三旬之上，名又不成，功又不就，倒被文了雙頰，配來在這裡。」名不成，功不就，多少委屈，多少感慨！於是乘著酒興，便在酒樓壁上題下了兩首感懷詩：

> 自幼曾攻經史，長成亦有權謀。恰如猛虎臥荒丘，潛伏爪牙忍受。不幸刺配雙頰，那堪配在江州。他年若得報冤仇，血染潯陽江口。
> 心在山東身在吳，飄蓬江海謾嗟吁。他時若遂凌雲志，敢笑黃巢不丈夫。

酒後吐真言，這兩首詩說出了宋江的真正胸懷。詩中不僅顯示了他的自視不凡──「自幼曾攻經史，長成亦有權謀。」和他那不甘蟄

伏的委屈——「潛伏爪牙忍受。」更顯示了他那恨不得橫決一切，凌駕一切的「壯懷」——「他年若得報冤仇，血染潯陽江口。」、「他時若遂凌雲志，敢笑黃巢不丈夫。」

他在江州備受禮遇，逍遙自在，一個犯人而能如此，理當心滿意足，他卻要報仇，要血染潯陽江口。「壞人」黃文炳的問題：「這廝報仇兀誰，卻要在此間報仇！」也便是我們要探尋的問題。江州人沒有一個和他有冤有仇，以前除了閻婆惜、張三和劉高夫婦以外，也沒有人和他有冤有仇，而這幾個仇人，除了張三以外，也都早就被他和他的伙伴們殺了，他要向誰報仇？他為什麼要血染潯陽江口？不為別的，只為他心底有著橫決一切現狀的衝動。這衝動也就是殺人、造反，「他年若遂凌雲志，敢笑黃巢不丈夫」就說明了一切。黃文炳說的：「這廝無禮！他卻要賽過黃巢！不謀反待怎地！」一點也不為過，一點也不冤枉。

意欲謀反的人，官府當然得抓他，這不能叫做「官逼」。

他題了反詩之後，如果及早發現不對，回身將它擦去，不讓有心人發現，便也沒事，可是他回去睡了一覺，酒醒後，卻「全然不記得昨日在潯陽江樓上題詩一節」。將此事忘得一乾二淨了。或許有心的讀者會認為，才昨天的事，怎麼會忘？是不是作者為了配合以後情節的發展，才不得不勉強安上這麼一個「忘」？

一部完整的文學作品，每一個環節當然都有重要的關係。宋江此時的「忘」，也當然是展開往後情節的一個重要關鍵，但是，他的「忘」這一節寫來卻絕不勉強，而是合情合理的。一者，他題詩在醉後，醉後的言語，在醒後往往會記不起來。二者，依心理分析的觀點來說，「遺忘」有時是由於心理防衛機構的作用——將那些對自我有

危害性的記憶禁制了下去。[3]殺人、造反正是一種對自身最具危害性的事件，更是宋江平日最不喜歡，最不敢想到，不願提到的一件事。他再也不敢相信，自己竟然會說出那樣的話，並且將它題在公眾出入的酒樓上，所以事後他「全然不記得」了。

但是，這卻是事實。或許可以說是酒害了他，酒後自我制約作用鬆散，潛意識顯豁而出，洩漏了他自己平常也不願承認的內心祕密——殺人、造反的衝動與意念。

事實既已擺明，官府當然要抓人，於是眾好漢群來劫救，殺人放火。事情因他而起，他沒話可說，只好反上梁山。這不能說是官逼民反，官家一向對他是很好的。

宋江反上梁山，又帶了一大批人馬上山，這便是前面提到的梁山好漢的第三度大集結。梁山泊從此聲威大振，氣勢迥然非前時可比，儼然成了山東、河北一帶江湖心目中的最後靠山，聞風來投者便陸續於途。他們或者為宋江舊識，如武松、孔明、孔亮等，或者久為宋江好義之名所引，如魯達、楊志等。楊志的話可為最好的說明：「楊志舊日經過梁山泊，多蒙山寨重意相留。為是洒家愚迷，不曾肯住。今日幸得義士壯觀山寨，此是天下第一好事。」（五十八回）他以前之不肯留住梁山，非為「愚迷」，是因為以前山寨中無宋江，以前不若是之壯觀也。

由此可見，不僅奠立梁山基礎的三次人馬大集結，皆因宋江而來，以後梁山之所以能在此基礎上繼續坐大，人馬陸續匯集，也仍然是因為宋江而來。

---

[3] H. J. Eysenck and W. Arnold, R. Meili ed., *Encyclopedia of Psychology*, "Forgetting"，（臺北：玄彬出版社影印本，1973）。

　　既經坐大，官府要收剿便難。難以收剿，對各路英雄好漢便有號召力，對於些前來征剿的軍官，也便有了更好的策反本錢。加上朝政仍然不明，於是，那些所謂本來同是「上應天星」、「上界星辰契合」的軍官——從現實的觀點來說，就是和宋江等人同樣有著敢於豁出去的個性的人——便也一個個歸入梁山，成為梁山的一員頭領，終於完成了一○八條好漢的大聚義，建構了一個有規模、有組織的反抗集團。

　　從以上的分析，我們可以很清楚的看出，在梁山的建構過程當中，宋江不僅扮演了穿針引線的角色，更是使游離現實社會秩序的各路人馬、各方好漢，匯集到梁山來的主導力量。前面所謂的宋江締造了梁山泊，道理就在於此。

　　這裡另外要附帶一提的是：在宋江吟反詩，上梁山之前，何以先要有他前後兩度離家遊歷江湖，備經風霜險厄的描寫？——一次私逃，一次被押，為的都是閻婆惜的命案——因為這也是一個關鍵性的問題，有順便加以說明的必要。

　　在傳統的敘述文學中，「歷劫」、「考驗」常是一個英雄達到成熟階段，所不可少的一個要件——這也就是孟子所說的：「天將降大任於是人也，必先苦其心志，勞其筋骨，餓其體膚，空乏其身，行拂亂其所為，所以動心忍性，曾益其所不能。」這一段話所闡明的意義——宋江這前後兩度的歷劫江湖，幾次幾乎亡身的經歷，當然也有這個意味在。但是，由於這段經歷之後，他實際上的形象和以前並沒什麼改變，因此，這段文字的重點也就不在於此。他之所以需要有這兩番歷練的道理，在於這種實際的亡命生涯，江湖體驗，使他得到了真實的印證，印證了自己在江湖中確實有著相當的聲望和影響力。

他一向雖然知道自己的仗義疏財，已經在江湖中建立了不小的聲譽，但是，眞正的影響力如何，沒有經過親身的見證，總是作不得準，沒有把握的。這兩番的奔波，雖然歷經險厄，卻終能化險爲夷，因爲不論何方好漢，一聞宋江之名，莫不敬奉非常，莫不願爲之獻身。這種親身的經歷和見證，使他對自己的能力抱負和影響力，有了眞正而確實的自信。於是對於自身的委屈，對於自己一個小小押司的身分，便有了更豁不開去的憤懣。終於酒後傷懷，多少鬱積、多少不忿，因此宣洩爆發了。因爲，這兩度的歷練，他內心裡已經眞正相信，憑自己的能力、聲望，不該只是困處一隅的吏員，更不該如此落寞潦倒，刺配他方。

這前後兩度的江湖歷練，加深了他對自己處境的不滿，強化了那原本潛藏的反抗意識，爲他的吟反詩、奔上梁山，提供了必要的心理基礎。

六

宋江初上梁山，坐的是第二把交椅，因爲山上原先就有他的結義大哥，年紀比他大十歲的晁蓋在做山大王。晁蓋雖曾想將寨主之位讓給他，他畢竟推掉了。

雖然如此，晁蓋這個寨主之位，在宋江上山之後，遲早總會出問題的。因爲，如前文分析，梁山泊的好漢，大部分原是衝著宋江來的，在他們心目中，原就只有宋江一人。晁蓋除年紀大些以外，和衆人的因緣遠不如宋江深，在聲望上更遠不如宋江廣。這些人講究的既然是因義而聚，晁蓋在江湖上，原也不甚以義聞名，他自己且還

受過宋江仗義相助之恩。因此，很自然的，宋江一來，眾心所向便在宋江，多少大事，便多取決於宋江，晁蓋實際上不得不成為了「虛君」。

但是，名不正言不順的事，終究不能長久。宋江在眾人心目中的聲望，既然遠在晁蓋之上，一上山不久，更接著樹立了幾椿大功，如擊潰祝家莊等，氣勢當然更自不凡。這對晁蓋來說，雖說他和宋江久為結義兄弟，但心裡終究是不好受，所以當他們議打曾頭市時，晁蓋要親自出馬，宋江勸他：「哥哥是山寨之主，不可輕動，小弟願往。」晁蓋說：「不是我要奪你的功勞。你下山多遍了，廝殺勞困，我今替你走一趟。」宋江苦諫不聽。晁蓋忿怒，便點起人馬，「請啟二十頭領相助下山。其餘的都和宋公明保守山寨。」（六十四回）「不是要奪你的功勞」的言語，「苦諫不聽」、「忿怒」的表現，在在都說明了晁蓋的「賭氣」。賭氣的對象，當然是宋江。這再也不是兄弟義氣的問題，而是現實情勢的問題了。

梁山泊如果要成為一個有嚴密組織的團體，二個大頭領之必須去掉一個，名不正言不順的情況之所以不能長久是必然的。宋江既然早是眾人心目中歸依的對象，晁蓋之遲早要消失的道理，也是必然的。否則，便構不成一個足以和官家對抗的強人集團了。

晁蓋曾頭市陣亡之後，宋江當然成了名實俱歸的梁山寨王。後來他雖然屢次要讓位給關勝、盧俊義等人——不論是真心或假意——實際上也都是不可能的事，因為眾人原本是衝著他來的。看他再三謙讓，要請盧俊義為寨主時，眾人的反應可知：「吳用勸道：『兄長為尊，盧員外為次，人皆所伏。兄長若如是再三推讓，恐冷了眾人之心。』原來吳用已把眼視眾人，故出此語。只見黑旋風大叫道：『我

在江州捨身拚命,跟將你來,眾人都饒讓你一步。我自天也不怕!你只管讓來讓去做甚鳥!我便殺將起來,各自散火。』武松見吳用以目示人,也發作叫道:『哥哥手下許多軍官,受朝廷誥命的,也只是讓哥哥。他如何肯從別人?』劉唐便道:『我們起初七個上山,那時便有讓哥哥為尊之意。今日卻要讓別人!』魯智深大叫道:『若還兄長推讓別人,洒家們各自都散。』」

梁山泊既是宋江締造的,除了他,便沒有人可以做得梁山的寨主。否則,雖不一定「各自都散」,卻再也不會是如此規模的梁山泊了。

七

宋江一接寨主之位,就將原來的聚義廳改為忠義堂。此舉不只表現了宋江和晁蓋的不同,更說明了從此以後的梁山泊,已不是晁蓋時代的梁山泊。

聚義是眾義相聚,也就是眾人因義聚合的意思。義是這個團體的成員共同相許,互相認同的信念。但是,義指的是朋友間的平行關係,眾人因義相聚,如果就是代表個團體的精神,那麼團體中的成員彼此之間,就沒有真正的統屬關係。換句話說,也就是這個團體的組織,是多頭的、散漫的,同時「聚義」的取義,是只就這個團體的組成因素而言,它並沒有蘊含這個團體組成之後的目標。

忠義以忠帶頭,明顯的便在原來的平行關係上,安上了一個上下直行的尊卑關係,使這個原本沒有彼此統屬的散漫聚合,成了關係縱橫交錯,有上下秩序、有組織、有綱領的團體。此外,忠義兩字更已

隱然的將這個團體，導向某一個方向，它似乎是有所宣示：眾人雖然以義相結合，卻並非不忠之徒。這不只是指著團體內個人對集體、下級對上級的關係而言，更可以是指向整個團體對國家的關係。宋江無論如何是不願承擔一個不忠不孝之名的。忠義堂的取義，實際就是宋江個人性格的反映，此後梁山泊的性格，幾乎就等於是宋江的性格。忠義一如孝義，如前所述，內部隱含著自相衝突的矛盾，接受招安與否的歧議，就是這種性格的表現。

「替天行道」也是宋江上山以後，才叫出來的口號。這個口號後來就寫在一面杏黃旗上，高高的豎立在梁山之巔，成了梁山泊的一個鮮明標幟，成了眾好漢共所認同的精神信念。

這四個字的意義，看似簡單明瞭，無非是天下無道，我輩挺身而出，替上天執行公理正義之謂。但是，仔細分析下去，卻並不如此單純。

不論所行所為果真合乎「天道」，「替天行道」這句口號，卻已十足的表現了狂傲自大，不可一世的心理，深究下去，在亂世中擺出這麼一個口號，更隱隱然的，是有把自己當作「救世主」的意味。替天行道，即是「伐罪救民」。伐罪救民，乃王者之師所事。

從現實的觀點來說，這句口號固然可以解釋成，只是行俠仗義的另一面，也就是為社會剷除敗類，維護正義，但是，卻也可以解釋成，如李逵所說的「當大皇帝」去。因為社會不寧的基本原因，是「朝廷不明，縱容奸臣當道，讒佞專權，設除濫官汙吏，陷害天下百姓。」（六十四回）欲替天行道，便得要取無道而代之。「不明」正是無道。此所以正史上多少反叛者，都著有類似「替天行道」的口號。

　　宋江的造反有這個意思嗎？除了李逵屢次叫叫嚷嚷之外，傳中沒
明顯的說，但是「他時若遂凌雲志，敢笑黃巢不丈夫」的含義，卻正
是如此。他平時的某些心理反應，也顯示了他之自視不凡，絕不僅僅
是把自己看成一個「俠義中人」的角色而已。當他率眾兩打祝家莊被
困之時，他的感慨是：「莫非天喪我也。」（四十八回）這感嘆的背
後心理，隱然是個自許上應天命的人。（孔子受厄，「天之將喪斯文
也」、「天之未喪斯文也」的感嘆與自信，可相對照。）兩打東昌，
回歸山寨時，他對眾兄弟說的：「自從晁蓋哥哥歸天之後，但引兵馬
下山，公然保全。此是上天護佑，非人之能。……被搶捉者，俱得天
佑。非我等眾人之能也。」雖說也是自謙之辭，表現的心理卻是一樣
的。

　　但是，某些觀念的作用，卻使得替天行道所隱含的霸氣，始終不
顯。他顯然相信一〇八條好漢的相聚，是「上符天數，下合人心」，
忠字帶頭的忠義一念，卻使得他但願相聚只為「共存忠義於心，同著
功勳於國」，「替天行道」只是為了「保境安民」。（七十一回）

　　「替天行道」這個口號，無疑的隱含著反叛的意識，但是，在宋
江領導下的梁山泊，這句口號卻真的就只是成了「仗義除奸」、「為
民除害」的代名詞了。由這句口號的運用及實際，同樣的表現了宋江
那既要豁出去，又豁不出去的個性。

八

　　雖然宋江內心裡，久有反叛的影子，所以才會一遇衝激，隨即豁
了出去，但是，孝順的天性，加上傳統經史教化的長久薰習，以及押

司職務的長期順應，「忠臣孝子」卻更早已是他所認定的理想人格。在正常的現實生活當中，「不忠不孝」對他來說，無寧是一件絕難想像，絕難忍受的事情。問題就在於這種理智的認定與理想，始終不曾將那潛在的、跳躍的反叛壓服下去，化於無形。所以他才會造反，才會率眾上山。否則即使外力再逼，儘可如王進一般的遁逃了事。

反過來說，造反之後，一經穩定安息下來，那忠孝的理念卻又使他對自己的作為，感到不安。「替天行道」或許就是在這種矛盾的心理下，提出來的一個含混的口號吧！這個口號雖說隱含著狂傲自大的反叛意識，卻也可以化成只是行俠仗義的代名詞。至少，「替天行道」的號召，對一般人來說，是不會臆想到殺人、造反那上頭去的。

這種一開一合、忽伸忽縮的心理表現，結果就是不能真開，也不能真合，最後當然是造反了，又不願意真造反。這是宋江的個性，也就是梁山泊的個性。梁山泊之所以要接受招安，而且終於接受招安，因此也就不是件奇怪的事情，因為宋江一直就認為他自己的反，是逼不得已的。

招安並不是他上山之後才想到的事，一個平常以忠孝為念的人，正常的時候，當然是國家法度至上的。早在武松因殺嫂而流浪的時候，他就預祝武松能早日獲得招安了，他當時對武松說的話：「如得朝廷招安……日後但是去邊上一鎗一刀，博得個封妻廕子，久後青史上留得一個好名，也不枉了為人一世。」正是後來梁山泊大夥受招安的心理基礎。

「封妻廕子」、「青史留名」是傳統社會中人，尤其是每一個為官為吏的人，所追求的人生最終目標，當然這也是「飽讀經史」，身為吏員的宋押司的人生理想。

可是，一個小小縣衙門的吏員，又何能博得「封妻廕子」、「青史留名」的機緣？造反、坐大，接受招安，這一條坎坷而又危險的路途，矇矓中就似乎呈現了出來。我們不知他向武松說那些話的當時，心裡就已經有了這麼一條危險路徑的影子與否，但是，畢竟他後來是走上了這條路。而且機會很好，造反坐大之後，他一率大夥接受招安，朝廷果眞就讓他帶兵「去邊上一鎗一刀」了。

但是，歷史的現實，接受招安者的下場，卻總不如他想像的那麼好。曾經是現實秩序中脫軌的老大，是再難眞正取信於原軌道中人的，更何況，當時逼使他們這夥人馬豁出正常軌道的邪惡勢力，並沒有任何的更動。因爲他們的替天行道，實際上只是徒托空言，並沒有眞正的爲天行過道──剷除邪勢力。他們要博個「封妻廕子」，人家卻只是無可奈何，姑且利用之。這就注定了要有悲劇的下場。

再說，果眞他們爲國立了大功，就能如願「封妻廕子」？「狡兔死，走狗烹」是一個更殘酷的歷史現實。更何況「朝廷不明」、「讒佞專權」依然！遼國歐陽侍郎對宋江說的話：「今日宋朝奸臣們，閉塞賢路，有金帛投於門下者，便得高官重用，無賄賂投於門下者，總有大功於國，空被沉埋，不得陞賞……今將軍統十萬精兵，赤心歸順，止得先鋒之職，又無陞授品爵……若將沿途所擄金珠寶貝，令人饋送浸潤，與蔡京、童貫、高俅、楊戩四個賊臣，當此官爵恩命立至。若還不肯如此行事，將軍縱使赤心報國，建大功勳，回到朝廷，反坐罪犯。」（八十五回）便是一個赤裸裸的現實，也是一個無情的預言。

同是自己國內的英雄好漢，說的還是一樣的話。費保對李俊說的正是如此：「爲何小弟不願爲官爲將？有日太平之後，一個個必然來侵害你性命。自古道：『太平本是將軍定，不許將軍見太平。』」

（一百十四回）

　　或許宋江自己也早已知道這一層，因為他畢竟是個聰明的人，但是，他的個性卻使他不願去承認這現實。他那「忠臣孝子」的信念，他那「封妻蔭子」、「青史留名」的想望，使他做了招安的抉擇，更使他在接受招安之後，再無二顧。但是，無可抗拒的殘酷現實，在他剛剛大功告成，剛剛可以「封妻蔭子」的時候，終究是無情的展現了。英雄有淚不輕彈，最後，他卻不得不淚垂，不得不仰天作「得罪何辜」之長嘆。

　　徘徊曲折，到頭來，都是幻。雖如此，無奈心緒矛盾反覆卻依然！臨死之前，唯怕李逵因他的死而造反，「把我等一世清名忠義之事壞了」，將李逵拉了來死歸一處。念念不忘的是那「清名」——忠臣孝子，青史留名。可誰又知，那隱隱的心音，臨死的最終心音，卻又盼望死後魂兒能到「風景與梁山泊無異」的蓼兒洼相聚——好難忘懷的那梁山泊啊！雖云曲終人散場，卻有餘音繚繞永長存：梁山泊←→青史留名。

原載一九八二年四月《中國古典小說研究專集》第四集

《封神演義》中「封神」的意義

一

　　《封神演義》就文學的成就來說，在傳統長篇說部中算不上一流的作品，這幾乎已是評論家一致的公評。但是，若不單就文學的角度，而改換另一個觀點——譬如從民俗的觀點來看，則《封神演義》的重要性卻又顯得相當的特別。

　　對傳統的民間社會來說，直接看過《封神演義》這本書的人或許不很多（由於識字率不高也有關係），但是聽說過有關《封神演義》故事的人卻一定不少，因為一般以描述英雄傳奇為主的作品，其中的故事很容易和民間傳說互為滲透，也易於成為說唱的題材，就像《三國演義》、《水滸傳》、《西遊記》等一樣，藉著故事的說唱或戲曲的改編演出，《封神演義》書中的故事，在民間的流傳層面也相當的廣泛。

　　但是故事流傳的廣泛，卻不一定就代表著特殊的重要性，重要的是《封神演義》故事在民間的流傳，不只是其中的某些「故事」為人所樂道，更是其中的「人物」被世人認了「真」。民眾把書中所說的神，就當作他們所敬拜信奉的神；把書中所說的神的事跡，就當作真的是那神的事跡。

　　或許有人會說，這也沒什麼特別，因爲民間信仰中的神靈，本來有許多就是從傳統小說中來的。話雖如此，傳統小說爲數衆多，單以神仙、魔法、怪異爲主要內容的長篇說部，就有不少，各書同樣的寫出了衆多神鬼仙魔。其中如《西遊記》、《三寶太監西洋記》等書中的神仙譜，大概就和《封神演義》同樣的熱鬧。但是大致說來，它們各自對後來民間信仰的影響，總沒有《封神演義》來得大。①

　　所以說《封神演義》雖然在文學史上不算第一流的作品，但若從民俗信仰方面來說，卻是一本很有影響力的書。

　　而《封神演義》在民俗信仰方面之所以大過於其他神魔仙怪的說部，並不因爲文學方面的成就。長期以來，學界大致已有一個共同的看法，《西遊記》在文學藝術方面的成就超過《封神演義》許多。《西遊記》早就是四大奇書之一，是第一流作品，《封神演義》頂多和《三寶太監西洋記》一樣，屬第二流作品。

　　文學作品對民間大衆影響的情形，一般來說很難從作品本身的文學藝術方面去探討，因爲那是屬於「精緻」的文化，只對受過高深文學薰陶的人起作用。

　　正因爲如此，所以我們如果換個角度來談這個問題，該會更清楚：《西遊記》等書之所以在民俗信仰，尤其是神明對象的認定方面不如《封神演義》的影響廣泛，主要的原因在於《西遊記》等書是藉

---

① 俞樾：《茶香室續鈔》，（臺北：廣文書局，1969年），頁904，卷十九。「東嶽神姓」條云：「吾鄉則但執封神演義之說，且謂東嶽姓黃矣。」。李喬：《中國行業神崇拜》，（北京：中國華僑出版公司，1990年），頁22，提到「封神演義是從業者造神取材最多的一部通俗小說」，以及「封神演義中的人物被奉爲神祇在民間是很普遍的現象，封神演義幾乎成了民間的一部神典」。

著傳統觀念中的神仙鬼怪來說故事，而《封神演義》則是揑合各種神怪鬥法的故事，述說眾神的由來。用更簡單的話來說就是：《西遊記》等是藉神說事，《封神演義》則是藉事說神，也就因此而《封神演義》成了民間信仰的神譜。追根究底，也可以說《封神演義》只是藉著「演義」說「封神」。

二

　　歷年關於《封神演義》的研究，文章已經相當的多，並且也早已有數種論述專書的出版，[②]各種相關問題的研究，其實大部分已經討論得差不多。但是由於歷來的研究者，比較重要的篇章自清朝俞樾的《小浮梅閒話》以下，或者著力於故事內容的溯源，或者用心於文學趣味的分析評論，除少數以外，對於《封神演義》中關鍵性的「封神」問題，討論的並不多。其中沈淑芳專篇來討論這個問題的，算是相當的少見。[③]

　　這也就是說曾經關懷過《封神演義》的學者，大部分都把注意力集中到故事的部分，那些像「歷史演義」的部分，而不大注意到這一部演義之所以稱為「封神」的問題。

　　從《三國志平話》增飾演變而有了《三國志演義》，按道理

[②] 關於《封神演義》研究的專書，有衛聚賢：《封神榜故事探原》，（香港：說文社，1960年）。及柳存仁：*The Authorship of the Feng-Shen Yen I*, (Otto Harrassowitz, 1962)。以及沈淑芳的碩士論文：《封神演義研究》，（1979年自印本）。其餘非專書的專門論文更為數眾多，在此不必一一臚列，下文若有引述時，自當注明。

[③] 沈淑芳：〈封神演義中「封神」意義的探討〉，收於《中國古典小說研究專集第三集》，（臺北：聯經出版公司，1981年）。沈氏該文原為其碩士論文中之一章，後單獨成文發表。

說，從《武王伐紂平話》增飾演繹而出的演義，是也可以成爲《商周演義》或其他以歷史朝代爲名稱的各種「演義」的。但是，它卻稱作《封神演義》，可見原作者的主要作意原本就不在於將該書寫成「歷史演義」一類。自魯迅而下，研究者也多半不把該書歸爲歷史小說，而歸爲神怪小說，原因也正在於認定它不似一般的演義。該書實際上只是藉著演義的體裁來說神說魔，重點不在歷史不在人，因此而「封神」意義的探討，對於該書的理解，就仍然相當的重要，因爲這不只牽涉到本書的作意與內容等問題，也牽涉到該書何以對民間信仰能有較大影響等方面的問題。

　　基於這個認識，所以本文就試著從「封神」意義的探討，來談一談《封神演義》的一些相關問題。雖然如前所述沈淑芳已先有專文討論此一問題。其他學者的文章也有或多或少的談及，但因所持觀點各有不同，[④]因此仍不揣淺陋，試就此一問題作一探討。

三

　　關於「太公封神」問題的理解，研究者一般將源頭追溯至《史記・封禪書》，以及《舊唐書・禮儀志》引《六韜》中的記載。〈封禪書〉云：「八神將自古而有之，或曰：太公以來作之。」《六韜》則云：「武王伐紂，雪深丈餘，五車二馬，行無轍跡，詣營求謁。武王怪而問焉，太公對曰：『此必五方之神，來受事耳。』遂以其名召

---

④ 沈淑芳前引文認爲《封神演義》中「封神」的意義主要如下：（一）崇德報功──封爵的延伸（二）借宗教鞏固政法（三）君權提高的象徵──由封禪發展而來（四）農業社會的神道設教。筆者認爲這些見解並未十分扣緊論題，即《封神演義》這一部小說中的「封神」問題，而有點類似於討論一般傳統社會中的帝王封神問題。

入，各以其職命焉。即而克殷，風調雨順。」⑤

　　這些資料確實反映了自古以來就有姜太公多識神異之事，甚且可能和封神一類事情有所關聯的傳說，而這種傳說也或許就成了《封神演義》之所以描述「太公封神」的背景。但是，即使如此，這種背景也畢竟只是一個背景，和《封神演義》的故事由來，以及其中「封神」的意義的直接關係並不大。

　　從文字的帳面上找資料，關係比較直接而密切的還是宋元以來的小說，以及神仙傳之類的記載。

　　首先是《武王伐紂平話》。一般的人大致知道《封神演義》的故事是由《武王伐紂平話》增飾衍化而來，但是談到其中「封神」觀念的人，卻多半不大注意《平話》中也早已提及「封神」之事，只不過《平話》中提到的「封神」不成體系，和故事情節之間的關係也不明確，因此《平話》當中的「封神」就不構成重要意義而已。但是也正因為如此，才顯示《平話》之為芻形，而《封神演義》為演化定型之作的差別。

　　為論述的方便清晰，茲將《平話》中和「神」、「封神」等有關的資料，按次序條列於下⑥：

　　卷中：

　　1.紂王聞奏，心中大怒，敕令左將軍鰕吼領兵五百趕太子並胡嵩，此人是遊魂神。鰕吼是大耗神。右將軍佶留留，此人是小耗神。

----

⑤ 一般小說史料彙編之類的書，如孔另境的《中國小說史料》等，引述古書中論《封神演義》由來的許多資料，多半引述《史記‧封禪書》等相同的資料，其中論述之廣泛，以俞樾的《小浮梅閒話》為最特出。

⑥ 無名氏：《武王伐紂平話》，（臺北：河洛圖書，1978年）。

紂王又教四門都檢點魏鬼、魏歲，此二人是劍殺二神也。

2.蕩州……本州太守，此是吊客神也。

3.西伯侯之祖是帝嚳之後，姬名棄，是堯王之後，爲后稷神也。

卷下：

1.教崇侯虎爲大將，教薛延沱爲副將，此人封爲白虎神。蔚遲桓，此人封爲青龍神。要來攻，此人封爲來住神。申屠豹，此人封爲豹尾神。戌庚，此人封爲太歲神。

2.太公教建法場。劊子蒙令，斬了崇侯虎，獻首級武王，封爲夜靈神也。

3.太公教斬了。劊子蒙令，斬飛廉首級獻武王，封爲大將。

以上數條資料都談到了「某某爲某神」或「某某封爲某神」等事，表面上看來大同小異，其實在敘述方面卻都稍有不同。略加分辨，大致可有如下幾種情形：

見於卷中各條都直接就說「此人是某神」，並不附帶其他訊息。其中「棄」爲后稷神是古來相傳的說法，而他也不是書中的角色，作者只是在敘述西伯侯的家世時順便提及，因此「棄爲后稷神」的敘述和其他各條有本質上的不同，其他被說成是某神的每一個人都是故事中有所行動的角色。

卷中這些被說成就是某神的某人，其何以又是某神，或者說何以變成某神的緣由，其實很不清楚。如果按照所列卷下各條資料來相互參照，或許卷中的這些「此人是某神」的意思，原本也應當是「此人後來死後被封爲某神」之類，但是由於敘述文字的過於簡潔，相對的

造成了語意的含混，不能傳達明確的意思，[7]因此實際上這「此人爲某神」的陳述到底意涵爲何，還不能十分確定。

　　卷下第1條資料顯示的是另一種狀況。這一段是費仲向紂王推薦崇侯虎等人爲大將時說的話，其中提到了申屠豹等人各封爲某某神。和前述卷中的資料不一樣的是前面只說「此人是某神」，而這一條則提到了某人「封爲某某神」，特別標出了「封神」。雖然如此，但是就整體的語意來說，卻仍屬含混不清。因爲但說某人封爲某神，而不說什麼原因，什麼狀況下封神，則這個「封神」也還是混沌不明的。

　　相較之下，卷下的第2、3兩條資料雖然語句仍然不多，顯示的內容卻已更爲明確。比起第1條資料，不同的地方在於太公下令在法場斬了某人，然後獻首武王，封此人爲某神。[8]這裡很清楚的是某人因戰敗被俘，被斬首，然後被封神。在《武王伐紂平話》一書所述的神和封神諸事中，首次明白標出人的因戰亡而「死而封神」，相較於前述資料的含混不清，這裡給了清楚的概念。此外這裡還提到了封神之儀的主持者──武王或太公。也就是說，後來《封神演義》中「封神」的內涵，即某人爲什麼被封爲神，在什麼情況下被封，由誰主持這一個儀式等等，在《平話》卷下第2、3條資料裡，都已具體而微的呈現了。《封神演義》的結局，正是陣亡諸將士英魂集中封神臺，由姜太公主持儀式，一一封爲各職事之神的「封神大典」。

　　大體來說，在《武王伐紂平話》中，各路英雄之稱爲某神，或

---

⑦ 文字過於簡單容易滋生含混，譬如此處的「此人是某某神」的說法，如果沒有其他的資料以供對照，則依照傳統通俗小說的一般說法，它所指的也可能是綽號，或該人是天上某神下凡，或該人以後成了某某神等等，難以確指。

⑧ 這幾條中所說的封某人爲某神，到底是由武王封他們爲神，或太公封他們爲誰，稍欠明朗，依前後文意當是武王才是。

被封爲某神的敍述，前後情形不太一致，所顯示的意義因此也不很明確。這種現象正說明了《平話》的民間性。在民間說話人心目中，改朝換代爭戰中的帝王將相本來就充滿著傳奇性，甚且神異性，也因此而其中的英雄之爲神、爲人，有時界線就不大清楚。從這一方面來說，而《平話》的內容有時候也呈現了「封神」的事跡，但又不很明顯確定的述說「封神」爲何事，也就可以理解了。因爲敍述旁雜，作意不明確於一端，亦是民間說話的特色。

但是無論如何，由上面的說明可知，《封神演義》不只故事是由《武王伐紂平話》衍化而來，其中的「封神」之構思，也是由《平話》發展而來。所不同的只不過是《封神演義》把原本《平話》中稍嫌混亂不一的寫法，統一爲系統而清楚的概念而已。

四

元明之際刊行的神仙傳之類著作，也有提到武王伐紂之戰和封神一類的事。雖然其中的「封神」和《武王伐紂平話》以及《封神演義》中的「封神」，稍微有一些差別，但是，由於說的同是「神魔大戰」且及封神事，並且以前的研究者從未提及此項資料，因此特爲轉述說明如下，以爲參證。

《新編連相搜神廣記》前集的〈玄天上帝〉條，引《元洞玉曆記》云：

> 殷紂主世，淫心失道，矯侮上天，生靈方足衣食，心叛正道，日造罪愆，惡毒自橫，遂感六天魔王，引諸鬼眾，傷害眾生，毒氣盤結，上衝天空。是時，元始

天尊說法於玉清聖境，天門震開，下見惡氣彌塞天
境，於是妙行真人叩誠求請，願救群黎。元始乃命玉
皇上帝降詔紫微：陽則以周武王伐紂，平治社稷；陰
則以玄帝收魔，間分人鬼。當斯時也，上賜玄帝披髮
跣足，金甲玄袍，皂纛玄旗，統領丁甲，下降凡世，
與六天魔王戰於洞陰之野。是時，魔王以坎離二炁化
蒼龜巨蛇。變現方成，玄帝以神力攝於足下，鎖鬼
眾於酆都大洞。人民治安，宇宙清肅。玄帝凱還清
都，面朝金闕。元始敕命以玄帝功齊五十萬劫，德並
三十三天……不有徽崇，何以明德，特賜尊號，拜玉
虛師相玄天上帝，領九天採訪使。⑨

　　這一則資料和後來《封神演義》的成書是否有關，並不是討論的
重點。重要的是它談的也是武王伐紂，而且也是神魔齊出，共同參與
人間改朝換代的爭鬥。這種陰陽兩界互為呼應，又分別而戰的寫法，
相當的特別。兩界分途而戰，當然不等於各不相關，因為故事中先已
明說，那些為惡人間，塗炭生靈的魔王鬼眾，乃是感紂王之無道而
生，所以玄天上帝的剿滅魔王鬼眾，就等於剿滅無道的紂王的氣焰，
因此陰界的大戰，與陽界的大戰是二而為一的，是正派的神人與邪派
的魔王鬼眾的大戰。從這一方面我們可以看到這一則故事和《封神演
義》的同質性：故事中那些魔王鬼眾，實際上就等於《演義》中助紂
為孽的截教各路神魔、各方妖道；受元始天尊之命而下來平魔的玄天

---

⑨ 秦子晉：《新編連相搜神廣記》，（臺北：學生書局，1989年），頁28-29。

上帝及部將，就等於同樣也是受元始天尊之命來助周的姜太公等闡教門徒。⑩

玄天上帝因平定魔王之功，受元始之加封爲玉盧師相玄天上帝。這種「封」等於人間帝王對有功大臣的加封，和《封神演義》中的「封神」是不大相同。但是如果從另一個角度來談，則兩者之間依然有其類似之處。民間信仰中的神祇的故事，常常有著解說神明職事、爵位由來的特性，這則玄帝助周伐紂的故事，最後說玄帝封爲某某，也就是這種解說特色的表現。從這一方來說，《封神演義》中的「封神」是也有這麼一種性質。關於這一點，下文會有稍微詳細的說明。

五

《封神演義》之所以用「封神」爲稱，其實正因爲它所說的是「神」的故事，「神」的由來的故事。作者的主要目的就是藉著武王伐紂的故事架構，來爲民俗信仰中的神職神名等等之由來，提出一套解說。

這其中，不只故事大綱取材《武王伐紂平話》，「封神」概念的描述與運用，也同樣有著來自《平話》的啓示，其情形已一如前述。

在傳統信仰的發展史上，神是怎麼來的，什麼神管什麼事，以及什麼是封神等等，應當都是相當複雜的問題。但是，這些很複雜的

---

⑩ 俞樾：《小浮梅閒話》，引《周書・克殷》，謂武王征四方，馘魔億有十萬七千七百七十有九，俘人三億萬有二百三十，魔與人分別言之。以及封神傳可以易名爲「馘魔傳」。筆者以爲此處所引搜神廣記中之伐紂故事，正是馘魔傳。

問題在民間的觀念裡，卻也可能很簡單。人們多半認為世間有人，也有鬼神。神不一定是人死之後做的，但人死之後雖變成鬼，其中好的鬼，能夠保護人的鬼，人們也可以就以他為神。

漸漸的社會變得複雜了，在世間有了帝王官府和百姓的分別，人若要管眾人的事，必須有官家（公家）賦予的職位，也就是要得到官家的「封職」。這種觀念反映到神界上，人們有時就認為神同樣必須經過代表權威者的「封諡」，才能有各種「神職」。

元明以後所出的各種小說和神仙故事中，仍然隨處可以找到反映這種觀念的資料。在進入《封神演義》之前，把周圍相關的觀念，做一大略的考察，相信對於本題的了解，能有一些輔證的作用。

大致說來，神的由來是由於人們的認定，譬如由自然崇拜衍變出來的山川大地樹石之神便是如此。人們認為某某有神而加以崇拜，則某某便是神。而這所謂的某某便是神的認定，則可能由模糊的概念，而漸為具體的擬人化。[11]

但無論如何，原本人們以為什麼對象有神，什麼對象是神而加以崇拜，是沒有什麼「封」典的。筆者故鄉長期以來人們膜拜的「茄苳王公神」，就是一個好例子，人們只認為那巨大的老茄苳樹有神，大家就都來祭拜祈求，至於為什麼只有那大樹有神，別的大樹就沒神，或這樹神叫什麼名字等等。人們是不會計較的[12]。

---

[11] 孫璧文：《新義錄》，（臺北：學生書局，1989年），頁87。鬼神類中的「楊泗將軍」錄的考證有云：「按邱瓊山有言曰，自有天地即有山川，既有山川，即有所以主之者，是則所謂神也。後人增加封號，且求其人以實之，失之鑿矣。」所說的便是這種信仰的對象有從模糊而趨向具體，人格化的現象。

[12] 筆者故鄉臺灣彰化市。所住村莊叫做「茄苳腳莊」，即以該茄苳樹為名。今分為茄苳、茄南兩里，村裡的人仍每年定期祭拜「茄苳王公」。

　　一些後來廣爲人知的神靈，原本也只是人們以爲有神（不論是基於崇德報功或其他因素），就加以崇祀，並沒什麼「封」事。⑬

　　但是後來畢竟有了「封神」的觀念。這種「封神」的觀念反映的是世間帝王對臣下授權封職的權威。歷來封神一類事總是帝王家的特權，即使某些地方也分別有地方官封某爲神的記載，追根究底，他代表的還是帝王的威權。

　　這種官家封神的事，大致分爲兩種，一是原本有神，經帝王加封、追封，推尊神職神爵，另一種是帝王封之爲神。⑭歷代史書及其他資料所載帝王追封某神爲某尊神的事頗多。⑮這種追封、加封，雖然說是對神功表示尊崇，其實表現的正是帝王權威的擴充，因爲在百姓的心目中，神是因爲人間帝王的追加之封而更顯神威遠播。

　　在民間的觀念裡，還有另一種封神。人們認爲人間官職由帝王所封，神界的神爵或神職，理當由天帝（或天界其他尊神）所封。⑯

---

⑬ 例如前引《連相搜神廣記》所記的〈清源妙道真君〉條云：「民感其德，立廟於灌江口奉祀焉。」〈揚州五司徒〉條云：「後人思其德義，立廟祀之。」〈威濟李侯〉條云：「父老相率為立香火之地而祠之」等等，都是人民自己以為該祀之為神就立廟而祀，沒什麼「封」典。

⑭ 例如通俗小說，《狄青初傳》第六十一回寫皇帝封有功慘死之宮娥為天妃天母，其後又云：「寇宮女、陳琳死去，未沾國家一點之恩，須及早追封，使得仙靈有感」。此種觀念即表示因帝王之封而有神。引文見《狄青初傳》，古本小說叢刊第二六輯，（北京：中華書局，1991年），頁1269及頁1277。

⑮ 此種歷代追封，加神尊號的事，自唐代以下史不絕書，元明以下所出神仙傳如前引《連相搜神廣記》等所收各條神明傳記，多記各神受歷代帝王加封一事。顧炎武：《日知錄》卷三十〈古今神祠〉條亦論古今此種封神祀神之事。

⑯ 例如孫璧文：《新義錄》，頁152，「廁神姓名不一」條云：「天帝憐之，封為廁神」。而〈新編說唱寶蓮燈華山救母全傳〉卷上云：「天帝見喜，二郎封為西川灌口妙道真君，三娘封為西嶽華山三仙聖母。」引文見《董永沉香合集》，（臺北：明文書局，1981年），頁245。

總之，在民間信仰當中，神原本不是經過誰的「封」而後才有。但是，在人間帝王權威確立之後，一切管理眾人的職位須經帝王的授權分封才屬合法，相應的就推衍出神以及神職也須經過封諡或加封而有的想法。而不論是真正的人間帝王的封神儀式，或想像當中的天帝封神故事，無非凸顯了一個現實：有權「封神」的人，或者說主持封神之事的人，代表的是必定是眾人公認的至尊權威。

六

討論了相關的外圍的觀念之後，現在可以直接討論《封神演義》的「封神」問題。

如前所說，其他小說如《武王伐紂平話》等也多少談了封神的事，但是由於這不是它們主題所在，所以所談便零散而不成體系。《封神演義》則不然，它的內容雖說以武王伐紂為主，但全書情節的發展，卻是以「封神」一事為貫串。一如《西遊記》，雖然書中妖異紛擾，似乎各不相關，但全書終以三藏師徒取經為主軸，貫串而成為一體，《封神演義》亦然，書中無數神魔驚奔掀鬥，為的是最終投向「封神臺」，共同完成封神大事。「封神」這一主題，使全書的敘述脈絡，終於由紛紜歸於統一。

人們所崇拜的神，本來不一定要經過什麼封神的儀式才變成有神，而且眾多的神祇當中，也不一定都是人死之後的鬼魂所化，這些觀念前面也都已談過，但是在《封神演義》中，透過「封神」這一個儀式，把一切都制式化了。不論原來是人還是神、魔、妖異，那些後來奔向封神臺的各路英雄好漢，都必須經過「死亡」的關卡，成為鬼

靈之後，才能受封成神。

　　要理解作者何以如此描述安排，以及這樣安排的意義爲何，可以從幾個不同的方面來分別加以說明。

　　首先從作者身分的認識上來說明這一個問題，因爲這在「作意」的理解上，是一個重要的環節。

　　經過柳存仁、李光璧等前輩學者的悉心考證，《封神演義》的作者是明代中晚期的道士「陸西星」，大概已受學界的肯定。⑰

　　一個作家的作品會反映出他的出身背景，是一件很自然的事。而如果作品的內容又和他的出身、職業有關的話，則作品中會顯露作者的身分標幟，更是很正常的事。

　　道士在傳統的中國，是一種身分，也是一種職業。《封神演義》的內容是和道教有關的神魔傳奇，作者既然身爲道士，在他的書裡，會刻意的標舉「我道獨尊」，原不足爲奇。

　　在這一部以「演義」寫「封神」的書中，有關「封神」的種種安排，無非在於凸顯道教的尊崇，強化道士的權威。

　　首先，從故事的內容來說，書中雖然說寫了所謂的「三教」（傳統用以指稱儒、釋、道），其實卻只用心寫了「闡、截」二教。而這「闡、截」二教，根本就只是代表道教的正、邪兩方。

　　作者當然也寫了佛教人物，但是卻又刻意的把中國信仰中幾尊主要的佛菩薩，都拉來當作闡教的門徒，然後把他們說成修道有成之

---

⑰ 柳存仁前引文。後來柳先生又有多篇中文單篇論文，論及《封神演義》並作者陸西星。各文後俱收於柳存仁：《和風堂文集》，（上海：上海古籍出版社，1991年）。李光璧：〈封神演義考證〉，《中和月刊論文選集第四輯》，（臺北：臺聯國風出版社，1974年）。

後，才到西方證成佛果。[18]這種寫法就等於是古代《老子化胡經》，把佛說成是老子西去所化的翻版。雖然書中後來也寫到「接引」、「準提」等二位「西方教主」，但這二位教主也只是助成「封神」大事的頂尖高手，再怎麼說都只是輔佐的角色。

再由「封神」的描寫本身來看，也顯示了作者刻意提高道教、道士地位的用意。如前所述，古代的所謂封神，不論是現實的世間或想像中的天界（神界），主事者必定是帝王、天尊之流，代表的是最高權威的行使。

但是在《封神演義》中，主持眾多神明封神分職大典的卻是姜太公。雖然書中說他只是代表元始天尊，或者說奉元始天尊之命主持封神，畢竟他當時的身分只是一個還沒了道成仙的「道士」。[19]

古代的人們之以某某為神，信某某為有神，其中或許不免有巫覡的居中作用，但是巫覡「封神」的事卻未見，因為「封神」之類的事畢竟是在帝王權威已風行之後。同樣的，後來有了「封神」一類事之後，某些「封神」或「神之加封追尊」的事情，或許有著道士的居中推介，但是卻從來沒有見過道士可以「封神」的正規記載。

前面已提到，「封神」之典就某一方面來說，是使受封之神因而神職確定，或神威更加遠播，另一方面卻又同時更強化、證明了主持封事者的權威地位。因為神明是由於他的封而有神，或因為他的追

---

[18] 《封神演義》四十四回中說：五龍山雲霄洞文殊廣法天尊，後成文殊菩薩，九宮山白鶴洞普賢真人，後成普賢菩薩；普陀山落伽洞慈航道人，後成觀世音菩薩。把這些著名的菩薩說成原本是姜太公的師兄道友，後來才西去學佛成菩薩。

[19] 《封神演義》第十五回，元始天尊對姜子牙說：「你生來命薄，仙道難成，只可受人間之福。」第八十四回，老子、元始對子牙說：「今日來，我等與十二代弟子俱回洞府，俟你封過神，重新再修身命，方是真仙。」可見封神時的姜太公只是個道士。

封尊號而神名有威，顯示的十足是主封者的威儀廣被。歷來這種封神大權最後總歸帝王（或代表帝王權威的命官），或想像中的天帝、天尊，道理就在於此。

而今，《封神演義》的作者，把歷來傳說不一，原本各不相統屬的眾多神明，經過故事的特殊安排穿插，說成是經由姜太公主持的「封神」大典而成神。雖然說姜太公的「封神」，如前引各項資料所示，很可能早已有片片斷斷的傳說，但是那些資料實際上零零散散，從來就不夠成一個完整的體系。《封神演義》是完整的寫出了一套封神大典，而且所封者爲包含人天各界的眾多職司之神，可以說是重新排定的一份神譜。在這種情況下，作者安排了實際上具道士身分的姜太公爲「封神」儀式的主持者，其中有往道士身上貼金，抬高道士在民間信仰中地位的用意是很明顯的。

書中在這裡還特別強調，說「封神」之事原本是「三教共議」，所以「榜中之姓名，三教內俱有」，[20]但是一切的儀式卻都由元始天尊的代理人姜太公來執行，這種刻意強調道教之尊，推重道士的寫法也是很清楚的。

除了這些以外，作著藉著「封神」的描寫，更表現了一個道士的特殊觀點：仙超乎於神。因爲管理天地眾生的神明，原來是亡靈，是經由仙尊、道士的加封，他們才得以爲神。[21]由此而三界之中，唯道爲尊，唯仙爲貴的觀念，就表現無遺。

---

[20] 引文見《封神演義》，第四十七回。

[21] 《封神演義》書中處處強調神道不如仙道的觀念，如第三十八回云：「大抵神道原是神仙做的，只因根行淺薄，不能成正果朝元，故成神道。」第七十七回云：「根行深者，成其仙道，根行稍次，成其神道；根行淺薄，成其人道。」

七

接著要談的是《封神演義》中「封神」過程的安排問題。這裡所說的過程，不只是最後在封神臺，由姜太公逐一唱名封神的場面，而是從所謂的「三教共議封神榜」，搭建封神臺開始，直到眾神歸位封神為止的整個過程。

前面已經一再提到，民間信仰中神的由來，多種多樣，不一定都是「人死為神」，而且，即使人死不為鬼而為神，也不一定須經由什麼「封神」的儀式。但是，《封神演義》中那些最後終於受封為神的各路豪傑，卻都是因為戰爭而陣亡，然後魂進封神臺，經受封而為神。這種寫法其實有著特殊的意義。

《封神演義》中的封神過程，可以用簡單的圖式來表示：

人（或妖魔等）→戰死→魂進封神臺受封→神

這個圖式表示的就是在《封神演義》裡，人之得以為神，必須先死，[22]而且是因戰而死，然後才可以受封成神。也就是說，「死亡」是人神身分轉變之必須經過的一套關卡，但是還有附加條件，他必須是因戰而死，才能取得通過這套關卡的執照。戰爭實際上就是整個封神儀式的一部分。

為了「封神」而《封神演義》中的戰爭描寫，變成了很具有儀式

---

[22] 《封神演義》中屢屢言及《封神榜》中無名者，不會戰死，如六十一回：「封神榜上無馬元名字」，因此馬元就不該死。而榜上有名的，則無論如何，必死去無疑，第六十五回的詩句云：「封神臺上有坐位，道術通天難脫逃」，說的即是此意。

性，道理也在於此。腐敗的、老舊的世界應當改變更新，代表新興的勢力因而起來，這新舊兩股力量，終必有正面衝突的時候。這個衝突就是戰爭。戰爭使得世界更加混亂，可是戰爭也是爲了結束混亂，通過戰爭，在《封神演義》中，就是武王伐紂，而混亂的世界終於重歸有序，新的勢力代替了舊的勢力。[23]在《封神演義》的世界裡，「世界」是陰陽兩界，即神人兩界共存，也是共有的。世界重歸有序，就是神人兩界各安其宜，因此兩界中一些爲戰爭而陣亡的豪傑英魂，必須有所安頓。「封神」正是使這些英魂各有所歸，各有所司。一方面他們因此而有了定位，神界回歸到秩序；一方面，神既各安其職，人間當然也從此是一個新的安和的世間。[24]

　　另外，《封神演義》的爭戰雙方，實際上也就是神、魔兩方。這神魔兩方是水火不相容的死對頭，可是卻又是同出一源，原本若非師兄弟，也是朋友。這種現象和世界其他一些宗教神話傳說中的神魔鬥爭，情形頗爲相似。[25]因爲善惡本出一源，所以藉著戰爭、陣亡這一儀式的洗禮，而原本不論是惡是善，終於又殊途同歸，皆得封神。因爲「死亡」這一關卡，已把不同質性的人魔妖異，化爲同類。又更因爲都是經過戰爭而死，這些爲同類的鬼靈之間的同質性就更高，各自生前的善善惡惡等歧異，已皆消泯，因此而可以同進封神臺受封爲神。《封神演義》裡的戰爭場面之所以爲儀式性，並且也是「封神」

㉓ 戰爭之儀式性的功能參考：Mircea Eliade, *The Myth of the Eternal Return*, (Princeton Univ., 1974), pp.28-29。

㉔ 封神爲安亡魂，並使世界安和的觀點，《封神演義》第九十八回即云：「屢年陣亡人仙，未受封職……往崑崙山見掌教師尊，請玉牒金符，封贈衆人，使他各安其位，不使他悵悵無依耳。」第九十九回詩云：「仙神人鬼從今定，不使朝朝暮草萊」等皆說明此意。

㉕ 神話或傳說中神性人物的兩極對立性與融合性的觀點參考：Mircea Eliade, *Patterns in Comparative Religion*, (London, 1979), pp.417-419。

過程的一部分，其內涵意義當從這一角度來理解。

八

　　《封神演義》藉著武王伐紂的故事，寫出神人兩界的正邪大戰，並因此而導出了「封神」的主題。故事的結局是該受封者一個個在戰陣死亡後，靈魂便到封神臺會集，然後由姜太公一一點名，授予神名和神職，一如人間在天下大定之後之分封（《封神演義》在封神之後，接著便是分封諸侯，表示天人兩界各已安定）。

　　經姜太公所封的這許多神，雖然並未包括道教或民間信仰中的所有三界神靈，但卻已經是神職廣及各界的神譜了。實際上這就等於一分新的、職司明確的神譜。和早期道教的神仙譜如〈真靈位業圖〉等，不只確定的指稱了封神的經過緣由，並說明了由誰主持封神儀式，及儀式的過程。

　　但是更重要的是《封神演義》是藉著「演義」寫「封神」，一大堆豐富的「演義」內容，實際上就等於是眾神成神之前的故事總集。這也就是說，《封神演義》幾乎就等於是眾神由來的解說集，它為每一位神明之所以為神的經過提供了解說性的故事。《封神演義》之所以對於後來的民間信仰有著那麼大的影響，就在於小說透過「封神」的描寫，使得全書終於變成好像一部「神明傳說集」——專門解說神明由來的傳說故事集。

　　民間信仰的特性之一就是他們信仰中的神明，如果他們認為那是和他們關係密切的，則神明的性質形象，會由遙遠超越，或消極模糊，漸漸轉變趨向於具體而積極。於是沒有名字的會變成有名字，未

擬人化的會變成具體的人格化。這樣一來人們才能充分的感受到神的親切,神的如在左右。㉖

　　《封神演義》中的「封神」,就在於把許許多多的本不具人物性格,或性格不明的神明,這一些民間信仰中的空白,用充實的人格的形象給填補了起來。從此人們心目中的那些眾神的形象,便大部分是由《封神演義》中來,道理就在於此。

　　　　　　　　一九九三年九月北京中國古代小說國際研討會宣讀論文

㉖ 注⑪所引《新義錄》之文,即說明了這種把信仰的神由模糊、抽象轉而為具體、人格化的一種情形。相關資料頗多,不具引,相關觀念則參考:Mircea Eliade, *Myths, Dreams, and Mysteries*, (New York, 1975), p.191.及前引M. Eliade, *Patterns in Comparative Religion*, pp.92,109。

由智通寺一段裡的用典看《紅樓夢》

寫文章用典原不是一件壞事，當年胡適的《文學改良芻議》中有所謂的「不用典」一條，所反對的也只是那些專以堆砌為能事，實際上卻言之無物的作風而已，並不真的說典故不可用。典故若能用得自然妥貼，不僅能使言語鮮活而已，更能使意象加豐。

在傳統小說中，《紅樓夢》大概是典故用得最多而且最妙的一部。書中的典故、隱語，此起彼落，卻都能嵌合得妙絕無間，若流水無痕，使人觀賞之餘，不禁佩服作者的博學，更驚羨他的多才。

然而，正由於作者的博學，所以書中有些典故在他來說，可能只是水到渠成、信手拈來之物，對於我們後世淺學的讀者來說，卻可能是個費解的謎，更因為他的多才，能將種種故實暗寓於生花妙筆的字裡行間，化若無形，觀覽者若不心細眼明，不免為其所隱，而致忽略其中玄機。

此種感嘆，《紅樓夢》的作者過世不久，即已有之。周春先生在當時就說過：「看《紅樓夢》有不可缺著二，就二者之中，通官話京腔尚易，諳文獻典故尤難。」、「閱《紅樓夢》者，既要通今，又要博古，既貴心細，尤貴眼明。」（見《紅樓夢》卷三）

好在該書的文學地位早經確認，紅學研究代有人出，書中一些稍微難解的故實、隱語等等，大都已有專家學者為我們分梳證解，難處已不若先時之難。

　　筆者非紅學專家，平日觀覽之餘，遇有難解之處，即每每求助於歷來專家學者的證解，獲益匪淺。雖然如此，卻仍有一處疑難，未能查到確解，就是第二回智通寺一段的意義。

　　智通寺一段，情節雖然簡單，在全書中卻顯得相當突出而奇特。一個雨村，一個老僧，一座破廟，一副對聯，不經意地擺在我們面前。往後雖然還有雨村，這個老僧，這座破廟，這副含義深遠的對聯卻再也不曾出現過，彷彿壓根兒就不曾有過的樣子，消失於無痕。

　　作者在此刻意的點出這座廟的「破」，刻意的描繪這個老僧的「聾昏」，刻意的描繪出這一副對聯的「引人深思」，難道不會別有寓意？筆者每讀至此，輒為神往，卻苦於未能從他處得確解，無奈何，姑且強作解人，自我圓說一番了。這一段文不甚長，且全錄於後，以便說解：

　　　　（雨村）這日偶至郭外，意欲賞鑒那村野風光。忽信
　　　　步至一山環水旋，茂林深竹之處，隱隱有座廟宇，門
　　　　巷傾頹，牆垣朽敗，門前有額題著「智通寺」三字，
　　　　門旁又有一副舊破的對聯曰：
　　　　　　身後有餘忘縮手
　　　　　　眼前無路想回頭
　　　　雨村看了，因想道：「這兩句話，文雖淺近，其意則
　　　　深。也曾遊過些名山大剎，倒不曾見過這話頭。其
　　　　中想必有個翻過筋斗來的，也未可知，何不進去試
　　　　試。」想著，走入看時，只有一個龍鍾老僧在那裡煮
　　　　粥。雨村見了，便不在意，乃至問他兩句話，那老僧

既聾且昏，齒落舌鈍，所答非所問。雨村不耐煩，便

仍出來，意欲到那村肆中沽飲三杯，以助野趣。

下文接著便是雨村巧遇冷子興，聽他「演說榮國府」，老僧破廟就此一去不返，再無蹤影。

如果只就表面的情節推移來看，這一段似乎無甚深意，不過是情節過場的一個小插曲而已。可是我們如果真的認為作者安排這一段的原意只是停留在此的話，那可能會冤枉了他十年辛苦的成果。

依筆者愚見，這一段情節絕不只是前無連貫後不接龍的鬆散過場，而是展開全書大結構的大關津，點出全書主題的巧手筆。

要說明這一層，首先應當了解到這一段其實暗寓著一個典故，這個典故家喻戶曉，就是有名的〈枕中記〉。

〈枕中記〉為唐人沈既濟的作品，故事源自南朝劉義慶《幽明錄》中的〈楊林〉一篇。稍後有許多同類型的作品產生，如〈南柯太守傳〉、〈秦夢記〉、〈櫻桃青衣〉等，可以說都是同一主題的衍發。若容我們簡單的講，它們的主題就是「人生如夢」，人生如夢是大部份的人們，尤其是曾經顛沛失意的人，迴觀生命歷程之餘，每每而有的感慨。這感慨對於所謂的「人生意義與價值」而言，是負面的，作此感慨時的心情也是無奈的，然而卻也是嚴肅的。生命無常，古今同然，「人生如夢」實際早已成了一個傷感的口頭禪，成了許多文學作品的基型主題。

《紅樓夢》是一部長篇小說，其體例、內涵與氣派當然不是〈枕中記〉等短章可比，但是，大而化之的總括一句來說，我們也可以說《紅樓夢》最終所揭示的主題與〈枕中記〉是一樣的，也就是

「人生如夢」。若將兩者再詳細對比一下，或許我們更會發現，不只題旨相似而已，兩篇的大部架構，雖然長短頗爲不擬，大體上也相類似。

相似的題旨，並不一定要雷同的架構來推衍。「如夢」這麼一個感慨，更可以來自許多不同的寫法，因爲「人生」本就是變化多端，各相歧異。我們認爲《紅樓夢》之於〈枕中記〉，其所以會有相似的題旨並相似的大架構，不是一種偶然的巧合，而是《紅樓夢》的作者有意的將他這一部大書嵌在〈枕中記〉原有的模子裡，藉以映照出該書的主題寓意所在。這不是強作解人強比附，而是作者在智通寺一段的描寫給我們的提示。

〈枕中記〉對一般的讀者來說，雖然是耳熟能詳的故事，爲了說明方便，我們還是將整個故事作一個概述：

故事說一位姓盧的青年，對自己的能力原充滿信心，可是時運不濟，功名無份，潦倒落魄。有一次在小客棧遇到道士呂翁，兩人交談起來，這時客棧主人正在蒸黍。盧生未免滿腹牢騷，呂翁於是給他一個磁枕，他就在枕上入夢去了。夢中，他享盡榮華富貴，凡世間一切不得償的宿願，此時一一實現。雖也曾有小波折，畢竟安富尊榮一至老死。夢境至死而結束，盧生一驚而醒，發覺店主人蒸黍未熟，一切依然如故，終於有所感悟，繁華人生，畢竟只如大夢一場。

以啓蒙故事來看這一篇，呂翁所代表的就是啓蒙師或所謂的智慧老人。雖然說盧生是自己經歷了一番夢境的淘洗之後而自有感悟，其感悟的契機卻是由呂翁的指引而來。

我們且回頭看看智通寺一段。當時的賈雨村，也是志不得伸，滿腹牢騷，困頓無聊的人。他的心境，他的情形即等於另一個盧生。所

以當他一看到智通寺的那副對聯之後，即有所感觸，因而聯想到「其中必有個翻過筋斗來的」，特意想進去求教。這時候的他，對人生仍然是有著憧憬，可也是有些許的迷茫的。懷著探詢的意念，他進到廟裡，盼望能遇上一個能對他有所啟示的過來人或智者。不料他所看到的卻只是一個又聾又昏的老僧，老僧正在煮粥，對他不理不睬，他免不了大失所望，心裡自然而有了一層隔。

表面上看起來，這一段描寫和〈枕中記〉的結構似乎不相關，但是，仔細分析下去就會發現，它的手法正是暗用〈枕中記〉這一故實。首先，我們認為這裡老僧「煮粥」的場面並非閒來之筆，而是有所影射，它使我們想起了〈枕中記〉裡店主人的「蒸黍」。這一個場面的出現，當是作者有意洩露天機的特意安排，好讓後世的讀者能循此線索，進窺整個段落的奧祕。

當然，這個煮粥的老僧所代表的不是〈枕中記〉裡的客棧主人，而是那個開悟啟蒙的呂翁。

雨村本來以為廟裡住的，應當是個能給他有所啟示的「翻過筋斗來的」，後來他認為沒有，他認為那個老僧只是「又聾又昏」，什麼都不懂，因而很失望。其實這個「又聾又昏」的老僧在此所代表的正是雨村所謂的「翻過來的人」，只不過雨村自己俗障太深，未能親切體認而已。

甲戌本《紅樓夢》在「那老僧既聾且昏」句旁，即有夾批：「是翻過來的。」在「齒落舌鈍」之旁也有相同的夾批。另外，在這整段描寫的上頭更有較長的眉批，詳道了個中底蘊：「畢竟雨村還是俗眼，只能識得阿鳳、寶玉、黛玉等未覺之先，卻不識得既證之後。」、「未出寧榮繁華盛處，卻先寫一荒涼小境，未寫通部入世迷

人，卻先寫出世醒人。迴風舞雪，倒峽逆波，別小說中所無之法。」
這位批書人眞不愧是作者的知己，短短數語，即道盡作者心事。

　　所謂「翻過來的」，簡單的說，就是經歷了人生大風浪之後，看
清世情，別有證悟的人。對於滾滾紅塵中的人來說，這種人應當就是
智者吧！

　　〈枕中記〉裡的呂翁，我們若不將他當仙人看，也正是一個
「翻過來的」老人，和智通寺裡的老僧是一樣的。盧生有緣得遇「翻
過來的」呂翁，經他點化，終能悟出所謂的繁華是夢。而雨村遇到了
「翻過來的」老僧，卻未能從老僧得到任何的指點與啓發，似乎老僧
所扮演的角色與呂翁頗不相類。其實不然，這兩個老者對盧生和雨村
這兩個年輕人而言，所扮演的角色是相同的，所不一樣的是開悟啓蒙
的方法。呂翁之於盧生，其啓示的過程是積極主動的，是引導他一個
路徑，而後指示出一個結果的。而老僧之於雨村，卻只是一個結果的
展現，一個結論。他並不去引導雨村，而雨村雖說有「求示」之心，
卻無識機之慧，因而相隔，因而不得入，也就不得出。若以佛家語來
比喻，這老僧之「聾昏」，之「所答非所問」，可以說正是「無所
有」、「無所得」的當場說法。老僧所展現的這種面目，這種行徑，
對於本來有心的雨村來說，應當算是一種教化，一種啓示，甚且是一
頓棒喝了。只可惜俗緣未了，世障太深的雨村無法從這種「不立文
字」、「不落言說」所示現的教化中領悟出那「不可說」的眞諦而
已。甲戌本批語所說的也就是這個意思。由此我們可以知道，智通寺
裡的老僧所扮演的，就是〈枕中記〉裡的呂翁。

　　然而，也正因爲雨村無緣得領老僧教益，才導引出以後《紅樓
夢》一片繁華勝景。否則，他若也像盧生一樣，經老者授意，即入夢
翻轉，當下開悟，恐怕《紅樓夢》的下文就不復如此了。爲進一步說

明此中道理，且再回頭談談雨村。

雨村雖不是大觀園中的人物，卻是《紅樓夢》的關鍵角色之一。

一部《紅樓夢》從甄士隱和賈雨村寫起，論者一向都以為這只是諧隱「真事隱去」、「假語村言」的作者告白而已，其實意義當不僅此。作者之所以從這個兩個角色寫起，實際上是藉這兩個人的生涯與命運來提示書中主要角色的命運及全書的主題。

保守平淡的甄士隱，脫不過的是無常撥弄。家道殷實，樂天知命的一個人，最後落實的卻只是一片「白茫茫大地真乾淨」。這翻轉顛倒的過程，正是後來賈寶玉等人的縮影。貪欲多求的賈雨村，雖然善曉趨利避害，翻雲覆雨，到頭來還是一場空。這更是《紅樓夢》中利祿眾生的模子。

另外，這兩個角色雖然是引起全書的開場人物，他們的意義和話本小說中的入話故事，或其他長篇說部裡楔子中的人物也有所不同。他們的形象不只影射了後來書中其他角色的命運而已，更和故事實際上的發展息息相關，也就是說，他們並不是開頭一出現，以後就消失在這個舞臺上的人物。尤其是賈雨村，更隨著書中情節的起伏而不時出現，扮演著關鍵性的角色。他們兩人之於《紅樓夢》，與王冕之於《儒林外史》，或王進之於《水滸傳》，作用是大有分別的。

有了這一層認識，然後再來看看雨村在智通寺這一段裡的意義，就更為清楚了。

既然說智通寺一段是暗寓〈枕中記〉這個典故，又為什麼雨村卻不曾識得老僧教化，即悵然而去呢？這正是作者胸羅玄機所在，而也是為什麼我們只說這是「暗用」〈枕中記〉，而不說是「明用」的道

理。因為實際上智通寺這一段所含的只是〈枕中記〉這一典故的前半段而已，也可以說它只是個提示。由此展開出來的整部《紅樓夢》，才是〈枕中記〉的全部影子，全部架構。

我們且依雨村的線索來看《紅樓夢》情節的發展：雨村悵然離開智通寺之後，便巧遇冷子興，聽他「演說榮國府」。接著雨村即護送黛玉進入榮國府，一部繁華的紅樓盛景，即從此開演。他自己也因賈府的保薦，謀職上任，再度享其榮華富貴去了。這一進入榮國府，其契機不正似盧生進入磁枕的竅中，而後大展其宿願宏圖，大享其富貴榮華嗎？

直到賈府由盛而衰，繁華褪盡，「看破的遁入空門，癡迷的枉送了性命，好一似食盡鳥投林，落了片白茫茫大地真乾淨」，雨村自己也就因「犯了婪索的案件，審明定罪，今遇大赦，遞解為民」，而來到了「急流津覺迷渡口」，遇上了早已「翻過來的」甄士隱，經士隱逐一點化，「心中恍恍惚惚，就在這急流津覺迷渡口草庵中睡著了」。這與盧生夢醒之後的情景，又何其相似。

《紅樓夢》人物由雨村帶引出場，故事最後的結局也由他來收場，這一個安排顯然有其特殊的意義。我們若將這一部大書從頭尾處緊縮來看，所有的繁華盛景，興衰變化，豈不正似雨村見證過的一場大夢？

再按照智通寺這一段的提示，將《紅樓夢》的結構，來和〈枕中記〉作一簡單的比較，我們所要說的道理更為明白：

〈枕中記〉：盧生（潦倒）→遇呂翁→接受指引→入夢（繁華富貴以至老死）→醒悟。

智通寺：雨村（潦倒）→遇老僧→未受啟發→引出

《紅樓夢》（繁華盛景以至衰敗）→醒悟。

　　由這一簡單的對照表可以看出，以智通寺這一段爲關鍵，以雨村爲線索所導引出來的《紅樓夢》，其整體結構與〈枕中記〉大致是相同的。所不同的就在於盧生受了呂翁的指引而入夢，而雨村卻未曾領受老僧的啓示，因而仍在紅塵中打滾。然而，正因爲他不能如盧生之入夢「受洗」，仍得翻轉於塵世，才能導引出，並見證了此一部偉大的紅樓興衰史。智通寺之後，接著便是「演說榮國府」、「進入榮國府」，其道理就在此。

　　這一趟他與《紅樓夢》裡衆男女所共證的興衰起落，到頭來卻證明，畢竟只是一場空。紅塵萬丈，猛回頭，原如一夢，雨村終究是經過了一場淘洗，翻轉過來了，醒覺過來了。這翻轉、醒覺的過程，和盧生夢中所受，夢後所感，是一樣的。不過一者經受的洗禮是現實的，一者卻在夢幻中而已。然而，同樣的翻轉過來了，往回一看，那現實的不也就是一場夢嗎？當盧生在夢裡享其榮華富貴時，他又何嘗知覺那是夢呢？

　　因夢說夢，我們由此可以知道，《紅樓夢》的作者確實是有意藉著智通寺一段的提示，來爲我們點出全書的主題與造意的。而從冷子興演說榮國府開始到抄家去職等等所有的熱鬧喧嘩，在作者的原意中，原來也只是像盧生之一場夢而已。

　　不論作者自己說過這書曾經有過幾個異名，而之所以會有《紅樓夢》這一名稱，並且最後終以這一名稱流傳最廣，或許道理就在於此。人生本如夢，《紅樓夢》所說的，不就是大夢一場嗎？

　　　原載一九八〇年六月《中國古典小說研究專集》第二集

《賣油郎獨占花魁》的喜劇藝術

一

　　明末馮夢龍所編《醒世恆言》第三卷〈賣油郎獨占花魁〉（以下簡稱〈賣油郎〉）是一篇膾炙人口的話本小說，故事說的是南宋杭州西湖邊花月塲中第一美女花魁娘子，爲知情識趣，有情有義的賣油郎感動，終於自己贖身，嫁給了賣油郎。

　　由於這篇小說將賣油郎知情識趣、體貼入微、善於幫襯的「有情郎樣貌」，寫得生動感人，因此歷來談話本小說的人，每每將該篇當作晚明時期「話本小說」成熟期的代表作，近來更出現不少專論該篇的文字。

　　雖然如此，有關該篇的各種討論或分析的文字，卻多半僅就篇中男女主角——即賣油郎與花魁娘子的身分地位，與他們相互之間的關係立論，對於文字技巧方面的問題，較少論及。實際上，該篇小說無論就文字表達或情節布局來說，都是一篇喜趣充滿的「喜劇小

說」。[1]在傳統中國小說中，幽默諧謔的用語及情節，運用得如該篇一樣巧妙精緻的尚不多見，此因值得從這一方面再來加以分析。

二

說〈賣油郎〉是一篇喜劇小說，不只因為該篇中的好男好女終成眷屬。傳統小說不論長篇短篇，多的是大團圓的結局，但可稱為「喜劇小說」的卻不多。〈賣油郎〉之所以是一篇喜劇小說，是因為全篇無論在文字表達或情節安排上，都十足展現了喜劇的意味。讀者們只要稍微細心自能體會其中的諧趣幽默。

這篇小說雖然寫的是以亂世為背景，流落江湖的兒女故事，但故事的主調卻並不在於男女主角的如何受苦。以女主角來說，她本是待字閨中的良家少女，只因逃避戰亂，而與父母離散，被人拐賣到他鄉外里，受迫為娼，這樣的遭際實際上是很痛苦的。但是，在小說中關於這一亂離之苦的描述，卻只在於為以後故事的發展提供一個背景前提，用以說明何以如此一個好人家的黃花閨女，竟會流落煙花。小說的敘述重點不在於這個女孩子的如何受苦。即使在後來有關她被迫接客的一大段描寫當中，讀者們看到也不是妓館非人一面的刻意暴露，

---

① 這兒所指的喜劇小說觀念，不同於西洋文學傳統的「喜劇」。西洋的傳統喜劇觀念，自亞里士多德以來即傾向於指稱以摹寫較常人為差、為惡的一類人的故事，由於這些較差的人常讓人覺得可笑之故。西洋喜劇觀念參看：亞里士多德著，姚一葦譯注：《詩學箋註》，（臺北：中華書局，1969年），第二章及第五章。姚一葦：《戲劇論集》，（臺北：開明書店，1969年），頁74-92。Moelwyn Merchant著，高天安譯：《論喜劇》，（臺北：黎明文化公司，1973年），頁70。這兒所指的「喜劇小說」，是指以輕鬆、諧趣、幽默甚且嘲諷的手法寫出，而結局是大團圓的作品。這個觀點可參看：佴榮本：《笑與喜劇美學》，（北京：中國戲劇出版社，1988年），頁61-67。

更多的筆墨偏向的是尋常嫖客和妓女之間輕鬆的一面，以及一大篇鮮活有趣，明明是要人下海，卻又說是教人如何從良的「從良理論」。

從男主角方面來看，情形也大體類似，他也是因為戰亂，隨著父親從汴京逃難到杭州，然後被賣（過繼）給油行的孩子。後來又因為油行伙計的陷害，他甚且連油行也待不住，被養父趕出家門。被賣、被趕，在舉目無親的地方，幾度幾乎流離失所，當然是苦，但小說卻也並不強調他的苦。其中的情節種種，似乎為的也只是介紹這一個賣油郎的出身。

小說敘述雖然不以亂離流落之苦為重點，但亂離世間的陰影，及其必然附帶而有的感傷氣氛，畢竟還是成了這篇小說的襯底。喜劇就是在這樣的襯底下開演，故事因此免不了就稍微浸染著些許感傷，而也正因為如此，更點發出作品的基調，是諧謔幽默，而不是俏皮油滑。

三

小說之展現幽默諧趣，大致可有情節布局與語言文字兩方面，而二者又相為表裡經緯。[2]任何一方面若稍有不足，喜劇效果都將受到折損。在實際的運用上，這兩方面的手法，有時也難以拆分。但是，為了方便將作品從這二方面分別討論，卻能使論旨更為清楚。以下即先從情節方面談起。

諧趣幽默的造成，往往來自情境的不協調。所謂的情境指的是

---

② 陳孝英：《幽默的奧祕》，（北京：中國戲劇出版社，1989年），頁358-359。

人與人、人與物或人與環境相互之間有所關聯所造成的狀況。不協調的情境如果不造成實際的危險，或不會讓人引起危險的聯想，或者不挑起激動的情緒，就會產生諧趣。譬如說：胖子之人騎小車或小馬，就是一種不協調，而且這種情況不會危險，也不會引起人們激動的情緒，因此這種不協調就造成了諧趣。然而反過來說，一個小小孩開大車或騎大馬，雖然也是不協調、不相稱，但是因為這種情形讓人覺得危險，沒有安全感，因此也就不會有諧趣產生。

又如胖大之人穿狹小的衣服，或者瘦小的人穿寬大的衣服，因為都不會讓人有危險的聯想，所以其中的不協調，自然都能顯出諧趣。但是，如果有一個身軀瘦小的人，面對一座大山，誓言說要征服它，雖然也顯得不相稱，不協調，但這並不讓人覺得可笑。因為以小抗大的對比，很容易激起人們悲壯的激情。

總之，造成諧趣的不協調，必得是那種不會有激情、不會有危險聯想的不相稱，或者自相矛盾的情境。③

〈賣油郎〉篇中就有不少這一類不協調的情境。

首先就從賣油郎「秦重」說起。本質上賣油郎是個純樸善良的老實頭，原本連這個世界上有「煙花行徑」都不知，卻是看到了花魁娘子，並探知她是煙花女子之後，就動了念頭想要嫖她一夜。雖然說實際上他已到青春年紀，見到異樣美女不免心動，畢竟這樣的念頭和「純樸」是有點不協調。當然更有趣的是接下去的情節。他當時所有的家當本錢，合共是三兩銀，而花魁娘子的夜度資是一夜十兩銀，他的想望和現實之間顯然有著很大的距離。

---

③ 拉爾夫、皮丁頓（Ralph Piddington）著，潘智彪譯：《笑的心理學》，（廣東：中山大學出版社，1988年），頁7。

　　如果換成一個存心不良的人，往下的情節一定不會幽默有趣，因爲歹人爲滿足自己的想望，往往可以不擇手段，這樣一來事情就變成只是可厭可恨，而不是可笑或可愛。好在賣油郎是個純正的善良小官，雖然明知那個綺念，那個想望對他來說真的就像個「春夢」，和現實頗不相稱，但他還是終於立下決心：不顧現實的艱難，一定要想辦法達到目的。他想出來的方法是每日省吃儉用，一分一分的粒積，巴望最遲三年，快些可能只要年半，就可存下十兩銀子，嫖她一次。

　　一個身分卑微的年輕小伙子，面對著遠超乎他能力所及的目標，竟然能夠勇猛果決不怕困難，自己立下長遠計畫，辛勤以赴，實在難能可貴，值得嘉許。但是，回頭一想，他如此苦心孤詣的終極目標原來只是爲了要「嫖一次」，不免教人莞爾。努力工作以追求理想是嚴肅的，然而這嚴肅的追求，對照著終極目的——嫖妓，一切未免就顯得有些乖訛，有些可笑，因爲那未免太不相稱。

　　接著的另一個現實是他只是個挑擔賣油的小販，在當時的社會裡，雖然不屬賤民階級，身分卻也十分卑微。而他下定決心要嫖的對象則是當時「富室豪家、王孫公子」奉爲上賓的「上等名妓花魁娘子」，現實上的身分是不配的。所以老鴇聽了他說要嫖花魁，直捷的反應是：「倒了你賣油的灶，還不夠半夜歇腳錢哩！」後來看在十兩銀子的分上，老鴇終於爲他安排了一個會見花魁的機會，可是回到家時已醉眼朦朧的花魁，看到等在家裡的他，脫口而出的是：「這個人我認得他，不是有名稱的子弟，接了他，被人笑話。」檯面上的條件，卑微的小賣油郎和艷冠一方的花魁實在不相稱。

　　老鴇當初看在銀子份上答應爲賣油郎安排一次機會，但無論怎麼看，他都不像是個可以來找花魁的嫖客。爲了使他看起來像個「上等嫖客」，只好要求他事先換件紬緞衣服，「教這些丫頭們認不出你是

秦小官。」懷抱著滿懷希望，他就到典當舖裡「買了一件見成半新不
舊的紬衣穿在身上，到街坊行走，演習斯文模樣。」

這種場面，比起笑話書中的「鄉下人著新衣進城拜年」，還更
令人覺得滑稽可笑。④這一老實頭，現在得穿著不適合自己身分的
衣服，得裝出不像自己本來面目的形狀，天天到街上「演習斯文模
樣」，好讓別人認不出自己——為的只是想去將心目中的美人「摟抱
著睡一夜」。

這「演習」雖然不像戲臺上的小丑，故意穿著不合身的衣服現出
滑稽相，然而一種生硬扭捏卻自是難免。「演習」為的就是要消去那
可笑的「生硬」。

賣油郎的這些舉動，雖則有些可笑，卻更有點可憐。而正是藉著
這樣的描寫，作者一方面為我們活畫出一個情痴模樣，一方面又寓豐
富的詼諧幽默於其中。

以上這一些可以說都是因為將原本不大可能相關，或原本就不相
調和的二者，給併扯在一起，因而造成不協調，以至引人發笑。劉姥
姥初進大觀園和「鄉下人著新衣進城拜年」的笑話，都屬此類。

除了不相稱、不協調的情境會引起諧趣之外，情節往讀者預期的
逆反方向發展，尤其是緊張的期待忽然轉化為輕鬆或落空的時候，也
會造成諧趣。⑤

賣油郎經過苦心經營和長期的等待之後，老鴇終於給了他一個好

---

④ 胡范鑄：《幽默語言學》，（上海：上海社科院出版社，1987年），頁42。

⑤ 潘智彪譯：《笑的心理學》，頁107，選錄康德理論部分。胡范鑄：《幽默語言學》，頁
　33，頁90-91。

消息，為他安排好一個專屬於他和花魁的夜晚。對於這樣好不容易才等到的一個時刻，預期中的場面總該有些熱烈才對。

然而左等右等，卻總不見美人兒蹤影。好不容易盼到她回來，卻已然是個醉人，當然，如果不是美人已醉，他當晚恐怕連夜就得給轟了出去。醉上加醉，模模糊糊的美人兒終於賭氣地往榻上睡倒，這情形實在出乎他的意料之外。

然而接下去的情節才可能更出乎讀者的預料之外。由於美人兒已爛醉如泥，使得賣油郎不僅「未曾握雨攜雲」，實際上是連「偎香倚玉」也算不上的。他整夜只是勉強和衣而臥，「眼也不敢閉一閉」，細心伺候著大醉狼藉的美人，而更特別的是不論在當時或事後，他都毫無怨言，他覺得只要能夠捱在美人身旁就已心滿意足。這樣的情節發展，對於一般風月故事來說，實在有點出人意外，讀者預期的懸念，一下子為之反轉落空。然而這種落空並不失落，而是輕鬆，輕而一想，更覺有點可愛，讓人不禁會心莞爾。[6]

同屬於這一類的情節，還有另一段。

話說後來花魁被惡公子拋棄郊野，正惶苦萬端，恰巧遇見賣油郎救扶回家。當夜花魁曲盡本事伺候他，之後對他說：「我有句心腹之言與你說，你休得推托。」花魁娘子在他心目中的地位是有若神明的，而今，就在她遭受惡人折磨之後不久，竟然說有心腹之言相付，而且特別要求他不得推托。這時他的心裡一定是有點緊張的，讀者們讀到此，內心也一定起著類似的懸念，不知道美娘子有什麼要事。

---

⑥ 高天安譯：《論喜劇》，頁12，強調佛洛伊德已曾注意到不調和（incongruity）所導致的喜劇效果，尤其是努力與結果之間所形成的懸殊差距。

他是很莊重的回了花魁的話：「小娘子若用得著小可時，就赴湯蹈火，亦所不辭，豈有推托之理。」如此嚴肅的承諾，讀者們或許以爲花魁會提出什麼難題之類的，誰知道她的要求竟然是簡單明白，卻又甜蜜輕柔的四個字：「我要嫁你。」讓人心中懸念頓時由緊而鬆，不覺一笑。

這便是篇中訴諸心理逆反應以造成諧趣的又一例。

四

本篇在喜劇手法之運用上，表現得更爲精彩的是語言方面。作者充分地運用雙關、仿擬、轉類、變格等修辭技巧，及適當地使用俚語、俗語、歇後語等，創造出豐富的幽默諧謔的語境，配合著情節的發展，使全篇彌漫著精警智慧的諧趣。[7]

以下即按不同特性，舉例說明。

首先是前已提及的，賣油郎本錢只有三兩，卻要把十兩銀子去嫖名妓一段。這無疑的是一件難事，難事得想法克服。在此作者寫道：「自古道，有志者事竟成，被他千思萬想，想出一個計策來。」所謂的計策就是每日存一分錢，積久自能達到目標。

「有志者事竟成」是自古以來用以勵志的成語，指的是朝向人生正面目標的奮鬥。在這裡這個成語用得也很自然順當，因爲賣油郎面對的是一個難以達成的目標。然而有意思的是，這個對他來說頗爲困難的目標，卻不是一般人所認定的光明正大的目標，相反的是有點不

正經——嫖一次名妓。

這是將原本意涵莊重嚴肅的成語，降格使用於稍涉輕薄之處，表裡對映，自然造成一種嘲謔詼諧的效果。[8]

接著是賣油郎每隔一日就挑著油擔到老鴇家，借賣油為名，去看花魁娘子：

> 有一日會見，也有一日不會見。不見時，費了一場思
> 想；便見時，也只添了一層思想。正是：天長地久有
> 時盡，此恨此情無盡期。

這一段文字將賣油郎的一片相思情寫得十分生動。然而更為有趣的是後來將白居易〈長恨歌〉中名句：「天長地久有時盡，此恨綿綿無絕期」，稍作改易，借用來加強比喻、形容賣油郎心境的作法。表面上，這裡引用這二句詩中名言是很順當自然，但是稍微一想，卻又不然。

千古流傳的名言名句，不論是宗教的或世俗的，總會因時間的積澱，而有著超乎字面意義的承擔，進而成為人間事相某一象徵或典型的代表，「天長地久有時盡，此恨綿綿無絕期」長久以來，已成為代表某種典型愛情精神的名句。它讓人聯想到的是兩情相悅，死生以之，然而終未免有所遺恨的愛，就像傳說中唐明皇和楊貴妃的愛情一樣。

回頭看看我們的小說。這個時候賣油郎對於花魁娘子的用情，當

---

[8] 這在修辭學上大概就是「轉移型」中的「降用」，參胡范鑄：《幽默語言學》，頁159-160。

然可以說已是情深意重，但是無論如何卻只是個「單相思」，因爲對方壓根兒不知道有他這號人物。這情形離兩情相許、死生以之還有好一段距離，因此，這兩句詩的引用，就有點移重就輕，似假還眞，似眞還假，充滿了諧趣。⑨

後來，賣油郎積夠了錢，去向老鴇求見花魁，老鴇認爲他沒資格找花魁，對他說：

> 我家美兒，往來的都是王孫公子，富室豪家，眞個
> 是：談笑有鴻儒，往來無白丁。他豈不認得你是做經
> 紀的秦小官，如何肯接你？

「談笑有鴻儒，往來無白丁」是劉禹錫〈陋室銘〉中的名句，代表的是多少讀書人（古代的士大夫們）的自許與自豪。而今，老鴇爲了說明她手下大牌名妓的不凡身價，特別標擧出與她往來人客的高貴身分，並且很自然的借引了劉禹錫的這一千古名言，同樣是充滿了自許與自豪。

這一名句的引用是自然而又貼切，然而正是如此的自然貼切，才更顯出那無比的諧謔，無比的幽默。原本是讀書人引以自豪、自慰的招牌，竟然如此輕易的就移上了妓女之家。

接著的故事是：既然妓家「往來無白丁」賣油郎若要嫖，便得應老鴇的要求，裝得像個體面的人。於是他只好去買綢緞衣服，去演習斯文模樣。作者在此又用了隱含諷刺的諧趣之語，說賣油郎這樣做，正是：

---

⑨ 這在修辭上大概是「干涉型」中的「殊比」，參胡范鑄：《幽默語言學》，頁164-165。

　　　　未識花院行藏，先習孔門規矩。

　　「孔門規矩」所教何事？何以要識花院行藏，得先見習？不爲別的，只爲花院中這位名妓但接看起來高等斯文的客人，而必得稍微受過孔門規矩教化薰陶的人，才能夠看起來像個高等的斯文人。因此這麼一句話，在敘述的表面層次上，便也順當自然而不突兀，然而其幽默俏皮卻已顯然。

　　以上數則用語，同樣的都是語含玄機，一語雙關，在語境上產生表裡不一，參差交錯的矛盾現象，因此而諧趣橫生，而其妙句之引用或嵌入，不論是在敘述的段落，或對話的場合，皆隨在自然，似水無痕，實是諧謔高手。⑩

五

　　除上述雙關諧謔用語的巧妙運用之外，這篇小說在其他幽默風趣的語言運用上，也有同樣的精彩。

　　首先談俚語、俗語、歇後語方面。俗語、俚語有些是鄙俗、粗魯的，但有些更是俏皮有趣，或輕鬆多味的，運用得好，往往能爲作品

---

⑩ 一語雙關常常帶有諧謔成分，而本篇如上所舉諸例的用法，與中國傳統藉諧音來造雙關的作品，如六朝時以「蓮」喻「憐」之例，大有不同，倒是與西洋人慣常藉改古來名言之一音或一字，造成似是而非的作法相近。中國傳統雙關修辭，參看：黃慶萱：《修辭學》，（臺北：三民書局，1978年），頁303-320。西洋改音爲噴（pun），造諧謔雙關的手法參看：喬志高：〈海外「噴」飯錄〉，《美語新詮》，（臺北：純文學出版社，1974年），頁47-64。

帶來很好的喜趣效果。[11]

　　〈賣油郎〉篇是市井風情小說，這種小說能否生動感人，首要條件就是要看它能否妙肖市井人物的聲口，表現其特性。「賣油郎」在這方面無疑是相當成功的，而之所以成功，就在於它處處恰如其分的，運用了俗語、俚語、歇後語等，既表現了市井風情，更展現了幽默風趣。茲依次舉例如下：

　　1.女主角被拐賣到老鴇王九媽家，九媽對她說：「你是個孤身女兒，無腳蟹。」

　　2.劉四媽要說服女主角下海，對她說：「做小娘的不是個軟殼雞蛋，怎的這般嫩得緊。」

　　3.劉四媽接著又說：「說你不識好歹，放著鵝毛不知輕，頂著磨子不知重。」

　　4.劉四媽又勸她：「依我說，吊桶已自落在他井裡——掙不起了。」

　　5.賣油郎存夠了銀子，初次穿戴整齊拜望老鴇王九媽，那老鴇見貌辨色，早知他是要來嫖的，心想這小賣油雖然沒什麼錢，「雖然不是個大勢主菩薩，搭在籃裡便是菜，捉在籃裡便是蟹，賺他錢把銀子買蔥菜也是好的。」

　　6.賣油郎向九媽說明要找的對象是花魁時，九媽有點生氣地說：「糞桶也有兩個耳朵，你豈不曉得我家美兒的身價？倒了你賣的灶，還不夠半夜歇腳錢哩！」

　　以上「無腳蟹」、「軟殼雞蛋」、「放著鵝毛不知輕」、「糞桶也有兩個耳朵」等數則，都是運用巧喻的俗語，在形容人物的特性及

---

⑪ 佴榮本：《笑與喜劇美學》，頁247。

態度時，有著寫實鮮活而又逗趣的效果。

「吊桶落在他井裡」則是歇後語。⑫

「大勢主菩薩」的比喻，則是屬於「斷詞」的一種修辭格，這種修辭是運用大家比較熟悉的固定詞組，但卻只抓住其中一部分顏色、動感、字面等特徵明顯，而有較強烈刺激性的字眼，變格使用，以造成幽默新鮮之感。⑬

「大勢主菩薩」是佛教「大勢至菩薩」的改寫，但無論怎麼改寫，這兒卻已完全與「菩薩」的原意無關，而只是藉著「大勢主」這一詞組字面上的意面，轉格指稱「大氣派」或「財大勢大」的財主。

除了以上所述，其他變格比擬的敘述語句，也甚為有趣，如賣油郎帶著積蓄的銀子到老鴇家做客，老鴇心知他要找姑娘，就邀他進入客廳，「秦重為賣油，雖曾到王家整百次，這客坐裡交椅，還不曾與他屁股做個相識，今日是個會面之始」。

將「交椅」、「屁股」等或物體，或人身上的某一器官部位擬人化，然後說他們像人一樣的「會面」，這樣子人與物便形成互代、混淆，而莊嚴與鄙俗也互相交融，事情變得滑稽可笑。

而後來惡棍吳八公子將花魁娘子強押上船，花魁大哭，吳八全不放下面皮，小說中說他「氣忿忿的，像關雲長單刀赴會，一把交椅朝外而坐，狼僕侍立於傍」，則可以說是倒反或降用轉類的修辭格，或者也可以說類乎「易色」，即將褒詞貶用。⑭「關雲長單刀赴會」原

---

⑫ 歇後語之諧趣意味的討論，參考：胡范鑄：《幽默語言學》，頁126-128。

⑬ 胡范鑄：《幽默語言學》，頁150。

⑭ 胡范鑄：《幽默語言學》，頁155。

本已成為勇者無懼，或轉化為見義勇為的典型，在這兒卻用來指稱一個欺負弱女子的惡棍惡行，這就不僅是有趣，更是諷刺。

六

　　除了以上所言之外，一個人在遇到窘境時，能適度的自我解嘲，也常能化嚴肅為輕鬆，產生諧趣。[15] 賣油郎在見過花魁，動了綺念之後，一路上自思自想：

　　世間有這樣美貌的女子，落於娼家，豈不可惜！又自家暗笑道：「若不落於娼家，我賣油的怎生得見！」又想一回，越發痴起來了，道：「人生一世，草生一秋，若得這等美人，摟抱了睡一夜，死也甘心。」又想一回道：「呸！我終日挑這油擔子，不過日進分文，怎麼想這等非分之事，正是癩蝦蟆在陰溝裡，想著天鵝肉吃，如何到口。」

　　這充滿了謙退態度的自嘲，特別叫人覺得親切，又覺有趣。

　　而輕巧逗趣的對話之外，篇中適時出現的「掛枝兒」曲子插詞，如「小娘子、誰似得王美兒的樣緻」，形容花魁娘子的美；「王美兒似木瓜，空好看」，則嘲花魁不接客；「俏冤家、須不是串花家的子弟」，描述花魁對賣油郎的思念。這三隻曲子，不論是嘲笑或讚美，除了掛枝兒詞原有的輕鬆感之外，更有著或多或少的性的嘲戲成分，頗見幽默情趣。[16]

---

[15] 陳孝英：《幽默的奧祕》，頁404。佴榮本：《笑與喜劇美學》，頁65。

[16] 性的嘲謔是許多笑書的主要題材。市井小說中也常藉此描寫來造成喜趣。並參看：胡范鑄：《幽默語言學》，頁101。

　　總之，這是一篇前前後後充滿著諧趣喜感的小說，而其喜劇效果的創造，不論就結構方面或語言方面來說，都能拿捏恰當，表現合宜，做到謔而不虐，樂而不淫的最佳喜劇境界，實在是傳統中國小說中難得一見的佳作。

原載一九九二年三月《中外文學》，第二十卷，第十期

傳統小說的版畫插圖

一

　　愛讀小說的人，拿起現代鉛字排印的本子，不論是所謂的嚴肅性的或通俗性的作品，是當代人的創作或是古人舊作的重印，大概很少會看到配有插圖的（專為青少年兒童的改編作品除外）。這種印象免不了讓人以為自古以來小說的刊印總是這個樣子的。

　　然而事實上並不如此，古代雕版印刷的圖書，雖然不是每一樣都有插圖，但有插圖的書卻很多，而通俗小說一類，刊本之附有插圖的更是常見。以現在所能掌握的資料來說，插圖的配用，幾乎是自有通俗小說刻本的宋元時期就有的一個習慣。習慣成傳統，到了萬曆中葉以後的晚明時代，隨著通俗小說、戲曲的蓬勃發展，版畫插圖的質與量，終於綻放出空前的光芒，造就出版畫史上的黃金時代。小說、戲曲刊本的版面清晰、插圖精美，幾乎就成了這一時期文化特色的代表風格之一。進入清朝，時代風向轉變，版畫插圖不再受到重視，因而漸趨沒落，然而通俗小說之刊布，仍常見有插圖者，唯漸趨草率粗糙，晚明時期之風光，終已消竭。

　　傳統書籍的印刷大都以木板雕刻，即使宋人已發明活字版，但後來刻書仍多以雕版為主，所配插圖當然更是如此，所以這一類的插圖

可以說就是版畫。[①]因此，近來論者便也都將這些插圖歸在「版畫藝術」上來討論。

然而，由於歷來版畫雕刻的製作，同文字雕版一樣，一向總被認為只是「匠」流的工作，不為士林所重。因此，在傳統的長流裡，這一類的版畫作品，一直沒有受到應有的重視。即使晚明時期，由於不少一流畫家、雕刻家的努力參與，而開創出足以傲世的版畫藝術盛世，但是，除了極少數非插圖一類的精品，如胡正言的《十竹齋書畫譜》和《箋譜》之外，一般的插圖版畫，在往後的年代裡，還是一樣地遭受長時期的冷落。直到晚近，經過魯迅、鄭振鐸等人的呼籲鼓吹與收集整理，傳統版畫的藝術，才算較為全面的受到重視與發揚。接著便有了版畫史一類的專門論著，而畫史、藝術史之類的著作，也才有了關於版畫的篇章。[②]

二

談版畫的發展，如果落實「版畫」是「從雕版印出」的畫作這一定義，[③]那麼現存最早的中國版畫，便應當是唐朝咸通九年（西元

---

① 版畫是用版來當媒介物所製作的繪畫，為「間接藝術」，而非直接描畫，是利用原版將形象印製於紙張等版面上而得。然而傳統版畫多半為大量複製而作，與近代藝術工作者限印張數者稍有不同。參閱：廖修平：《版畫藝術》，（臺北：雄獅圖書公司，1987年），頁6-8。

② 版畫專史如：王伯敏：《中國版畫史》，（九龍：南通圖書公司，未署年月）。1986年9月臺北蘭亭書店有重排本。周蕪：《徽派版畫史論集》，（安徽人民出版社，1983年）。美術史列有版畫專章者如：張光福：《中國美術史》，（臺北：華正書局，1986年）。

③ 版畫史或版畫藝術介紹專書，為論版畫源流，常自「可印出版畫」之雕刻談起，如甲骨、鏡鼎、碑刻、畫像磚等。這些東西是可以模印出字形圖樣，然其初原非為印製版畫而作，故不能計入版畫之列。

868）所印《金剛經》扉頁上的「祇樹給孤獨園」木刻說法圖。而據專家考證，這也是至今所發現的世界上現存最古的一幅版畫，[4]這幅版畫，其實也就等於是《金剛經》的插圖。雕版印刷最早用於宗教宣傳品或宗教書籍，在中國如此，西方也是如此，這倒是一個有趣的現象。[5]

雕版印刷自發明而至普及，版畫一直就隨之而行，而其發展總不外乎兩個方向，其一是單幅印行的版畫，其一是書中的插圖版畫。[6]這種情形長期持續不變，然而由於傳統上對這種作品的忽視，單幅版畫收藏不便，自易流失，而插圖版畫則幸而藉著書籍的流傳收藏，得以大量保存。因此，談傳統版畫藝術，插圖版畫相對的便更具重要性。這種情形依時代而往上溯，越早期越爲明顯。

就版畫藝術的研究來說，不論是一部畫譜，一本書的系列插圖，或某一單幅的版畫，都可以是專門討論的課題。就藝術史的觀點來說，某一時期，某一地區的特殊風格，更可以是研究的重點，但是，由於筆者不是藝術理論專家，對這方面的問題也就無從深論。

然而除此之外，如前所述，傳統版畫以書籍插圖而存在流傳的形式，既已淵源流長而顯其重要性，則自當另有其可據以立論的著眼點。譬如除了就版畫藝術論版畫之外，從插圖如何與文字內容配合，作用爲何等，簡單地說就是在「文學」與「藝術」的相應配合上，仍有其可以一談之處。

---

④ 王伯敏：《中國版畫史》，（南通書局版），下列此書皆同，頁13。

⑤ A. Hyatt Mayor, *Prints & People*, （Princeton Univ. 1980）。參閱廖修平，前引書，頁23。

⑥ 中國書之有插圖，並不自版畫發明之後才開始，參看王伯敏：《中國版畫史》，頁27。然版畫以前書之插圖乃手繪者，非屬版畫。而現存中國最早單幅招貼版畫，爲現存於俄國亞歷山大三世博物館中之「四美圖」。

雖然如此，而歷來有版畫插圖的書籍種類繁多，數量龐大，[7]即單就這方面立論，也不是短短一篇文章所能全盤照顧。圖解式的插圖固然可以不論，[8]即使僅就詩畫譜、戲曲、小說插圖等純文學方面的作品來說，若要詳論，便可一如「藝術史」之專章。因此，為使論點集中，事例簡明，本文不得不限其涉獵，僅先就通俗小說插圖為例，試作一隅之窺。

三

通俗小說之有插圖，大概可以說是自宋元以來就有的一個風格，然而卻是直到萬曆中葉以後，才達到成熟顛峰的時期。而後一到清期，又漸趨沒落。晚明這一時期書商刊刻小說，除了競請高手（畫師、刻師）設計精美插圖之外，並且往往就在書名及書的封面上特別標示出插圖的本子。常見的標示用語有「全像」、「繡像」、「出像」、「寫圖」等等，有的更會在刊刻緣起凡例中強調配飾插圖的意義，或說明版面上一些特殊圖案的象徵意義。[9]

---

[7] 宋元以下所印圖書，凡經史子集各類皆常見附有插圖者，參王伯敏：《中國版畫史》，第四章。

[8] 如《爾雅圖贊》、《三禮圖》、《博古圖》等皆是圖解說明式插圖。

[9] 如楊定見刊一百二十回《水滸傳》發凡云：「此書曲盡情狀，已為寫生，而復益之以繪事，不幾贅乎！雖然，於琴見文，於牆見堯，幾人哉！是以雲臺凌煙之畫，豳風流民之圖，能使觀者感奮悲思，神情如對，則像固不可以已也。今別出新裁，不依舊樣，或特標於目外，或疊振於回中，但拔其尤，不以多為貴也。」而人瑞堂刊本《隋煬帝艷史》凡例則云：「坊間繡像，不過略似人形，止供兒童把玩，茲編特懇名筆妙手，傳神阿堵，曲盡其妙，一展卷而奇情艷態，勃勃如生，不啻顧虎頭吳道子之對面，豈非詞家韻事，案頭珍賞哉！」此外更特別說明畫欄設計種種象徵之意義。

　　刊書者對小說（同時也包括戲曲）刊本配飾插圖之所以如此重視，當然是因爲附有插圖的本子，在當時廣爲讀者所歡迎，有其特殊的市場號召力所致。因爲就同一內容的小說來說，附加插圖，等於增加製作成本，如果不是因爲配飾插圖有其特殊的吸引力，在商言商，出版家是不會競相投注於插圖的考究，並以之爲廣告招徠的標榜的。然而也正因爲如此，才造就出一個輝煌的插圖版畫時代，十八、十九世紀之交的英國也有類似的情形。⑩

　　上面這一段簡述，其實已包含了幾個問題。首先是，當初通俗小說的刊印爲什麼要配飾插圖？而到了明末何以特別發展，清朝時代卻又趨於沒落？其中是否有可資探尋的理路？

　　小說是以文字鋪排情節，講述故事的文字表達藝術，即使沒有插圖，單靠文字的傳達，內涵情境已自完整具足。插圖的有無，對於一篇文字內在已表達完全，自我具足的小說來說，可以是不必要的。就讀者閱讀的經驗來說，覽讀《水滸》、《西遊》，沒有插圖，一樣可以獲得充分的愉悅和感動。近代人所閱讀的小說，便多半是沒有插圖的本子，習慣了的人，也沒覺得缺少了什麼。

　　要談通俗小之何以常見插圖的原因，可能有人會以爲正如吾人現在常用「通俗」稱這類作品一樣，就在於爲了「通俗」而有了插圖，因爲這類作品原本是爲市民大眾提供休閒娛悅而有的讀物。而圖畫常能較文字敘述提供更爲深切明晰的形象，對於文學造詣不是甚深的閱讀大眾來說，能有圖畫配合，自能使故事人物更爲具象鮮活，而獲得更多閱讀的情趣。

---

⑩ Gerald Finley, *Landscapes of Memory-Turner as Illustrator to Scott*,(University of California, 1980), p.27.

　　或許這也是原因之一，但是僅僅如此卻並不能將這問題解釋完全。因爲就以敘述故事爲主的通俗文學形式來說，民間說唱一類的唱本，對插圖的運用就不如小說一類的重視，中國如此，早期英國也如此。⑪

　　因此，要探討中國通俗小說插圖的傳統，就得更溯源流，話說從頭，從其初之習慣談起。因爲習慣的傳承正是這種作風的一個底層因子。

　　傳統的通俗小說，不論短篇話本或長篇說部，皆源自宋朝時代的「說話」。而「說話」緣起，又受自唐代講唱變文的影響，已是論者皆知的事，也就是說，後來的通俗小說，其生發的根苗，可溯自講唱變文。

　　講唱變文的形式，據近來多數學者的考證，原來就多半是配合著「變相圖」而宣講的。⑫有的學者甚且以爲「變文就是變相圖的說明文字」，⑬也就是說，講唱變文的時候，情節的發展是配合著圖像的對照而展開的。

　　雖然近代在敦煌發現的手抄變文故事，多半只見文字的抄錄，但仍有少數圖文對照，或題目上原指明附圖的卷子，⑭其中圖像與故事情節正相配合，可見圖與文相互對照宣講故事的傳統由來已久。

---

⑪ Victor E. Neuburg, *Popular Literature*, (Penguin Books, 1977), pp.19-37.

⑫ 周紹良、白化文編：《敦煌變文論文錄》，（臺北：明文書局，1985年）所收周一良、關德棟、王重民、金維諾、程毅中等先生論文，皆主此說。

⑬ 周紹良、白化文編：《敦煌變文論文錄》，頁373。

⑭ 巴黎所藏伯四五二四號卷子，全卷爲圖，即降魔變文畫卷，卷背寫唱詞。而目連變文有題爲「大目乾連冥間救母變文並圖一卷」者。

　　這種宣講變文的形式即是後來通俗小說圖文相應刊刻形式的源頭。宣講變文當初目的原是為的講經說法。佛教自傳進中國，「佛像」之崇拜即隨之而進，[15]所以又有「像教」之稱。佛教徒對於圖像非但不排斥，在他們的信仰上，圖像的觀想、崇拜似乎還扮演著重要的地位。為了向大部分不識字的信徒大眾宣講佛法，除漸趨於以故事性為主的講說誘導以外，又加之以圖像的提示警醒，無疑的當更具有深入人心的效果。這應當就是講唱變文之所以常配以圖像的由來。[16]

　　圖文配合的變文講唱形式，可以認為就是為適應世俗大眾而特別產生出來的一種「方便說法」，這種「通俗」的特性，如前所說，或許也就是後來通俗小說之所以常帶插圖的原因之一。因為同樣是「小說」，為文士觀覽而作的文言短篇，如唐代小說一類，即使後來的刊本，似乎也總不大在這方面計較。[17]

　　變文講唱既已多圖像與講說配合，由此而下，受其影響的「說話」故事刊本，便也常附插圖。帶有變文影響特質的《大唐三藏取經詩話》，雖今傳本已不見圖，據專家考證，原先也是配飾插圖的。[18]

　　稍後的便是元代刊本平話五種，形式上是上圖下文，插圖與情節逐段緊密切合。這種形式雖說也是宋元時代福建一地書刻插圖的常見風格，[19]但是，源自變文圖、說並茂，以利通俗的傳統影響，當更不

---

[15] 俞偉超：〈東漢佛教圖像考〉，《文物》，（1980年），第五期。

[16] 在中國圖像之崇拜一直流傳不息，書籍插圖也綿延不絕。在西洋，則因宗教革新的時代對於圖像之排斥，連帶著文學作品該不該有插圖，曾經一度困擾著作家們。參看：Ernest B. Gilman, *Iconoclasm and Poetry in the English Reformation*, （University of Chicago, 1986）。

[17] 如明刊《艷異編》為歷代短篇文言小說集，亦配有精美插圖者，較為少見。然其書為晚明刊本，此亦當時一般書籍插圖普遍之反映。

[18] 周紹良、白化文編：《敦煌變文論文錄》，頁389。

[19] 王伯敏：《中國版畫史》，頁30-33。

可忽視。

往後發展，雖然插圖版面格式多所變異，精粗有別，但是，傳統已成爲習慣，在一般讀者的觀念中，很容易就會以爲通俗小說一類刊本原本就是圖文並茂的。這就是傳統通俗小說常配插圖的主要原因。

四

這種情形持續下來，到了明朝晚期，思想觀念一開放，通俗小說在許多有心文人的重視與參與之下，地位得到空前的提升，小說的刊刻因而精益求精，版畫插圖的講究自然而然的也受到無比的重視，百家競秀的結果，終於造就了版畫空前繁榮的景象。

晚明思想，自泰州學派競相發揮「狂者」精神以來，已一反傳統理學的拘執而爲活潑，李卓吾一出，突破傳統之狂放精神更爲發揚，他以童心、眞心爲論世論文準則，以《水滸》、《西廂》爲至性至情之作，影響所及，而萬曆中葉以後文風，便蔚成一股浪漫風潮，風潮所至，唯「情」是重，於是而「極摹人情世態，備寫悲歡離合」的通俗小說與戲曲等市民大眾文藝，便因而備受重視與關懷。

形勢所趨，有心者如馮夢龍等人，於體會說話人所傳通俗小說一類「當場描寫，可喜可愕，可悲可涕，可歌可舞」（《古今小說》序）的可貴之後，便希望這些原本但「諧里耳」的作品，能夠進一步亦「入文心」，而爲文人階層與市民大眾所共同接受、欣賞。

正是在這些有心人希望這類作品能夠「入文心」的要求下，而通俗小說的刊刻整理，終於日趨精緻考究。因爲要「入文心」，內容與文字表達固然重要，在較高品味的閱讀甚且是收藏的要求下，印刷

裝潢的賞心悅目與否，應當也是必須考慮的重要條件。而傳統上版畫插圖既已習以爲常的被認爲是通俗小說本子的一部分，在這種風氣之下，其格調自然的也就隨之而精美考究。

當然，江南一地自宋代以下，經濟已漸成爲全國重鎮，明代中葉以後，工商資本更爲發達，不僅爲全國經濟中心，更爲文學藝術活動的中心。而這裡正是當時通俗小說，戲曲一類出版的大本營，這種較爲繁榮富裕的社會背景，便也是這些原本但爲「通俗」的作品，在刊刻出版上，可以趨向於高品質、精緻化的潛在原因。

另外，雕版技術自唐宋以下，由於日漸大量的需求，到了明代中葉以後，該地區（尤其是徽州一帶）早已累積出許多技術高超的專業隊伍。這些雕刻名師，有的更是善畫善描的能手。[20]就是在這技術到達純熟的階段，配合著其他主客觀的條件，才終於創造出版畫史上的黃金時代，爲後世的讀者留下許多美好的小說、戲曲版畫插圖。

然而，何以這繁花似錦的一片前景，到了清朝以後，卻似乎很快的就凋謝飄零？對於這一點，李澤厚《美的歷程》中有一段話，正好可借來作爲很好的說明：

> 清初那幾位所謂雄才大略的君主的漫長統治時期，鞏固封建小農經濟，壓抑商品生產，全面閉關自守的儒家正統理論，成了明確的國家指導思想……與明代那種突破傳統的潮流相反，清代盛極一時的是全面的復古主義、禁慾主義、僞古典主義。從文體到內容，從題材到主題，都如此。作爲明代新文藝思潮基礎的市

---

[20] 王伯敏：《中國版畫史》，頁83，列舉能畫能刻者如劉素明、黃鋌。

民文藝不但沒有任何發展，而且還突然萎縮，上層浪
漫主義則一變而爲感傷文學。

　　原來一到清朝，浪漫已爲保守復古所取代，少數上層文士的浪
漫情懷，也僅能化流於孤佚感傷。如明末文人那種怡然於基層市井通
俗文藝，以尋取生命情感投映的活潑爽快，再不復見。通俗小說一類
的刊印製作，不得不再萎退於市井一角的廉價書坊，文士與「市井
通俗」重又成爲懸絕的兩途。版畫插圖，原不關文士與古典，誰復
關懷！習焉既久，即使後來有逼不得已，願將生命中的鬱憤感懷，
藉「通俗小說」之體以爲發抒的難得文人作家，然而「感憤」抒洩既
已，刊刻「俗事」，便絕不繫意。因此，而貫有清一代，雖小說佳作
時有，甚且後出轉精，而版畫插圖之光芒，卻終而遠歇。[21]

五

　　通俗小說何以常附版畫插圖，以及何以在明末時期爲獨盛等緣
由，已大略述說如上，接著要談的便是製作特色及相關的版面設計等
問題。

　　中國傳統版畫自唐宋以下，即一貫的以木紋木板的凸版製作法爲
主，少有改變。這和歐洲版畫的發展有些不大一樣。歐洲自十四世紀
末十五世紀初有了版畫製作之後，不久就陸續在木紋木板之外，發展
出木口木版（硬質木材橫切雕版）、石版、銅版，甚至鋼版，以及凹

---

[21] 李澤厚：《美的歷程》，（臺北：元山書局，1984年），頁203。

版製作等不同材質及技術。[22]中西發展之所以有此不同，原因可能很多，但是其中大概可以舉出二個決定性的因素。

其一就是傳統中國版畫的製作，一向就被認為只是「匠」流的工作，較不為文人學士所重。而且由於通常是為大量刷印，普及發行而作，製作過程上一向是畫者、雕版者和刷印者三向分工。[23]不像歐洲藝術工作者，在版畫技術興起不久，即多有以之為藝術創作法門，以藝術家專業的精神，投注於從畫、雕刻、印，整體一手完成的研究創造。在這種情形下，什麼材質、什麼技法最能表達出藝術造境，便在藝術家不斷的追求摸索中疊創而出。反觀傳統中國版畫製作，因三道手續一向分工，而主持書籍編印出版的人，對待那些技師，即使如明代文人之重視版面與插圖，恐怕也仍只是將他們當作良「工」、良「匠」來看待。而且即使插圖再精美，也只是書的配飾，而不是本體，因此，不論是出版者或是製作者，便都不會想到要在製作技術上有什麼突破性變格的要求。

在這種情形下，如胡正言之能刻能畫，而又願意傾全力於版畫製作，終於創造出精美套色的《十竹齋書畫譜》的人，便成了少數的特例。即使如此，如胡正言之苦心經營，但他在材質及板刻技法的運用上，也仍是傳統的，難得的只是他能將傳統精髓發揚到極致而已。

然而上述原因仍可以說只是外在，內在的原因恐怕還是來自於中外繪畫觀念不同的影響。

傳統中國繪畫一向以線條為重，此特性自晚周帛畫已然。畫的構圖更講究虛實相襯，如何「留白」，因虛以映實，更是構圖造境的一

---

[22] 廖修平：《版畫藝術》，頁73-135。
[23] 周蕪：《徽派版畫史論集》，頁14。

大修爲。而西洋繪畫，則講究色彩明暗。構圖必色彩充滿畫幅，畫面更強調光影對比，以求凸顯摹寫對象質感之眞爲尙。在這種情形下，那種僅以線條爲主的陽刻木紋版畫，當然不能滿足他們繪畫美感的要求。藝術家在認爲版畫也可以作爲他們表達藝術理念的一種方式之後，便儘量的要求版畫也能和一般繪畫一樣，傳達相近的美感效果。正是爲了求印出之畫面也能具有如繪畫般的明暗如眞等種種效果，於是各種製版技術，隨之就相繼試驗而出。

中國傳統版畫之傳承，其所以始終僅以木紋木板，線條陽刻爲主，顯現出和西洋版畫後來發展面貌不同的主要原因即在於此，而插圖版畫的特色當然也是如此。

也就因爲如此，在傳統插圖版畫上，雖然也有少數藉版面上大塊黑白對比來表現強烈視感效果的作品，[24]但是，這卻終究不是普通的常法。

大傳統上，自有版畫以來，以線條爲主的陽刻便是主流，而這也正是長久以來中國繪畫，尤其是人物畫傳統的反映。不論是粗健豪放，或甚且不免草率粗糙的早期作風，或是極盡精緻能事的晚明徽派風格，[25]無不以線條的勾勒爲主。我們可以說傳統版畫所呈現的，幾

---

[24] 同注[23]。

[25] 據周蕪解釋，徽派版畫有兩個含義：廣義地說，凡是徽州人（包括書坊主人、畫家、刻工及印刷者）從事刻印版畫書籍的都算徽派版畫；狹義地說，是指在徽州本土上刻印的版畫書籍，才算徽派版畫。無論在徽州本土或外地的出品，在版畫風格上都有許多共同之處，例如作品中所顯示的典雅、富麗、纖巧是他們共有的，以至於凡屬工細的版畫作品，不論是在哪裡刻印的，都有被誤認徽派版畫的論述經常見到。周蕪：《徽派版畫史論集》，頁11-12。

乎就等於是毛筆線條的白描。㉖這種風格的由來與特性，正如周蕪的
《徽派版畫史論集》所說：

> 以書籍為主體的我國傳統版畫藝術，旨在複製生產，
> 便於行廣而及眾，達到一定的目的。畫家為適應木刻
> 需要的線描畫，他撇開了渾染皺擦的表現法，這種
> 「洗去鉛華，獨存本質」的線描本身，乃是一種創
> 造。㉗

「洗去鉛華，獨存本質」，也可以說就是棄去明暗對比色彩的風
格。這其中除了牽涉到技術性的問題以外，其實也包含了審美心理上
的一些問題。就美學上來說，線條比較上是屬於「人們抽象概括的產
物」，通常用來描摹出形體，「在向人提供物體情況的信息方面，形
體比色彩更有效」，但在直接的感情刺激方面，就不如滿布色彩光影
的畫面，因為色彩畢竟是「客觀存在的物質屬性」。㉘

一幅色彩鮮明，明暗對比強烈的畫，在觀賞效果上，當然比同一
畫面構圖，卻僅存線條的白描，能給觀者以更深切的刺激。若以同一
畫面構圖，而就僅有輪廓白描與填加色彩光影二者而言，或許有人就

㉖ 陳兆復：《中國畫研究》，（臺北：丹青圖書公司，1987年），頁119，專門論「白描」的
一章，他對中國圖畫白描的解釋是：白描以墨線勾勒來描畫對象，白是指沒有色彩說的，描
是指線說的，古代把勾勒人物衣紋的線叫描。白描這種畫法的特點是墨線勾勒，線條獨立地
完成所描繪的一切：它工整細緻，具有裝飾風，它不著色，有時用少許水墨來渲染，也只是
起一點輔助作用。

㉗ 周蕪：《徽派版畫史論集》，頁14。

㉘〔前有馮契序文，後記署「美學基本原理編寫組」，無作者題署〕，《美學基本原理》，
（臺北：谷風出版社，1986年），頁70-75。

會說，有色彩的比較好，因爲看了之後印象深刻，然而這卻只能算是粗淺的比喻，而且印象深刻並不等於就是美，就是好。而就線條白描而言，毛筆線條運用多變化，與今人常用的硬筆白描效果大有不同，若再輔以巧妙的構圖布局，其所能呈現的意蘊情趣，有時便非「色彩問題」所能拘執。[29]

就作爲文章故事輔佐之用的版畫插圖來說，線條構畫人物情態，筆意既已足以提供內容信息，其實便已充分適用輔佐的功能角色，插圖的作用不同單幅畫作，若在色彩運用上過於喧嘩熱鬧，效果反而不見得好。

因爲就以小說來說，其內容情節通常便已提供充分的情感刺激。而文字表達藝術之與造型藝術不同，便在於它能提供讀者以更多想像馳騁的空間，因此插圖配飾只要能夠提供人物、情節的大致形象照應即可。如果插圖本身也要求以能引起讀者強烈的感情刺激爲滿足，則恐怕會因此而誘引讀者移離欣賞的方向，未免就有喧賓奪主之嫌。

另外，若插圖形象過於逼似現實之眞，恍如人間攝影，當亦非文學作品插圖之良法。因爲如此一來，讀者對於書中人物情節等形象，容易因插圖印象之投映，而流於刻板定型，而文學作品中所能提供的無限意想之樂，便可能因此而大受損傷。

插圖版畫和單幅版畫或繪畫畢竟有其不一樣的目的功能。單幅

---

[29] 陳兆復：《中國畫研究》第七章「筆墨論」論筆墨線條之運用與效果甚詳。潘天壽：《潘天壽美術論文集》，（臺北：丹青圖書公司，1987），頁10-14，就中西線條、色彩運用之別，說明圖畫以線條構畫之特性。傅抱石：《中國的人物畫和山水畫》，（臺北：華正書局，1985年），亦大體皆就線條墨色運用論國畫特色，皆可參看。

之畫是爲單獨觀賞而存在的，插圖則是受著故事內容的制約。因此，如上所述種種原因，而傳統版畫插圖以線條爲主的畫面，非但不是缺憾，反而因其具擺落現實形質，但傳神意的特色，而能和文章內容形成若即若離，而卻又可以爲相合無間，相輔相成的一體。

六

傳統版畫插圖之所以以陽刻線條爲表現基礎，原因既已述說如上，接著該談的便是構圖方面的問題。由於這類版畫原是作爲插圖之用，所以要細緻的考量，原可就構圖及畫題取材兩方面來加以思考，但是由於兩者之間實有其互動的相關性，因此論述時即不再細分。

關於傳統版畫構圖方面的特點（當然包括插圖版畫），王伯敏的《中國版畫史》已曾有所說明，本文即先引述其說，再爲補充。

王氏認爲傳統版畫的構圖特點之一，即「在於畫面不受任何視點所束縛，也不受時間在畫面上的限制。」並舉明末《水滸傳》（劉君裕刻）的「火燒翠雲樓」、「怒殺西門慶」等圖例以爲說明。

另外，王氏又特別指出明代版畫的一個特點是：「對於畫面上的組織，如舞臺場面那樣來處理。」而這種現象不只戲曲插圖如此，小說中如《三寶太監下西洋記》的「元帥兵阻紅羅山」圖等一類也是如此。王氏認爲金陵世德堂、富春堂所刻戲曲插圖特別具有這種特色。而這種特色又顯現於四個方面：（一）不論是背景或對空間的處理，都如舞臺場面，就連人物的手勢都採自演戲的動作。（二）人物靠得很近，戶內外往往只是一指之隔，即寫戶外，一山之隔，人物大小都一樣，如前舉小說「元帥兵阻紅羅山」圖即是。（三）每幅插圖，人

物大小都占畫幅之半，背景道具，只是陳設而已。（四）書室、閨房或廳堂，都作剖圖式，《楊家將演義》插圖即是如此。王氏認爲這是明代木刻插圖的獨特風格，是在中國戲曲盛行之際，才湧現出來的一種形式。㉚

按，王氏雖指出這種特色是世德堂等所刻戲曲爲明顯，但舉例每及於小說，因此即以爲小說插圖特色論之亦無不可，其立論雖說大體無差，陳述卻未免仍有稍微訛誤及不足之處。

王氏以爲傳統版畫構圖的第一特色就是「視點不受限制」（王氏於此特點項下所舉皆明代圖例，然標示僅云傳統版畫，所指當爲傳統整體之特色，非僅限於明代）。其實應當加強說明的是，這種特色是傳統國畫構圖上的總的特點，版畫所呈現者，不只線條用筆，其構圖布局，亦皆來自圖畫的大傳統。

傳統國畫的構圖視點，是在和西洋繪畫的「定點透視」相爲對比，而見其特色的。這種不拘於一點，甚且可以說是不受時空拘束的構圖法，現代的論者或稱爲「散點透視」，或稱爲「以大觀小」。

陳兆復《中國畫研究》一書對「散點透視」有頗爲詳細的解說，茲先引其中一段以爲說明：

> 所謂散點透視，是指畫家打破固定視圈的限制，將其在不同的視點上，不同的視圈內所察得的事物，巧妙地組織在一幅畫裡，畫面裡有幾條不同的視平線，幾個不同的主點。又因爲在一幅畫裡出現了幾個不同的視平線與主點，視點就似乎是在移動了，所以又叫動

㉚ 王伯敏：《中國版畫史》，頁77-80。

視點透視。[31]

而「以大觀小」則是宗白華借引宋朝沈括的見解所提出來的說法：

> 沈括以為畫家畫山水，並非如常人站立在平地上一個固定的地點，仰首看山。而是用心靈的眼，籠罩全景，從全體看部分，「以大觀小」。把全部景界組織成一幅氣韻生動，有節奏有和諧的藝術畫面。不是機械的照相。這畫面上的空間組織，是受著畫中的全部節奏及表情所支配，其間折高折遠，自有妙理。[32]

這種理論似乎大多是根於對傳統山水畫的體察而來，然而除了肖像一類畫面簡單的人物畫以外，對於以人物事跡為主的畫，包括版畫插圖在內，卻也同樣適用。畢竟這種傳統構圖風格，是代表著全面性的。

傳統繪畫這種構圖視點和西洋定點（或稱焦點）透視的不同，同時也就是東西兩大畫風不同的主要特徵之一。西洋自十五世紀以來，畫家作畫，基本上就是以定點透視為構圖經營的基礎。[33]這種方法是建立在觀者的眼睛是固定一點不動的假定之上的。這種方法誠然可以將固定視野中的對象畫得更準確更真實，但是呈現的畫面卻多半是屬於安靜肅穆一面的美。而中國人所欣賞講究的，正如畫家兼理論家潘

---

[31] 陳兆復：《中國畫研究》，頁23-24。

[32] 宗白華：《美從何處尋》，（臺北：元山書局，1985年），頁87。

[33] Ernest B. Gilman, *The Curious Perspective*, (Yale Univ., 1978) p.16.

天壽所說，是能夠呈現「動的精神氣勢」的畫面，[34]而這樣的畫面，當然只能由動的視點來構成。版畫插圖是繪畫的另一種面貌，中西版畫發展之終有不同，此即為原因之一。

　　而如何運用散點透視，運用這種方法展現出來的效果又如何，對版畫插圖的構圖又有何影響？為說明這些特性，且又引陳兆復的分析，以為引介：

> 中國畫家對自然風景，要求「可望」，更強調「可遊」。觀者從場面的散點透視的山水畫裡所得到的印象，是遊山玩水時所得的多方面印象的綜合⋯⋯。

　　中國畫構圖由於採用散點透視，在結構上有更大的完整性，它因不受固定視圈的限制，便於將不能出現在同一空間，同一時間之內的，但又相復聯繫著的事物，很完整地處理在一幅畫裡，從而可以更突出、更完整地體現作品的主體思想⋯⋯。在表現上具有更大的敘述性：它便於將故事發展的來龍去脈，有頭有尾的敘述出來，利於表現複雜的情節內容。[35]

　　正因為散點透視強調「可遊」，有更大的「敘述性」，甚且可以含不同時空的景物、情節於同一畫面，成為有節奏性的構圖。因此中國繪畫可以有如「清明上河圖」、「長江萬里圖」一類的長卷。傅抱石以為「長卷形式」的特徵在於：

> 是使用和鑑賞上一種特殊的「動」的形式，和壁畫、

---

[34] 潘天壽：《潘天壽美術論文集》，頁17-18。

[35] 陳兆復：《中國畫研究》，頁27-29。

掛物等「靜」的形式具有本質的不同。這是中國偉大
的畫家們天才地創造了和使用鑑賞實際相結合的移動
的遠近方法（曾有人稱之爲散點透視的）。這種方法
提高和擴大了寫實主義表現的無限機能，使能夠高度
地服務於場面較大，內容較複雜的主題。㊱

　　另外由於不受時間的拘束，因此可以處理連續性的故事性題
材，潘天壽對此即曾舉「韓熙載夜宴圖」及「洛神賦圖」以爲說明，
而作爲小說插圖的版畫，所處理的主要正是時間連續的故事題材。

　　有了以上這些說明，回過頭來看版畫構圖的特性，對一些場面較
大，情節較爲複雜的畫面布局，就能夠有進一步清晰的了解。

　　例如多次爲論者舉以爲插圖版畫代表作的楊定見刊，劉君裕刻
百二十回本《水滸傳》的「火燒翠雲樓」一圖，其構圖便充分體現了
「散點透視」所具有的特性。「火燒翠雲樓」原是內容複雜，場面火
辣熱鬧的一段情節。插圖既是文字內容的輔佐，在於提供讀者一個文
字欣賞之餘，能有「神情如對」的畫面，當然往往就選取故事中情節
高潮或熱鬧的所在以爲配圖構想。「火燒翠雲樓」一段因而就成了插
圖的主題，然而這段情節卻不是少數幾個人集中在一處同時生發的事
件，而是許多人物，在一段連續時間的過程中所發生的事情。如何將
這一段熱鬧的過程呈現在畫面上，構圖便是一個問題，如果採取定點
透視，時空定位，定然顧此就失彼，而火辣熱鬧的場景就難以表現，
在此，散點透視，時空匯集，「可敘述性」的特點便可展現其特長。

㊱ 傅抱石：《中國的人物畫和山水畫》，頁20。

在小說中，放火的放火，殺人的殺人，奔逃的奔逃，原是一件接著一件敘述的，事情也不是同時發生的，但是在這一幅裡，卻似乎就同時發生了。雖然如此，而全幅畫面卻不是死板的，而是呈現了散點透視所特有的「動」的節奏感，而且雖然畫面人物繁多，動作各異，樹木屋宇復重重疊疊，但並不顯雜亂，而是呈現了多樣中有統一，對立中有調和的整體和諧之美。在構圖上，這一幅版畫所傳達的正是國畫中傳統特殊視點的效果，當然，這一幅如此，其他畫面較為複雜的插圖，也莫不如此，內容情節容或繁簡稍有不同，而所顯現的特色莫不相類，如同書的「怒殺西門慶」一圖，便可準此以觀。

<h2 style="text-align:center">七</h2>

《中國版畫史》所提明代版畫插圖的另一特色是：有些插圖構圖組織如「舞臺場面那樣處理」，除戲曲插圖外，小說中也有類似情形者。

這個見解是不錯的，但是，以為這是明朝，特別是明朝中晚期才有的特點，卻有些問題。

小說插圖內容題材，是循情節發展而取擇，畫面既可為場面繁複之處理，亦可為簡單化的布置，但憑畫者刻者的意向與能為。晚明徽派作手，大概由於技術純熟而有自信，是繁是簡皆能得心應手，而皆不離精緻，因此而結構繁複之畫面便多見。此外，或因製作成本所限，或為作手筆力所不到，或為版幅過小所囿，[37]便自然而然趨向於布局簡化之場面。而由於插圖是以故事情節人物為主，場面既簡化，

---

[37] 如上圖下文形式，圖只占約三分之一頁面；或如圓形圖面設計，便皆是小版幅者。

畫面上便不得不凸顯少數幾位主體人物，因而其他背景及次要人物，便自然顯得就如畫面裝飾，如此一來，整體構圖就容易顯得有如戲臺格局。

另外，更重要的一個原因是畫者揣想構圖的內在問題。由於插圖所畫內容為依時間順序而展延的情節動作，而非具體存在的有形實體。如何截取「動」中之事，成為「靜」之畫面，其構思布局，便完全得由畫者揣擬，必待「胸有成竹」之後才能下筆。此種過程，遠較摹寫客觀的具形實物為難。[38]

雖然說就故事情節轉為圖畫的傳統由來已久，如女史箴圖以及一系列敦煌佛教壁畫等皆是。但是，隨情節發展而逐段布圖，卻仍然有其構思之難處，因而如果能有任何足以提供構思助益者，很容易的便會成為這些原本來自民間的畫師們取擇模擬的對象。而由於小說情節之演繹，其所提供之意象，與戲曲多有相類者，因而在戲曲演出盛行之年代，具體化的舞臺人物形象與位置布局，無疑的就為這些插圖畫師們提供了最生動的摹寫樣本。在這種情形下，小說插圖的構圖經營多見舞臺格局，便也正常。然而這種特點，並不是明代中晚期所獨有，以現在所能掌握的資料來說，元朝時代所刊平話插圖已多見此種特色，明初成化年間所刊詞話數種，不論為上圖下文或整頁插圖的格式，更多帶有此種特性。我們大體上可以說，自有小說插圖以來，不論是早期的，或者是後來的，越接近民間粗樸性質的，往往就越有這種傾向。小說插圖是如此，戲曲插圖則更不必說。不論精緻或粗放，戲曲插圖原來就有著「唱與圖合」的要求，[39]所以常見構圖布置與舞

---

[38] 朱光潛譯：《詩與畫的界限》，（臺北：蒲公英出版社，1986年），頁65-66。

[39] 弘治戊午年（1498）刊本《奇妙全相西廂記》書尾的出版說明：「本坊謹依經書重寫繪圖，參訂，編次大字本，唱與圖合。」

臺形式相近，原屬自然。

八

　　另外，《中國版畫史》又強調明代小說戲曲插圖，在對人物作描寫的時候，屋宇廳室都是窗戶洞開，作剖圖式。明代插圖版畫構圖是有這種特色，但是這種特色卻不僅見於明代，而且更不只是版畫的特色。應當說這是傳統繪畫構圖上總的一個特色，這種特色只要尋檢《芥子園畫譜・人物屋宇部》諸示範圖例即可了解。潘天壽論傳統繪畫的透視處理時，對此即有所說明：

> 如果要畫故事性的題材，可用鳥瞰法，從門外畫到門裡，從大廳畫到後院，一望在目，層次整齊。而裡面的人物，如仍用鳥瞰透視畫法，則縮短變形而很難看，故仍用平透視來畫，不妨礙人物形象動作的表達，使人看了滿意而舒服。[40]

　　版畫插圖屋宇人物的畫法，只是傳統國畫方式的一種正常筆法，不過由於小說戲曲乃以人物情節為主，室內情節既多，插圖顯現屋宇人物的場面自然就多，因而使人覺得這種「解剖式」的圖特別多而已。

　　宗白華在論中國詩畫所表現的空間意識時曾說：

---

[40] 潘天壽：《潘天壽美術論文集》，頁17。

中國詩人多愛從窗戶庭階，詞人尤愛從簾、屏、欄
干、鏡以吐納世界景物……。

中國人的宇宙觀念本與廬舍有關，「宇」是屋宇，
「宙」是由屋宇中出入往來。中國古代農人的農舍就
是他的世界。他們從屋宇得到空間觀念，從「日出而
作，日入而息」（〈擊壤歌〉）得到時間觀念。[41]

藉著這種體會，我們似乎可以反過來說，剖面圖式的版畫插
圖，正好似掀開隔牆，讓人得以觀照屋宇中眞實人情世界的設計。

此外值得一提的是，版畫插圖既以線條爲主，不講究明暗色
彩，而小說情節中卻時有夜晚生活的場面，插圖若欲描繪此等場面，
便得別有設想。方法卻也簡單，一般就是在畫面高處勾出星月之形，
以爲表徵，前舉「火燒翠雲樓」圖即是如此，而這也是版畫構圖上常
見的一個特色。

而版畫插圖的圖面，又常見「畫題」，甚且有如元刊平話五
種，於所畫人物旁邊標示人名，以指示該人物爲誰者。及至晚明，
畫面講究之餘，更時而有題畫詩之作，或且正頁作畫，背頁題寫詩詞
者，不一而足。凡此畫面構圖之特性，所反映者，亦皆傳統國畫整體
發展之特性，而顯現了與西洋版畫不同的特色。中國畫之題款，前賢
論之已詳，[42]茲不再述。

---

[41] 宗白華：《美從何處尋》，頁96-98。
[42] 潘天壽：《潘天壽美術論文集》有專章「中國畫題款研究」。

九

最後，對於傳統插圖構圖取意上的特點還需要有一點說明。由於插圖原是爲配合故事內容而存在，所以在畫意的表達上和本爲獨立欣賞而存在的單幅繪畫，在某些層次上便稍有不同，尤其是以情節事件爲主要構圖內容的插圖更是如此。

依照西洋傳統美學的某些概念來說，藝術家爲要創造「不是讓人一看了事，還要讓人玩索，而且長期地反復玩索」的作品，在造型藝術方面（繪畫、雕塑等），若是以人物事件爲內容，在取材方面就不能選取情節發展中的頂點。依十八世紀德國學者萊森（Gotthold E. Lessing）的話來說，其原因是：

> 在一種激情的整個過程裡，最不能顯出這種好處的莫過於它的頂點，到了頂點就到了止境，眼睛就不能朝更遠的地方去看，想像就被捆住了翅膀，因爲想像跳不出感官印象，就只能在這個印象下面設想一些較軟弱的形象，對於這些形象，表情已達到了看得見的極限，這就給想像劃了界限，使它不能向上超越一步。[43]

因此不論作畫或雕塑，所該選取的就應當是情緒或情節到達高潮前的一幕。這種見解對於單件的作品來說，是有其道理的，因爲繪畫

---

[43] 朱光潛譯：《詩與畫的界限》，頁18-19。

等造型藝術，在反映事物的發展及傳達人物的內心活動方面，有一定的限制，它只能把握住某一頃刻，因此就要盡量選擇最富有孕育性的一刻，才能給人以充分的聯想和想像的餘地。

然而插圖版畫由於目的作用不同，在構意上卻就不一定要依此原則。譬如前舉「火燒翠雲樓」一圖，就是情節匯集的高潮頂點，也就是最緊張火辣的一刻。其他畫面取意類此者亦自不少，其中原因，就在於插圖的主要作用，是在為文字內容嘗試提供一個可能較為「確切性」的形象說明而已。

文字敘述的特長，在於能夠表現人心的細緻變化，既可以採用象徵、暗示手法，也可以運用概念直接了當地闡明思想觀念，這些特點卻正是繪畫之所難。然而文字符號的傳達，比起繪畫卻也有其短處。因為文字不論表達如何真確，它畢竟是「符號」，而不是客觀事物的形象本身，所以文學所塑造的形象就具有間接性的特點，不像繪畫等造型藝術，有著形象的確切性與直接的可感性。[44]因此，如果插圖運用得宜，便恰可配合文字的敘述，稍補文字之不足，為讀者想像樂地，提供一個可資參酌的景況。

因為讀者閱讀小說等文學作品，其想像與預期，緊張與刺激，原本即盡在文字本身來復尋求，插圖既為配合輔佐，自非所關注之本體，因此其設計構圖，亦自不必就此過於費心，以營造情感預期想象之空間。傳統小說插圖之畫面，其所以常不在緊張前之一刻，而在於情節高潮之頂點者，原因之一，當自此探求。

---

[44] 前引《美學基本原理》一書，頁419。

　　另外的原因則是因爲傳統版畫既以線條表現爲主，而插圖又因限於書籍版面，所能運用之畫面既已不大，其所須布置之人物又常多，在此情形下，其所特長，便盡在於動作形態之描摹，而非內心情意之傳達。情節高潮前的一刻，其緊張多來自人心內在之爭執與計謀等，此實非小版面之線條人物畫所能爲工，而事件頂點之際，則多爲衝突等實際的動作，不只畫面易於構設，人物形態與動作之表達，亦自爲傳統畫者之所長。這便是傳統版畫插圖之所以常見情節高潮畫面的另一原因，而這一類畫面所顯現的，或許也就在於將那緊張熱鬧爲更酣暢淋漓的鋪陳擴張。

附錄：插圖五張

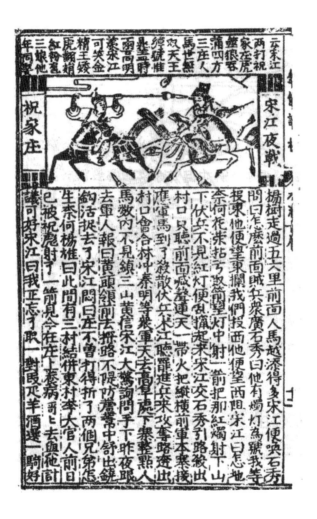

▲明雙峯堂刊《京本增補校正全像忠義水
　滸傳評林》上圖下文小版面構圖，畫面
　如劇場表演場景。

▲明崇禎間刊本《金瓶梅》插圖，畫面屋宇為剖
　圖式，顯示屋裡擺設、人物活動情景。

▲《墨憨齋評點石點頭》十四卷，明末刊
本。圖面圓形設計，有特殊美感，但版面
相對縮小。

▲《百二十回本水滸傳・火燒翠雲樓》，左上以星、月
　標記時間為夜間。

▲《百二十回本水滸傳‧怒殺西門慶》。插圖可以
描繪事件緊張之最高點。這和一般單獨存在的美
術作品，常以高潮前一刻為構設主題者有別。

原載一九八八年五月《中外文學》，第十六卷，第十二期

關於俠和武俠小說的認識

一

　　自古以來，對「俠」的認識，有兩種大相逕庭的意見。其中一派以韓非子爲代表，從法家法治的觀點來看俠，認爲俠是好勇鬥狠，目無法紀，慣常「以武犯禁」的人。這是一種否定的看法。

　　另一派以太史公爲代表，他認爲俠是重友誼、講信義，所以雖不一定合乎法紀，卻是肯犧牲自己，濟人困厄而不求報償的人。這是以社會的人際關係爲定位，所提出的肯定的看法。

　　這兩種看法乍看之下似乎是南轅北轍，其實卻並不眞的相互排斥，因爲他們是從不同的立場、不同的角度來看問題。

　　時代稍後的荀悅，就似乎有意折衷二者，提出一個較爲持平的看法，他在《漢紀》中說俠可以是「武毅」，也可以爲「盜」。因爲本質上「俠」就是指那些敢作敢爲，肯於擔當的人，「敢作敢爲」用於救苦濟弱，便是武毅，也就是後來傳統社會中所肯定的義俠；但是轉過另一面，卻也可以是武斷鄉曲，胡作非爲，甚而是聚眾結幫，相夥爲盜的人。後來的幫會組織，其內部的凝聚，未嘗不以「俠」相許，但對社會大眾來說，其所行所爲有時卻又不免與盜相鄰，其道理就在於此。

二

談到中國的俠，有人曾以西洋的騎士（曾被譯爲俠士）以及東洋的武士相比擬，實際上當中有著相當大的差別。最簡單的區別就是：不論西洋中世紀時期的騎士，或東洋傳統社會中的武士，都是一種階級、一種地位，也是一種職業、一種身分，而俠卻不是。我們可以說某人是個騎士、是個武士，是個俠士；我們也可以說某人的職業是騎士或武士，卻絕不能說某人的職業是「俠」。因爲天底下從來就沒有「俠」這一行。

俠（武毅之俠，以下所說皆指此意）是指濟弱扶傾，打抱不平的人，其中涵蘊的是犧牲自我以利他人、以利大眾的精神。常有此種心腸與行爲的人，我們便稱之爲俠。因此俠可以是各種不同的人。

騎士或武士當然可以行俠仗義，而傳說中的騎士或武士也常有俠行，但這並不是說騎士、武士就等於俠。和騎士及武士本質上比較接近的是中國春秋以前，封建體制下卿、大夫、士當中的「武士」。

三

有俠心、俠行原不一定非「武」不行，但是因爲有俠義心腸的人，如果身具武功，就能有更多的自信，更敢於遂行俠義之事。而且身具武功，打抱不平之時更容易扳回公平正義，否則徒有俠義心腸，而無武功，遇不平事，有時也只好徒呼負負，無可奈何。因此，傳統上幾乎總是提到俠就提到武，通稱武俠。後來小說興起，便有了武俠

小說，有了武俠世界。

小說中的武俠世界大體可分二類，一類是屬於現實的社會，一類是脫離現實的「江湖世界」。

反映社會現實狀況的俠，一如太史公〈游俠列傳〉所記，是現實社會中人。在小說中的典型之一，就是《水滸傳》中的魯達。他路見不平，救助金氏父女，三拳兩腿打死了鎮關西鄭屠，便是典型的俠行，典型的濟弱扶傾。

這一類故事反映的既是社會的現實，俠士們在遂行俠義之行的時候便不得不受現實的拘束。也因此，俠行背後伴隨的便常是些許的傷感，或甚而是悲劇。這是因為像魯達一類的仗義救人，雖然大快人心，但是「俠以武犯禁」這一句話，在法紀尚未蕩然無存的社會裡，卻永遠是俠者的緊箍咒。俠客在俠義心腸的驅動下，打抱不平，為了救人終究不免傷人，或甚而殺人。雖然他們傷的、殺的是壞人，但是因為他們不是執法人員，他們沒有代行法律去傷人、殺人的權力，因此，他們的行為是不折不扣的「犯禁」——違犯了法律。在他們仗義救人之後，法律就得追訴他們犯禁的「罪行」。

弱者心目中的俠行，卻是法律規範下的罪行，這是現實社會中俠客永遠的困境，永遠的兩難。魯達仗義殺人，雖是大快人心，然而接著他卻得逃亡，因為他已成了官府追捕的罪犯。

不有俠行，不為俠士，然而俠行卻常使俠士身陷困局。這實在不是人心之所樂見，於是後來有了填補這種缺憾的小說，就是清代中葉以後大為流行的「公案俠義小說」。這類小說中最有名的便是《七俠五義》。小說中的俠客們為了行俠仗義，依然免不了傷人、殺人，但是因為他們多半具有執法人員的身分，因此他們的俠行便再也不是犯

禁的罪行，而是除害有功的義行、功勳。

　　俠義公案小說似乎彌補了傳統俠士的那種難以解除的缺憾，但是最終的結果卻只是塑造了一種新型的俠士。這種新型的俠士就是「行俠仗義的人都是官方的執法人員」，這就等於現代的人說：但願執法的法官、警察們都是行俠仗義的俠士。

　　像魯達那種路見不平、拔刀相助的俠心俠行，在現實社會中，依然是永遠要面對俠行未免犯禁的困局。

四

　　然而武俠小說也很早就開創了一個超脫於現實社會的江湖世界──一個不為現實生活與法紀規範的世界。

　　在這樣的江湖世界裡，再也沒有犯禁不犯禁的問題。在這些小說中的俠士，甚且可以和人們心目中的「俠義道」──濟弱扶傾，為民除害等等──沒什麼關係。小說中的各路人馬所關心的可能只是門派之間的爭衡、武功祕笈的搶奪，以及個人之間牽扯不完的恩怨情仇。清末民初以後興起的所謂新派武俠小說便大多屬於此類。

　　這一類僅顯江湖世界，不與社會現實相屬的武俠小說，正是因為脫離了現實，才終於能夠擺脫傳統俠士那種困境，而有了海闊天空的一片天地，而有了空前繁盛的武俠小說世界。至於這種現象是好是壞，就不在本文論述之列了。

本文為應刊物編輯之邀而寫，原刊於《幼獅文藝》一九九二年七月號

傳統小說中的洪水之患

一

　　大概是小時候曾經歷洪水之患的關係，後來唸書時，對書中各種有關洪水的記載，便會多少加以留神。一九五九年暑假，正是筆者小學畢業，剛為考入城裡最好的初級中學而高興的時候，整個彰化地區卻遭逢了有史以來最大的洪水，也就是中部地區民眾至今難忘的八七水災。

　　當天早上，村里曲館大鑼急敲，警告村民逃命，父母、家人急捲隨身衣物，然後全家人手牽手，以路旁田裡尚未淹沒的高莖作物為認路標記，相攜逃向高處的種種景象，至今一一在目，那災後的淒涼情景，更是永生難忘。

　　雖說全家全族得保身命無恙，是不幸中之大幸，但房屋或全倒或半倒，家具財物十去八九，收拾重建，歷經數月，始稍平復。而重整田園的人，或說誰家下坎田裡挖出了一具不知何方漂來的屍骨，或說田野有什麼鬼哭神號，對當時尚是少年的筆者來說，那層恐怖的氣氛更是持續良久。據官方估計，那是臺灣中部有史以來死傷人命最多的一次大洪水。

　　事隔一年，一九六〇年，竟又來了一次八、一水災。這次水災

雖然危害較小，但是人們餘悸猶存，於是神怪之說便起來了。當時婦孺間相互傳語的是：「彰化的八卦山不當建大佛，因為佛坐在蓮花座上，而蓮花不可離水，為了滋養蓮花座，彰化會連年遭大水。」這種傳言，當然不值識者一哂，而且在日後無水患的日子裡也就自然消歇。

但是，從民俗傳說的角度來說，這樣的訛言，卻另有其意義。歷來有關各種大的天災，不論水患或地震的記載，通常便多附有相關的神怪、報應之說。小時候所經歷，所聽聞的傳言，便為此提供了鮮活的例證。

去年（一九八六年）十二月參加中研院國際漢學大會，提出〈邛都老姥與歷陽嫗故事之研究〉一文，便是對自先秦以來各種廣泛傳布的「洪水沉城」故事的一個整理。近日臺北水患，中央副刊主編梅新先生，要求筆者又談談章回小說中有關洪水的記載，筆者欣然應命，或許只是因為小時候的記憶猶新吧！

二

章回小說中提及洪水的頗多，那些為鬥法而用水淹沒敵方如白蛇傳說的且不談。用較多筆墨來描寫水患的重要作品，如明末清初的《檮杌閒評》（坊間印本名為《明珠緣》），清朝的《說岳全傳》，清末的《老殘遊記》等都是。然而這幾部作品對洪水為患時的情境描寫卻都不深刻，或許這和小說的整體結構有關。

如《檮杌閒評》第一回，描寫嘉靖年間淮河為患，說的較實際的也只是：「淮河水溢，牽連淮濟，勢甚洶湧，陵寢淹沒，城郭傾頹，

淮南一帶，盡爲魚鱉」等一類概念性的話而已。這是因爲該書主要的
是借治理洪水的功過錯失，誤傷水族等事來引起後來異類投生，轉相
報應的故事內容作伏筆，所以洪水殘害民生的細節自然就較不重要
了。

　　《說岳全傳》第二回有關洪水描寫的筆墨更少，「只聽得天崩的
一聲響亮，頓時地裂，滔滔洪水，漫將起來，把岳家莊即變成大海，
一村人民，俱隨水漂流。」這些描寫便是全部，也是細節了。之所以
如此，也只是因爲這洪水的描寫爲的是爲日後秦檜和岳飛的冤仇作一
前因的解說而已。小說中的說明是：「你道這水因何而起？乃是黃河
中鐵背虯龍（後轉生爲秦檜）要報前日一啄之仇，打聽得大鵬（後轉
生爲岳飛）投生在此，卻率了一班水族兵將，興此波濤，枉害了一村
人性命。」

　　《老殘遊記》有關洪水的描寫和前二者單爲作爲全書的引子的
有些不同。一者，《老殘遊記》已屬寫實的作品，所以不再假託洪水
和神怪報應相關之談；二者，本書作者自有一套治理黃河的方略，欲
借小說發抒一番，因此自然不能牽扯怪力亂神。第一回首先藉老殘爲
「黃瑞和」（寓意黃河）治病，開出方子，即見作者用意。第十三、
十四兩回寫黃河決口，雖較前二書細緻，但重點仍在作者治水觀念的
發抒，「那無數人就亂跑，也不管是人家，是店，是舖子，抓了被褥
就是被褥，抓著衣服就是衣服，全拿去塞城門縫子。」、「那莊子上
的人，被水沖的有一大半，還有一少半呢，都是機伶點的人，一見水
來，就上了屋頂，所以每一個莊子裡屋頂上總有百把幾十人，四面都
是水，到那兒摸吃的去呢？有餓急了，重行跳到水裡自盡的。虧得有
撫臺派的委員，駕著船各處去送饅頭，大人三個，小孩兩個。」以上
便是書中對水災當時的重點描寫了。書中雖說洪水慘狀，但談得多的

仍是治河理論。

三

　　將鬼神報應和洪水災情寫實的一面揉合寫出的是明末的小說《醒世姻緣傳》。

　　《醒世姻緣傳》是一部廣泛描寫明末基層社會人心百態的寫實作品，由於書中稍微強調因果報應之說，因此歷來竟不十分受到學界的重視。其中相關的問題，是文學史上的大論題，在此不擬討論。

　　揉合寫實與鬼神報應的描寫，其實正是傳統以來對天災橫禍觀念的反映。該書二十九回的大洪水，描寫較前引諸書都更為深入寫實，茲引數段文字如下：

> 卻說那年節氣極早，六月二十頭就立了秋，也就漸次風涼了。到了七月初旬，反又熱將起來，熱的比那中伏天氣更是難過。七月初九這一次，晴得萬里無雲，一輪烈日如火鏡一般；申牌時候，只見西北上一片烏雲，接了日頭下去，漸漸的烏雲湧將起來，頃刻間風雨驟來，雷電交作。那急雨就如傾盆注溜一般，下了兩個時辰不止。街上的水，滔滔滾滾，洶湧得如江河一般……那雨愈下愈大，下到初十日子時，那雨緊了一陣，打得那霹靂震天的響，電光就如白晝一般。山上震了幾聲，洪水如山崩海倒，飛奔下來，平地上水頭有兩丈來高……那些人家渾如大鍋裡下扁食的一

般，一村十萬餘人家，禁不得一陣雨水，十分裡面，足足去了七分。……到了天明，四望無際，哪裡還有平日的人家，向時的茅屋？尸骸隨波上下，不可計數。到了此日，那水纔漸漸的消去。那夜有逃在樹上的，有躲在樓上的。

像這樣的描寫，一看可知作者大概是曾經見水患的人，所以才能寫得深切，不流於概念化的文字，而所寫暴雨成災的景象，又十分類似臺灣歷來各地爆發洪水的情景。

雖然如此，但是作者卻也在字裡行間交雜著神鬼報應的說明。首先是說明大水之起，是因為當地民風澆薄，惡人滋多，「善人百中一二，惡者十常八九」，所以玉帝下旨，派許眞君決洪水淹那些惡人，「但不許玉石俱焚，株連善類」。所以大水的時候，又見神靈隨水而現，命不該絕的（不一定都是善人，只因命不該死於此劫，如書中男主角狄希陳即是）便得神明護佑。此種觀念，當然無稽，但傳統小說書寫常會寓有勸善之意，又因自古流傳有「洚水警余」古訓，加上民間信仰傳說，所以呈現出來的便自然會是一派神鬼報應之言。

章回小說中專以洪水爲重點，爲主題的幾乎未見，所見有關洪水的描寫，多半爲全書相關情節發展的一個環節而已。而洪水天災，非人力所能抗拒，或逃得及，或竟爲所淹，自有幸與不幸，小說因此常藉以發抒其因果報應觀，只爲此幸或不幸之中，實爲難解，因此「命定」、「劫數」、「懲惡」等說便自然附會而生了。

本篇原刊於一九八七年十一月十二日《中央日報》副刊第十版

你方唱罷我登場
——從《臺北人》中幾篇小說談起

一

　　白先勇的短篇小說集《臺北人》自出版以來，即廣受讀者歡迎與學界討論。其中技巧方面最為論者注意，且常引為論析重點的，便是對比手法的巧妙運用。

　　各種文學作品中，為凸顯角色或鮮明主題等作用，「對比」是常見的手法，而其技巧與所致效果之各有多樣且繁複，也早已是文學研究中一大論題。[①]然此一論題非本文重點所在，故在此不擬詳談。

　　《臺北人》中有幾篇故事如〈孤戀花〉、〈遊園驚夢〉等，其對比手法中最特顯的是「今昔之比」的「平行技巧」。[②]

　　一般小說中的今昔之比，常見的是角色自身情境的先後對

---

① 姚一葦：《藝術的奧祕》，（臺北：開明書店，1968年）第七章「論對比」，對此有頗詳之說明。頁189-221。

② 「平行技巧」（parallelism）為歐陽子〈遊園驚夢的寫作技巧和引申含義〉一文所提出。收於白先勇：《遊園驚夢》（劇本），（臺北：遠景出版公司，1982年）附載之論文，頁180。

比。[3]這種對比，以最淺顯的話來說，不外乎如下二者：前好後壞或前壞後好，其中攸關的總不離一個「改變」的過程，而這也正是人的一生中常見的兩種表面形態。

不管是有意的，明顯的技巧運用，或只是就某一個體生長過程中某一階段的寫實模擬，所謂由壞而好，如歷經折磨，終於成功、成熟；經諸艱苦，終結善果，藉前此之苦澀，資後來之戒勵等類故事，讓人讀來如經冬而春，多少導引與開豁的溫暖描述，便是此類。

當然，為歌誦而作之作品，亦多此類。

而由好而壞的今昔對比，卻總免不了帶來幾許感傷。以人之現實而言，若今日之我，時時緬懷的是種種昔日之好，每因此時之我已陷種種失落。前塵往事之耀眼生輝，皆為今日已難堪寂寥。抑且個人先後得失之相襯相形，則前此之得，對映今時之失，更自然而成一種嘲弄，此情此景，便生所謂的「不勝今昔之感」。「不勝今昔」意味的是眼前的落寞。小說情節若以此為敘述主線，則呈現的亦自然是一番蕭索無奈。

《臺北人》中的今昔之比，便多的是這種落寞蕭索的「不勝今昔」。

雖然如此，而本文所要談的卻也不是這「今昔」，而是交錯於「今昔」之間的情境之反覆。那幾篇充分運用了個人今昔對比的小說，讓人讀來之所以倍覺酸苦，不只是因為今昔之比，更因為有悲哀

---

[3] 今昔之比當然也可以古代與現代之對比，古人與今人（包括自身）之對比，傳統詩作感嘆時世者即常有此。但此情態，與常人感嘆世事的「人心不古」一類話頭，有其相近之處，雖亦藉古以慨今，表示對當前不滿，但較不能構成角色本身衝突的內在張力，故較難成為小說情節上之主線結構。

情境的反覆交錯。這所謂的反覆，不在同一角色自身的前後覆轍，[④]
而在各別角色之間不平境遇的重疊或複現，這或許就是歐陽子所稱
的，以「平行技巧」表現的部分。

堪傷的往事，不勝今昔的當前處境，如果是苦，是澀，常人總不
願見那苦澀的事跡一再重演，不論是在自身，或在他人。然而，「臺
北人」中那幾篇讓人興起「不勝今昔」的故事，「平行技巧」所拱托
呈現的，卻幾乎都是苦澀人生的反覆，錯陋情境的重演。

二

以〈孤戀花〉來說，故事中的娟娟幾乎就是五寶的再次現身。兩
人的出身雖或稍有不同，時地背景也已改移，但是，在該是人生黃金
時段的歲月裡，兩人演的卻幾乎是同一劇情的苦戲，不僅過程境遇相
似，結局也無太大差別。如果可將他們兩人的故事搬上舞臺，則大概
可以用完全一樣的布景，一樣妝扮的演員。

為這時、地兩分，卻又重疊複出的兩齣人生苦戲，作者安排了一
個既入於戲，又出於戲，與二者皆有親密關係的見證者來敘述，將兩
個人的事跡串聯錯綜起來。這個見證者就是綽號總司令的老資格酒女
阿六。她似乎參與了前後兩個相類故事的演出，實際上卻又是個旁觀
者。參與的安排，讓她可以見得更真切，體會得更深入；旁觀則使她
可以較平心而客觀的述說這故事。這一篇小說中原本分屬兩個人的故

---

④ 角色自身前後情境之反覆所顯現者當係另一種主題，象徵性的說，薛西弗斯神話，甚而吳剛
伐桂神話皆可取作為此種自身生活反覆之一種比擬，陳映真小說〈上班族的一日〉某些意涵
有此。

事，也就因為如此而各化為一體相關的有機成分。

當然這並不就是說，娟娟反覆的是五寶過去的一切，因為如果是過往命運一切的重覆，那她便只能是「五寶」，而不是「娟娟」。完全相同的兩個人不可能，兩個完全相同的命運也不可能，這裡所指的反覆，是人生某些重要事跡或情境的雷同相似。

有此認識，進一步我們便又可以說，娟娟也反覆蹈循著她母親的人生軌跡。小說中的敘述，雖說似曾暗示娟娟之所以終於發瘋，與母親步向同一的歸途，多少是來自母親的遺傳或感染，但是，更可能的卻是她重蹈著與母親一般坎壈的命運旅途。

畢竟，她母親不是天生的瘋，否則也不會嫁人生子。那逼使她母親發瘋的過程，小說中雖無言及，然而以其境況相推，或許有某些竟如娟娟的遭遇也不一定。反正，到頭來娟娟生命的後半是步入了母親的後塵。

又如〈金大班的最後一夜〉，鄉下來的夜巴黎舞女朱鳳為僑生而懷孕的前後情感糾葛，正如金大班以前之與男友月如。而金大班將離開夜巴黎前所遇的初入舞場的年輕人，又似乎是一個即將步月如後塵的人。小說最後以「一二三」、「一二三」數著舞步做為結尾，恰似又一個踏向同一舞臺，將舞出同樣一齣戲的腳步聲。

而〈遊園驚夢〉裡錢夫人與妹子月月紅的為情傷感，也一如竇夫人與她的妹妹天辣椒。加上臺北時期的竇夫人與程參謀的關係，又彷彿南京時期錢夫人和鄭彥青一般的曖昧，[5]更使人感到不論場景怎麼換，人生如戲，老是有人在演著同一的戲碼。

---

⑤ 歐陽子前引文，頁188-191。

〈一把青〉中，來到臺北之後的朱青，雖說未曾嫁人，但她終於「看開了」之後的處世態度，又何嘗不是南京時代「背後經過了一番歷練」，已經嫁了四次的「周太太」的另一面映照。而這後半段的朱青，雖或不如另篇〈永遠的尹雪艷〉中的尹雪艷來得排場富麗，但穿梭來回的形影卻又何其相似。

〈尹雪艷〉篇中雖是另一番景象，但是，不論是上海十里洋場上的王貴生、洪處長，或是大夥來到臺北之後，「事業充滿前途」的徐壯圖，原本是個個都可能會有燦爛的明天，然而卻一個接一個的為著尹雪艷而身敗名裂。他們幾乎都是競相步武，為著扮演同一戲文，踏向相似舞臺的角色。

並且，這樣的戲碼大概不會因徐壯圖的死就不再上演，接班演出的恐怕已接連上場，把不定是南國紡織的余經理，或大華企業的周董事長。或許我們更可以說，只要社會形態依然，類似的故事總還是重覆下去，雖然女主角的形貌會稍有改變，名字也已不叫尹雪艷。

以上所舉《臺北人》故事中的這些例子，可以說都是在今昔之比而外，使作品更現蒼涼無奈的因子。

不勝今昔，襯出的常只是個人的落寞；然而，錯陌、悲苦情境之此與彼同，反覆映現，卻更拱托出人類侷限於自身，經常反覆於相同困局而無所逃遁跳脫的悲哀無奈。也就因具此特性，《臺北人》中這些篇章的意涵，便不僅僅是時不我與之感喟拘泥，而更隱隱投向了人生本質問題的層面。

多樣的人生，如果讓我們有機會「偶開天眼」，[6]作一冷然觀

---

6 借用王國維〈浣谿沙〉詞中「偶開天眼覷紅塵，可憐身是眼中人」之語。

照，或許並不如表面上的多樣。

這幾篇《臺北人》小說，不論背景是在南京、上海或臺北，多多少少的人，一出一進，演著的盡是相類而反覆的故事，此情此景，借用《紅樓夢》中的一句話來比喻說明，可稱貼切：「你方唱罷我登場，反認他鄉是故鄉。」[7]

人生若果真如戲，通常大體上是劇本各別，你有你的，我有我的。可是，畢竟「太陽底下少新事」，不論在哪裡，多少人翻檢上場搬演的一段，卻常已經老舊，或是彼此大相近似的本子。

當然，如果撿取的是可喜可樂的腳本，老戲重演原自無妨。然而，誠如古人說的「人是苦蟲」，人們經常尋取到手的卻是那些含帶苦澀味道的陳年老劇。或許那苦澀之味潛藏人心已久，早已化入人們遺傳記憶中，故而總是揮之不去，久愈鮮明。即使人們知道舊劇有缺漏，卻多半是要改無從改，照依舊章的演了下去，無從改，只因為既生為人，不論古今中外，便同樣有著人的侷限。既內在為人，他便無從跳脫出人情人性的羅網。同樣的處境，每見個性稍近的人趨向近似的反應，這是人生情勢之自然，在相同的「情勢所逼」之下，相同的劇情自是屢屢出現。

人們何嘗不想從前人的錯誤中領取教訓？古諺早說：「前事之

---

[7] 語出《紅樓夢》第一回甄士隱解好了歌中之句。在此亦為借用其辭，不必求其切合原書之意。馮其庸等校注本，對「反認他鄉是故鄉」句之解為：「這裡把現實人生比作暫時寄居的他鄉，而把超脫塵世的虛幻世界當作人生本源的故鄉：因而說那些為功名利祿、嬌妻美妾、兒女後事奔忙而忘掉人生本源的人是錯將他鄉當作故鄉。」借用之意為：不論至何處，而處處皆然。又人生如戲場，莎士比亞名劇中亦有名言，《如願》第二幕第七景：「整個世界是一座舞臺，所有的男男女女不過是演員罷了：他們有上場，有下場。」引文用梁實秋譯文。

不忘，後事之師也。」[8]更說：「前車覆，後車誡。」然而，人類最大的悲哀，大概就在於總難真從前人的錯誤網羅中跳脫，正如古諺也說：「前車覆而後車不誡」一般，[9]常是反覆著不堪的劇情。

三

以這樣的角度來看，魯迅的小說〈故鄉〉，便也顯露出類似的意涵。

小說中，家景不錯的迅哥和他家忙月（作者自注：自己也種地，只在過年過節以及收租時候來給一定的人家做工的稱忙月）的兒子閏土一度是童年時無拘的玩伴，迅哥從閏土的生活圈中享受了無數鄉間開闊的童年樂趣。然而離別二十餘年之後，迅哥返鄉，閏土來見，帶了個小孩，迅哥乍見久別的故友，不是歡樂，而是百感交集：

> 雖然我一見便知道是閏土，但又不是我這記憶上的閏土了。他身材增加了一倍，先前的紫色的圓臉，已經變作灰黃，而且加上了很深的皺紋，眼睛也像他父親一樣，周圍都腫得通紅……我這時很興奮，但不知怎麼說才好，只是說：「阿！閏土哥——你來了……」我接著便有許多話，想要連珠一般湧出：角雞，跳魚兒，貝殼，……但又總覺得被什麼擋著似的，單在腦裡面回旋，吐不出口外去。

---

[8] 杜文瀾輯：《古謠諺》，（臺北：世界書局，1983年），頁39。

[9] 此二諺並見前引書，頁7。

他站住了，臉上現出歡喜和淒涼的神情，動著嘴唇，
卻沒有作聲。他的態度終於恭敬起來了，分明的叫
道：「老爺！……」
我似乎打了一個寒噤；我就知道，我們之間已經隔了
一層可悲的厚障壁了。我也說不出話。

他回過頭去說：「水生，給老爺磕頭。」便拖出躲在背後的孩子
來，這正是一個廿年前的閏土，只是黃瘦些，頸子上沒有銀圈罷了。

現在的閏土，就像迅哥小時候見過的閏土的父親，而水生又像似
小時候的閏土。

接著是迅哥的母親和侄兒「宏兒」下來相見。水生害羞怕生，
迅哥的母親就叫宏兒帶水生到外面走走，「宏兒聽得這話，便來招水
生，水生卻鬆鬆爽爽同他一路去了。」

過了幾天，迅哥和母親帶著宏兒離開故鄉，

宏兒和我靠著船窗，同看外面模糊的風景，他忽然問
道：「大伯，我們什麼時候回來？」「回來？你怎麼
還沒有走就想回來了。」「可是，水生約我到他家玩
去咧……」他睜著大的黑眼睛，痴痴的想。我和母親
也都有些惘然，於是又提起閏土來。

宏兒和水生的童年交情，仿如當年的迅哥和閏土。這情景，使得
迅哥不禁感慨：

我想：我竟與閏土隔絕到這地步了，但我們的後輩還
是一氣，宏兒不是正在想念水生麼。我希望他們不再
像我，又大家隔膜起來……然而我又不願意他們因為
要一氣，都如我的辛苦輾轉而生活，也不願意他們都
如閏土的辛苦麻木而生活，也不願意都如別人的辛苦
恣睢而生活。他們應該有新的生活，為我們所未經生
活過的。⑩

　　作者透過迅哥這個角色所希望的，是晚輩的宏兒和水生等，不要
重蹈他和閏土的覆轍，希望無奈與苦澀的生活不要在下一代身上一再
反覆，但願他們能夠有好的、新的生活面貌。然而，只要舊的社會形
態依然，這反覆的圈子恐怕仍難跳脫，同樣尷尬難忍的局面，仍將持
續發生，即使不在宏兒和水生身上，也將在其他的人身上。

　　本篇之所以讓人讀來沉重，就在那層反覆無逃的陰影似已籠
罩。如果我們曾身處或親見某種困局，不論為情為事，以己度人，我
們多半是不願他人、不願自己的下一代也經歷同樣的一遭。然而，有
時候這竟然只是一種奢望，我們經常看到的卻是一遍又一遍，一代又
一代的相同的痛苦與錯誤的來回。

　　柳宗元的〈田家〉詩，不勝感慨的正是為此：

　　（前略）

　　竭茲筋力事，持用窮歲年。

　　盡輸助徭役，聊就空舍眠。

---

⑩ 〈故鄉〉為《吶喊》小說集之一篇，引文出自臺灣翻印本，不注出版年月處所。

子孫日以長，世世還復然。⑪

「子孫日以長」，勾起的原當是無限的希望，但是「世世還復然」，卻又使人陷入無限的哀感之中。勞役、困窮、困窮、勞役，生生世世，反覆依然，何時可止息？何處是新生？

由此觀照人生，誠多可嘆，有時或免不了竟如悲觀哲人之悲懷，一如王國維藉〈蠶〉詠世，但見生民之徒勞：

（前略）

茫茫千萬載，輾轉周復始。

嗟汝竟何爲？草草閱此生。

豈伊悅此生，抑由天所畀？

畀者固不仁，悅者長已矣。

勸君歌少息，人生亦如此。⑫

若更推而至極，畢竟有生有死，是凡人之所大同。面對著人人終須蹈循的反覆難逃的大限，或許更難免有如《馬克白》之浩嘆：

人生不過是個人行動的陰影，在臺上高談闊步的一個可憐的演員，以後便聽不見他了；不過是一個傻子說的故事，說得激昂慷慨，卻毫無意義。⑬

---

⑪ 余冠英等選注：《唐詩選注》，（臺北：華正書局，1983年），頁445。

⑫ 王國維：《王靜庵文集》，（臺南：儡侲出版社，1978年），頁336。

⑬ 馬克白第五幕第五景之語。引自梁實秋譯：《馬克白》，（臺北：文星書店，1967年），頁129。

四

　　類似以上小說，寓悲憫於人生困境之周流反覆者，於傳統小說中似難覓取。然而，在傳統之長流中，由於體製之特性或其他因素，人物或情境雷同、反覆者，卻不乏見。唯其意趣與前此所談諸作稍別，且反覆之境常不在一人一篇之作。雖然如此，就整體而言，其多有呈現人事之屢為反覆則相近似，故且略舉以為參證。

　　首先是話本小說。話本小說體製上大多在正文之前有頭回（或入話），[14]而頭回通常是一篇篇幅較為短小的故事，這個故事與正文在主題上或相反或相似。不論相反或相似，都對正文起著對比襯托的作用，其中那些主題近似的故事，自然而然的就呈現出人生情境多雷同或常反覆的現象。這類小說，有時在說畢頭回，轉入正文時，會有強調的轉折語，如《宣和遺事》，在舉例說明歷代昏君何以敗國之後，轉入正文前：「今日說話的，也說一個無道的君王……」其他如《古今小說》第六卷：「說話的，難道真沒有第二個了？看官，我再說一個與你聽。」第十二卷：「如今我又說一樁故事，也是個……」在這種「再說」、「也說」、「又說」等轉折語之下，一個個類似的事件便接續而來。

　　雖然話本故事之多呈現人間事件雷同反覆，乃因話本特殊之體製而來，其主題所向，亦隨正文故事發展而各別，初不在於人生反覆困

---

[14] 正文前之開篇較短小故事宋人稱「頭回」，明人以後將「頭回」和「入話」混同。見胡士瑩：《話本小說概論》第五章第二節考證。（臺北：丹青圖書公司，1983年），頁133-137。

局之感慨。然而，若如《宣和遺事》一類，爲慨嘆國事之謬忽不堪，而必得作如「說話的，難道眞沒第二個了？」之強調，則讀來自不免讓人生起如前文所述感慨。

另外，論者皆知，傳統小說中有諸多類型化人物，配合此種類型化人物之出現，其事跡常雷同近似，其中尤以歷史演義，英雄豪俠之說部爲然。[15]之所以有此現象，主要原因大抵如下：

其一，傳統說部多有傳說成分，不免帶有傳說之特性，而傳說中人物及相關事跡之多趨類型化，乃傳說本身性質使然。[16]此種類型化之結果，相應於傳說之人事糾葛，世局變遷等等，便易呈顯爲簡單類化，古今雷同之反覆現象。

例如傳說中亡國之君典型者爲桀與紂。桀本勇武，而終致敗國亡身者，因爲禍水女人妹喜之蠱惑；代之而興者，則當仁德如商湯。紂之多力，亦不免步桀之後塵者，女寵妲己一如妹喜之故；取而代之者，文王、武王又皆愛民如湯。[17]此種前後之雷同與反覆，正見傳說之特色。

帶有傳說影響色彩之演義說部，時亦顯現此種特色。例如隋煬帝、元順帝等亡國之君，小說中之敘述便如桀與紂，無非荒淫好色，寵信奸邪，濫殺忠臣等。進而如叛亂起義之描寫，天災人禍、官逼民反一類反映歷史事實之敘述之外，於帶頭起事者常不忘加上玄女授天

---

⑮ 蕭兵：〈中國古典小說的典型群〉，《明清小說研究第一輯》，（江蘇社會科學院文學研究所編），即專論此種類型之一例，可參看。

⑯ Mircea Eliade, *The Myth of the Eternal Return,* （Princeton Univ. Press, 1974）, pp. 42-44, 89-90.

⑰ 關於桀、紂；妹喜、妲己；湯、文王傳說之相似而幾乎雷同，可參看袁珂：《古神話選釋》，（臺北：長安出版社，1982年）有關諸人之論述。

書之類因緣，[18]亦同爲傳說之相襲，而終呈現雷同與反覆。

其次是和此種小說之源於「說話」有關。演義說部源自說話中之講史。說話主要是透過聽覺傳達故事，這和案頭文學訴諸視覺有著本質上的不同。這種不同，在講史一類須長時期講述的故事中更會顯示得明白。因爲閱讀作品，可反覆思維，細緻品味字裡行間的諸多韻味；而聽講故事，尤其在公衆場合聽講，聽者只能憑說者的言語來了解內涵。在聽時，故事隨時間如流水般開展，聽者無從反芻先前意韻。因此，說話人必須將所有相關細節儘量交代清楚，難以在一句一字之間講究涵蘊多義或象徵等。對人物，他必須儘量給予明確的特點。這一點，在短篇話本裡，或許仍不必有太多的講究，因爲聽者一次可聽完一整篇故事，對他來說，只要情節吸引人即可。對於長時期方能說完的講史性一類故事，聽者不免有記憶的負擔，他必須憑著記憶，才能將在長時期聽取的一連串情節串聯清晰。爲此，說話者（等於作者）就必須朝著這個特性作人物與情節的安排。

人物與情節的類型化在這種情形下，便自然漸趨成型，因爲類型化的人物與情節易於記憶與辨認。[19]而所謂的類型化又有一種特性，即是通常將人物比同於傳說中的，民衆較爲熟知的前代人物，比附於傳統中衆人熟知的形象，民衆的認知才能更爲清晰而親切，[20]如此一來，小說中人物、情節多見雷同反覆便亦自然。

另外，則大約是傳統循環反覆之宇宙觀、歷史觀的投射反映。長久以來，宇宙事物變化爲循環反覆的觀點，處處可見。如《易傳》

---

[18] 胡萬川：〈玄女、白猿、天書〉一文，已收錄於本書中。

[19] 參考佛斯特著，李文彬譯：《小說面面觀》，（臺北：志文出版社，1976年），頁60-61。

[20] 同注⑯。

云：「旡往不復，天地際也。」、「反復其道，七日來復……復，其見天地之心乎！」㉑《列子・天瑞篇》：「易變而爲一，一變而爲七，七變而爲九。九變者，究也；乃復變而爲一。」㉒而三統五統之歷史哲學，亦是循環變化，周而復始之意。㉓甚而如古來干支紀時，六十周甲一循迴，周而復始，實亦寓循環反覆之觀念於其中。此或許是因日月循環，春秋代序，大自然已自寓循環反覆之理於其中，故而古來多有此循環反覆之宇宙觀、歷史觀。㉔

　　如此一來，而小說中所言五十年一大亂、三十年一小亂；天下合久必分，分久必合等觀念，便有所安頓，而吾人對傳統說部中多重疊反覆之描寫，亦可有一同情之了解。

　　終究，同一的道理，《列子・楊朱篇》已說得很清楚：「五情好惡，古猶今也；四體安危，古猶今也；世事苦樂，古猶今也；變易治亂，古猶今也。既聞之矣，既見之矣，既更之矣，百年猶厭其多，況久生之苦也乎！」㉕

㉑ 馮友蘭：《中國哲學史》第一篇第十五章〈易傳及淮南鴻烈中之宇宙論〉對此有詳細論述，本處文字亦轉引自其中第四節〈宇宙間事物變化之循環〉。書為臺灣翻印本，不注出版年月處所。

㉒ 楊伯峻：《列子集釋》，頁4-5。臺灣翻印本，不注出版年月處所。

㉓ 同注㉑馮友蘭著作，第一篇第七章第七節〈騶衍及其他陰陽五行家言〉及第二篇第二章第十一節〈歷史哲學〉二處之論述。

㉔ 此種循環反覆之宇宙觀、歷史觀，非僅中國古時為然，印度與西洋亦多有之，參看李約瑟著，范庭育譯：《大滴定》第七篇〈時間與東方人〉，（臺北：帕米爾書店，1984年），頁213-297。其中論證，頗多可為本文引證參考者，以行文不願多衍，故僅指出以為參考。

㉕ 楊伯峻：《列子集釋》，頁145。此種「古猶今」之反覆生命觀，若無宗教信仰為其背後之安頓，則將落入近乎虛無之痛苦，參看Mircea Eliade, *The Sacred and the Profane*, （New York: 1959），p.107。

五

　　雖然人生苦樂多反覆，古猶今，作此觀照，未免讓人生無可奈何之悲感，然若更由此體認，而知人生本然如此，或許對自身所處之困局，乃能因而淡然處之，又或能更反持一樂觀之態度，亦可謂人生總在反覆突破悲苦之境而開展。

　　誠然，人皆不願往古先人之困境，雷同復見於來今，更不願其見在我身。然而，若能體認人生之古猶今，或許對自我之困局便可稍微釋懷，雖此一釋懷未免為消極退縮之意，然終勝如自限於千古無訴之悲絕孤零。古來詩家，或自抒幽怨，或為知己感懷，以「古來」如何如何，寄其慷慨以自解者，便是此意。

　　忠而受謗，悲苦莫名的屈原，在極哀痛的情況下，便曾藉「前世已然」之慨，而暫抒沉鬱，聊以自解，〈涉江〉：「接輿髡首兮，桑扈臝行；忠不必用兮，賢不必以。伍子逢殃兮，比干菹醢。與前世而皆然兮，吾又何怨乎今之人。」[26]

　　而杜甫〈丹青引贈曹將軍霸〉：「途窮反遭俗眼白，世上未有如公貧。但看古來盛名下，終日坎壈纏其身。」

　　〈古柏行〉：「志士幽人莫怨嗟：古來材大難為用。」

　　材大盛名，卻終坎壈難為用，誰不慨憤！然而，人世自古如此！詩人只好聊藉「古來」同樣，稍慰今之屈抑。

　　而王翰〈涼州詞〉：「醉臥沙場君莫笑，古來征戰幾人回。」千

---

[26] 王逸：《楚辭章句》，收於楚辭四種中，（臺北：華正書局，1974年），頁76。

古名句，實已寄感傷於「古來」之律則，故反能見其開豁。

進而杜牧之〈九日齊山登高〉：「但將酩酊酬佳節，不用登臨恨落暉。古往今來只如此，牛山何必獨霑衣。」[27]更藉「古往今來」生自有死，自抒淡淡憂懷。

看人生反覆誠可哀，可哀時亦可藉此襯照暫寬懷。

原載一九八七年十二月《中外文學》，第十五卷，第七期

---

[27] 自杜甫至杜牧之詩皆引自余冠英前引書。

參考書目

中文圖書

十三經注疏小組：《左傳》，十三經注疏本，（臺北：新文豐出版公司，1977年影印嘉慶二十年南昌府學本）。

干寶著，汪紹楹校本：《搜神記》，（臺北：里仁書局，1980年）。

不著撰人姓名：《名公書判清明集》與《啓劄青錢》合刊一冊，（臺北：大化書局據日本靜嘉堂文庫藏本影印，1980年）。

五色石主人：《八洞天》，（北京：書目文獻出版社，1985年）。

天然癡叟：《石點頭》，（臺北：世界書局，1969年）。

毛宗崗批改本：《三國演義》，（臺北：學海出版社，影印舊刊本，1977年）。

毛祥麟：《墨餘錄》，（上海：上海古籍出版社，1985年）。

王士禎：《香祖筆記》，（上海：上海古籍出版社，1982年）。

王夫之等撰：《清詩話》，（臺北：明倫出版社，1971年）。

王伯敏：《中國版畫史》，（九龍：南通圖書公司，1986年）。

王明：《抱朴子內篇校釋》，（臺北：里仁書局，1981年）。

王國維：《王靜庵文集》，（臺南：僩俛出版社，1978年）。

王逸：《楚辭章句》，（臺北：華正書局，1974年）。

王嘉：《拾遺記》，（臺北：木鐸出版社，1982年）。

王夢鷗：《唐人小說研究》，（臺北：藝文印書館，1973年）。

王實甫：《西廂記》，（臺北：廣文書局，1982年）。

王瑤：《中古文學史論》，（臺北：長安出版社，1982年）。

王曉平：《佛典‧志怪‧物語》，（南昌：江西人民出版社，1990年）。

永瑢等：《四庫全書總目提要》，（臺北：商務印書館，1971年）。

白先勇：《遊園驚夢》（劇本）（臺北：遠景出版公司，1982年）。

朱光潛譯：《詩與畫的界限》，（臺北：蒲公英出版社，1986年）。

余冠英等選注：《唐詩選注》，（臺北：華正書局，1983年）。

吳淑等撰：《增補大字事類統編》，（臺北：佩文書社，1960年）。

吳敬梓：《儒林外史》，（臺北：華正書局，1978年）。

吳璿原：《薛仁貴征東》，（臺北：大東書局，1963年）。

呂明等譯，弗蘭克‧戈布爾著：《第三思潮：馬斯洛心理學》，（上海：上海藝文出版社，1987年）

呂熊：《女仙外史》，（臺北：天一書局，1976年）。

李文彬譯，佛斯特著：《小說面面觀》，（臺北：志文出版社，1976年）。

李安宅譯，馬林諾夫斯基著：《兩性社會學》，（臺北：商務印書館，1966年）。

李長俊譯，尼采撰：《悲劇的誕生》，（臺北：三民書局，1970年）。

李昉等編：《太平御覽》，（臺南：平平出版社，1975年）。

李昉等編：《太平廣記》，（臺南：平平出版社，1975年）。

李喬：《中國行業神崇拜》，（北京：中國華僑出版公司，1990年）。

李落、苗壯校點：《花幔樓批評寫圖小說生綃剪》，（瀋陽：春風文藝出版社，1987年）。

李澤厚：《美的歷程》，（臺北：元山書局，1984年）。

李隱：《瀟湘錄》，（臺北：新興書局，1973年）。

杜文瀾輯：《古謠諺》，（臺北：世界書局，1983年）。

沈括：《夢溪筆談》，（臺北：鼎文書局，1977年）。

沈淑芳：《封神演義研究》，（1979年碩士論文自印本）。

汪玢玲：《蒲松齡與民間文學》，（上海：上海文藝出版社，1985年）。

周永明、薛洲堂、李律譯，羅杰‧福勒編：《現代西方文學批評術語辭典》，（春風文藝出版社，1988年）。

周振甫：《文章例話》，（臺北：蒲公英出版社重排本，無年月）。

周紹良、白化文編：《敦煌變文論文錄》，（臺北：明文書局，1985年）。

周蕪：《徽派版畫史論集》，（安徽人民出版社，1983年）。

俚榮本：《笑與喜劇美學》，（北京：中國戲劇出版社，1988年）。

明文書局編：《董永沉香合集》，（臺北：明文書局，1981年）。

金性堯：《清代筆禍錄》，（香港：中華書局，1989年）。

金聖嘆：《聖嘆外書》，（臺北：三民書局，1970年）。

金聖嘆批：《貫華堂本水滸傳》，（臺北：三民書局，1970年）。

俞樾：《右臺仙館筆記》，（上海：上海古籍出版社，1986年）

俞樾：《茶香室續鈔》，（臺北：廣文書局，1969年）。

姚一葦：《戲劇論集》，（臺北：開明書店，1969年）。

姚一葦：《藝術的奧祕》，（臺北：開明書店，1968年）。

姚一葦譯注：《詩學箋註》，（臺北：中華書局，1969年）。

柳存仁：《和風堂文集》，（上海：上海古籍出版社，1991年）。

段成式：《酉陽雜俎》，（臺北：源流出版社，1982年）。

洪毅衡編選：《新批評文集》，（中國社科院，1988年）。

洪邁：《夷堅志》，（臺北：明文書局，1982年）。

胡士瀅：《話本小說概論》，（臺北：丹青圖書公司，1983年）。

胡范鑄：《幽默語言學》，（上海：上海社科院出版社，1987年）。

胡萬川：《平妖傳研究》，（臺北：華正書局，1984年）。

胡萬川：《話本與才子佳人小說之研究》，（臺北：大安出版社，1994年）。

范庭育譯，李約瑟著：《大滴定》，（臺北：帕米爾書店，1984年）。

卿希泰：《中國道教思想史綱》，（四川人民出版社，1985年）。

唐君毅：《哲學概論》（臺北：孟氏教育基金會大學教科書編輯委員會，1965年）。

孫光憲：《北夢瑣言》，（臺北：源流出版社，1973年）。

孫述宇：《水滸傳的來歷、心態與藝術》，（臺北：時報出版公司，1981年）。

孫璧文：《新義錄》，（臺北：學生書局，1989年）。

徐玉芹譯，聖奧古斯丁著：《懺悔錄》，（臺北：志文出版社，1985年）。

徐渭：《雲合奇蹤》，（臺北：新興書局，1973年）。

殷芸編纂，周楞伽輯注：《殷芸小說》，（上海：上海古籍出版社，

1984年）。

蒲松齡：《聊齋誌異》，（臺北：九思出版社，1978年）。

秦子晉：《新編連相授神廣記》，（臺北：學生書局，1989年）。

袁珂：《山海經校注》，（臺北：里仁書局，1981年）。

袁珂：《古神話選釋》，（臺北：長安出版社，1982年）。

高天安譯：《論喜劇》，（臺北：黎明文化公司，1973年）。

高魯主編：《椰子姑娘》，《少數民族民間故事叢書》（天津：新蕾
　　出版社，1984年）。

康僧會譯：《六度集經》，（臺北：新文豐圖書公司，1993年）。

張平男譯，奧爾巴哈著：《模擬——西洋文學中現實的呈現》，（臺
　　北：幼獅文化公司，1980年）。

張光福：《中國美術史》，（臺北：華正書局，1986年）。

張君房輯錄：《雲笈七籤》，（臺北：自由出版社，1978年）。

梁實秋譯：《馬克白》，（臺北：文星書店，1967年）。

清溪道人編：《禪眞逸史》，（臺北：天一書局，1975年）。

郭成康、林鐵鈞：《清朝文字獄》，（北京：群眾出版社，1990
　　年）。

郭慶藩輯：《莊子集釋》，（臺北：華正書局，1979年）。

陳兆復：《中國畫研究》（臺北：丹青圖書公司，1987年）。

陳孝英：《幽默的奧祕》，（北京：中國戲劇出版社，1989年）。

陳奇猷校譯：《呂氏春秋校釋》，（臺北：華正書局，1985年）。

陳耀文編：《天中記》，（臺北：文源書局，1964年影本）。

陸人龍：《型世言》，（臺北：中央研究院文哲研究所，1992
　　年）。

陸容：《菽園雜記》，（北京：中華書局，1985年）。

陶宗儀編：《說郛》，（臺北：新興書局，1978年）。

傅抱石：《中國的人物畫和山水畫》，（臺北：華正書局，1985
　　年）。

傅璇琮：《唐代科舉與文學》，（陝西：陝西人民出版社，1986
　　年）。

無名氏：《武王伐紂平話》，（臺北：河洛圖書，1978年）。

著撰不詳：《宣和遺事》，（臺北：世界書局，1969年）。

鈕琇：《觚賸》，（臺北：廣文書局，1969年）。

馮夢龍：《古今小說》，（香港：龍門書店，1982年）。

馮夢龍：《智囊補》，（臺北：新興書局，1978年）。

馮夢龍編：《古今小說》，（臺北：世界書局，1958年影印明天許
　　齋板）。

馮夢龍編：《警世通言》，（臺北：鼎文書局，1974年）。

黃六鴻：《福惠全書》，（臺北：九思出版社，1978年）。

黃肅秋校注，西周生撰：《醒世姻緣傳》，（上海：上海古籍出版
　　社，1985年）。

黃慶萱：《修辭學》，（臺北：三民書局，1978年）。

楊儀：《高坡異纂》，（臺北：新興書局，1978年）。

聖祖御定：《全唐詩》，（臺北：文史哲出版社，1978年）。

葛洪，孫星衍校勘：《抱朴子》，（上海：中華書局，1936年）。

葛洪：《神仙傳》，（板橋：藝文出版社，1966年）。

廖修平：《版畫藝術》，（臺北：雄獅圖書公司，1987年）。

趙曄：《吳越春秋》，（臺北：商務印書館，1968年影本）。

齊如山：《中國的科名》，（臺北：中國新聞出版公司，1956
　　年）。

齊嘉璐：《中國古代衣食住行》，（北京：1988年）。

潘天壽：《潘天壽美術論文集》，（臺北：丹青圖書公司，1987年）。

潘智彪譯，拉爾夫、皮丁頓著：《笑的心理學》，（廣東：中山大學出版社，1988年）。

蔡冠洛編：《清代七百名人傳》，（臺北：成文書局，1967年）。

衛聚賢：《封神榜故事探原》，（香港：說文社，1960年）。

鄧之誠編：《清詩紀事初編》，（臺北：鼎文書局，1971年）。

魯迅：《中國小說史略》（北京：人民出版社，1973年）。

錢鍾書：《管錐篇》，（北平：中華書局，1979年）。

謝頌羔譯，本仁約翰著：《天路歷程》（又譯名《聖遊記》），（香港基督教輔僑出版社，1956年）。

薩孟武：《水滸傳與中國社會》，（臺北：三民書局，1971年）。

魏徵等：《隋書》，（臺北：鼎文書局，1975年）。

羅宗濤：《敦煌講經變文研究》（臺北：文史哲出版社，1972年）。

羅貫中：《三國志通俗演義》，（臺北：新文豐圖書公司，1979年）。

陳壽：《三國志傳》，（北京：中華出版社，影印明刊本，包括《三國志傳評林》在內的三種，1991年）。

瀧川龜太郎會注考證本，司馬遷：《史記》，（臺北：中新書局，1977年）。

竇儀等撰：《宋刑統》，（臺北：仁愛書局，1985年）。

釋道世：《法苑珠林》，（臺北：新文豐出版社，1973年）。

西文圖書

Bauman, Richard ed. (1992) *Folklore, Cultural Performance, and Popular Entertainments*, Oxford: Oxford University.

Campbell, Joseph (1956) *The Hero with a Thousand Faces*, New York: Meridian Books.

Degh, Linda trans. by E. Schossberger, (1989) *Folktales & Society-Story Telling in a Hungarian Peasant Community*, Bloomington: Indiana University.

Durkheim, Emile (1965) *The Elementary Forms of the Religious Life*, trans. by Joseph Ward Swain, New York: The Free Press.

Edwards, Viv & SienKewicz, Thomas (1991) *Oral Cultures Past and Present*, Cambridge: Mass, Basil Blackwell.

Eliade, Mircea (1959)*The Sacred and the Profane*, Harcourt: Brace & World Inc..

Eliade, Mircea (1974) *Shamanism*, Princeton: Princeton University.

Eliade, Mircea(1974)*The Myth of the Eternal Return*, Princeton: Princeton University.

Eliade, Mircea (1975) *Myths, Dreams, and Mysteries*, New York: Harper & Row, Publishers.

Eliade, Mircea (1979) *Patterns in Comparative Religion*, London: Sheed & Ward.

Finley, Gerald, (1980) *Landscapes of Memory-Turner as Illustrator to Scott*, California: University of California.

Frazer, James G. (1968) *The Magical Origin of Kings*, London: Dawsons of Pall Mall.

Frazer, James G. (1978) *The Golden Bough*, London: Macmillan Publishing Co. Inc..

Gilman, Ernest B. (1978) *The Curious Perspective*, Yale: Yale University.

Gilman, Ernest B. (1986) *Iconoclasm and Poetry in the English Reformation*, Chicago: University of Chicago.

Guthrie, W. K. C. (1967)*The Greeks and Their Gods*, Boston: Beacon Press.

Hamilton, Edith (1969) *Mythology*, New York: New American Library.

Hindman, Sandra ed. (1991) *Printing the Written Word-The Social History of Books,Circa 1450-1520*, Ithaca: Cornell University.

Liu, Ts'un Yan (1962) *The Authorship of the Feng-Shen Yen I*, London: Otto Harrassowitz.

Lord, Albert B. (1981) *The Singer of Tales*, Cambridge: Harverd University.

Mayor, A. Hyatt (1980) *Prints & People*, Princeton: Princeton University.

Neuburg, Victor E. (1977) *Popular Literature*, London: Penguin Books.

Ong, Walter J. (1995) *Orality & Literacy-The Technologizing of the World*, London: Routledge.

Rosenberg, Bruce A. (1991)*Folklore & Literature-Rival Siblings*, Knoxville: University of Tennessee.

Thomas, Rosalind (1992) *Literacy and Orality in Ancient Greece*, Cambridge: Cambridge University.

Thompson, Stith (1964)*The Types of the Folktale*, Bloomington: Indiana University.

Wellek, René and Warren,Austin (1968)*Theory of Literature*, London: Penguin Books.

索　引

一般索引

人名索引A

人名索引B

國家圖書館出版品預行編目資料

真假虛實——小說的藝術與現實／胡萬川著.
－－ 初版. －－ 臺北市：五南，2019.01
　面；　公分
ISBN 978-957-763-235-7 (平裝)
1.中國小說　2.文學評論
827.88　　　　　　　　107023143

1XCR

眞假虛實——
小說的藝術與現實

作　　　者 ─ 胡萬川（169.8）

發 行 人 ─ 楊榮川

總 經 理 ─ 楊士清

副總編輯 ─ 黃文瓊

責任編輯 ─ 吳雨潔

封面設計 ─ 姚孝慈

出 版 者 ─ 五南圖書出版股份有限公司

地　　　址：106台北市大安區和平東路二段339號4樓

電　　　話：(02)2705-5066　　傳　　　真：(02)2706-6100

網　　　址：http://www.wunan.com.tw

電子郵件：wunan@wunan.com.tw

劃撥帳號：01068953

戶　　　名：五南圖書出版股份有限公司

法律顧問　林勝安律師事務所　林勝安律師

出版日期　2019年1月初版一刷

定　　　價　新臺幣590元